Marisas faszinierender Traum
Beate Gerlach

Beate Gerlach

Marisas faszinierender Traum

Pro BUSINESS Verlag

Bibliografische Information der Deutschen Nationalbibliothek
Die Deutsche Nationalbibliothek verzeichnet diese Publikation in der
Deutschen Nationalbibliografie; detaillierte bibliografische Daten
sind im Internet über http://dnb.d-nb.de abrufbar.

Beate Gerlach
Marisas faszinierender Traum

Berlin: Pro BUSINESS 2010

ISBN 978-3-86805-748-5

1. Auflage 2010

© 2010 by Pro BUSINESS GmbH
Schwedenstraße 14, 13357 Berlin
Alle Rechte vorbehalten.
Produktion und Herstellung: Pro BUSINESS GmbH
Gedruckt auf alterungsbeständigem Papier
Printed in Germany
www.book-on-demand.de

---

book-on-demand ... Die Chance für neue Autoren!
Besuchen Sie uns im Internet unter www.book-on-demand.de.

I. Erfahrungen

Endlich war es so weit. Am Nachmittag saßen sie im Flugzeug und waren auf dem Weg zu ihrem seit Monaten geplanten Urlaubsziel, nach Indien. Wie exotisch das schon klang! Es würde sicher ein einmaliges, unvergessliches Erlebnis werden. Ja, es würde bestimmt herrlich sein, den grauen Alltag hinter sich zu lassen und alles abzuschütteln, was einen tagtäglich belastete.

Bereits die letzten Wochen hatte Marisa dem großen Ereignis täglich entgegengefiebert, wie ein kleines Kind, das sich auf Weihnachten freut. Ihr Freund Ben hatte sie dann ständig erinnert, dass sie ihre Erwartungen nicht allzu hoch stecken sollte, weil sie sonst unter Umständen bitter enttäuscht würde. Das wäre dann alles andere als zuträglich, um einen erholsamen und vergnüglichen Urlaub zu verbringen, den sie beide so dringend nötig hatten.

Marisa arbeitete als kaufmännische Angestellte in einem mittleren Unternehmen der Textilbranche und war für den Einkauf zuständig. Mit ihren gerade mal dreißig Jahren hatte sie bereits einiges erreicht. Sie genoss das volle Vertrauen des Geschäftsführers und konnte größtenteils frei und selbstständig die für ihren Aufgabenbereich notwendigen Entscheidungen treffen. Sie verfügte über ein entsprechend hohes Budget, welches ihr genügend Spielraum für die erforderlichen Abschlüsse einräumte. Ihr großes Talent war ihre Überzeugungsfähigkeit, welche sie im Zusammenspiel mit ihrem Charme so geschickt einzusetzen verstand, dass es ihr meist gelang ihre Geschäftspartner zu überzeugen und einen raschen Abschluss in ihrem Sinne zu erzielen. Der Erfolg war meist ein sehr günstiger Preis für qualitativ hochwertige Ware, die dann auch von den Kollegen in der Produktion sehr gelobt wurde. Nicht zuletzt erhöhte sich dadurch natürlich auch die Gewinnspanne in nicht unbeträchtlichem Maß für die Endprodukte, welche nach der Fertigstellung an entsprechende Kunden verkauft wurden oder bereits im Vorfeld bestellt waren.

In den letzten Monaten war es ziemlich hektisch gewesen, und es war ein Einsatz weit über dem Normalmaß erforderlich gewesen, um alles in der gewohnten Qualität zu bewältigen. Die Verkäufer waren sehr erfolgreich und hatten bereits so viele Aufträge von Kunden erhalten, dass die Produktion erhöht worden war, um die zugesagten Liefertermine einhalten zu können. Dementsprechend musste Marisa auch ihre Einkaufsaktivitäten erhöhen, um sicherzustellen, dass rechtzeitig genügend und vor allem das richtige Material für die Verarbeitung zur Verfügung stand. Das alles ging nicht spurlos an ihr vorbei, denn die vielen Besichtigungen, Telefonate und diversen Verhandlungen zehrten trotz ihrer Begabungen sowohl an ihren Nerven als auch an körperlicher Substanz. Sie fühlte sich völlig ausgelaugt und hatte Ben gegenüber schon mehrfach erwähnt, dass es dringend an der Zeit war wieder neue Energie zu tanken. Insofern freute sie sich nun umso mehr, dass die lang ersehnte Reise endlich ihren Anfang nahm und sie für die nächsten vier Wochen alles hinter sich lassen konnten.

Ben erging es ähnlich. Auch er meinte, dass die Zeit für eine Erholung bereits überfällig war. Allerdings befand er sich in einer weitaus schwierigeren Situation. Während Marisa für den Einkauf in ihrer Firma tätig war und gewissermaßen auf der Sonnenseite stand, da sie nicht selbst für die Auftragseingänge sorgen musste, verdiente Ben sich seinen Lebensunterhalt als Verkäufer eines Telefonanbieters. Der Markt war hart umkämpft, sowohl was die Vielzahl der Konkurrenten als auch die Preismargen anging. Es verging kaum eine Woche, dass nicht einer der vielfältigen Anbieter einen neuen Tarif auf den Markt brachte und somit versuchte neue Kunden zu gewinnen. Das machte nicht nur für die vielen potenziellen Kunden, sondern auch für alle Verkäufer wie Ben einen Vergleich der angebotenen Tarife immer schwieriger. Es war praktisch nahezu unmöglich. Als Verkäufer war es überwiegend wichtig geworden, sich die richtige Verkaufsstrategie zuzulegen, um die Leute von den vermeintlichen Vorteilen der eigenen Tarife zu überzeugen. Anfangs war Ben gerne als Verkäufer tätig gewesen, denn da war er selbst von den Vorteilen der in seinem Unternehmen existierenden Tarife überzeugt. Das war gerade mal vier Jahre, also eigentlich noch gar nicht so lange her. Mittlerweile hatte sich das allerdings dramatisch geändert.

Inzwischen war nicht mehr das Talent gefordert, die Kunden von den Tarifen und den tatsächlichen Vorteilen für sie selbst zu überzeugen, sondern die Aufgabe bestand darin, die Kunden nur noch zu überreden, unabhängig davon, ob diese wirklich profitierten. So zumindest empfand Ben seine Tätigkeit. Und das war ihm ziemlich lästig. Allerdings hatte er nicht das Glück, wie Marisa ein Festgehalt zu beziehen, denn er arbeitete auf Provisionsbasis. Das bedeutete dann auch nur bei entsprechend hohem Umsatz und ausreichend gewonnenen Neukunden und damit verbundenen Neuabschlüssen ein vernünftiges Einkommen. Wenn die Umsatzzahlen nicht stimmten, war das Gehalt eben geringer, und es interessierte niemanden, wie viel Aufwand dafür investiert werden musste. Das war sein eigenes Problem. In letzter Zeit konnte er immer weniger Verträge abschließen und würde wohl bald gezwungen, entsprechend seinen Lebenswandel dem rückläufigen Einkommen anzupassen. Noch war dies nicht so dramatisch, da er derzeit nur für sich alleine sorgen musste, doch wenn er mit Marisa eine Familie gründen wollte, sah die

Situation ganz anders aus. Im Grunde konnte er sich momentan das meiste nach wie vor leisten, nur größere Anschaffungen wie ein neueres Auto oder aber eine größere Urlaubsreise veranlassten ihn, über die Notwendigkeit nachzudenken. Wenn sie diese Reise nicht schon so lange geplant hätten, wäre er auf Marisa zugegangen, um Sie vielleicht doch davon zu überzeugen, die hohen Kosten lieber zu umgehen. Aber er liebte sie und hatte sie unmöglich mit einem anderen Reiseziel konfrontieren können.

Außerdem freute er sich genauso wie sie auf diese Reise, die ihn vielleicht auch auf andere Gedanken bringen würde. Vielleicht fiel ihm ja im Urlaub, wenn er sich erst mal richtig entspannt hatte, eine Lösung ein. So wie momentan wollte er auf keinen Fall weitermachen. Immerhin war er erst zweiunddreißig Jahre alt und konnte sich nicht vorstellen, weiterhin seinen Lebensunterhalt so zu verdienen. Irgendetwas sollte sich gravierend ändern. Er wusste nur noch nicht was, aber er war sicher, dass ihm dazu schon noch etwas einfallen würde, wenn erst mal der ganze Druck, der noch auf ihm lastete, abfallen würde. Vielleicht konnte ja auch Marisa ihm einen guten Rat geben, denn sie war seine große Hilfe. Immer wenn er nicht weiterwusste oder sich nicht entscheiden konnte, diskutierte er mit ihr und wog die Vor- und Nachteile gegeneinander ab. Häufig lieferte sie zündende Ideen, die ihm eine Entscheidung erleichterten. Und trotz aller Euphorie, die sie an den Tag legte, behielt sie immer den Überblick und urteilte nach sachlichen und vernünftigen Gesichtspunkten. Das war einer der Gründe, warum er so gerne mit ihr zusammen war und sie über alles liebte.

***

Sie hatten sich im Sommer vor dreieinhalb Jahren bei einer Sportveranstaltung kennengelernt. Bei einem Leichtathletik-Meeting, bei dem lauter bekannte Sportgrößen vertreten waren. Es war ein herrlicher Sommertag, die Sonne schien, und es war schon fast ein bisschen zu heiß. Aber für die Zuschauer war das nicht so schlimm, im Gegensatz zu den Sportlern, die aufgrund der Hitze sicher keine optimalen Leistungen bringen konnten. Ben hatte sich und seinem Freund Nick schon Wochen zuvor Karten besorgt, denn er war selbst begeisterter Sportler. Obwohl er viele Sportarten liebte, hatte er sich für seine sportlichen Freizeitaktivitäten wie Rad fahren und joggen entschieden. Das machte er recht regelmäßig zwei- bis viermal die Woche. Es tat ihm gut, nach der Büroarbeit auf diese Weise von der Hektik des Tages abzuschalten und gleichzeitig seinen Körper fit zu halten.

Marisa hingegen hatte sich kurzfristig entschlossen, das Leichtathletik-Meeting zu besuchen. Eigentlich wollte sie an diesem Samstag mit ihrer Freundin Ella ein bisschen shoppen gehen. Doch Ella hatte eine böse Magen-Darm-Infektion erwischt, sodass sie sich entschied, lieber auch am Wochenende nochmals zu Hause zu bleiben. Also rief sie Marisa an und teilte ihr mit, dass sie leider nicht mitkommen könne, da sie sich noch nicht wohl genug fühlte, um ein Einkaufstag zu überstehen. Außerdem hoffte sie, dass sie dann bis zur folgenden Woche richtig auskuriert wäre. Da Marisa keine Lust hatte, alleine durch die Stadt zu bummeln oder zu Hause zu bleiben, nahm sie kurzerhand die Zeitung und schlug die Serviceseite auf. Dort wurden unter anderem die gesamten Termine diverser Veranstaltungen wie Sport-, Theater- oder Kinoprogramm veröffentlicht.

Beim Überfliegen der Seite fiel ihr dann die Sportveranstaltung auf. Bei dem herrlichen Wetter bot sich das auch an. Dort würde sie sicher ein paar Leute treffen und einen schönen Tag verbringen. Nachdem sie gemütlich und ausgiebig gefrühstückt hatte, war es bereits 10.20 Uhr. Sie machte sich auf den Weg. Mit dem Auto würde sie gerade mal eine halbe Stunde benötigen.

Als sie im Stadion ankam, waren die ersten Wettkämpfe bereits in vollem Gange. Obwohl es den Parkplätzen nach zu urteilen den Eindruck machte, als sei es recht gut besucht, erhielt sie an der Kasse problemlos noch eine Eintrittskarte. Zunächst orientierte sie sich und nahm den Zeitplan zur Hand. Sie überlegte, von wo sie die beste Sicht haben würde. Doch dann lief sie einfach drauflos. Der richtige Platz ließ sich bestimmt am besten ausfindig machen, wenn sie erst einmal eine Runde durch das Stadion drehte. So konnte sie am schnellsten einen Überblick erhalten und gleichzeitig sehen, wo sie sich am besten zwischen den vorhandenen Zuschauern hinstellen könnte. Es dauerte gar nicht so lange, denn schon nach der Hälfte, in der Kurve, entdeckte sie eine ausgezeichnete Lücke. Wahrscheinlich war es für die meisten dort schon wieder zu weit von einzelnen Stationen entfernt. Aber sie wollte sich nicht unbedingt weiter nach vorne unter die Massen von Zuschauern drücken und dann wie eine Sardine dazwischen stehen. Nicht bei diesen Temperaturen! Da legte sie etwas mehr Wert auf genügend Abstand und Bewegungsfreiheit. So stellte sie sich mitten einer Familie mit drei Kindern zu ihrer linken Seite und zwei jungen Männern auf der rechten Seite. Sie grüßte alle, was von den umstehenden Zuschauern entsprechend erwidert wurde.

Während der Wettkämpfe kam sie dann sowohl mit der Familie als auch den zwei jungen Männern ins Gespräch. Man unterhielt sich zunächst allgemein über die diversen tollen sportlichen Leistungen der Teilnehmer, das herrliche Wetter und die guten Bedingungen und tauschte sich über die favorisierten Sportarten aus. Natürlich hatten die beiden Männer Marisa auch schon gefragt, warum diese allein hier war, irgendwie konnten sie sich das nicht so recht erklären. Immerhin wirkte sie attraktiv, obwohl sie mit 1,75 Meter relativ groß war. Ihr schlanker Körper, ihr kantiges, aber sonst sehr zartes Gesicht mit den klaren blauen Augen und den blonden kurz geschnittenen Haaren ließen sie sehr sportlich aussehen. Ihre kurze blaue Jeanshose, die bis knapp über die Knie der schlanken muskulösen Beine reichte und das ärmellose braune Shirt trugen weiter dazu bei, dass sie recht anziehend aussah. Dessen war sich Marisa auch bewusst, denn immer wieder betätigte auch Ella, dass die Männer nur so auf sie flögen und sie eigentlich jeden Mann haben könnte, wenn sie es nur wollte. Doch das interessierte sie nicht, sie hatte eine schwere Beziehung hinter sich und wollte sich nicht Hals über Kopf in das nächste Beziehungsdrama stürzen. Obwohl sie ansonsten recht spontan war, sollte die nächste Partnerschaft wohlüberlegt sein. Denn sie hatte von chaotischen Beziehungen genug, das nächste Mal sollte alles etwas geordneter und ruhiger ablaufen.

Inzwischen waren schon die meisten Vorentscheidungen gefallen und bis zu den endgültigen Entscheidungen war noch ein wenig Zeit. Nur vereinzelt beim Stabhochsprung standen die letzten Sprünge aus. Dann gab es erst einmal eine Pause. Diese wollten Ben und Nick für eine kleine Stärkung, vor allem aber für eine Erfrischung nutzen. Sie fragten Marisa, ob sie sie begleiten wolle, ein kühles Getränk könne sicher nicht schaden. Ohne zu zögern, antwortete sie: „Ja, gerne, das ist eine gute Idee. Bei dieser Hitze sollte man viel mehr Flüssigkeit zu sich nehmen."

So gingen sie zu dritt an einen der vielen Verpflegungsstände. Allerdings war da nun so viel los und die Warteschlange so lang, dass das etwas dauern konnte. Was soll's, dachte Marisa, momentan ruhten die Wettkämpfe. Als sie endlich an der Reihe waren, bestellten Ben und Nick sich eine Pizza und eine Cola, während sich Marisa mit einer Apfelschorle begnügte. Sie hatte ja sehr spät gefrühstückt und war noch nicht hungrig. Sie würde vielleicht später etwas essen. Dann war sicher auch nicht mehr so viel los und die Schlange zum Anstehen etwas kürzer. Sie suchten einen Schattenplatz, um der größten Mittagshitze zu entgehen. Im Gespräch verriet dann Marisa auch, dass sie Volleyball bei der TG Winterbach spielte und dort die Funktion der Stellerin übernommen hatte. Sie trainierte regelmäßig zweimal wöchentlich und hatte oft an den Wochenenden Spiele. Aber das war nicht der einzige Sport, den sie trieb, nur diesen übte sie im Verein aus. Anders könnte so einer Mannschaftssportart nur sehr schwierig nachgegangen werden, da ja immer mindestens sechs Spielerinnen und eine Halle erforderlich waren. Sie hatte etwas Erfrischendes an sich. Die Art, wie sie sich gab, und ihr natürliches Lächeln zogen Ben in ihren Bann.

Eine knappe Stunde später gingen sie wieder zurück an den Rand des Stadions, um die Wettkämpfe weiter zu verfolgen. Es waren teilweise sehr spannende, knappe Entscheidungen, insbesondere bei den Läufen konnten sich einige Sportler nur mit hauchdünnem Vorsprung als Sieger durchsetzen. Aber gerade das war sehr interessant, und es zeigte deutlich, dass bei diesen Witterungsverhältnissen einige Überraschungen möglich waren. Der Sportler mit der besten Tagesform hatte das Glück auf seiner Seite. Als die letzten Wettkämpfe vorüber waren, erfolgten die Siegerehrungen. Die warteten sie gemeinsam noch ab, um sich anschließend zu verabschieden. Jeder ging seines Weges und fuhr nach Hause.

Marisa war überrascht, wie gut ihr dieser Tag gefallen hatte. Offensichtlich gab es auch noch Männer, mit denen man sich normal unterhalten konnte. Über ganz alltägliche Dinge und ohne dass sich einer besonders hervortun musste oder ständig irgendwelche anzüglichen Sprüche oder frauenfeindlichen Witze auf Lager hatte. Abends rief sie noch Ella an, um sich zu erkundigen, wie es ihr ging. Sie bestätigte, dass ihre Entscheidung richtig gewesen war, da es ihr zwar nicht mehr ganz so schlecht ging, aber sie immer noch sehr geschwächt war und sie den ganzen Tag im Bett oder auf ihrer Couch verbracht hatte. Marisa erzählte von der Begegnung mit Ben und Nick und wünschte ihr dann noch ein erholsames Wochenende. Ab Montag war dann wieder Alltag angesagt und die Wochen vergingen ohne besondere Vorkommnisse.

Ben hatte sich auf dem Nachhauseweg mit Nick unterhalten und ihn beiläufig gefragt, was er von Marisa hielt. Der hatte nur gemeint, dass sie ihm gefallen könnte, wenn er nicht schon mit seiner Lisa verheiratet wäre.

„Eigentlich müsste sie doch dein Typ sein!", hatte er geantwortet. Abends gingen sie noch zusammen ein Bier trinken und ließen den Tag ausklingen. Obwohl Ben die nächsten Wochen nicht mehr mit Nick über Marisa sprach, ging sie ihm nicht mehr aus dem Kopf. Die ganze Zeit überlegte er, wie er es schaffte, sie noch einmal zu sehen. Zu blöd, dass er immer so zurückhaltend war und nie den Mut fasste, offensiver zu sein, um den Frauen ihre Telefonnummern oder Adressen zu entlocken.

Je mehr er nachdachte, desto resignierter wurde er. Er hatte ja keine Ahnung, wie sie mit Nachnamen hieß oder wo sie wohnte. Damit kam er wohl an keine Telefonnummer. Selbst wenn er eine hätte, würde er den Mut, sie anzurufen, wahrscheinlich nicht aufbringen. Schließlich war er kein Draufgänger. Eine Zeitungsannonce hielt er für nicht sehr Erfolg versprechend, zumal er gar nicht wusste, in welcher Zeitung er inserieren sollte. Und selbst wenn, welchen Text sollte er denn da aufgeben? Der einzige Anhaltspunkt war der, dass sie Volleyball bei der TG Winterbach spielte. Das war eine Sportart, die er selbst zwar nie gern ausgeübt, aber immer gerne angesehen hatte. Mannschaftssportarten waren ihm immer mit zu viel Verpflichtungen, Termineinhaltungen etc. verbunden. Davon hatte er in seinem Beruf schon genug und wollte sich diesem Druck nicht auch noch in seiner Freizeit aussetzen.

Allmählich musste er sich wohl mit dem Gedanken anfreunden, dass er wieder einmal die einzige Chance, eine Frau, die es ihm angetan hatte, wiederzusehen, nicht genutzt hatte. Doch noch während er sich mit diesem Gedanken langsam, aber ungern anfreundete, kam ihm die zündende Idee.

***

Der Spielstand betrug 23:24 im fünften und alles entscheidenden Satz. Die Damenmannschaft der TG Winterbach lag hauchdünn zurück. Aber noch war das Spiel nicht zu Ende. Sie hatten noch eine Chance. Sie konnten es noch schaffen. In der fast voll besetzten Halle herrschte eine aufgeheizte Stimmung. Die Fans beider Mannschaften klatschten, schrien, jubelten oder feuerten ihre Mannschaft mit Tröten an. In der entscheidenden Endphase ging es immer am lautesten und hektischsten zu.

Nichts für schwache Nerven! Doch die Entscheidung fiel leider schneller und nicht wie erhofft. Die Gegner hatten das Spiel nun mit 25:23 für sich entschieden. Die Enttäuschung bei den Fans der TG Winterbach einerseits und die Freude der gegnerischen Fans andererseits war nicht zu überhören. Die Spielerinnen beider Mannschaften bedankten sich bei ihrem Publikum und winkten ihnen zu. Und während Marisa ins Publikum schaute, blieb ihr Blick an einem großen dunkelhaarigen Mann hängen. Seine Augen trafen ihre und hafteten auf ihr. Sie war wie erstarrt. Ein Kribbeln durchzog ihren Körper bis in die Fingerspitzen, und obwohl sie vom Spiel völlig überhitzt war, lief ihr kurz ein kleiner kalter Schauer über den Rücken, oder war es nur noch mehr Schweiß? Sie wusste es selbst nicht. Das gab es doch gar nicht. Wieso fühlte sie sich auf einmal so hilflos? Sie hatte keine Erklärung dafür.

Erst jetzt merkte sie, dass die anderen alle schon auf dem Weg in die Umkleidekabine waren, während sie noch wie angewurzelt dastand und glaubte die Beine nicht mehr bewegen zu können. Es war höchste Zeit, den anderen zu folgen. In der Kabine war dann nochmals die ganze Mannschaft versammelt und der Trainer fasste alle Fehler des gesamten Spiels zusammen. Sollte ihnen das beim nächsten Spiel wieder passieren, wäre es nichts mehr mit dem Klassenerhalt, dann müssten sie in der nächsten Runde eine Klasse tiefer spielen. Und spielerisch konnten sie eigentlich gut mithalten, aber sie mussten sich eben auf den Punkt genau konzentrieren, und zwar alle, denn nur dann konnten in einem Mannschaftssport auch Siege gefeiert werden. Die Standpauke war beendet, der Trainer verließ den Umkleideraum und die Spielerinnen konnten endlich unter die lang ersehnte Dusche.

Nachdem Marisa sich der Knieschützer entledigt und das schweißnasse Trikot sowie Hose, Schuhe, Strümpfe und die

Unterwäsche ausgezogen hatte, begab sie sich mit einigen anderen in den Duschraum. Das heiße Wasser war eine Wohltat. Einfach herrlich! Sie seifte ihren schlanken, muskulösen Körper von Kopf bis Fuß ein, shampoonierte ihre Haare und ließ das Wasser über ihren Körper fließen. Sie konnte gar nicht genug davon bekommen. Das Gefühl, dass sie dadurch einen klaren Kopf bekommen würde, stellte sich allerdings nicht ein. Ihr ging immer noch der Mann aus der Zuschauermenge durch den Kopf. War das nicht einer dieser beiden Männer, die sie auf dem Leichtathletik-Meeting vor ein paar Wochen getroffen hatte? Sie glaubte sich an seinen Namen zu erinnern: Ben. Was hatte der hier zu suchen? Seinen Freund hatte sie nicht gesehen, aber bei den vielen Leuten war das ja auch kein Wunder.

Nachdem sie mit Duschen fertig war, trocknete sie sich rasch ab, zog sich zügig an und föhnte schnell ihre Haare. Als die anderen sie fragten, warum sie es auf einmal so eilig hatte, wusste sie keine Erklärung dafür und tat es mit der Begründung ab, dass sie wohl noch ziemlich müde und abgespannt von der letzten Woche sei und schnell nach Hause wolle. Sie konnte es sich selbst nicht erklären, spürte aber, dass in ihr etwas vorging, was sie schon lange nicht mehr gespürt hatte. Schon wieder überzog dieses Kribbeln ihren ganzen Körper, und ihr wurde wieder ganz warm.

Warum war Ben hier? Sicher war es nur Zufall und hatte nichts mit ihr zu tun. Hatte er sie überhaupt wahrgenommen oder bildete sie sich das alles nur ein? Sie versuchte nicht mehr an ihn zu denken. Sie packte ihre dreckigen Kleidungsstücke, ihre Schuhe und das nasse Handtuch zusammen, verstaute alles in ihrer Sporttasche, verabschiedete sich von ihren Mitspielerinnen und ging zum Ausgang. Es war ein ziemlich anstrengendes Spiel gewesen und es hatte nicht alles so gut geklappt wie gewünscht.

Insofern hatte sie sich nun etwas Ruhe und Entspannung umso mehr verdient.

Mit der Sporttasche in der Hand öffnete sie die große, schwere Ausgangstür und lief schnellen Schrittes in Richtung Parkplatz. Da passierte es! Sie traute ihren Augen nicht. Unvermittelt stand Ben vor ihr. Er erschien ihr größer, als sie ihn in Erinnerung hatte. Mit circa 1,85 Meter und seinem kräftigen Körperbau wirkte er ziemlich imposant. Und seine stechend grünen Augen, die sie so liebevoll anschauten! Wo kam er auf einmal her? Alles um sie herum war nicht mehr existent. Sie konnte nur noch ihn ansehen und hörte ihn nur „Hallo, Marisa" sagen.

Mehr im Reflex antwortete sie: „Hallo, Ben, das ist aber eine Überraschung! Was machst du denn hier?" Kaum die Frage ausgesprochen, kam ihr diese blöd vor. Was würde er nur von ihr denken.

„Ich hab mir euer Spiel angesehen, war echt spannend. Schade, dass es zum Schluss nicht mehr zu einem Sieg gereicht hat. Ich hätte es euch wirklich gegönnt."

„Ja, war ziemlich eng, aber wir hatten heute nicht unseren besten Tag. Kommt leider auch mal vor, wobei das bei einem so wichtigen Spiel nicht passieren sollte", meinte Marisa.

Ben, dem die Knie zitterten und der einen deutlich erhöhten Pulsschlag hatte, war über sich selbst überrascht. Eigentlich hatte er erwartet, kein Wort herauszubringen, wenn er Marisa erst einmal gegenüberstand, so wie das sonst immer der Fall bei anderen Frauen gewesen war. Obwohl er innerlich total aufgewühlt war, wirkte er nach außen ganz ruhig. Ben ergriff wieder das Wort: „Hättest du nicht Lust, noch irgendwo etwas essen und trinken zu gehen. Du musst doch einen Bärenhunger haben nach dem Spiel von gerade."

Marisa schwirrten tausend Dinge gleichzeitig durch ihr Gehirn. Einerseits wollte sie einen klaren Gedanken behalten und sich nicht Hals über Kopf in ein mögliches Abenteuer stürzen. Andererseits war es eine gute Möglichkeit, Ben näher kennenzulernen, denn momentan fühlte sie sich stark zu ihm hingezogen.

„Eigentlich bin ich völlig erschöpft und wollte nach Hause, aber vielleicht ist das gar keine so schlechte Idee. Irgendwas muss ich sowieso zu mir nehmen, so ausgepowert, wie ich bin", meinte Marisa. „Wo sollen wir denn hin, nach was steht dir der Sinn? Es gibt hier jede Menge Restaurants. Von deutscher über italienische bis zur griechischen Küche ist hier alles vertreten."

„Das überlasse ich dir, du kennst dich hier wohl besser aus als ich und weißt sicher, in welchem Lokal es das beste Essen gibt", antwortete Ben.

„Dann sollten wir ins Paradiso. Dort gibt es italienische und deutsche Gerichte und das Essen schmeckt echt lecker", schlug Marisa vor.

„Also los, worauf warten wir noch. Bist du auch mit dem Auto da? Ich hab gleich da drüben geparkt, der schwarze Audi ist meiner", sagte Ben.

„Ja, mein Auto steht gleich da vorne. Ich fahre einen roten Honda. Vielleicht ist es am besten, wenn du hinter mir herfährst", erklärte Marisa und hoffte, dass das nicht allzu überheblich klang.

„Alles klar, dann lass uns gehen", sagte Ben nur und freute sich wie ein kleines Kind, dass er es diesmal wirklich geschafft hatte und seine Chance nicht wieder ungenutzt gelassen hatte.

Sie waren also zum Paradiso gefahren, hatten sich an einen Tisch gesetzt und etwas gegessen und getrunken. Sie unterhielten sich über ihre Arbeit, tauschten noch mehr über ihre Freizeitaktivitäten aus und hatten zwischenzeitlich das Gefühl, als würden sie sich schon viel länger kennen. Marisa hatte Ben auch gefragt, warum er alleine unterwegs war, ohne Nick oder einen anderen Freund. Er hatte, zwar etwas zögerlich und mit leicht rotem Gesicht, dann aber verraten, dass sie der Grund dafür war. Er wollte endlich mal alleine die Frau besser kennenlernen, die ihn schon vor ein paar Wochen so in ihren Bann gezogen hatte.

Marisa erkannte, dass ihm das wohl nicht leichtgefallen und er sichtlich entspannter war, als er es endlich ausgesprochen hatte. Sie bewunderte seine Offenheit, denn es fiel ihm schwer, darüber zu sprechen. Sie hatte das Gefühl, dass er es ernst meinte und sie wirklich gerne wiedersehen wollte. Und wenn sie ehrlich zu sich selbst war, wünschte sie es sich auch.

So kam es, dass sie ihre Telefonnummern austauschten, um sich zu einem neuen Treffen verabreden zu können, ohne dass Ben erst wieder zum nächsten Volleyballspiel mit Marisa kommen musste. Als sie sich verabschiedeten, standen sie sich gegenüber und sahen sich nochmals tief in die Augen, so wie schon mehrfach während des gemeinsamen Essens. Beide spürten innerlich eine Hitze in ihrem Körper aufsteigen. Ben wollte Marisa eigentlich umarmen, traute sich aber nicht, denn es schien ihm trotz der letzten Stunden verfrüht, und er wollte den schönen Anfang nicht kaputt machen. Marisa hatte sich insgeheim gewünscht, dass Ben sie an seinen Körper gezogen hätte und ihr vielleicht zum Abschluss des schönen Abends einen Kuss auf die Wange oder sogar den Mund gehaucht hätte. Aber dazu war er wohl noch nicht bereit. Auch Marisa, die sonst immer sehr spontan war und ihre Gefühle gerne schnell zeigte, hielt sich zurück, denn sie wollte dieses Mal nichts überstürzen und sich über die eigenen Gefühle klarer werden. Vielleicht war es auch besser, nicht gleich zu viel zu erwarten. So ging jeder seines Weges, Ben fuhr Richtung Esslingen und Marisa nach Winnenden.

In den darauffolgenden Wochen trafen sie sich immer häufiger, und so kam es, dass sie sich immer besser kennenlernten. Sie wussten nun noch mehr Einzelheiten über den anderen und verstanden sich gegenseitig noch besser. Es stellte sich sehr schnell heraus, dass sie eigentlich ganz unterschiedliche Charaktere waren. Marisa, die spontane, impulsive, vor Lebensfreude Sprühende. Ben war da ganz anders. Er genoss zwar auch das Leben, war aber weitaus berechnender, bei Weitem nicht so flexibel wie Marisa, und dennoch ließ er sich für sie immer eine schöne Überraschung einfallen, um ihr aufs Neue zu imponieren. Allerdings plante er das im Voraus, denn so spontan oder unter Druck fiel ihm oft nichts Besonderes ein. Aber wichtig war, dass er sich überhaupt Gedanken machte. Was Marisa besonders an ihm schätzte und liebte, war seine Einfühlsamkeit, welche er ihr in den letzten Wochen immer wieder bewiesen hatte.

Als sie sich das erste Mal körperlich näher kamen, konnte sie es kaum fassen. Zunächst küsste er ihren Hals, ihr Dekolleté und ihre Brüste. Er war so sanft und liebevoll, dass sie gar nicht genug bekommen konnte. Er übersäte auch die restlichen Körperteile dank seiner zarten Hände mit Liebkosungen, bis er immer tiefer an ihre empfindlichsten Stellen vordrang, dass sie glaubte zu zerspringen. Es war wie im Traum. Dass ihr so etwas passierte, war unfassbar. Sie konnte schon nicht mehr klar denken. Völlig außer Atem gab sie sich ihm hin und spürte, wie sein Drängen immer heftiger wurde und wie er mit ihr verschmolz.

Sie waren beide sehr fleißig, strebsam und zuverlässig. Beide arbeiteten hart, jeder auf seine Weise, und die Freizeit verbrachten sie, sofern sie nicht ihren sportlichen Aktivitäten nachgingen, meist mit Freunden. Sie verstanden sich gut, wenn es Probleme gab, konnten sie diese miteinander besprechen, und meist fanden sie eine Lösung, auch wenn das dann häufig Marisas Vorschlag war. Sie war die treibende Kraft in ihrer Beziehung und konnte sich auch besser durchsetzen. Mit ihrer unkomplizierten offenen Art beflügelte sie meistens auch Ben, der deutlich zurückhaltender und auch etwas nachdenklicher wirkte.

***

Vor einem Jahr waren sie dann zusammen in eine gemeinsame, etwas größere Wohnung gezogen. Dadurch war gewährleistet, dass trotzdem noch jeder seinen Freiraum, den sie beide sehr schätzten, hatte. Inzwischen dachte Ben sogar schon etwas weiter. Er würde gerne Marisa heiraten und mit ihr eine Familie gründen. Doch bisher hatte er Marisa weder einen Heiratsantrag gemacht noch sonst in irgendeiner Art und Weise mit ihr darüber gesprochen. Er wusste nicht, wie sie reagieren würde, und hatte Angst, sie zu verlieren, wenn er sie damit vielleicht zu sehr bedrängte. Daher hatte er beschlossen, erst noch einmal abzuwarten, vielleicht würde sich ja auch im Urlaub in entspannter Atmosphäre eine passende Situation ergeben.

Die letzten Urlaube hatten sie in Europa verbracht. Meistens waren sie dann mit dem Auto unterwegs zu den schönsten Städten und Gegenden, die es in Italien, Frankreich oder Spanien zu sehen gab. Den Norden, wie zum Beispiel Schweden, hatten sie noch nicht erkundet, weil es Marisa dort zu viel Natur und zu wenige kulturelle Sehenswürdigkeiten gab und die Entfernungen teilweise beträchtlich waren. Ben war da zwar anderer Meinung, aber es war ihm nicht so wichtig, und er legte daher keinen großen Wert auf die Durchsetzung seiner Interessen.

Es war eines Abends, als Marisa alleine einen Film über Indien gesehen und diesen völlig faszinierend gefunden hatte. Von da an wurde eine Reise nach Indien zur fixen Idee. Sie klammerte sich geradezu daran fest. „Ben, lass uns in unserem nächsten Urlaub nach Indien fliegen", hatte sie ihm gesagt. „Das Land hat einfach alles zu bieten, was es gibt."

Ben hatte völlig überrascht geantwortet: „Wie kommst du denn um Himmels willen auf Indien? Wäre dir nicht ein näheres Urlaubsziel eingefallen? Das wird uns ein Vermögen kosten."

„Das kommt ganz darauf an", hatte sie nur lapidar geantwortet.

„Worauf kommt es denn an?"

„Auf die Art der Reise! Wir müssen ja nicht gerade im Luxushotel übernachten. Das geht auch einfacher. Und Indien selbst ist gar nicht so teuer."

„Na, das hast du dir ja fein ausgedacht. Du hast dich wohl schon erkundigt, so gut wie du dich auskennst."

„So ist es", konterte Marisa mit einem siegessicheren Lächeln im Gesicht.

Sie war sich ziemlich sicher, dass Ben, auch wenn er sich erst mit dem Gedanken anfreunden und sie ihm ein wenig Zeit geben musste, irgendwann zustimmen würde. Sie kannte ihn schon sehr gut und spürte, dass sie ihm sehr wichtig war. Es kam öfters vor, dass er ihr die Wünsche nahezu von den klaren blauen Augen ablas und sie jedes Mal wieder überraschte. Und er selbst beschenkte sich damit auch, denn er war nur wirklich glücklich, wenn Marisa es auch war.

Ben hatte den neuesten Vorschlag noch in den Ohren und sich immer wieder überlegt, wie er reagieren sollte. So ganz einfach und günstig, wie Marisa sich das vorstellte, würde das sicher nicht werden. Außerdem war Indien ein Land mit völlig fremder Kultur und nicht mit ihren bisherigen Urlaubsländern in Europa zu vergleichen. Er würde erst mal auf Distanz gehen und abwarten, was sie ihm alles zu berichten hatte. So wie er sie kannte, würde sie sich bereits ausreichend informiert haben, um ihm dann die Vorzüge schmackhaft zu machen und perfekt zu präsentieren. Andererseits dachte er, wäre es ja vielleicht gar nicht so schlecht, sich auch mal mit einer anderen Kultur zu beschäftigen, wann tat man das sonst? Das wollte er Marisa allerdings zunächst einmal nicht sagen. Sie sollte sich bemühen, und er würde es ihr diesmal nicht zu leicht machen und nicht allzu schnell nachgeben. Nur wenn er wirklich überzeugt war, würde er zustimmen.

Zwei Wochen später, sie saßen gerade beim Abendessen zusammen, fragte sie dann: „Und, hast du dir schon überlegt, was du von meinem neuen Urlaubsziel hältst?"

„Nein, denn ich habe nicht allzu viele Informationen, und ohne solche ist es etwas schwierig. Ich weiß eigentlich nur, dass es in Asien liegt, ziemlich groß ist, die Bevölkerung überwiegend Hinduisten sind und es im Norden immer wieder politische Unruhen mit der muslimischen Bevölkerung gibt. Ich nehme an, dass du dafür umso mehr weißt. Lass mal hören."

„Dann weißt du ja eigentlich schon das meiste. Allerdings sind diese Fakten für eine Reise eher unwesentlich."

„Danke, dass du mir so freundlich mitteilst, dass ich doch nichts weiß", sagte er ein bisschen sarkastisch, meinte es aber nicht wirklich so. Er wollte sie nur aus der Reserve locken.

Marisa fuhr sogleich mit ihrer Rede fort: „Indien hat eine Vielzahl kultureller Sehenswürdigkeiten! Denk nur an das Taj Mahal in Delhi. Es gibt noch viele andere Prachtbauten und Tempel. Und dann die unterschiedlichen Landschaften, welche vom Hochland über die Wüste bis hin zum subtropischen Klima alle vertreten sind. Natürlich sollte man die herrlichen Meeresküsten mit den tollen Stränden nicht vergessen. Die Hindus sind stark geprägt durch ihr Kastenwesen, welches die unterschiedlichsten Bevölkerungsschichten hervorbringt. Es gibt die gesamte Bandbreite unter der über eine Milliarde zählenden Bevölkerung, von Armut bis Reichtum, von Analphabeten bis zu den hochintelligenten Persönlichkeiten. Indien ist eigentlich ein Selbstversorgerland. Diese Tatsache, verbunden mit der vorhandenen Armut, ist eigentlich kaum nachvollziehbar. Und genau da liegt der Reiz. Indien ist ein Land der Gegensätze. Und die ziehen sich bekanntermaßen an, oder siehst du das etwa anders?", fragte sie spitz und musste sich ein Lächeln verkneifen.

Gleichzeitig überlegte sie, ob sie nun zu weit gegangen war und Ben damit provoziert oder gar verletzt hatte. Das wollte sie nämlich unter gar keinen Umständen. Immerhin war es ihr Wunsch, diese Reise zu unternehmen, und sie würde sich anstrengen müssen ihn mit echten Argumenten zu überzeugen. Andererseits wollte sie auch nicht nur die „nackten" Tatsachen auflisten, das kam ihr irgendwie langweilig vor.

Das entging Ben natürlich nicht und nun musste er sich zurückhalten, damit Marisa nicht erkennen konnte, dass er nahe daran war, über das ganze Gesicht zu grinsen. Er blickte ihr tief in ihre klaren blauen Augen und meinte: „Ach so. Und wie hast du dir das im Detail vorgestellt? Du hast doch sicher schon bestimmte Vorstellungen. Bei so einem riesigen Land ist es doch wohl unmöglich, alles anzusehen, oder liege ich da auch wieder nicht richtig?"

„Nein, natürlich hast du recht. Dafür bräuchte man wahrscheinlich Monate. Die werden wir wohl kaum haben. Daher sollte man sich auf ein spezielles Gebiet festlegen. Denn bei den Entfernungen dürfte es ansonsten recht schwierig, um nicht zu sagen, sogar unmöglich werden, alles auf die Reihe zu bekommen. Aber im Einzelnen habe ich mir dazu noch keine Gedanken gemacht. Schließlich ist es ja erst mal ein Vorschlag. Und es macht wohl erst Sinn, sich über die Details Gedanken zu machen, wenn du dich auch grundsätzlich dafür entschieden hast."

„Vielleicht kannst du mir noch mehr Anhaltspunkte liefern, die mir meine Entscheidung erleichtern. Sicher hast du dich schon über die Kosten erkundigt", gab Ben zurück.

„Das kommt ganz darauf an und ist ziemlich stark abhängig, ob es um eine organisierte Reise oder eine Individualreise geht, welche Orte besucht werden und welcher Art die Unterkünfte sein sollten. Ausschlaggebend ist natürlich auch die Reisedauer. Wobei sich diese bei einfacherer Unterbringung sicher nicht so dramatisch auswirkt. Denn der Flug wird verhältnismäßig das Teuerste sein", klärte sie ihn ganz sachlich auf. „Kriegst du denn gar keine Lust, so ein abwechslungsreiches Land mit all seinen Besonderheiten und der kulturellen Vielfalt kennenzulernen?"

„Ich hab mich damit ja noch nicht näher beschäftigt, so wie du. Aber so schnell kann ich da keine Entscheidung treffen. Dazu benötige ich wohl noch ein bisschen mehr Informationen. Momentan hast du mir ja viel Allgemeines berichtet. Aber wie soll so eine Reise denn deiner Meinung nach konkret aussehen? Hast du dir darüber schon Gedanken gemacht? Außerdem fände ich auch den Kostenpunkt noch sehr interessant", gab er zu bedenken.

„Darüber habe ich im Einzelnen noch nicht nachgedacht. Denn es macht doch gar keinen Sinn, mich mit etwas zu beschäftigen, wenn du dir dann eventuell schon im Vorfeld so eine Reise gar nicht vorstellen kannst und nicht damit einverstanden wärst", konterte sie. „Aber es wäre vielleicht sowieso besser, wenn wir das gemeinsam machen, denn es soll ja unser gemeinsamer Urlaub werden. Bisher haben wir die Routen doch auch immer gemeinsam festgelegt. Also sollten wir es auch dieses Mal so handhaben!", stellte Marisa fest und hoffte insgeheim, dass Ben sich dadurch nicht bedrängt fühlte.

„Ja, sicher wird das die beste Möglichkeit sein, sich auch konkreter damit auseinanderzusetzen und gemeinsam dann eine Entscheidung zu treffen", stimmte Ben ihrem Vorschlag zu und freute sich, dass er noch nicht gleich zur ganzen Reise Ja gesagt hatte. So richtig konnte er es sich noch nicht vorstellen.

Marisa freute sich riesig, dass Ben weiteren Prüfungen zugestimmt hatte. Denn nun konnten erst einmal die notwendigen Recherchen in die Wege geleitet werden, bevor eine endgültige Meinung gefasst wurde. „Also gut, dann schlage ich vor, dass ich erst mal einen Reiseführer und weitere Informationen zu den Kosten besorge. Dann können wir ja weiter prüfen und überlegen, was wir machen wollen."

„Ja, das hört sich doch vernünftig an", stimmte Ben zufrieden zu.

Marisa war die nächsten Wochen beruflich extrem angespannt und konnte sich nicht so, wie sie es gerne gewollt hätte, um die Reiseinformationen kümmern. Sie hatte jedoch bereits zwei verschiedene Reiseführer in der Bücherei ausgeliehen. Allerdings lagen die nun etwas verwaist auf ihrem Wohnzimmertisch und wurden leider viel zu selten von ihr gelesen. Ben hatte vermutlich schon einen Wissensvorsprung, da er sich intensiver damit beschäftigt hatte. Zumindest hatte sie das Gefühl, und das war ihr irgendwie nicht so recht. Warum, konnte sie selbst nicht sagen, aber sie hatte es einfach nicht gern, wenn jemand anders über ein Thema, das sie eigentlich kennen sollte und das ihr am Herzen lag, mehr wusste als sie selbst. Es war auch zu blöd gewesen, kaum dass sie das Thema bei Ben angesprochen hatte, waren im Unternehmen haufenweise Aufträge eingegangen und Marisa musste wieder einmal zusehen, wie sie all die Arbeit erledigen würde. Das passte überhaupt nicht in ihren Zeitplan. Aber sie konnte momentan nichts daran ändern und die verbleibende Freizeit wollte sie auch zur Erholung nutzen. Da sie nicht zu viel Zeit verlieren wollte, machte sie sich eines Samstags auf den Weg in das am nächsten gelegene Reisebüro. Dort erkundigte sie sich über eine Reise nach Indien und erfuhr einiges Wissenswerte. Für eine bessere Übersicht und zur Vorstellung bei Ben nahm sie Kataloge drei verschiedener Reiseanbieter mit. Dort würde sie noch mehr über die einzelnen angebotenen Reiseverläufe, Sehenswürdigkeiten sowie die Kosten erfahren.

Weitere drei Wochen später glaubten sie beide über einen Überblick zu verfügen, der es ihnen erlaubte, die Fakten näher zu betrachten und darauf basierend eine Entscheidung treffen zu können und im besten Falle gegebenenfalls weitere Planungen anzustreben. Es traf sich gut, da Marisa an diesem Wochenende spielfrei hatte und auch ansonsten keine Verpflichtungen anstanden. Sie konnten sich also ganz ihrem Vorhaben widmen und in aller Ruhe Vor- und Nachteile abwägen. Erst dann würde von Ben eine endgültige Entscheidung gefällt. Marisa konnte es kaum mehr erwarten bis Freitagabend war.

Obwohl der Tag recht anstrengend war, freute sich Marisa auf den bevorstehenden Abend. Es würde endlich konkreter werden und sicher war das heutige Gespräch mit Ben entscheidend, wie seine Wahl in Bezug auf das Urlaubsziel ausfallen würde. Wenn er sich nicht für Indien entschied, würden sie vermutlich wieder mit dem Auto irgendwohin fahren. Vielleicht nach Kroatien oder Griechenland. Aber sie war optimistisch. Immerhin hatte sie in den letzten Tagen einen Zahn zugelegt, um notfalls die letzten Bedenken bei Ben auszuräumen. Sie wusste eigentlich selbst nicht warum, aber auf seltsame Weise hatte sie sich in den letzen Wochen schon so intensiv auf Indien vorbereitet, dass es für sie gar keine echte Alternative mehr gab. Es musste ihr eben einfach gelingen, Ben von Indien als Urlaubsziel zu überzeugen.

Auf dem runden Esszimmertisch stand bereits eine große Auswahl an Wurst und Käse, wobei die von Ben begehrten Sorten extra zahlreich angerichtet waren, sowie ein wenig Rohkost und dazu ein Holzofenbrot. Es war Bens Lieblingsbrot und durfte heute ebenfalls nicht fehlen. Marisa handelte bereits beim Essen nach dem Motto: „Liebe geht durch den Magen." Vielleicht war da ja was dran. Das würde sich bald herausstellen. Zum Trinken hatte sie wie jeden Abend Mineralwasser und ein Bier bereitgestellt. Auf weitere Extras hatte sie bewusst verzichtet, da das vermutlich zu auffällig gewesen wäre und ihn nur stutzig gemacht hätte.

Ben kam heute später als Marisa nach Hause und war sichtlich erfreut, bereits einen gedeckten Tisch vorzufinden, als er das Esszimmer betrat. „Hallo, das sieht ja schon lecker aus", sagte er zur Begrüßung, legte seine Hand um Marisas Taille, zog sie an sich und gab ihr einen zärtlichen Kuss. „Am besten, wir essen erst mal in aller Ruhe, um anschließend gut gestärkt alles Weitere zu besprechen", fuhr er fort.

Marisa blieb gar keine andere Wahl, obwohl es vermutlich sowieso das Beste war. Während Marisa vor Aufregung kaum etwas essen konnte, gleichzeitig darauf hoffte, dass das Essen heute nicht so lange dauern würde, war Ben völlig entspannt, saß ganz gemütlich zurückgelehnt und aß genüsslich. Marisas ganzer Körper war angespannt, in ihrem Gesicht waren schon die ersten Sorgenfalten zu sehen. Wie würde Ben sich entscheiden?

Der Tisch war schnell abgeräumt, das Geschirr in die Geschirrspülmaschine gestellt und die Lebensmittel im Kühlschrank untergebracht. Ben meinte: „Dann lass mal sehen, was du sonst noch alles vorbereitet hast. Ich besorge meine Unterlagen auch gleich. Bin schon ganz gespannt, was du zu berichten hast. Was hältst du davon, wenn wir uns ins Wohnzimmer setzen?"

„Prima Idee", gab Marisa zurück.

Sie hatte ihre Unterlagen alle im Arbeitszimmer fein säuberlich in einem eigens dafür bereitgestellten Ablagefach neben dem Computer abgelegt. Dazu gehörten verschiedene Landkarten, zwei Reiseführer aus der Bücherei, einige Internetinfos des Fremdenverkehrsverbandes (Botschaft) Indien, Urlaubskataloge der unterschiedlichen Anbieter sowie einige DIN-A4-Blätter mit handschriftlichen Vermerken. Sie nahm die Unterlagen alle heraus, blätterte nochmals kurz durch, ob sie wirklich alles hatte, und ging dann mit den Unterlagen in den Händen vollbepackt ins Wohnzimmer. Dort breitete sie alles schön getrennt nebeneinander auf dem rechteckigen, relativ langen, mit einer Glasplatte versehenen Wohnzimmertisch aus. Zwischenzeitlich hatte Ben ebenfalls seine Unterlagen, die allerdings nur aus ein paar Zetteln mit ebenfalls handgeschriebenen Notizen bestanden, herbeigeholt. Er legte diese vor sich auf dem noch freien Ende des Tisches ab, machte sich auf den Weg in die Küche, um noch frische Gläser und Getränke zu holen. Dabei fragte er Marisa, ob sie beim Wasser bleiben oder lieber etwas anderes trinken wolle. Sie wollte nur Wasser, alles andere hätte ihn auch gewundert. Er schloss sich ihrer Entscheidung an. Im Wohnzimmer stellte er die Gläser und die Wasserflasche auf den separaten Beistelltisch. So würde zumindest nicht noch ein versehentlich umgestoßenes Wasserglas über die Unterlagen fließen, was ja alles schon mal vorgekommen war. Außerdem passierte so etwas meistens zum ungünstigsten Zeitpunkt. Schließlich gehörten die Reiseführer der Bücherei, sie sollten also unversehrt zurückgebracht werden. Er setzte sich auf die linke Seite des großen, mit beigem Leder überzogenen Sofas. Marisa stand zunächst noch beobachtend im Raum, entschied sich nun aber ebenfalls auf dem Sofa rechts von Ben Platz zu nehmen. Sie streckte die Beine von sich, lehnte sich entspannt zurück und machte es sich bequem.

„Also", begann Marisa, „da du ja etwas zu den Kosten wissen wolltest, habe ich mich zwischenzeitlich bezüglich der Preise schlaugemacht. Da gibt es ziemlich große Unterschiede."

Ihr war in der Zeit, seit der sie Ben kannte, nicht entgangen, dass er es nicht besonders gerne hatte, wenn lange um den Brei herum geredet wurde, deshalb versuchte sie sich auf das Wesentliche zu beschränken und ihm die Fakten ziemlich klar aufzuzeigen. Als sie begann, schaute sie Ben an, denn sie wollte unbedingt seine Reaktion sehen, um unter Umständen ihre Strategie zu ändern.

„Erstens wäre eine Pauschalreise möglich. Da variieren die Preise für eine 14-tägige Reise von circa 2.500 bis 3.500 Euro pro Person. Das hängt dann von der Reiseroute, den angebotenen Ausflügen und natürlich von den Unterkünften ab."

Ben richtete sich nun auf, sah nicht mehr ganz so gelassen aus wie noch vor einer Minute. Der Preis machte ihm wohl doch zu schaffen. Bevor er etwas fragen oder erwidern konnte, fuhr sie schnell fort: „Da mir das ziemlich teuer erscheint, habe ich mich erkundigt, was nur ein Flug nach Bombay oder Delhi kostet. Hier liegen die Preise, je nachdem ob es Direktflüge oder welche mit Zwischenstopp sind, zwischen ungefähr 750 und 900 Euro pro Nase. In diesem Fall könnten wir die Unterkünfte einzeln, am besten direkt vor Ort, in den jeweiligen Städten suchen und bezahlen. Das hätte mehrere Vorteile. Einerseits könnten wir uns die Quartiere erst mal ansehen, andererseits müssten wir nicht in den exklusiven Hotels, die sehr teuer sind, übernachten. Bei einer Individualreise müssten wir uns nicht nach anderen richten, könnten unsere Reiseroute selbst nach unseren Wünschen und Bedürfnissen zusammenstellen und könnten ziemlich sicher wesentlich billiger und sogar noch länger Urlaub machen. Es würde sich sogar lohnen, drei oder vier Wochen zu fliegen", schloss sie völlig übersprudelnd ihren Vortrag.

Je mehr sie davon berichtete, desto mehr fühlte sie sich infiziert. Was dachte Ben? War er immer noch so zurückhaltend und skeptisch, oder hatte sie ihn mit ihrer Euphorie bereits angesteckt? Was fühlte er? Wenn er doch endlich mal was sagen würde! Sollte sie ihn einfach fragen? Ihr Gesicht sah ziemlich blass aus und sie fühlte sich wie eingesperrt. Ben saß zwar wieder etwas entspannter, aber doch sichtlich nachdenklich mit leichten Denkerfalten auf der Stirn. Er hatte gespürt, wie Marisa schon alleine bei dieser kurzen Vorstellung vor Enthusiasmus sprühte und sie sich momentan nichts sehnlicher als eine Reise nach Indien wünschte. Konnte er ihr diesen Wunsch abschlagen und ihren Traum wie eine Seifenblase platzen lassen, nur weil es ihm noch nicht ganz wohl bei dem Gedanken war? Dazu war er wohl kaum in der Lage, und wenn er es sich eingestand, hatte sie ihn schon ein bisschen angesteckt. Auch wenn er nach wie vor skeptisch war und so eine Reise sicher noch einiges mehr an Vorbereitungen bedurfte, hatte sich seine anfangs vorherrschende Abneigung inzwischen eher in abwartende Zuneigung gewandelt. Er spannte Marisa nicht länger auf die Folter und hakte mit immer noch gerunzelter Stirn nach: „Welche Art von Reise hast du dir denn vorgestellt?"

Von der Frage völlig überrascht brauchte Marisa erst einige Sekunden, ehe sie antworten konnte. Wie konnte sie diese Frage interpretieren? Handelte es sich nun schon um eine Zustimmung, oder musste sie erst noch mehr preisgeben, bevor er sich endlich eindeutig entschied? Egal, dachte sie, immerhin hat er noch nicht abgelehnt, also sind die Karten noch nicht gefallen. Die Farbe in ihrem Gesicht war wieder etwas rosiger geworden und ihre Augen hatten wieder einen leicht schimmernden Glanz angenommen. Allerdings war ihre Kehle ganz trocken.

„Natürlich erzähle ich dir das gerne. Würdest du mir aber erst bitte einen Schluck Wasser einschenken, denn das wird dann wohl ein bisschen ausführlicher! Mein Mund ist jetzt schon ganz trocken."

Er nahm die Wasserflasche, schraubte den Deckel ab und goss zunächst ihr, danach dann auch gleich sein eigenes Glas voll. Die Wasserflasche wieder zugedreht und am Boden abgestellt ergriff er ein Glas und reichte es ihr mit den Worten: „Hier bitte."

„Vielen Dank", kam es kurz von Marisa.

Marisa nahm mehrere Schlucke und fühlte sich gleich besser. Voller Elan fuhr sie fort: „Aus meiner Sicht spricht eigentlich alles für eine Individualreise. Die könnten wir wirklich nach unseren speziellen Wünschen planen und sie würde sicher bedeutend billiger. Da es sich aber um ein riesiges Land handelt und sicher in einem Urlaub nicht alles bereist werden kann, sollte zwischen drei alternativen Reisemöglichkeiten gewählt werden, die ich wie folgt benannt habe: Die erste heißt Norden, die zweite Osten, die dritte Süden."

Sie nahm eine von den beiden auf dem Tisch liegenden Karten, faltete sie auf, um sie dann, nachdem sie die anderen Unterlagen etwas zur Seite gerückt hatte, wieder auf dem Tisch aufgeschlagen abzulegen.

„Schau hier! Im Norden gibt es mehrere verschiedene Klimazonen. Vom Hochland, wo es meist recht kühl und in den Wintern sogar recht kalt ist, über die Wüste bis hin zu den tropischen Verhältnissen an der Meeresküste bietet diese Region nahezu alles."

Marisa führte zur Untermalung gleichzeitig den Zeigefinger ihrer rechten Hand auf der Landkarte vom äußersten nördlichen Bundesstaat Ladakh über die westlich gelegene Wüste Thar und die riesige Metropole und gleichzeitige Hauptstadt Delhi bis zum Meer oberhalb Bombays.

„Außerdem bietet dieser Teil Indiens vermutlich die meisten Sehenswürdigkeiten des Landes. Angefangen vom weltberühmten Taj Mahal über diverse Tempel und Maharaja-Paläste bis hin zu den durch ihre Baukünste bekannten und beeindruckenden Städten Jaisalmer und Jodhpur. Der Osten hingegen ist wohl am bekanntesten aufgrund seiner Grenze zu Nepal sowie der durch extreme Armut hervorstechenden und nicht nur durch Mutter Theresa bekannt gewordenen Stadt Kalkutta. Nicht zuletzt gibt es dort herrliche Küstenregionen, die zum Baden sehr einladend sein sollen, sowie eine üppige Vegetation. Natürlich gibt es auch dort verschiedene Tempel, die aber nicht die Bedeutung haben wie die anderen im Norden."

Sie machte eine kurze Pause, nahm nochmals ihr Glas zur Hand und führte es an ihren Mund, um einige Schlucke zu trinken. Zur weiteren Verdeutlichung führte sie auch bei dieser und der noch anstehenden Erklärung der letzten Route wieder ihren Finger über die Karte von einem Ort zum anderen.

„Der Süden beginnt in meiner Einteilung bei der Riesenmetropole Bombay, dem heutigen Mumbai. Allerdings habe ich mich immer noch nicht an den neuen Namen gewöhnt. Also, mein sogenannter Süden führt über die herrliche westliche Küstenregion, die über einmalige Strände verfügen soll, bis hin zur Südspitze. Hier liegt auch der von den Portugiesen geprägte, überwiegend christliche Staat Goa. Der Süden zeichnet sich sowohl durch einige eindrucksvolle historische Städte als auch den Tourismus sowie durch einmalige Vegetation aus. Diese Region ist wohl die reichste ganz Indiens. Natürlich gibt es an der Ostküste im südlichen Teil Indiens ebenfalls schöne Strände und einige interessante, wichtige Industriestädte." Nun hielt sie erst einmal inne und beobachtete Ben skeptisch. Sie konnte immer noch nicht einschätzen, welchen Gemütszustand, geschweige denn welche Einstellung er bisher zu solch einer Reise hatte. Seine Ruhe brachte sie beinahe zur Verzweiflung. Ben spürte, dass sie kaum mehr ruhig sitzen konnte. Aber so einfach würde er es ihr nicht machen.

Nun forderte Ben sie erneut zu weiteren Erklärungen auf: „Hört sich zunächst mal alles ganz toll an. Welche der drei Alternativen bevorzugst du? Wie stellst du dir das mit dem Reisen innerhalb des Landes vor? An welche Art von Fortbewegungsmittel hast du da gedacht? So ganz einfach, schätze ich, wird das nicht werden. Wenn ich richtig informiert bin, gibt es in Indien mehrere verschiedene Sprachen oder Dialekte, je nach Region. Obwohl Englisch die Amtssprache ist, heißt das noch lange nicht, dass jeder Inder englisch spricht. Mit Hindi, Tamil oder irgendeiner anderen Sprache würden wir da wohl unsere Schwierigkeiten haben. Oder wie siehst du das?"

Ben hatte wieder seine Stirn gekräuselt. Er schaute sie prüfend und herausfordernd zugleich an. Er war sehr gespannt, was sie ihm dazu alles zu berichten hatte. Sicher war sie gut vorbereitet. Es würde ihr also nicht allzu schwerfallen, auf seine Einwände oder Fragen sich etwas Plausibles einfallen zu lassen. Marisa spürte förmlich, wie sich ihr kurzzeitig relativ entspannter Körper zusammenzog, sich fast verkrampfte. Warum machte er es ihr so schwer? Andererseits hatte sie ja schon damit gerechnet, schließlich war Ben nicht so spontan wie sie selbst. Er wollte gerne im Voraus wissen, was ihn erwartete. Für irgendwelche waghalsigen Abenteuer war er nicht der Typ, darauf würde er sich wohl kaum einlassen. Diesbezüglich waren sie doch sehr unterschiedlich.

Sie holte tief Luft, setzte zu weiteren Erklärungen an: „Ich habe mich noch auf keine der vorgestellten Alternativen festgelegt. Dazu müsste ich mich noch näher mit den Einzelheiten auseinandersetzen. Sicherlich hat jede Route ihren Reiz. Da kommt es dann vermutlich darauf an, wo die Prioritäten in unserem Urlaub gesetzt werden sollen. Je nachdem, ob wir eher Land und Leute kennenlernen wollen und daher wohl stärker die kulturellen Sehenswürdigkeiten anschauen oder ob wir uns stärker auf den reinen Erholungseffekt konzentrieren wollen. Momentan schwanke ich daher zwischen einer Route durch den Norden oder den Süden. Da allerdings am ehesten durch die westliche Region, denn da könnten wir vermutlich beides relativ gut kombinieren. Den Osten würde ich eher ausschließen."

Sie machte eine kleine Pause und ließ ihre Worte erst einmal wirken, bevor sie fortfuhr: „Das mit dem Reisen innerhalb des Landes hängt wahrscheinlich davon ab, was wir genau besichtigen würden. Hauptsächlich müssten wir den Bus oder Zug zum Weiterkommen nutzen. In Einzelfällen könnten wir auch auf das Flugzeug zurückgreifen. Eigentlich steht überall, dass man mit Englisch gut durchkommt. Auch wenn es viele Analphabeten gibt, andere vielleicht auch nur ihre Landessprache sprechen, so dürfte es doch bei so vielen Menschen jede Menge geben, die auch englisch sprechen und verstehen. Es gibt doch auch dort sehr gebildete Leute. Warum sollte man da ständig nur auf die treffen, mit denen es Verständigungsschwierigkeiten geben kann? Immerhin sind Inder und Pakistanis dafür bekannt, dass sie den IT-Markt im Schnellschritt erobern und auch international auf dem Arbeitsmarkt sehr begehrt sind. Ich kann mir also nicht vorstellen, dass es da irgendwelche Probleme geben würde. Und wenn doch, können wir uns ja immer noch auf die altherkömmliche Weise, mit Händen und Füßen, verständigen. Das muss nicht immer das Schlechteste sein. Außerdem verstehe ich mich darauf auch ganz gut, wie du ja selber schon mehrfach mitgekriegt hast. In Italien blieb uns dies letztes Jahr auch öfters als einzige Möglichkeit, um schließlich zu unserem Ziel zu kommen. Da macht es für mich keinen Unterschied, ob ich in Italien oder Indien bin."

„Du meinst wohl, nur weil beide Länder mit I anfangen, kannst du sie miteinander vergleichen", versuchte er sie ein wenig zu provozieren. Doch diese Spitze überhörte sie und ging ihre dargelegten Punkte nochmals im Geiste durch. Marisa war während ihres Monologs wieder ganz sie selbst. Sie war um keine Antwort verlegen gewesen und es fielen ihr zu allen Punkten genügend gute Gründe ein, wenn sie selbst davon überzeugt war. Sie war, während sie gesprochen hatte, wieder sehr zuversichtlich, ja sogar sehr zufrieden geworden. Ben blieb doch wohl nun gar nichts anderes mehr übrig, als davon überzeugt zu sein. Sie drehte sich langsam in seine Richtung und blickte tief in seine grünen Augen. Sie konnte es kaum erwarten, wie er reagieren würde. Wollte er etwa noch mehr Argumente von ihr hören?

„Und, was meinst du nun?", fragte sie zaghafter als gewünscht, obwohl sie eine innere Unruhe, die sie fast platzen ließ, spürte.

Ben schaute sie an, blickte ihr lange in die Augen, ohne ein Wort zu sagen. Er rückte ein Stück näher an sie heran, legte seinen rechten Arm um ihre Schultern, neigte sich zu ihr, zog sie ganz langsam, aber sachte an sich heran, ohne den Blick von ihren Augen zu lassen. Wallungen kamen in ihr auf. Er musste ihr doch eine Antwort geben. Unmöglich, dass er sie zappeln ließ wie einen Köder, bevor er wusste, ob er nun zum Fraß vorgeworfen wurde oder nicht. Er neigte sich ihr entgegen und küsste sie voller Leidenschaft. Sie erwiderte den Kuss und gab sich ihm hin, obwohl sie momentan gar keinen Kopf für solche Spielereien hatte. Sie konnte sich im Moment nicht darauf konzentrieren, wo ihre Gedanken gerade mit so vielen anderen Dingen beschäftigt waren. Auf einmal spürte sie, wie sich seine Lippen von ihren lösten. Während er sie weiter umklammerte, hauchte er ihr zu: „Reicht dir das zunächst als Antwort?"

Ihr Herz machte mehrere Sprünge, sie glaubte den Herzschlag förmlich zu hören, ihr Puls erhöhte sich drastisch. „Soll das Ja heißen?", fragte sie völlig aufgeregt, wild mit den Armen fuchtelnd und mit hoher Stimme. Dabei wirkte sie fast wie ein kleines Kind, dessen Weihnachtswünsche alle in Erfüllung gingen. Auch ihre Augen glänzten unbeschreiblich vor Freude.

„Ja", antwortete Ben kurz. „Allerdings gibt es noch einige weitere Dinge, die unbedingt ausgiebig zu prüfen, klären und zu regeln sind, bevor wir nach Indien reisen können. Oder hast du dich etwa auch schon mit den Einreisebestimmungen und den gesundheitlichen Risiken beschäftigt?"

„Oh, Ben, wie ich dich liebe!", schrie sie heraus und drückte ihm gleich mehrere Küsse auf beide Wangen, bevor sie ihm nun ihrerseits einen leidenschaftlichen Kuss auf den Mund drückte. Doch kaum war der vorbei, verdrehte sie ihre Augen, sah ihn fast vorwurfsvoll an, bevor sie meinte: „Obwohl, wenn ich es mir recht überlege, bist du eher ein Schuft, du hast mich ganz schön auf die Folter gespannt. Das macht ein Gentleman aber nicht!"

„Wer sagt, dass ich ein Gentleman bin? Das ist ja toll, dass ich das auch mal erfahre, ich habe das zumindest nie von mir behauptet! Daran, dass du mir schon mal so ein Kompliment gemacht hast, kann ich mich auch nicht erinnern, könnte mich aber sicher schnell daran gewöhnen", frotzelte er und hatte ein schelmisches Grinsen im Gesicht. „Aber es ist trotzdem schön zu wissen, dass ich einen positiven Eindruck bei dir hinterlassen habe. Du übrigens bei mir auch. Hast dich mächtig angestrengt, um mich zu überzeugen."

Da war wieder eines seiner netten beiläufigen Komplimente, die er einstreute. Marisas tiefblaue Augen strahlten ihn an und sie brauchte nichts zu erwidern, er verstand auch so, wie dankbar sie ihm war. Es war einfach herrlich. Sie hatte es wieder einmal geschafft, ihn in den Bann ihrer neuen Idee zu ziehen.

Eigentlich war er gar nicht so konservativ, wie sein Freund Nick üblicherweise Ben bezeichnete. Er war eben eher auf Sicherheit orientiert. Größere Aktionen wollten wohlüberlegt und gut durchgeplant sein, um allzu große böse Überraschungen zu vermeiden. Er war zwar nicht unflexibel, aber gewisse fest vorgegebene Rahmenbedingungen erleichterten ihm das Leben, er empfand es einfach als angenehmer, sich nicht auf ständige Veränderungen einstellen zu müssen.

Marisa war da ganz anders. Bei ihr hatte man das Gefühl, wenn sie sich nicht ständig auf neue Situationen einstellen musste, war es ihr recht schnell langweilig. Sie selber empfand dies eher als Herausforderung. So konnte sie auch testen, wie schnell und gut sie sich auf gewisse Situationen einstellen konnte. Auch die Reaktionen anderer Menschen darauf waren ihr sehr wichtig, sie brauchte eine gewisse Anerkennung. Erst dann lebte sie richtig auf. Ansonsten war sie nicht sie selbst.

Inzwischen war es schon recht spät geworden. Sie hatten beide nicht gemerkt, wie schnell die Stunden vergangen waren. Ben schenkte sich noch ein Bier ein und Marisa gönnte sich noch ein Gläschen Weißwein. Schließlich hatte sie einen Erfolg zu feiern. Der ursprüngliche Druck, der auf ihr lastete, war von ihr gewichen, nun könnten sie sich gemeinsam um alles Weitere kümmern. Sie prosteten sich zu, während sie den Abend Seite an Seite gemütlich und voller Eintracht ausklingen ließen. Sie war so stolz auf ihn, dass er das ungewisse Abenteuer mit ihr eingehen wollte. Kurze Zeit später lag Marisa in Bens schützenden Armen. Er genoss es, sie in seinen Armen zu halten, und drückte sie fester an sich. Sie sah wunderschön aus, wie sie so friedvoll, erleichtert und entspannt dalag. Fast schwerelos wirkte ihr Körper. Er küsste sie erst zärtlich, dann immer fordernder auf ihre sinnlichen Lippen. Marisa hielt seinem Blick stand, während sie seine Begierde erwiderte. Gleichzeitig öffneten seine Hände ihre Bluse, streichelten zunächst ganz zärtlich ihre Brüste, dann immer drängender. Dieses wunderschöne Kribbeln kam auf, wurde immer stärker. Auch sie konnte und wollte ihr Verlangen nicht mehr zurückhalten. Während sie Ben seinen Pulli hochschob, hörte er nicht auf sie zu liebkosen. Inzwischen ergriff das herrliche Gefühl ihren ganzen Körper. Sie spürte seinen schnellen Atem an ihrem Hals. Ben konnte sich kaum mehr zügeln, zog sie vom Sofa auf den Boden, wo sie sich bis zur Erschöpfung liebten.

Die nächsten Wochen vergingen wie im Flug. Jeder ging seiner Arbeit nach. Für die bevorstehende Reise waren noch viele Vorbereitungen zu treffen. Ben recherchierte im Internet und erkundigte sich beim Tropeninstitut in Tübingen, welche Impfungen für Indien nötig beziehungsweise empfohlen wurden. Das waren zum einen die auch bei uns üblichen Impfungen wie Tetanus, Polio und Diphtherie, die sie sowieso beide schon hatten und für die sie insofern nichts mehr tun mussten. Zum anderen wurden die Impfungen für Typhus, Tollwut, Hepatitis A und B empfohlen. Dann gab es auch noch eine Impfempfehlung für die Krankheit namens „Japanische Enzephalitis", von der weder Ben noch Marisa bisher etwas gehört hatten. Hier wurde ein Schutz jedoch nur für Risikogruppen empfohlen, zu denen sie vermutlich nicht gehörten, da sie voraussichtlich weder rein ländliche Gebiete besuchen noch sich länger als vier Wochen dort aufhalten würden. Das war offensichtlich eine durch Mücken übertragbare Krankheit. Darüber hinaus wäre auch ein Schutz vor Malaria ratsam. Hierbei handelte es sich allerdings um eine ernst zu nehmende Infektionskrankheit, für die es jedoch keinen Impfstoff gab. Das Risiko hing auch davon ab, in welche Gebiete sie konkret reisen wollten. Denn in Höhenlagen über 2.000 Metern hat die Anophelesmücke, die Malaria überträgt, wohl keine Überlebenschance und stellt daher in solchen Gebieten keine Gefahr für die Menschen dar. Für den Fall, dass sie auch andere Regionen besuchten – davon war auszugehen, denn schließlich wollten sie sich ja nicht nur im Hochland aufhalten – oder insbesondere während der Regenzeit reisten, sollten eine oder auch mehrere der verschiedenen Prophylaxe-Möglichkeiten in Erwägung gezogen werden. Bei der medikamentösen Malaria-Vorbeugung spielte die vorkommende Malaria-Erregerart eine wesentliche Rolle. Ebenso entscheidend wäre auch die Art des Reisens, ob der Aufenthalt überwiegend in klimatisierten Hotels oder Touristenzentren erfolgen würde oder ob die Reise als Rucksackreisende in eher einfachen Unterkünften unternommen würde. Welche Art der Malaria-Prophylaxe sie wählen sollten, könnten sie daher erst nach Absprache mit ihren Hausärzten entscheiden. Dies sollte möglichst bald erfolgen, um noch genügend Zeit für eine Entscheidung zu haben.

Es gab noch viele weitere Krankheiten, die offensichtlich alle durch diverse Mücken übertragen wurden. Da diese aber nicht überall vorkamen und es auch keine medikamentöse Vorbeugung gab, war es ratsam, sich durch hautbedeckende Kleidung, insektenabweisende Mittel wie Sprays oder Cremes, vor allem aber auch durch engmaschige Mückennetze zu schützen.

Die ärztliche Beratung war dann bei beiden Ärzten fast identisch. Mit den Impfungen musste rechtzeitig begonnen werden, damit der volle Impfschutz erzielt wurde. Denn in den meisten Fällen wurde dieser erst nach der zweiten oder dritten Impfung erreicht. Zusätzlich mussten bestimmte Zeitabstände zwischen der ersten und letzten Impfung – häufig mindestens sechs Monate –, teilweise aber auch zwischen den einzelnen Impfarten eingehalten werden.

Für die Gefahr einer Malaria-Ansteckung gab es die dauerhafte Vorbeugung, mit der schon eine Woche vor Reisantritt begonnen und die erst vier Wochen nach Reiserückkehr beendet werden konnte. Diese Medikamente sollten auf die Stärke eines

Malaria-Ausbruchs mit seinen Begleiterscheinungen mildernd wirken, hatten jedoch den Nachteil, dass mit vielen, nicht unerheblichen Nebenwirkungen zu rechnen war. Dann gab es noch die Lösung, im Verdachtsfall auf ein Notfallmittel (auch Standby genannt) zurückzugreifen. Dies stellte ein Zwischenglied zwischen Vorbeugung und Behandlung dar. Es würde erst dann eingenommen, wenn der Verdacht auf Malaria anhand bestimmter Symptome wie zum Beispiel hohes Fieber, Gliederschmerzen oder Schüttelfrost bestand. Hier stellte sich natürlich die Frage, ob ein solcher Verdachtsfall von Laien überhaupt erkannt und das Mittel rechtzeitig genug eingesetzt werden konnte. Andererseits handelte es sich um eine eigenverantwortliche Selbsttherapie, die nur im unbedingten Notfall durchzuführen wäre, also wenn kein Arzt zu erreichen war, um die gefährlichste Malaria-Art rechtzeitig zu behandeln. Unabhängig davon sollte in jedem Fall unverzüglich nach einer entsprechenden Behandlung ein Arzt aufgesucht werden. Aber allein das Gefühl der Sicherheit, sich sowohl im Vorfeld zu schützen als auch im Ernstfall etwas dagegen tun zu können, wirkte beruhigend. Alle Kosten, die für die Impfungen und die Malaria-Prophylaxe anfallen würden, müssten sie selbst tragen. Die Krankenkassen kamen hierfür nicht auf, da es sich um private Reisen handelte und somit nicht aus beruflichen Gründen erforderlich waren. Alle Kosten zusammen beliefen sich immerhin auf rund 300 Euro pro Person. Ein nicht gerade unerheblicher Kostenfaktor. Da Marisa und Ben aber jedes gesundheitliche Risiko so gut wie möglich ausschließen wollten, war relativ schnell klar, dass sie alle empfohlenen Impfungen und auch beide Malaria-Vorbeugungen nutzen wollten.

Der weitaus schwierigere Teil ihrer Planungen, nämlich die eigentliche Reiseroute, stand ihnen noch bevor. Marisa hatte sich zwischenzeitlich mit etlichen Reiseführern aus der Bücherei eingedeckt. Darüber hinaus hatte sie noch den ihr am besten für Indien erscheinende Reiseführer in einer Buchhandlung besorgt, da ihr dieser von der Aufmachung, den Erklärungen sowie der Einteilung am praktikabelsten erschien. Zudem machte er einen sehr ausführlichen Eindruck, obwohl über ganz Indien berichtet wurde. Beide machten sich daran, sich einen allgemeinen Überblick zu verschaffen, was aufgrund der Größe des Landes, seiner unterschiedlichen Gegebenheiten und der Fülle der Unterlagen gar nicht so einfach war.

Sie überlegten, welchen Verlauf die Reise bei der von Marisa vor Wochen als Süden bezeichneten Region nehmen konnte. In diesem Fall wäre Bombay der Zielflughafen und mit seinen Sehenswürdigkeiten Ausgangspunkt ihrer Reise. Dort gab es einige, sodass sie alleine hierfür einige Tage einplanen konnten. Von dort könnte es mit einem Inlandsflug weiter nach Goa gehen, dem von den Portugiesen christlich geprägten Staat. Hier könnten sie sich zunächst einmal an das Klima gewöhnen, den Alltag hinter sich lassen, die herrlichen Strände genießen. Eben einfach abschalten. Nach ein paar ruhigen Badetagen bestünde auch die Möglichkeit zu einigen Besichtigungen. Später könnten sie mit Bussen weiter durch das Landesinnere reisen, Land und Leute kennenlernen und vielleicht auch ein wenig Einblick in die Jahrtausende alte Kultur erhalten. Dort gab es Reisfelder, Teeplantagen, tropische Landschaften. Die angeblich unvergleichlichen „Backwaters" mit ihren Wasserstraßen waren dann praktisch Pflichtprogramm. Nach Aufenthalten in den Städten Mysore und vielleicht auch Bangalore könnte weiter bis zur Südspitze Indiens gereist werden. Eventuell kamen sie dann noch ein paar

Tage in den Genuss, am Strand zu liegen und ausgiebig zu relaxen, bevor die Heimreise möglichst mit dem Flugzeug anstand. Die einfache Strecke von Trivandrum an der Südspitze bis Bombay betrug rund 1.300 Kilometer, was für eine Rückreise mit dem Bus eindeutig zu viel wäre.

Der als Norden titulierte Reiseverlauf könnte wie folgt aussehen: Flug nach Delhi, Besichtigung der Highlights in Delhi, von dort weiter Richtung Agra, wo das weltberühmte Taj Mahal steht. Natürlich gibt es in der weiteren Umgebung noch mehrere Sehenswürdigkeiten, die man sich ansehen könnte. Anschließend wäre eine Reise über Allahabad bis nach Varanasi, welches am heiligen Ganges liegt und einer der berühmtesten Wallfahrtsorte Indiens ist, so war es zumindest zu lesen, empfehlenswert. Danach könnte es weiter Richtung Westen, nach Rajasthan mit seinen sicherlich bekanntesten Städten Jodhpur und Jaisalmer, bis nach Udaipur gehen. Immerhin wurde das Rajputenreich nicht nur durch seine berühmten Reiterhosen bekannt. Auch die Wüste Thar hätte einiges, wenn nicht sogar Unglaubliches, für Europäer zu bieten. Eine solche Rundreise würde sich aber sicherlich auf gute 2.000 Kilometer belaufen, nicht gerade wenig in Anbetracht einer doch ziemlich eingeschränkten Reisezeit.

Die Entscheidung, welche der beiden Routen sie wählen sollten, fiel ihnen sehr schwer. Beide hatten ihre Reize. Der Süden würde mehr zur Entspannung und Erholung beitragen, während der Norden ohne Zweifel mit bedeutenderen Sehenswürdigkeiten lockte. Marisa war hin- und hergerissen. Am liebsten hätte sie eine Komplett-Tour geplant, aber sie wusste, dass dies angesichts der riesigen Entfernungen und der Kürze der Zeit unmöglich war. Ben dagegen legte sich recht schnell auf den Süden fest. Er glaubte, dass dies der bessere Einstieg für ein solch gigantisches Land, insbesondere aber für sie als blutige Anfänger auf diesem

Gebiet, sei. Schließlich hatten sie eine derartige Reise noch nie unternommen. Da würde ein bisschen Entspannung zwischendurch sicher guttun. Marisa fand die Begründung einleuchtend. Außerdem hatte er schon der grundlegenden Idee zu dieser außergewöhnlichen Reise zugestimmt und sollte nun auch seinen Teil zum Reiserfolg beitragen können, ohne sich Marisas Druck erneut fügen zu müssen.

Als Nächstes kümmerten sie sich um die gewünschte Reisezeit und die geplante Reisedauer. Beim Termin waren sie sich relativ schnell einig. Die Regenzeit im Süden beginnt gegen Ende Mai und dauert bis Anfang Oktober. Während dieser Monate wird von Reisen abgeraten. Die hohe Luftfeuchtigkeit in Verbindung mit der Hitze ist für Europäer sehr anstrengend. Erschwerend kommt die verstärkt auftretende Malariagefahr hinzu. Insofern würde sich eine Reise ab Mitte Oktober bis Mitte Dezember anbieten. Die Natur ist dann noch mit einem üppigen Grün versehen, es herrschen angenehme Temperaturen, die weder zu heiß noch zu kalt sind.

In Bezug auf die Dauer taten sie sich wesentlich schwerer. Es war schwierig einzuschätzen, wie lange sie für die einzelnen Strecken benötigen würden und ob die Verbindungen immer so problemlos zurückzulegen wären wie von ihnen angenommen. Während sie sich gemeinsam berieten, schnaufte Marisa unüberhörbar tief durch. Obwohl es ihr einen riesigen Spaß machte, hatte sie sich die Reisevorbereitungen nicht ganz so aufwendig und teilweise schwer einschätzbar vorgestellt. Wie man sich doch täuschen konnte! Aber zwischen Theorie und Praxis gab es bekanntermaßen gewisse Unterschiede. Und diese bekamen sie nun deutlich zu spüren. Sie einigten sich nach langen Diskussionen und legten vier Wochen als Reisedauer fest. Dabei hofften sie beide, der berücksichtigte Zeitpuffer von drei Tagen würde ausreichen. Andernfalls müssten sie bei eventuellen Schwierigkeiten ihre Reiseroute vor Ort umplanen.

Sie überlegten, welcher Zeitpunkt beruflich wohl am besten geeignet war. Marisa musste bis Sommerende eigentlich schon alle Einkäufe für die kommende Herbstkollektion getätigt haben. Ben sollte vor Weihnachten wieder zurück sein, um den Umsatz zum Jahresende noch steigern zu können. Mit den anderen direkten Kolleginnen und Kollegen dürften bezüglich der Urlaubsplanung keine Schwierigkeiten auftreten. Die meisten machten in der Zeit von Mai bis September Urlaub. Mit Überschneidungen war daher eher nicht zu rechnen.

Inzwischen war es schon Februar. Die Straßen, Wiesen und Bäume waren vom Schneefall der letzten Nacht weiß gezuckert. So früh am Morgen, wenn alles noch unberührt war, sah es am bezauberndsten aus. Die Urlaubsplanungen waren sowohl bei Bens als auch bei Marisas Arbeitgeber in vollem Gange. Es gab wie erwartet keinerlei Probleme zu dem von ihnen abgegebenen Wunschtermin für den kompletten November. Somit konnten sie sowohl ihre Impfungen angehen als auch sich um einen Flug nach Bombay kümmern. Der einzige Wehrmutstropfen, den Marisa bei diesem Termin verspürte, war der, dass sie in dieser Zeit ihre Volleyball-Mannschaft bei den Spielen nicht unterstützen könnte. Aber es war eine einmalige Sache, die sicher so schnell nicht wieder vorkam. Der Flug war rasch gebucht. Da es entweder die Möglichkeit eines Nonstop-Fluges, der im Regelfall etwas teurer war, oder eines Fluges mit Zwischenstopp gab, dafür aber meistens wesentlich länger dauerte, war die Entscheidung recht schnell gefällt. Sie bevorzugten die erste Variante. Ein Zwischenstopp hätte nur unnötig Zeit gekostet. Der Flug mit Lufthansa belief sich auf 758 Euro pro Person und war bis vier Wochen vor Reiseantritt zu bezahlen. Zeitgleich hatte Ben ihre Pässe auf die Gültigkeit überprüft und das Visum bei der indischen Botschaft in Berlin angefordert.

In den kommenden Monaten stellten sie etwas konkreter ihre gewünschte Reiseroute zusammen. Da Marisa und Ben sich mit einem Moskitonetz vor der gefährlichen Malaria schützen wollten, gingen sie auf die Suche. Doch es war gar nicht so einfach, das richtige Netz zu finden. Es gab gar nicht so viele Läden, die entsprechende anboten. Wenn es welche gab, waren die Maschenlöcher oft zu groß und nicht zum Abhalten der Mücken geeignet oder die Netze an sich waren zu klein, sodass die eigentliche Funktion des Schutzes vor ungebetenen Stichen eher unwahrscheinlich war. Marisa meinte: „Vielleicht sollten wir uns lieber vor Ort, in Indien, ein Moskitonetz kaufen. Dort gibt es sicher jede Menge Auswahl, weil es wohl zum täglichen Bedarf gehört, während bei uns so etwas von kaum jemandem nachgefragt wird."

Ben gab jedoch spontan zurück: „Das mag schon sein, nur glaube ich nicht, dass wir uns gleich am ersten Tag nach der Ankunft auf die Suche nach einem Moskitonetz machen wollen. Bis wir uns dort in der Stadt zurechtfinden und vielleicht den richtigen Laden entdecken, können wertvolle Tage vergehen. Während dieser Zeit sind wir dann schutzlos. Dieses Risiko möchte ich lieber nicht eingehen. Ich plädiere nach wie vor dafür, uns schon hier eines zu besorgen und dann mitzunehmen. Wir müssen eben einfach nochmals genau recherchieren, wer so etwas anbietet."

Marisa leuchtete Bens Argument ein. Schließlich wollten sie beide kein unnützes Risiko eingehen. Somit war es beschlossene Sache. Ben machte es sich zur Aufgabe, ein geeignetes Mückennetz zu finden. Es diente ja auch als Schutz vor vielen weiteren

Krankheiten. Die intensive Suche lohnte sich und wurde bereits nach fünf Tagen von Erfolg gekrönt. Ben hatte endlich einen Internet-Versand-Handel gefunden, der versprach, genau über solche Netze, wie sie es brauchten, zu verfügen. Also gab er gleich eine Bestellung auf. Nach Erhalt prüfte Ben sofort die Einzelheiten, hängte es provisorisch auf und siehe da, es erfüllte tatsächlich alle ihrer Meinung nach geforderten Bedingungen.

Inzwischen war es August. Draußen war es heiß. Der Hochsommer hatte Besitz von ganz Deutschland ergriffen. Die Freibäder vermeldeten Besucherrekorde. Marisa dachte oft an die bevorstehende Reise, bei der solche Temperaturen normal sein würden. Allein der Gedanke daran bescherte ihr ein herrliches Gefühl. Wenn sie flögen, würde zu Hause der Winter schon bald wieder Einzug halten, während sie noch sommerliche Temperaturen genießen konnten. Auch Ben war zwischenzeitlich schon völlig beflügelt.

Es waren nur noch zehn Wochen. Sie mussten sich langsam aber sicher mit dem Gepäck beschäftigen. Dass sie keine Koffer mitnehmen, sondern lieber mit einem Rucksack reisen wollten, stand schnell fest. Ein Koffer war vermutlich in einem Bus oder Zug viel zu unhandlich. Auch auf der Suche nach einer geeigneten Unterkunft erschien ein Rucksack weitaus praktischer. Das Problem allerdings war, dass keiner von ihnen über einen Rucksack verfügte. Der Einzige unter ihren vielen Bekannten war Nick. Er hatte ihn für seine Wandertouren gekauft. Um einen Anhaltspunkt zu bekommen, wie viel in so einen Rucksack passte, liehen sie sich den von Nick aus, den sie auch für ihre Reise benutzen konnten. Der war nicht allzu groß, verfügte über ein Volumen von 70 Litern. Nick meinte allerdings, richtig gepackt hätte ziemlich viel Platz. Das Gewicht wäre zum Tragen dann auch genug, sie sollten es einfach ausprobieren.

Marisa überlegte, was mitgenommen werden musste. Sie legte alles in einem extra dafür im Schlafzimmer bereitgestellten Wäschekorb zurecht. Es kam jede Menge zusammen. Allein der Kulturbeutel, das Moskitonetz, die Schuhe, Handtücher sowie Bettlaken, die sie vorsichtshalber mitnehmen wollten, da sie nicht wussten, was für Unterkünfte sie erwarteten, beanspruchten einen Großteil des vorhandenen Platzes. Wenn sie alles in den Rucksack bekommen wollte, musste sie wohl oder übel das eine oder andere T-Shirt zu Hause lassen. Wichtig waren auf jeden Fall die dünnen langärmeligen Shirts oder Blusen für die Abendstunden, wenn die Moskitogefahr am größten war. Notfalls würde sie eben vor Ort öfters mal was auswaschen, was hoffentlich kein Problem wäre. Wenn sie geschickt packte, fand sie für jedes Teil einen geeigneten Platz. Einer bekam das Moskitonetz, der andere dafür die Medikamententasche, die ziemlich umfangreich war. Hoffentlich hatte sie an alles gedacht und nichts Wesentliches vergessen. Tabletten für die Entkeimung des Wassers zur Zahnpflege, Mittel gegen Diarrhöe, Desinfektionsmittel, Schmerztabletten, die gesamte Malaria-Prophylaxe, die Spritzen und Nadeln, die ihr der Arzt vorsichtshalber mitgegeben hatte. Nur für den Fall, dass sie ärztliche Hilfe benötigten, aber nicht sichergehen konnten, dass sie mit einwandfreiem, sterilem Material behandelt würden. Pflaster und übliches Verbandszeug durften ebenfalls nicht fehlen. Die Medikamententasche würde sie während des Fluges im Handgepäck mitnehmen, soviel stand fest. Schließlich wusste man nie, ob das Gepäck auch wirklich ankam.

Sie war gespannt, wie viel der Rucksack nun voll bepackt wog, trug ihn ins Bad und stellte ihn auf die vorhandene Personenwaage. Marisa staunte nicht schlecht, als das Display der Waage 14,3 Kilogramm anzeigte. Unglaublich, welche Mengen in so einem – doch verhältnismäßig klein wirkenden – Rucksack Platz fanden.

Da sie nun aber noch ein weiteres Exemplar benötigten, war es an der Zeit, sich auf Kaufsuche zu begeben. Günstig gelegen kam daher der gerade in vollem Gange kursierende Sommerschlussverkauf. Im örtlichen Sportgeschäft ergatterten sie einen guten Markenrucksack in derselben Größe zu einem vernünftigen Preis. Er verfügte wie Nicks über diverse Seitentaschen und zwei Hauptfächer, die separat gefüllt oder auch miteinander verbunden werden konnten. Zusätzlich war er mit vielen Gurten und Schnallen zur Befestigung diverser weiterer Gegenstände, wie zum Beispiel einem Rucksack oder ähnlichem, ausgestattet.

Die letzten Wochen vor der Abreise wurde Marisa sehr ungeduldig. Bei der täglichen Arbeit fiel es ihr immer schwerer, sich zu konzentrieren. Zeitweise war sie geradezu abwesend und hoffte, dass dies niemandem auffiel. Die Wochen kamen ihr wie eine Ewigkeit vor. Sie hatte das Gefühl, die Zeit bliebe stehen. Sie fieberte regelrecht dem Tag des Abfluges entgegen. Der Sommer neigte sich dem Ende zu. Die grauen, regnerischen Tage hatten zwischenzeitlich die Oberhand. Von einem schönen Herbst war nicht allzu viel zu spüren.

Am Tag der Abreise schaute Marisa Ben überglücklich an und fragte: „Findest du nicht auch, dass wir ein Riesenglück haben, dem tristen Wetter den Rücken kehren zu können? Egal was uns erwartet, es wird in jedem Fall aufregender und schöner sein als hier."

„Ich hoffe, du behältst recht", antwortete Ben nur, während sie gemeinsam die Wohnung Richtung Flughafen verließen.

***

Nach einem langen, anstrengenden Tag ging Raj Singh am späten Abend nach Hause, welches sich am Rande von Mysore befand, wo die Armen wohnen. Mysore liegt im indischen Bundesstaat Karnataka im Süden Indiens. Das Gerüst des Hauses war aus einfachen Holzverschlägen gebaut. Die Wände bestanden entweder ebenfalls aus Holz oder aus Blech. Alles wurde notdürftig von Nägeln zusammengehalten. Das Dach war aus vielen Schichten verschiedener, übereinander gelegter Palmblätter erstellt, welche ineinander verwoben und zusätzlich mit den unterschiedlichsten Schnüren an den Wänden oder den Holzbalken festgezurrt waren.

Er betrat schweren Schrittes und völlig erschöpft das Haus durch den Eingang, begrüßte alle seine Familienmitglieder, und freute sich, dass seine Frau Maryamma bereits das Abendessen kochte. Heute gab es – wie fast jeden Tag – gekochten Reis. Der dampfte im großen metallenen, vom häufigen Gebrauch bereits verbeulten Topf über dem offenen Feuer in der Mitte des Raumes vor sich hin. Er war am Henkel mit einem Haken über der Feuerstelle aufgehängt. Am Haken wiederum befand sich ein Seil, welches bis zum Dachbalken hinaufragte, dort mehrfach umschlungen und fest verknotet war. Daneben auf dem Boden schnitt Maryamma auf einem bereits ziemlich stark benutzten Holzbrett verschiedenes Gemüse klein. Viel war es nicht, doch mehr hatte sie auch heute nicht kaufen können, da das Geld wie fast jeden Tag kaum dafür reichte. Fleisch konnten sie sich so gut wie nie leisten, was niemand als Mangel empfand. Die Familie war groß und die Einkünfte sehr gering. An manchen Tagen gab es auch nur Reis, und das bei jeder Mahlzeit. Sie waren es nicht anders gewohnt, dennoch hegte jeder der Familienmitglieder insgeheim den Wunsch, einmal aus dem Vollen schöpfen zu können. Aber sie meisterten ihr Schicksal und nahmen es so an. Tag für Tag, Woche für Woche, Jahr für Jahr. Sie hatten keine andere Möglichkeit, als sich ihrem Schicksal zu fügen. Das war ihr Los. Sie glaubten an ein besseres nächstes Leben, und das machte den momentanen Alltag erträglich.

Sie nahm den Topf mit Reis von der Feuerstelle und setzte ihn am Boden ab. Dann ergriff sie eine Art Wok, der ebenfalls mit einem Henkel ausgestattet war und auf dem Boden neben der Feuerstelle stand und band ihn über dem Feuer fest. Sie gab etwas Öl in den Wok, um anschließend, als dieses heiß war, das Gemüse darin anzubraten. Sie würzte es mit den verschiedensten frischen Kräutern. Allerdings war sie gezwungen, da sie selbst kein Land hatten, um etwas anzubauen, auch hier sehr sparsam damit umgehen, da sie alles kaufen musste. Obwohl es kein Festmahl war, roch es herrlich im Haus. Die Kräuter verbreiteten einen angenehmen Duft.

Raj stellte seinen Bauchladen, in dem er heute leider noch viel zu viele Waren wieder mitgebracht hatte, ab. Das war eine Holzkiste, die in mehrere Fächer eingeteilt war. Darin hatte er verschiedene Waren wie Taschentücher, in kleinen Tüten abgepackte Snacks wie Nüsse, verschiedene Schrauben und Batterien, Postkarten und vieles andere mehr. Es waren lauter kleine Sachen, die sich gut verstauen ließen und nicht sehr teuer waren. Die Holzkiste hatte auch einen Deckel, sodass er sie bei Regen schließen konnte und die Ware nicht beschädigt wurde. Seitlich hatte er zwei lange Gurte befestigt, damit er sich die Kiste wie einen Rucksack um die Schultern hängen konnte. Nur wurde der Bauchladen eben vorne getragen, sodass er hineinsehen konnte. Eine zusätzliche Befestigung, die er sich oberhalb der Hüfte umband und seitlich einhaken konnte, verteilte das Gewicht. Es lastete somit nicht alles auf seinen Schultern und machte es etwas erträglicher. Heute war kein guter Tag gewesen. Häufig verkaufte er an verschiedenen Busstationen oder am Bahnhof seine Waren. Dort herrschte meistens reges Treiben, und es gab immer Leute, die schon im Bus saßen und etwas vergessen hatten und gerne auf seine angebotenen Waren zurückgriffen. Oder welche, die noch schnell etwas reparieren mussten und bei ihm die passenden Schrauben fanden. Auch seine unterschiedlichsten Schnüre, die er bei sich führte, fanden oft Abnehmer. Diese waren so vielseitig einsetzbar, dass diese nie in seinem Sortiment fehlten.

Maryamma holte die Blechschalen zum Essen, die wie runde Tabletts, die sogenannten Thalis, aussahen, von dem an der Wand befestigten Brett. Sie waren mehrfach für die unterschiedlichen Speisen unterteilt. Sie rief ihre drei Kinder, die eilig herbeisprangen. Alle, dazu gehörten auch die Eltern von Raj, setzten sich auf den Boden im Kreis, während Maryamma den Wok von der Feuerstelle nahm und am Boden absetzte. Sie schöpfte jedem mit einem großen Löffel eine Portion Reis und eine Ration Gemüse in die Schalen. Dazu reichte sie jedem ein Stück Chappati, welches einer Art Fladenbrot entsprach. Besteck gab es keines. Jeder brach von seinem Brot kleine Stücke und wickelte geschickt Reis und Gemüse darin ein. Während des Essens erzählten alle ihre Erlebnisse des zurückliegenden Tages.

Die Großmutter verdiente einen Teil des Lebensunterhalts durch die harte Arbeit auf dem Feld bei einem Großbauern. Maryamma war nachmittags stundenweise als Näherin beschäftigt und trug so zum Überleben bei. Nur der älteste Sohn, Rajanand, konnte morgens die Schule besuchen, nachmittags passte er auf die jüngeren Geschwister auf. Sie waren noch zu jung für die Schule. Aber selbst wenn sie das Alter erreicht hätten, würden sie wohl kaum die Schule besuchen können. Dafür reichte zumindest derzeit das Geld nicht aus.

Das machte Raj große Sorgen, denn er wusste, dass es wichtig war, seinen Kindern eine Schulbildung zu ermöglichen, wenn sie später ein besseres Leben und die Chance auf einen annehmbaren Arbeitsplatz haben sollten. Er selbst hatte nur vier Jahre die Schule besuchen können. Immerhin, denn seine vier jüngeren Geschwister hatten dieses Glück nicht mehr gehabt, da dann sein Vater erkrankte und seitdem nicht mehr arbeiten konnte. Daher hatte ab diesem Zeitpunkt auf Raj als ältestem Sohn die große Verantwortung gelastet, für die Familie zu sorgen. Es war ihm nichts anderes übrig geblieben, als die Schule zu verlassen und Geld zu verdienen.

Anfangs war er mit seiner Mutter aufs Feld gegangen und hatte dort geholfen, so wie sein Vater zuvor. Aber die schwere körperliche Tätigkeit in der täglichen Hitze, die einseitige Haltung und die oft aufgeweichten Füße vom vielen Stehen in den Reisfeldern gefielen ihm überhaupt nicht. Er dachte verzweifelt über eine andere Möglichkeit nach, um genügend Geld für die Familie zu verdienen.

Als ihm dann die Idee mit dem Bauchladen kam, die er schon bei einigen anderen Leuten gesehen und einfach toll gefunden hatte, traute er sich aber nicht sofort, seinen Eltern davon zu berichten. Er wollte ihnen nicht unnötig Sorgen bereiten und erneute Existenzängste, wie sie sie schon zuhauf hatten durchmachen müssen, aufkeimen lassen.

Doch eines Tages, es war bestimmt schon ein Jahr vergangen, fasste er den Mut und erzählte den Eltern von seiner Idee. Diese waren natürlich zunächst sehr skeptisch. Sie hatten keine Ahnung, wie das gehen sollte, wie viel man dabei verdienen konnte. Das größte Problem dabei stellte aber wohl die Beschaffung der

Waren dar. Denn dafür hatten sie ja kein Geld. Sie hatten keine Rücklagen, auf die sie zurückgreifen konnten. Und wenn sie welche gehabt hätten, wäre es wahrscheinlich auch sehr wagemutig gewesen, alles zu investieren. So überlegten sie hin und her. Raj wollte unter keinen Umständen länger mit aufs Feld ziehen als unbedingt nötig.

Daher machte er sich als Erstes daran, eine Grundlage zu schaffen. Das war die Bauchkiste, die er brauchte, denn ohne die könnte er keine Waren transportieren. Zusammen mit seinen Geschwistern durchstöberte er in der verbleibenden freien Zeit die nahe gelegenen Müllhalden. Dort ließ sich immer etwas Brauchbares finden. Es gab genügend Leute, die teilweise noch gut erhaltene Gegenstände wegwarfen. Er konnte vielleicht das eine oder andere finden, was er noch sinnvoll verwenden konnte. Es wäre nicht das erste Mal.

So geschah es dann auch. Alle fünf Geschwister durchforsteten einige Tage so ziemlich alles. Raj hatte sie angewiesen, jedes noch so kleine Holzstück zu ihm zu bringen. Sogar verrostete oder krumme Nägel sollten gesammelt werden. Besser die als keine, hatte er sich gesagt. Seine jüngste Schwester Kiranda war es, die eine Art Schublade ausfindig machte und ihn zu sich rief. Das war ein Fund! Besser hätte er nicht sein können. Das war so genial, dass er sein Glück zunächst gar nicht glauben konnte und fassungslos Kiranda anstarrte, als hätte er einen Geist gesehen. Die Schublade war von der Größe mit ungefähr 45 Zentimeter Breite, 25 Zentimeter Tiefe und vielleicht 7 Zentimeter Höhe optimal. Sie war nur nicht mehr stabil, da sie an den Seiten schon auseinanderbrach. Aber das war nicht schlimm, das könnte er irgendwie wieder zusammennageln. Sie packten die restlichen bereits gefundenen Stücke alle in diese Schublade und trugen sie nach Hause.

Dort breitete er gleich alles aus und überlegte, wie er wohl am besten vorgehen sollte, welche Einzelteile wie Verwendung finden konnten, damit er am Ende eine schöne Kiste hatte. Zunächst beschloss Raj die Schublade an der defekten Seite zu reparieren. Dafür suchte er aus seinem Vorrat, den er ständig bei diversen Suchen erweiterte, zwei etwas besser erhaltene Nägel in der passenden Größe aus. Immerhin konnten sie auch einen Hammer ihr Eeigen nennen, sodass die Schublade im Handumdrehen wieder ganz war.

Nun sollte sie noch mit einem Innenleben ausgestattet werden. Er wollte verschieden große Fächer haben, damit er die Waren besser darin trennen konnte. Aber wie groß sollten die Fächer sein? Das war gar nicht so einfach. Er hatte sich ja noch nicht mal überlegt, welche Waren er verkaufen wollte. Geschweige denn, wie er zu diesen Waren kommen sollte. Das machte seine Planungen etwas schwierig. Er dachte lange nach. Seine Brüder gaben ihm den Ratschlag, er könne sich doch einfach ein paar Fächer machen und würde dann schon sehen, wo was am besten hineinpasste. Aber Raj wollte nicht so unüberlegt mit den kostbaren Materialien, die sie mühsam gesammelt hatten, umgehen.

Er nahm die verschiedenen Holzstücke und betrachtete jedes einzelne. Sie waren sehr unterschiedlich. Es gab welche, die waren verhältnismäßig groß und auch schwer. Die würden sich sicher gut nageln lassen. Andererseits würde dann schon die leere Kiste sehr schwer werden, was nicht so praktisch war. Schließlich musste er die ja dann noch füllen und den ganzen Tag mit sich herumtragen, wenn er etwas verkaufen wollte.

Raj betrachtete die kleineren, schmaleren Stücke, die sie gefunden hatten. Sie waren viel leichter und vorteilhafter, dafür allerdings so dünn, dass man sie nicht würde nageln können, weil sie dann sicherlich splitterten. Raj grübelte aufs Neue. Er wollte ein System haben, das ihm etwas Flexibilität ermöglichte. Sollte er sich einfach zwei oder drei Brettchen auf die Tiefe der Kiste zurechtsägen und diese darin in verschiedenen Abständen befestigen? Nein, das war wohl nicht so günstig. Je länger er nachdachte, desto weniger wollte ihm etwas einfallen.

Daher suchte er zunächst passendes Material für einen Deckel aus seinem Vorrat. Glücklicherweise befand sich darunter ein etwas größeres Stück, das nicht allzu dick war. Daran konnte er rechts und links ein schmales Stück befestigen, indem er die drei Holzteile auf zwei Querhölzern miteinander verband. Die Säge, die er benötigte, um die Hölzer auf die richtige Größe zu sägen, hatte er sich bei den Nachbarn ausgeliehen. Man half sich untereinander, wann immer es nötig war. Sicher würden sie auch mal wieder helfen können. Der Deckel war relativ schnell fertig. Nun musste er nur noch an der Schublade befestigt werden. Da Raj keine Scharniere besaß, die dafür optimal gewesen wären, nahm er einfach einen alten Gurt, den er schon vor langer Zeit aufgesammelt hatte, und schnitt zwei kleine Stücke davon ab. Er befestigte je ein Ende rechts und links im Abstand von 3 Zentimetern zur Außenkante der Breitseite. Dann legte er den gefertigten Deckel auf die Kiste und klappte die noch losen Gurtenden um, sodass diese auf dem Deckel lagen. Mit jeweils zwei Nägeln wurden sie befestigt. Das sollte genügen. Raj ging sehr sparsam mit seinen für ihn sehr wertvollen Materialien um. Notfalls könnte er immer noch nacharbeiten. Ein erster Test des Öffnens und Schließens war zufriedenstellend. Es ging recht gut. Er machte sich daran, einen Tragegurt anzubringen. Dafür mussten zwei alte Gürtel herhalten. Diese wurden miteinander verbunden und an den Seiten befestigt. Der Vorteil ergab sich daraus, dass er die Länge verstellen und so optimal auf sich einstellen konnte. Wenn er größer wurde, brauchte er nur die Gürtel um ein oder zwei Löcher weiter stellen und schon war der Bauchladen wieder auf der richtigen Länge. Er war schon sehr zufrieden mit seiner neuen Kiste. Nur für die Einteilung war ihm bis jetzt nichts rechtes eingefallen. Da würde er wohl noch einmal überlegen müssen. Vielleicht fiel ihm ja im Schlaf was ein.

Am nächsten Morgen war dann erst mal wieder gewöhnlicher Alltag angesagt. Während er mit seiner Mutter aufs Feld ging, blieben die anderen Geschwister zu Hause, kümmerten sich um seinen Vater und die Hausarbeit. Dazu gehörte, das Haus sauber zu halten, nach Möglichkeit das Essen für den Abend vorzubereiten und die Wäsche zu waschen. Davon gab es allerdings nicht allzu viel. Sie besaßen nur das Nötigste, und gewaschen wurden die Kleidungsstücke erst, wenn es unbedingt sein musste. Denn durch das starke Schrubben und Ausklopfen auf den Steinen litten die Kleidungsstücke sehr stark. Die Stoffe wurden schnell dünner und die Haltbarkeit dadurch stark verkürzt. Das wiederum hätte unweigerlich schneller zu brüchigen Stellen und Löchern geführt, was unbedingt verhindert werden musste. Für neue Kleider hatten sie kein Geld.

Den ganzen Tag über, solange er den neuen Reis steckte, konnte er an nichts anderes als seine Kiste denken. Immer wieder überlegte er, was er verkaufen konnte und wie groß die Fächer sein sollten. Auf einmal schwebte ihm eine Möglichkeit vor Augen. Vor lauter Begeisterung endlich etwas gefunden zu haben, öffnete er seine linke Hand, in der er die Setzlinge hielt und ließ sie alle in das seichte Wasser fallen. Seine Mutter bemerkte dies und rief ihm leise aber völlig aufgeregt zu: „Raj, was machst du nur! Sieh nur zu, dass du schnell die Setzlinge wieder holst und ordentlich steckst. Mach schnell, bevor es jemand bemerkt. Denk an unseren Lohn!"

Raj war völlig benommen, schaute seine Mutter zunächst entgeistert und mit sturem Blick an, er hatte gar nicht wahrgenommen, was geschehen war. Erst als seine Mutter ihn ansprach, registrierte er das Geschehene.

„Mama, mach dir keine Sorgen, ich richte schon wieder alles", waren die einzigen Worte, die er mit einem Lächeln im Gesicht erwiderte, während er sich gleichzeitig daranmachte, alles schnell in Ordnung zu bringen, bevor es jemand anderes mitbekam. Als sie an diesem Abend nach Hause kamen, konnte Raj es kaum mehr erwarten. Er wollte unbedingt seine Kiste fertigstellen. Aus seinem Vorrat suchte er die dünnen Holzlatten, die entweder mindestens so breit oder so tief wie das Innere der Kiste waren. Da sich nur zwei in der benötigten Breite darunter befanden, war klar, dass er dann eben vier oder fünf in der entsprechenden Tiefe haben sollte, um eine gute und nicht allzu große Einteilung zu haben. Zunächst sägte er alle erforderlichen Holzleisten auf eine einheitliche Breite von 5 Zentimeter. Dann wurden sie für die Breite und Tiefe der Kiste in der richtigen Länge abgenommen. Letztere wurden dann alle noch von ihm mit jeweils zwei Einkerbungen in der Stärke der Bretter, die für die Breite vorgesehen waren, versehen. So konnte er diese auf die für die Breite vorgesehenen Latten stecken. Dadurch wurden die Bretter insgesamt stabil. Das Stecksystem konnte später einfach erweitert werden, indem weitere Einkerbungen gesägt und Holzbrettchen für die Breite eingefügt wurden. Außerdem konnte er die Bretter jederzeit auseinandernehmen und erforderlichenfalls wieder anderweitig verwenden. Somit war es auch nicht so schlimm, wenn er noch nicht wusste, womit die Kiste letzten Endes gefüllt werden sollte.

Nachdem er alles zurechtgesägt und ineinandergesteckt hatte, begannen seine dunkelbraunen, fast schwarzen Augen zu leuchten. Aus seinem dunklen Gesicht, welches von schwarzen, etwas struppigen Haaren umrandet wurde, stachen nur noch seine weißen, ziemlich schief stehenden Zähne und das Weiß seiner Augen hervor. Stolz hängte er sich die Kiste um, öffnete mehrfach den Deckel und stellte sich schon vor, wie es sein würde, wenn sie erst gefüllt war. Völlig aufgeregt lief er ins Haus und rief: „Seht nur, ist meine neue Kiste nicht toll?"

„Ja prima, nur, was willst du nun damit anfangen, wenn du keine Waren zu verkaufen hast?", fragte seine Mutter ein wenig zögerlich.

Obwohl sie stolz auf ihn war, dass er aus eigener Kraft sich so etwas Tolles hatte einfallen lassen, war sie gleichzeitig deprimiert, da sie keine Zukunft für ihn und damit für die Familie darin sah. Wie konnten sie Waren kaufen, wenn das Geld schon kaum für das tägliche Brot und den Reis reichte. Sie musste ihn doch rechtzeitig darauf hinweisen, dass das keine Lösung war. Ihr blutete beinahe das Herz, als sie ihren Ältesten so vor sich stehen sah. Er freute sich so über seine neue Kiste, und er sah zugleich so optimistisch aus seinem kleinen, jungen, unschuldigen Gesicht mit seinen funkelnden Augen. Er war ein guter Junge, der sich wirklich um seine Familie kümmerte, so wie es die Tradition von ihm verlangte. Gäbe es wirklich keine Lösung? Sie glaubte zwar nicht daran, aber sie wünschte es nicht nur Raj, sondern sich allen. Vielleicht hätten die Götter ein Einsehen mit ihnen, und es würde sich doch noch zum Besseren wenden.

Raj quälte sich tagelang mit seinen Gedanken. Es wollte ihm einfach nichts einfallen, wie er seinen Bauchladen füllen konnte. Seine Geschwister waren ihm auch nicht gerade eine große Hilfe. Er war mehr oder weniger allein auf sich gestellt. Er schottete sich immer mehr ab, zog sich so gut es ging in sich zurück und träumte nachts davon, wie es sein könnte, wenn sein Bauchladen vollgefüllt war und er tagsüber durch die Straßen zog und die Leute ihm seine Waren aus den Händen rissen und er abends mit gut gefüllten Taschen voller Geld nach Hause kam. Sein Verlangen, mehr Geld als auf dem Feld zu verdienen, wurde immer größer. Er wollte sich und seinen Eltern beweisen, dass es möglich war und sich nicht damit zufriedengeben, einfach tagein, tagaus zu schuften und am Ende gerade nur so viel zu besitzen, dass es mehr schlecht als recht zum Überleben reichte. Doch leider war es nicht so einfach wie im Traum.

Mit einem Hoffnungsschimmer in den Augen fragte er einige Monate später seine Mutter, ob sie nicht vielleicht doch irgendwo ein paar zurückgelegte Rupien hätte, auf die sie zurückgreifen könnten. Aber seine Mutter schüttelte nur den Kopf. Es war nichts Zusätzliches da, das sie hätten ausgeben können. In ihrem Blick lag Traurigkeit, und er wusste, dass es seiner Mutter leidtat, ihm keine andere Antwort geben zu können.

Sie war nicht die Frau, die die Augen vor den Tatsachen verschloss. Es war besser, wenn auch Raj lernte, sich mit der Situation abzufinden, daher versuchte sie erst gar nicht, ihn weiter in seiner Idee zu unterstützen oder ihn gar aufzumuntern. Somit blieb Raj wohl nur noch die Möglichkeit, anschreiben zu lassen. Doch das würden Mutter und auch Vater wahrscheinlich nicht befürworten, denn das war mit zusätzlichen Unwägbarkeiten verbunden. Irgendwann mussten auch diese Schulden beglichen werden. Wie sollte das gehen, wenn sie nie etwas übrig hatten.

Aber so, wie es derzeit aussah, hatte seine Kiste keinen Sinn. Sie war leer und damit konnte er seiner Familie nicht helfen, auch wenn er sie noch so schön fand. Er konnte sie nicht einmal zur Aufbewahrung besonderer Schätze nutzen, denn davon besaß er keine. Doch noch gab er nicht auf. Er war eine Kämpfernatur, so schnell gab er sich nicht geschlagen. Das war schon in der Schule so gewesen. Wenn er etwas wirklich wollte, dann verfolgte er sein Ziel kontinuierlich, auch wenn dieses noch so schwer erreichbar schien. Er musste sein Ziel nur mit festem Willen verfolgen, dann würde sich auch hier bald eine Lösung abzeichnen, davon war er fest überzeugt.

Es vergingen weitere Tage, bevor er den Mut fasste und zum nahe gelegenen Laden lief, wo seine Mutter regelmäßig die wichtigsten Lebensmittel kaufte. Es war ein ganz kleiner Laden, nur einige Straßen weiter. Er wurde von einem älteren Ehepaar namens Mehra, das keine Kinder hatte, geführt. Der Laden war im unteren Stock eines Hauses untergebracht und nur circa 3,5 Meter breit. Durch einen schmalen Eingang, der eigentlich immer offen stand, konnte man den Laden betreten. Rechts und links vom Eingang waren große Fensterscheiben, die allerdings etwas älter zu sein schienen und schon ziemlich trüb aussahen und deshalb nicht mehr überall einen klaren Blick hindurch ließen.

Vor dem Laden waren vor der rechten Fensterfront verschiedene Holzständer mit den unterschiedlichsten Gemüsen und Gewürzen in jeweils schönen Kisten oder Sisalschalen aufgebaut. Auf der linken Seite standen diverse Säcke mit verschiedenem Getreide wie Mehl, Hirse, Reis, Linsen. Dieses wurde offen verkauft und je nach Bedarf direkt abgewogen. Im Ladeninneren war zur linken gleich hinter der Tür eine kleine Ladentheke aufgebaut. Dort stand eine Waage und hier wurde auch bezahlt. Dahinter begannen die Regale mit allen möglichen Artikeln. Sie durchzogen den gesamten Raum, dessen Länge gerade mal sechs Meter umfasste, bis man wieder am Ausgang angelangt war. In der Mitte war ebenfalls ein Regal aufgestellt, sodass sich zwei Gangreihen ergaben. Da wurden die verschiedensten Lebensmittel in Konserven und Gläsern, Salz, Zucker, Süßigkeiten in zahlreicher Auswahl angeboten. Angefangen von Bonbons über Schokolade bis hin zu jeder Art von Knabberei, alles für die tägliche Pflege wie Seifen, Shampoos, Deoroller, Rasierer, Waschpulver, Spülmittel, Toilettenpapier, welches aber verhältnismäßig teuer war und von Rajs Mutter daher nie gekauft wurde.

In ihrer Familie wurde wie bei einem Großteil der Leute zur Reinigung nach dem Toilettengang die linke Hand benutzt. Die Rechte hingegen war deswegen dem Essen vorbehalten. Es wäre daher anrüchig gewesen, die Speisen mit der linken „unreinen" Hand zu sich zu nehmen.

Weiter gab es natürlich viele Dinge für den täglichen Gebrauch wie Streichhölzer, Feuerzeuge, Papier, Schreibblöcke, Kleber, Scheren, Stifte, Zangen, Schrauben, Muttern, sogar ein paar Bücher standen zur Auswahl, eben einfach alles, was man sich vorstellen konnte. Es fehlte fast nichts.

Vor dem Laden angekommen blieb Raj erst noch einmal stehen, holte tief Luft. Sollte er es wirklich wagen? So ganz wohl war ihm nicht dabei. Seine Eltern wussten von seinem Vorhaben nichts. Wie würden sie reagieren, wenn sie davon erfuhren. Was wäre, wenn sein Vorhaben scheiterte? Er versuchte diese Gedanken zu verdrängen und sich in seine Tagträume zu flüchten, in denen es nur einen vom Erfolg gekrönten Ausgang seiner Idee gab. Er musste es versuchen, wenn er dem täglichen schweren Schicksal der Feldarbeit entrinnen wollte. Wenn es nicht klappte, hatte er nichts verloren, dann würde alles so bleiben, wie es war.

Langsam und etwas zögerlich betrat er den Laden. Er grüßte die kleine, alte, etwas korpulente, dafür sehr gemütliche Frau und blickte sich vorsichtig, aber ein wenig verstohlen um. Als er sah, dass außer ihm noch kein Kunde im Laden war, ging es ihm gleich ein bisschen besser. Er lächelte die alte Frau still an. Sie grüßte ihn und fragte: „Guten Tag, Raj. Wieso kommst du heute alleine? Ist deine Mutter krank?"

„Nein, es geht ihr gut. Aber sie weiß nicht, dass ich hier bin. Und sie sollte das auch bitte nicht erfahren. Ich möchte Sie, geehrte Frau Mehra, nämlich um einen großen Gefallen bitten, von dem meine Eltern nichts wissen, sie wären sicher nicht damit einverstanden", fuhr Raj in seinen Erklärungen fort und machte eine tiefe Verbeugung vor der Frau.

Obwohl er sich so lange darauf vorbereitet hatte und bis vor wenigen Sekunden nicht sicher war, ob er den Mut aufbringen könnte, fiel es ihm jetzt auf einmal ganz leicht, sein Anliegen vorzutragen. Sein kleines, zuvor ängstliches Gesicht entspannte sich etwas. Er schaute Frau Mehra hoffnungsvoll und mit einem bezaubernden, schüchternen Lächeln in die Augen, als er ihr von seinem Vorhaben, für das er sie brauchte, erzählte: „Wissen Sie, seit mein Vater krank ist und nicht mehr arbeiten kann, gehe ich täglich mit meiner Mutter aufs Feld. Aber diese Arbeit gefällt mir überhaupt nicht. Von oben die glühende Hitze, von unten die ständig nassen Füße, ich frage mich manchmal, wie meine Mutter das schon so lange ertragen kann. Ich würde mein Geld lieber mit etwas anderem verdienen."

Er schaute sie an und prüfte, ob sie ihm überhaupt zuhörte. Sie war sicher schon um die fünfzig Jahre, hatte ein sehr dunkles von Falten gezeichnetes, etwas rundliches, liebliches Gesicht. Aus ihren Augen sprach Fürsorglichkeit und viel Liebe. Für sie war es sicher auch nicht einfach. Sie hatten keine Kinder und mussten sich somit auch im Alter selber um ihren Lebensunterhalt kümmern. Normalerweise fiel diese Aufgabe dem ältesten Sohn zu.

Aber wo keine Nachkommen waren, konnten auch keine helfen. Trotz der Kinderlosigkeit hatte sich ihr Mann nie von ihr getrennt oder sich eine andere Frau gesucht, wie viele andere Männer das in dieser Lage taten. Dafür liebte sie ihn umso mehr. Für sie war es keine Last, jeden Tag von morgens bis abends zu arbeiten. Sie hatte in ihrem Laden eine sinnvolle Beschäftigung gefunden, sie freute sich geradezu darüber.

Wenn Familien bei ihr einkauften, fiel auch das eine oder andere Bonbon für die Kinder ab. Sie wusste, dass diese sich oft diesen Luxus nicht leisten konnten und sie freute sich, wenn sie die Kinder zumindest für einen kurzen Augenblick glücklich und mit glänzenden Augen davonspringen sah. Frau Mehra blickte ihn an, während sie ihn nur kurz fragte: „Und wie würdest du gerne euer Geld verdienen?"

Raj war froh, dass sie interessiert war, das schien ihm ein gutes Zeichen zu sein. Mit großen Augen fuhr er schnell fort: „Ich würde mein Geld gerne in der Stadt verdienen. Ich könnte zum Beispiel einige Ihrer Waren mit mir führen und an Reisende am Bahnhof verkaufen. Damit ich aber einen Gewinn erziele, müssten diese teurer verkauft werden, als ich sie bei Ihnen einkaufe."

„Das leuchtet ein", sagte die alte Frau und wartete gespannt, was Raj noch alles zu berichten hatte.

„Allerdings gibt es ein großes Problem. Das ist die Bezahlung der Waren. Wir haben kein Geld, um im Voraus die Waren zu bezahlen. Ich könnte nur etwas verkaufen, wenn Sie mir die Waren erst mal so mitgeben und abends, wenn ich wiederkomme, könnte ich Ihnen die verkauften Artikel bezahlen. Den Rest müssten Sie dann wieder zurücknehmen oder ich könnte sie am nächsten Tag verkaufen. Aber so könnten Sie und ich etwas dabei verdienen. Und sollte ich nichts verkaufen, bekommen Sie eben die Waren wieder zurück. Eine Kiste, in der ich die Artikel mitführen und anbieten kann, habe ich mir schon gebaut. Diese müsste nun nur noch gefüllt werden. Wie finden Sie meinen Vorschlag, Frau Mehra?", beendete er völlig euphorisch seine Erklärungen. Für ihn gab es nun kein Zurück mehr, der Anfang war gemacht.

„Na ja. Das hört sich ja ganz gut an. Aber das ist keine leichte Entscheidung. Das muss ich erst mal mit meinem Mann besprechen. An welche Waren hast du denn gedacht? Immerhin handelt es sich ja auch um entsprechende Werte", gab die alte Frau nachdenklich zurück.

„So genau hab ich mir darüber noch keine Gedanken gemacht. Aber es sollten kleinere Artikel sein, die ich geschickt transportieren kann und die nicht allzu teuer sind und am besten von vielen Leuten auch unterwegs benötigt werden. Vielleicht ein paar Taschentücher, Streichhölzer und kleine Tüten mit Nüssen und Ähnlichem?", stellte Raj fragend und zugleich verheißungsvoll in den kleinen, nach allerlei Düften riechenden Raum.

„Also mir scheint, du weißt schon ganz genau, was du willst. Am besten du kommst in ein oder zwei Tagen nochmals bei uns vorbei. Bis dahin habe ich dann mit meinem Mann gesprochen", gab Frau Mehra zurück.

Doch Raj wollte nicht so schnell locker lassen, jetzt wo er schon den Anfang gewagt hatte und fragte nach: „Ist Herr Mehra denn nicht da, dass ich ihn gleich selber fragen kann?"

„Nein, tut mir leid, er ist in der Stadt unterwegs um Nachschub für unseren Laden zu organisieren. Ich weiß nicht, wann er zurückkommt. Du solltest besser nach Hause gehen und morgen oder übermorgen nochmals kommen", erklärte Frau Mehra. Es tat ihr in der Seele weh, Raj vertrösten zu müssen, andererseits konnte sie solch eine bedeutende Entscheidung nicht ohne ihren

Mann treffen. Außerdem war es vielleicht auch besser, sich für die Überlegungen ausreichend Zeit zu nehmen. Solche Geschäfte konnten nicht zwischen Tür und Angel geschlossen werden.

„Worauf Sie sich verlassen können, vielen Dank, Frau Mehra. Und bitte nichts meiner Mutter sagen, falls sie in nächster Zeit bei Ihnen vorbeikommt", gab Raj kämpferisch zurück.

Der Grundstein war gelegt. Er war überzeugt, dass er Frau Mehra bereits auf seiner Seite hatte, nun hing sein Ziel noch von Herrn Mehra ab. Wie würde er sich entscheiden? Egal wie die Entscheidung ausfiel, er würde sich nicht so schnell von seinem Ziel abbringen lassen.

Die nächsten beiden Tage verbrachte Raj wieder mit seiner Mutter auf dem Feld. Im Stillen dachte er immer an sein Gespräch mit Frau Mehra. Er wollte ihr und ihrem Mann aber genügend Zeit für eine Entscheidung lassen. Da kam ihm sehr gelegen, dass seine Mutter einige Dinge brauchte.

Somit hatte er den besten Vorwand, um in den Laden zu kommen. Daher bot er seiner Mutter schnell an, alles was sie brauchte, für sie zu besorgen. Zunächst meinte sie, das sei zu viel für ihn, aber dann entgegnete er nur, wer den ganzen Tag auf dem Feld arbeitet, wird doch auch ein paar Einkäufe alleine tätigen können. Das hatte sie überzeugt und ihm schnell den Einkaufszettel sowie Geld mitgegeben. Für seine elf Jahre war er schon sehr selbstständig und sich seiner Verantwortung für seine Familie sehr bewusst. Er hatte ja keine andere Wahl gehabt. Raj marschierte zuversichtlich und schnellen Schrittes zum Laden von Herrn und Frau Mehra.

Frau Mehra hatte ihren Mann bereits in die Pläne von Raj eingeweiht. In ihrer Stimme hatte er gleich ihre Sanftmut und ihre Zustimmung zu dessen Vorhaben herausgehört. Sie hatte ein gutes Herz. Und sobald es um Kinder ging, schlug ihr Herz noch höher. Sie litt immer noch darunter, dass sie selbst keine Kinder hatte bekommen können.

Die Not und die Zielstrebigkeit, die Raj veranlasst hatten, sich ihr anzuvertrauen und sie um diesen Gefallen zu bitten, machte sie traurig und stolz zugleich. Wie schwer musste es ihm gefallen sein, sich über seine Eltern hinwegzusetzen. Ohne Zustimmung des Vaters solch eine Entscheidung zu treffen. Das konnte nur jemand wagen, der sehr verzweifelt war und keinen anderen Ausweg mehr sah und offensichtlich nichts zu verlieren hatte.

Das hatte sie ihrem geliebten Mann deutlich klargemacht. Er wusste, dass sie dem Jungen helfen wollte und wenn er es sich recht überlegte, war das Risiko, das sie dabei trugen, recht gering. Sie kannten die Familie von Raj schon sehr lange. Sie kauften regelmäßig bei ihnen ein und bezahlten immer sofort. Wenn Raj die Waren verkaufte, erhielten sie abends ihr Geld und könnten dadurch sogar noch ihren Umsatz steigern und zusätzlich etwas für ihren Lebensabend beisteuern. Andernfalls würden sie die Waren zurückerhalten. Es sollten daher also nur unverderbliche Waren sein. Nur wenn Raj bestohlen würde, müssten Raj oder sie für den Verlust aufkommen. Das wollte er dann auch ansprechen, aber eine Chance sollte er auf jeden Fall erhalten. Diesen Gefallen wollte er mehr seiner Frau als Raj zuliebe tun.

Kurz bevor Raj vor dem Laden ankam, sah er schon Herrn Mehra davor stehen. Er unterhielt sich mit einem anderen Herrn, der sicher ein Kunde war. Raj verlangsamte seinen Schritt, grüßte die Herren im Vorbeigehen und betrat den Laden. Frau Mehra stand hinter der Theke an der Kasse.

„Guten Abend, Frau Mehra", grüßte Raj freundlich und sah sie erwartungsvoll an. „Guten Abend, Raj, heute ist wohl dein großer Tag", gab sie zurück.

„Das hängt von Ihnen ab. Haben Sie schon mit Ihrem Mann gesprochen?", fragte er hoffnungsvoll.

„Ja, aber wir sollten wohl warten, bis er draußen fertig ist."

„Ja natürlich, vielleicht können Sie mir freundlicherweise so lange die Sachen für meine Mutter einpacken, die sie noch braucht. Ich habe hier alles aufgeschrieben."

Raj reichte Frau Mehra den Einkaufszettel, den ihm seine Mutter diktiert hatte, da sie selber nicht schreiben konnte. Die alte Frau kam hinter der Theke hervor und fing an, die wenigen gewünschten Dinge aus den Regalen zu nehmen. Dann rechnete sie den Betrag zusammen und teilte ihn Raj mit, der daraufhin bezahlte und vorsichtshalber das Wechselgeld kontrollierte. So hatte es ihm seine Mutter beigebracht.

In der Zwischenzeit hatte Herr Mehra den Laden betreten. Sein Gespräch war offensichtlich beendet. Der Kunde war nicht mehr zu sehen. „Guten Abend, Raj", begrüßte nun auch Herr Mehra ihn. „Meine Frau hat mir von deinen Plänen berichtet", stellte er ein wenig nüchtern fest und schaute ihn mit seinen eng beieinanderstehenden Augen fest an. Dabei wirkten die buschigen dunklen Augenbrauen fast furchteinflößend.

Raj wartete gespannt ab, was Herr Mehra noch zu sagen hatte. Während sich sein Gesicht ein wenig aufhellte, hörte er seine Stimme: „Du hast ja große Ziele! Das lobe ich mir. Da sollten wir uns doch einig werden, oder nicht? Das Einzige was mir Sorgen bereitet, ist die Tatsache, dass dir etwas gestohlen werden könnte. Wer wird in diesen Fällen für die Waren bezahlen?"

Daran hatte Raj noch nicht gedacht. Das war ein Argument, das ihn kurzfristig ins Schwanken brachte. Doch so kurz vor dem

Ziel würde er nicht aufgeben. Ohne zu überlegen, antwortete er: „Herr Mehra, ich werde immer einen Blick auf meine Kiste haben, sollte das Gedränge zu groß werden, kann ich meine Kiste schließen, dann kann keiner hineingreifen. Ich werde sehr vorsichtig sein, das können Sie mir glauben. Ich bin doch selbst daran interessiert, dass mir keiner was wegnimmt, ohne zu bezahlen, das ist ja mein Verdienst. Aber wenn ich es erst gar nicht versuchen kann, weiß ich natürlich auch nicht, ob es funktioniert."

„Da hast du recht. Also sollten wir es gemeinsam wagen. Ich nehme an, dass es kleinere, leichte Sachen sein sollten, oder was möchtest du alles für deine erste Tour mitnehmen?", fragte Herr Mehra und lächelte ihn freundlich an. Inzwischen wirkte sein Blick gar nicht mehr so finster wie noch am Anfang.

Raj war ein riesiger Stein vom Herzen gefallen, er glaubte, dass man es förmlich hören konnte. Am liebsten hätte er seine Freude laut herausgebrüllt und die ganze Welt umarmt. Der Anfang war gemacht.

Raj antwortete: „Ich würde gerne Sachen mitnehmen, die sich gut an reisende Leute verkaufen lassen, die eben keine Zeit mehr haben, sich schnell noch woanders etwas zu besorgen. Vielleicht Streichhölzer, Taschentücher und kleine Tütchen mit Nüssen oder Bonbons für unterwegs. Das ist alles nicht so groß, kostet nicht zu viel und wird häufig gebraucht, diese Sachen sind auch alle unverderblich. Können Sie sich das auch vorstellen?"

Sowohl Herr als auch Frau Mehra nickten ihm zustimmend zu. „Dann komm doch einfach, wenn du deine erste Tour machen willst, morgens zu uns, dann füllen wir deine Kiste, die haben wir ja auch noch nicht gesehen. Wir schreiben auf, was du mitnimmst, und abends, wenn du zurück bist, können wir abrechnen", erklärte sich Herr Mehra einverstanden, während er gleichzeitig Raj seine Hand entgegenstreckte.

„Abgemacht", war nur dessen Antwort, und er schlug schnell ein.

Sie verabschiedeten sich. Raj schnappte seine Tasche mit den Sachen, die er seiner Mutter mitbringen sollte und ging froh gelaunt und lockeren Schrittes wieder nach Hause. Nun stand ihm vermutlich noch das Schwierigste bevor, er musste noch seinen Eltern beichten, was er eingefädelt hatte.

Nachts schlief er ganz unruhig. Einmal sah er sich mit den Büffeln auf dem Feld, das andere Mal stand er kniehoch im Wasser der Reisterrassen. Jedesmal zog es ihm den Boden unter den Füßen weg, er versank ganz langsam immer tiefer im Morast der Erde. Er versuchte ein Bein herauszuziehen, doch das funktionierte nicht. Auch das andere brachte er nicht heraus, sie waren beide schwer wie Blei. Dann spürte er seine Beine nicht mehr, sondern nur noch seinen Oberkörper und die Arme. Mit diesen versuchte er irgendwo Halt zu finden. Aber egal nach was er griff, er rutschte ständig wieder ab. Im fortwährenden Sog zog es ihn immer tiefer, ohne dass er sich dagegen wehren konnte. Er rief um Hilfe, seine Augen weiteten sich vor Angst, doch er war allein. Nur der Büffel stand am Rand des Feldes und blickte kurz zu ihm. Er sah ganz friedlich aus. Inzwischen war Raj schon so weit versunken, dass er nur noch Hilfe suchend seine Arme in die Höhe recken konnte. Obwohl das Wasser und die feuchte Erde seinen Körper kühlten, schwitzte er aus allen Poren. Die Schweißperlen, verursacht durch die Panik, die sich immer mehr breitmachte, rannen ihm über das Gesicht. Die Erde stand ihm zwischenzeitlich schon bis zum Hals, als sein Ende besiegelt zu sein schien. Er hatte nur noch eine Chance – sein neues Leben danach. Darauf wollte er sich nun einlassen.

Er schreckte hoch. Sein Körper war schweißnass, als er erwachte. Noch halb benommen realisierte er, dass es sich glücklicherweise nur um einen Traum gehandelt hatte. Er hatte nicht mehr allzu lange Zeit, bis seine Mutter kam, um ihn zu wecken. Dann würde sie ihn wieder mit aufs Feld nehmen. Aber genau das würde er heute unter keinen Umständen tun. Das war ihm heute Nacht endgültig klar geworden. Die Zeit für sein Vorhaben war gekommen.

So kam es, dass er sich über die Bedenken seiner Eltern hinwegsetzte und morgens mit seiner Kiste um den Bauch auf den Weg zum Laden der Mehras machte. Diese waren ganz überrascht ihn schon so früh und vor allem schon an diesem Tag wiederzusehen. Sie hatten nicht so früh mit ihm gerechnet. Doch andererseits mussten sie beide zugeben, dass sie an Raj bei ihren Gesprächen eine gewisse Beharrlichkeit beobachtet hatten, die er sicher noch öfters gut einsetzen und aufgrund derer er nun vermutlich schneller, als von ihnen erwartet, seine Taten umsetzen würde.

Zunächst führte er seine Kiste Herrn und Frau Mehra mit vor Stolz geschwellter Brust vor. Dabei betonte er mehrfach, wie genial seine Idee und die Umsetzung, die er sich alleine ausgedacht hatte, seien. Herr Mehra bewunderte sein Werk, nickte ihm anerkennend zu, indem er auf eigenartige Weise den Kopf zwischen Schütteln und Nicken kreiste.

Sie füllten seine Kiste, die gar nicht so klein war, wie sie aussah, mit einigen Streichholzschachteln, Feuerzeugen, Papiertaschentüchern und mit verschiedenen Kräuter- und Früchtebonbons sowie Erd- und Cashewnüssen, die sie jeweils abwogen und in kleinen Papiertüten abpacken. Frau Mehra nannte ihm die Preise für die einzelnen Dinge, damit er wusste, was er verlangen musste, um noch etwas zu verdienen. Er würde bei allem ein paar Rupien dazuschlagen. Sie wünschten ihm viel Glück, nicht ohne darauf hinzuweisen, dass er gut auf sich aufpassen solle.

So zog Raj mit einem Leuchten in seinen fast schwarzen Augen, an seinem ersten neuen Tag los. Obwohl er sehr glücklich war, spürte er auch eine gewisse Aufregung in sich. Wie würde der Tag verlaufen? Die Gedanken, wo er was verkaufen könnte, kreisten ständig um ihn, während er Richtung Busbahnhof marschierte. Es dauerte eine gute halbe Stunde, bis er dort ankam. Es war noch früh am Morgen, aber es herrschte bereits reges Treiben.

Zunächst beobachtete er alles sehr sorgfältig. Die Leute waren häufig voll bepackt. Viele trugen Lebensmittel in riesigen Körben bei sich, die sie vermutlich auf einem der vielen Märkte in der Stadt verkauften. Er mischte sich einfach zwischen sie und präsentierte seine geöffnete Kiste, sodass seine Artikel gut zu sehen waren. Er lief immer wieder durch die Menge, doch die Leute beachteten ihn gar nicht. Woran das wohl lag? Vielleicht weil er ein Kind war, oder merkten die Menschen nicht, dass er etwas zu verkaufen hatte? Er musste etwas unternehmen. Aber was?

Rings um ihn herum war es sehr laut. Da waren Leute, die sich einander zuriefen, die anderen, die auf den Dächern der Busse ihr Gepäck montierten, die vielen Motoren, die angelassen wurden. Raj fasste den Entschluss, sich bemerkbar zu machen, indem er seine Waren lauthals anbieten würde, das hatte er schon bei einigen anderen beobachtet. Er nahm seinen ganzen Mut zusammen und rief, noch etwas zaghaft: „Leckere Bonbons und Nüsse für unterwegs, Taschentücher und Streichhölzer zu verkaufen." Das wiederholte er mehrfach und lief mit seiner Kiste den ganzen Busbahnhof rauf und wieder runter.

Nach über einer Stunde hatte er dann sein erstes Erfolgserlebnis. Ein Mann kaufte ihm eine Tüte Erdnüsse ab. Raj war überglücklich. Allerdings musste er recht schnell feststellen, dass mit seiner neuen Idee auch nicht so leicht Geld zu verdienen war, wie er es sich vorgestellt hatte. Es gab bereits andere Leute, die auf ähnliche Weise ihren Lebensunterhalt bestritten und nicht jeder, der unterwegs war, brauchte etwas von seinen Sachen, wieder andere konnten es sich vielleicht nicht leisten.

Inzwischen stand die Sonne schon hoch und es war sehr heiß. Seine Kiste wurde ihm langsam schwer, er setzte sie hin und wieder ab und ruhte sich ein wenig im Schatten aus. Zur Erfrischung trank er ab und zu etwas an der öffentlichen Wasserstelle. Leider hatte er in der Aufregung nicht an etwas zu essen gedacht und nichts von zu Hause mitgenommen. So musste er bis abends warten, denn kaufen konnte er sich nichts.

Immerhin hatte er bereits einige Tütchen der Bonbons und Nüsse sowie einige Päckchen Taschentücher verkauft. Es wurde ein langer Tag, aber Raj hielt durch. Spät am Abend und völlig erschöpft trat er den Heimweg an. Herr und Frau Mehra freuten sich, ihn zu sehen. Sie erkundigten sich, wie es ihm ergangen war, er erzählte bereitwillig und sie machten die Abrechnung. Obwohl der Gewinn für ihn sehr gering war, so überzeugte es ihn doch, dass er auf diese Art lieber sein tägliches Geld verdienen wollte. Auch wenn der Tag nicht so erfolgreich verlaufen war wie erhofft, würde er am nächsten Tag wieder losziehen. „Es dauert eben, bis ich besser weiß, was die Leute brauchen und wo ich die besten Käufer finde", meinte er nur.

Herr und Frau Mehra bestärkten ihn in seiner Meinung: „Schließlich braucht man für alles eine gewisse Erfahrung, und die muss jeder selber machen. Du hast den Anfang gewagt, nun brauchst du noch etwas Geduld."

Im Laufe der Jahre machte er die verschiedensten Erfahrungen. Er lernte, genau zu beobachten und potenzielle Käufer zu erkennen und auf diese zuzugehen. Sein Sortiment wurde nach und nach den Bedürfnissen angepasst. Die Orte, an denen er seine Waren verkaufte, wechselten. So positionierte er sich teilweise auch vor den Sehenswürdigkeiten wie dem Palast des Maharaja oder dem Chamundi Hill, wo er viele Touristen als Abnehmer für seine ausgesucht schönen Postkarten fand. Die waren besonders praktisch, weil sie sehr leicht und platzsparend waren. Hinzu kam, dass viele Touristen nicht so sehr auf den Preis achteten und sich so manch schnelle Rupie verdienen ließ. Trotz der oft harten Arbeit und der sehr bescheidenen Erfolge, machte es ihm dennoch Freude. Das hing auch damit zusammen, dass er mit dieser Art meistens so viel, öfters aber sogar mehr Geld verdiente als auf dem Feld. Seit diesem Zeitpunkt ging seine Mutter Floria alleine zur Feldarbeit und Raj machte wieder einen zufriedeneren Eindruck.

***

II. Erlebnisse

Nach gut siebeneinhalb Stunden Flugzeit landeten sie auf dem International Airport von Bombay, dem heutigen Mumbai. Ben und Marisa hatten den Flug so gut es ging hinter sich gebracht. Nachdem sie nachmittags in Frankfurt gestartet waren, flogen sie in die Nacht hinein. Dies und die Tatsache, dass sie beide die letzten Wochen sowieso zu wenig geschlafen hatten, trug dazu bei, dass sie nach dem servierten Abendessen recht schnell eingeschlafen waren und so einen Großteil der Zeit verbracht hatten. Jeder sein Handgepäck, in dem sich ihre Papiere, der Reiseführer, Fotoapparat, die Reiseapotheke und noch ein paar Kleinigkeiten befanden, fest unter den Arm geklemmt, verließen sie das Flugzeug. Ihre Uhren hatten sie bereits gemäß der Durchsage der Stewardess um viereinhalb Stunden auf die aktuelle Zeit von 3.30 Uhr vorgestellt. Sie folgten den Hinweisschildern Richtung Ausgang. Hinter der Passkontrolle, die sie einzeln betreten mussten, saß ein uniformierter Inder, der ihre Pässe, sie selbst und das ausgestellte Visum genauestens überprüfte. Dies geschah, indem er mehrmals seinen Blick mit strenger Miene auf Marisa und dann wieder auf das Visum richtete, bevor er endlich seinen Einreisestempel in den Pass drückte. Marisa erschien das ganze unheimlich und auf einmal war sie ganz aufgeregt, obwohl sie keinen wirklichen Grund dafür hatte. Ben war bereits vor ihr. Er lächelte ihr zu, um sie zu beruhigen.

Gemeinsam gingen sie weiter Richtung Gepäckausgabe. Dort suchten sie das richtige Gepäckband, auf dem ihre Rucksäcke und weiteres Gepäck ihres Fluges avisiert waren. Marisa ließ ihren Blick durch die Halle schweifen. An den hohen Decken waren überall riesige Ventilatoren angebracht, die nun mitten in der Nacht ihre Runden drehten, um die abgestandene Luft etwas kühler wirken zu lassen. Die Fußböden waren mit hellem Marmor ausgelegt, die zwar schon etwas älter wirkten, aber dennoch einen gewissen Glanz und eine Erhabenheit ausstrahlten. Die Stühle und andere Sitzgelegenheiten mit ihren schwarzen Stoffbezügen hingegen schienen längst überholt und waren teilweise ziemlich ramponiert, Einzelne bereits zerschlissen. Auch die Gepäckbeförderungsbänder wirkten etwas heruntergekommen. Marisa und Ben waren beide ziemlich müde. Sie wollten so schnell wie möglich raus und in die Stadt, um sich eine Unterkunft zu suchen. Die stickige Luft in der Halle machte ihnen zusätzlich zu schaffen. Verschiedene Lautsprecherdurchsagen, die kaum verständlich waren, erfolgten unaufhörlich. Der Flughafen schien für diese riesige Stadt relativ klein zu sein. Zumindest machte diese Halle hier keinen allzu großen Eindruck, dafür war es hier aber umso lauter. Vielleicht empfand Marisa es auch nur so, weil sie trotz des Schlafes übernächtigt wirkte.

Es dauerte fast eine dreiviertel Stunde, ehe das erste Gepäckstück auf dem Band erschien. Doch bevor Bens Rucksack auftauchte, verging eine weitere halbe Stunde. Kurz darauf folgte dann auch Marisas Gepäck, sodass sie sich beide Richtung Ausgang begeben konnten. Bei der Gepäckkontrolle ging alles problemlos. Keiner der Zollbeamten wollte ihr Gepäck sehen. Sie konnten ungehindert passieren.

In der großen Eingangshalle befanden sich diverse kleinere Schalter. Ein Großteil davon war mit einem Rollladen verschlossen, offensichtlich lohnte es sich für diese Betreiber nicht, nachts ihre Geschäfte geöffnet zu haben. Bei den offenen handelte es sich meistens um verschiedene Reiseunternehmen, die Busfahrten, Übernachtungsmöglichkeiten, Rundreisen oder Ähnliches anboten. Das wurde durch die massenhaft herumlaufenden Inder, die alle etwas verkaufen wollten, recht schnell deutlich. Hinter den meisten anderen geöffneten Schaltern verbargen sich Wechselstuben. Auch diese wurden lauthals von den Angestellten beworben. Offensichtlich belebte hier Konkurrenz das Geschäft. Man konnte den Eindruck gewinnen, wer am lautesten schrie, hatte die besten Karten. Zumindest sah es ganz danach aus.

Die Inder schienen sehr geschäftstüchtig, denn sobald sie ausländische Touristen sahen, wurden diese umringt und jeder versprach das beste Angebot, Hotel, Reise oder was auch immer zu den besten Konditionen. Prüfen konnte man das allerdings nicht. Denn wer von den Fremden kannte sich schon aus? Marisa und Ben waren ganz aufgewühlt, der lange Flug, der fehlende Schlaf, der Lärm um sie herum ließen sie auf einmal völlig überfordert fühlen.

Was sollten sie tun? Momentan hatten sie nur Dollars als Bargeld und in Form von Traveller-Reiseschecks dabei. Indische Währung hatten sie sich zu Hause wegen des schlechten Tauschkurses nicht besorgt. In ihren Reiseführern wurde überall geschrieben, dass das vor Ort in Indien wesentlich günstiger sei. Auch wegen der ständigen Inflation sollte nicht zu viel Geld auf einmal gewechselt werden. Diese Bestätigung hatten sie auch bei ihrer Bank erhalten. Nur, welche Wechselstube war seriös? Die Wechselkurse waren zwar überall angeschrieben, doch wer wie viel Gebühren berechnete, stand nirgends vermerkt. Insofern war ein Vergleich recht schwierig. Ben entschied sich für eine Wechselstube, die den klangvollen Namen „State Bank of India" und den Eindruck einer staatlichen Bank machte. Hier hatte er persönlich das beste Gefühl. Sie beschlossen, zunächst 100 Dollar Bargeld zu tauschen, das sollte erst einmal eine Weile reichen, sodass sie sich dann in Ruhe für den nächsten Tausch informieren konnten. Ben reichte die zwei 50-Dollar-Scheine dem Angestellten durch die kleine Glasöffnung und sagte auf Englisch: „Können Sie uns das bitte in Rupien tauschen?"

Der Angestellte antwortete nur: „No problem!" und fing daraufhin sofort eifrig an zu rechnen. Ben und Marisa konnten nicht alles klar erkennen, doch es sah so aus, als ob alles korrekt zuging. Der Mann trug danach alle notwendigen Daten auf dem Formular ein. Anschließend zählte er die indischen Rupien zunächst für sich und dann nochmals vor Ben ab und schob sie ihm durch die kleine Öffnung samt der Quittung, die er ausgestellt hatte, zu. Ben staunte nicht schlecht, als er das dicke Bündel Geld auf einmal sah und danach griff. Es fühlte sich ziemlich schmierig und lappig an. Die Scheine waren viel kleiner als die Euro- oder Dollar-Scheine und weder in ihrer Größe noch der Farbe nach, ähnlich den Dollar-Scheinen, kaum vom Wert zu unterscheiden. Viele der Scheine waren bereits stark benutzt, das erkannte man an den vielen Einrissen, die sie aufwiesen. Vielleicht lag das aber auch am wesentlich dünneren Papier. Ein Blick auf die Abrechnung verriet Ben, dass der Kurs wesentlich schlechter war als der auf der Anzeigetafel angegebene und dass zusätzlich 5 Prozent Gebühren vereinnahmt worden waren. Ziemlich heftig, wie er fand. Deshalb fragte er nach und erhielt zur Antwort, dass das eine der Kurs für Schecks sei, der andere der für Bargeld. Die Gebühren fielen immer an. Er wusste, dass auch zu Hause in Deutschland die Kurse zwischen Devisen, also bargeldloser Währung, und Noten, dem sogenannten Bargeld, differierten. Letzteres war wegen der Vorhaltung und dem damit verbundenen höheren Aufwand auch dort immer teurer. Da blieb ihm wohl nichts anderes übrig, als das zu akzeptieren. Er zählte den Betrag nach. Zum einen wollte er sich nicht blind auf alles verlassen, zum anderen sollte das ihm das erste Gefühl für die neue indische Währung vermitteln.

Er teilte den Betrag auf, reichte Marisa ungefähr die Hälfte, und sie machten sich daran, die zahlreichen Scheine mühsam und sicher zu verstauen. Marisa suchte dafür noch die Toilette auf, wo sie einen Großteil des Betrages in die eigens dafür angefertigten Bauchtaschen, die sie beide unter den Hosen trugen, steckte. Einen kleineren Betrag behielt sie im leicht zugänglichen Brustbeutel. Sie hatten vor, mit dem Bus in die Stadt nach Bombay zu fahren und sich dort für zwei Nächte eine Unterkunft zu suchen. Doch immer wieder ertönten die Lautsprecher mit unverständlichen Ansagen. Marisa schaute mit irritiertem Blick zu Ben, während sie ihn fragte: „Hast du das verstanden?"

„Nein, so richtig nicht, ich habe nur etwas von Bombay vernommen." Ben schaute sich Hilfe suchend um.

„Was sollen wir nun machen?", hakte Marisa unsicher nach.

Doch kaum hatte sie die Frage ausgesprochen, mischte sich eine herannahende freundliche Europäerin in blauer Uniform auf Deutsch ein: „Wenn ich Ihnen einen Rat geben darf, fahren Sie nicht in die Stadt. Momentan gibt es Aufstände in Bombay, und allen Reisenden wird von einem Besuch der Stadt abgeraten, da Dauer und Auswirkungen derzeit wohl noch nicht abgeschätzt werden können und es unter Umständen sehr gefährlich werden kann. Selbst die Piloten und wir Stewardessen, die uns auskennen, bleiben nun hier draußen und übernachten in einem Hotel in Flughafennähe bis wir wieder unseren nächsten Dienst antreten müssen. Ich rate Ihnen, die Empfehlungen zu beachten und gegebenenfalls lieber woandershin zu reisen, bis wieder etwas Ruhe in Bombay eingekehrt ist."

„Na, das fängt ja gut an! So hab ich mir unseren Urlaub nicht vorgestellt", bemerkte Ben etwas enttäuscht.

„Ja, so ist Indien eben, immer für eine Überraschung gut", konterte die Stewardess.

„Da müssen wir wohl gleich umdisponieren. Herzlichen Dank für Ihre Hilfe", bedankte sich Marisa und war froh, dass sie nun Bescheid wussten. Zumindest konnten sie nun überlegen, was sie als Nächstes tun sollten.

„Keine Ursache, trotzdem einen schönen Aufenthalt und gute Erholung. Genießen Sie die schönen Seiten, davon gibt es hier auch jede Menge."

Mit diesen Worten verabschiedete sie sich und war augenblicklich, so schnell, wie sie aufgetaucht war, auch wieder samt ihrem kleinen Trolley verschwunden.

Ben und Marisa standen zunächst etwas ratlos in der Halle und schauten sich hilflos an. Marisa seufzte: „Ach Ben, eigentlich bin ich hundemüde, aber in die Stadt können wir nicht, was machen wir nun? Ich hab keine Ahnung, ob es hier irgendwo ein Hotel gibt. Andererseits macht das wohl auch keinen Sinn, wenn wir morgen oder übermorgen immer noch nicht in die Stadt können. Vielleicht buchen wir am besten gleich einen Flug weiter nach Goa und ruhen uns dort erst mal ein paar Tage aus. Dann können wir in Ruhe überlegen, was wir machen. Was meinst du?"

Ben überlegte kurz, antwortete dann: „Ich glaube, das ist eine gute Idee, vielleicht hat sich die Lage bis zu unserer Rückreise etwas entspannt, und wir können uns Bombay dann noch in den letzten Tagen anschauen."

Somit war es beschlossene Sache. Allerdings stellte sich dann nach diversen Nachfragen bei verschiedenen Reisebüros heraus, dass sie hier keinen Inlandsflug buchen konnten. Diese wollten nämlich nach wie vor alle nur Unterkünfte oder Reisen in der Umgebung vermitteln. Für einen Inlandsflug mussten sie aber erst zum nationalen Flughafen, der ein paar Kilometer entfernt und mit dem Bus, der direkt draußen vor dem Flughafengebäude abfuhr, zu erreichen war. Also schulterten sie ihre Rucksäcke und machten sich auf den Weg nach draußen, wo sie bereits durch die großen Scheiben einen alten, roten Bus stehen sahen. War das der richtige? Das würden sie auch noch schaffen. Wäre doch gelacht, wenn sie gleich am ersten Tag, besser gesagt, gleich in den ersten Stunden nach Ankunft aufgeben würden.

Obwohl sie sich körperlich bisher noch nicht allzu sehr angestrengt hatten, schwitzten beide bereits so stark, dass der Schweiß sich nicht nur in den Achselhöhlen sammelte, sondern auch schon den Rücken herunterlief. Marisa hatte das Gefühl, als hätte sie gerade ein entscheidendes Volleyballspiel absolviert. Das war auch nicht schlimmer. Ihre geröteten, leicht gefleckten Wangen verrieten eine gewisse Anstrengung. Die würde sich sicher bald wieder legen. Diese Annahme war allerdings weit gefehlt. Die Glastür nach draußen öffnete sich per Lichtschranke. Im selben Moment glaubten Marisa und Ben gegen eine Wand zu laufen. Die tropische, feuchte Hitze schlug ihnen derart unvorbereitet entgegen, dass sie das Gefühl hatten, keine Luft mehr zu bekommen.

Sie hatten geglaubt, bei Verlassen des Gebäudes frischere Luft anzutreffen. Doch nun erlebten sie, was es bedeutete, sich draußen aufzuhalten. Es war noch viel wärmer und stickiger als im vermeintlich heißen Gebäude, das sich nun tatsächlich als „gut" klimatisiert herausstellte. Das Atmen fiel schwer. Wo gab es hier Frischluft? Unglaublich, wenn man bedachte, dass es noch mitten in der Nacht beziehungsweise früher Morgen war und bereits ohne Sonnenschein solche Temperaturen herrschten. Wie würde dies erst tagsüber werden?

Marisa spürte, dass es Ben ebenso erging. Sie sagte lieber nichts, sie musste daran denken, wie euphorisch sie gewesen war und wie sie ihm diese Reise schmackhaft gemacht hatte bis er einwilligte. Nun erkannte sie selbst, dass noch einiges mehr dazu gehörte. Wortlos liefen sie zu dem roten Bus, dessen Türe offen stand. Marisa stieg ein und fragte den gemütlich auf seinem Sitz ausharrenden Busfahrer, ob er zum National Airport fuhr. Er verstand sie jedoch nicht und erwiderte in einem ihr unverständlichen Dialekt etwas, während er gleichzeitig wild mit seinen Händen gestikulierte.

Ben verfolgte das ganze sehr genau und meinte nur: „Komm, steig wieder aus, wir fragen erst noch mal jemand anderen. Bevor wir im falschen Bus sitzen und nachher womöglich noch in die Stadt fahren. Das wäre fatal."

So machten sie es dann auch. Nach der dritten Anfrage erwischten sie einen Inder, der ziemlich gut Englisch sprach und ihnen versicherte, dass dies der richtige Bus sei. Er klärte auch mit dem Busfahrer, wie hoch der zu zahlende Preis war, den sie dann sofort entrichteten. Ordnungsgemäß erhielten sie dafür ein Ticket. Im Bus gab es noch genügend freie Plätze. Sie stellten ihre Rucksäcke an den dafür vorgesehenen freien Gepäckplatz und setzten sich in die dahinter folgende Bankreihe. Die waren aber so schmal aufeinander, dass sowohl Marisa als auch Ben Probleme hatten, ihre Beine unterzubringen. Der Abstand zur Gepäckablage war so kurz, dass eine normale Sitzhaltung unmöglich war. Es ging nur, wenn sie sich schräg hinsetzten. Was soll's, dachte Marisa, so weit wird es schon nicht sein. Sie betrachtete trotz der Dunkelheit, die immer noch herrschte, den Bus, der schon ziemlich alt sein musste, eingehender. Er war sehr einfach, die Sitzbänke waren mit Kunstleder bezogen und wiesen schon einige Risse auf. Fensterscheiben gab es keine. Auf die konnte angesichts der Hitze verzichtet werden. So war dann wenigstens die Belüftung während der Fahrt sichergestellt, denn über den Luxus einer Klimaanlage verfügte dieses Modell garantiert nicht. Marisa fächelte sich, so gut es ging, immer wieder mit den bloßen Händen kühle Luft zu. Sie mochte gar nicht daran denken, wie heiß es erst tagsüber würde, wenn die Sonne senkrecht zum Planeten stach. Sie machte es sich, einigermaßen, auf dem Sitz bequem und döste ein wenig vor sich hin. Ben erging es nicht viel anders, auch ihm war es viel zu heiß und am liebsten hätte er unter einer kalte Dusche gestanden, um sich zu erfrischen. Doch das würde wohl noch ein wenig dauern.

Es waren noch einige Leute zugestiegen, aber voll war der Bus immer noch nicht. Ungefähr zwanzig Minuten später fuhren sie dann los. Erst ging es am Flughafengebäude, das gar nicht so groß war, entlang. Wahrscheinlich war das auch gar nicht alles, was sie sahen. Solch eine riesige Stadt hatte sicher einen größeren Flughafen, dachte Marisa im Stillen. Danach machte die Straße eine große Kurve, bevor sie am Rand der Start- und Landebahnen entlangführte. Der Wind, der durch die Fahrt ins Innere drang, tat zwar gut, war aber nicht wirklich erfrischend. Die Luft war so warm, dass Marisa das Gefühl hatte, die Luft würde mit einem Haartrockner erzeugt.

Sie saß am Fenster und blickte hinaus. Es war ziemlich karg rings um den Flughafen, stellenweise gab es ganze Müllhalden, die sich zu riesigen Bergen türmten. Die noch als Gras erkennbaren Flächen sahen bereits recht dürr und trocken aus, obwohl es geregnet haben musste, denn vereinzelt standen noch Pfützen am Straßenrand. Vermutlich war es nur ein kleiner, kurzer Schauer gewesen, denn die eigentliche Regenzeit war bereits vorbei. Viel zu sehen gab es nicht.

Dann auf einmal, wie aus dem Nichts, tauchten sie auf. Obdachlose, so weit das Auge reichte! Vor einem der Müllberge lagen mehrere Leute auf dem Boden. Manche hatten sich aus den verschiedensten Materialien wie Zeitungen, Decken, Pappe oder Blech eine Unterlage, manchmal sogar ein allerdings sehr notdürftiges Dach gebaut. Einige andere hatten schon eine Art Hütte konstruiert, sodass sie dem Wetter nicht ganz schutzlos ausgeliefert waren. Da waren sie also, die vielen Ärmsten der Armen, über die immer wieder berichtet und auch gelesen wurde. Oft nur dürftig bekleidet und nur mit dem, was sie am Leib trugen, ausgestattet, hausten sie hier, denn wohnen konnte man das eigentlich nicht nennen. Manche lagen sogar direkt am Straßenrand, sodass es zusätzlich richtig gefährlich wurde.

Marisa zupfte Ben am Ärmel und deutete ganz vorsichtig, sodass es niemand anderes mitbekommen sollte, auf die gemachte Entdeckung. Sie flüsterte: „Sieh mal, ist das nicht schrecklich? Wie kann man nur so leben?"

Gleichzeitig schwirrten ihr hundert Fragen und Gedanken dazu durch den Kopf. Warum waren die Leute hier, völlig isoliert von dem Rest der Gesellschaft. Vermutlich hatten diese Menschen keine Arbeit und damit kein Geld für ihren Lebensunterhalt. Waren dies alles Analphabeten? Hatte das etwas mit dem Kastenwesen zu tun? Welche Perspektive hatten diese Menschen? Wieso suchten sie sich keinen besseren Platz? Marisa hatte auf einmal so viele Fragen, die ihr derzeit wohl niemand beantworten würde.

„Ja, ich weiß es auch nicht. Wir können uns das wohl nicht vorstellen. Aber für die Leute hier ist dies der Alltag. Sie kennen vermutlich nichts anderes", versuchte Ben sowohl sich selbst als auch Marisa einzureden und zu beruhigen. Denn nicht nur ihm war auf einmal ganz komisch zumute. Er hatte auch Marisas zitternde Stimme bemerkt. „Mach dir nicht so viele Gedanken, wir sind doch hier zur Erholung und sollten unseren Urlaub genießen. Wir können das auch nicht ändern", bekräftigte er, um dadurch selbst ein besseres Gefühl zu bekommen.

Doch so einfach war das nicht. Auch Ben beschäftigte sich mit der für ihn neuen Situation sehr stark. Einerseits versuchte er das Ganze zu verdrängen, andererseits war ihm bewusst, dass solche Situationen sie beide auch die nächsten Wochen begleiten würden. Er war froh, dass es erst zu dämmern begann und weder er noch Marisa die gesamte Tragweite der einzelnen Schicksale noch deutlicher vor Augen bekam. Auf was hatte er sich da nur eingelassen?

Marisa hingegen war empört über Bens Äußerung, blickte ihn mit ihren vor Ärger funkelnden blauen Augen trotzig an und fauchte: „Wie kannst du nur so was sagen? Schau dir doch die Leute an, darunter sind auch Kinder. Ich kann doch nicht einfach so tun, als gäbe es sie nicht. Ich sitze hier und die Leute da draußen haben vermutlich nicht mal was zu essen. Da kann ich doch nicht daran denken, einen schönen Urlaub zu verbringen, wenn ich genau sehe, wie schlecht es den Menschen geht. Wie kannst du nur so denken?"

Ben versuchte mit fester, sicherer Stimme zu sprechen, obwohl ihm das selbst nicht leichtfiel: „Ich sehe das Ganze pragmatisch. Das wusstest du doch schon vorher, du hast doch genügend darüber gelesen und mir immer wieder davon berichtet. Es ändert nichts an der Tatsache, dass die Situation dieselbe ist, ob wir hier sind oder zu Hause sitzen. Nur mit dem kleinen, aber feinen Unterschied, dass wir es zu Hause nicht mit eigenen Augen sehen und nicht selbst erleben. Du glaubst doch wohl nicht im Ernst, dass du etwas änderst, indem du dich verrückt machst?"

„Ich bin nicht verrückt!", echote sie.

„Habe ich auch nicht gesagt."

So entbrannte bereits kurze Zeit nach ihrer Ankunft ein Streit. Es hatte nicht einmal einen Tag gedauert, bis die extreme

Situation sie in die erste Krise stürzte. Ben versuchte die Situation zu retten, indem er beschwichtigend auf Marisa einredete und ihr klarzumachen versuchte, dass sie die Leute nicht vor ihrem Schicksal bewahren konnte. Dazu wäre Hilfe von anderer Seite nötig. Sie sollte sich damit nicht zusätzlich belasten. Natürlich müsse sie lernen damit umzugehen, sollte aber gleichzeitig nicht vergessen, dass sie zur Erholung da waren.

***

Im dem recht großzügig, aber etwas überladen wirkenden Laden in der Sayaji Rao Road, welche die Haupteinkaufsstraße in Mysore schlechthin war, herrschte geschäftiges Treiben. Die Verkäuferinnen hatten alle Hände voll zu tun. Es handelte sich um das alteingesessene Familienunternehmen der Familie Khan, welches bereits in der dritten Generation geführt wurde. Hier wurden die erlesensten Stoffe, die man sich nur vorstellen kann, angeboten. Nicht nur in Form und Farbe war die Auswahl reichlich und ließ eigentlich keine Wünsche offen, auch was die Qualität der Stoffe anging, fand hier jeder etwas für seinen Geschmack. Minderwertige Ware wurde nicht angeboten, sodass die Preise entsprechend höher, aber nicht überzogen waren. Das Preis-Leistungs-Verhältnis stimmte. An den Wänden stapelten sich in mehreren Reihen die Stoffrollen in verschiedenen Breiten. Wunderschöne orientalische Bordüren in den verschiedensten Mustern und Ausprägungen zierten die einfarbigen, meist aus purer Seide bestehenden Stoffbahnen. Diese eigneten sich besonders für die Saris der Frauen, da dann die meist mit Goldfäden durchwirkten oder mit Perlen bestickten Bordüren erst richtig zur Geltung kamen. Selbstverständlich enthielt das Sortiment genauso mit verschiedenen Ornamenten gleichmäßig über die gesamte Breite durchzogene Stoffe. Auch die feinen Qualitäten für moderne, elegante Anzüge der Herren sowie deren traditionell zu tragende Kleidung fehlten nicht. Während bei den Frauen die Farbenprächtigkeit keine Grenzen kannte und praktisch fast alles getragen und nachgefragt wurde, überwogen bei den Herrenstoffen eher die gedeckten, dunklen oder dann speziell in den heißen Sommermonaten auch die gedeckten Weiß- und Beigetöne für die Anzüge. Letztere wurden auch bei der traditionellen Kleidung der unterschiedlichen, meist relativ weiten Hosen bevorzugt. Die einzigen wirklichen Farbakzente bei den Herren kamen nur bei den Männern zur Geltung, die einen Turban trugen.

Der aktuelle Geschäftsinhaber Tapan Khan sorgte dafür, dass seine überwiegend weiblichen Kundinnen gut beraten und zuvorkommend bedient wurden. Dazu gehörte natürlich auch eine oder mehrere Tassen Tee. Denn bei einem Plausch und einer kleinen Erfrischung fiel der einen oder anderen Dame die Entscheidung leichter und die Geschäfte florierten. Die meisten Kundinnen, die hier einkauften, stammten aus besseren Kreisen, ihre Männer waren meistens einflussreiche selbstständige Geschäftsleute oder im Finanzwesen erfolgreich tätig. Der Service umfasste auch das Nähen von Kleidungsstücken. Diese wurden immer individuell angefertigt. Versierte Näherinnen fertigten die Einzelstücke innerhalb kurzer Zeit, oft sogar innerhalb eines Tages, nachdem sie bei den Kunden Maß genommen hatten. Sie waren damit auch auf Geschäftsleute und ausländische Touristen, die oft nur auf der Durchreise waren oder nur wenig Zeit zur Verfügung hatten, eingestellt.

Frau Methri konnte sich nicht entscheiden. Welchen Stoff sollte sie nur für ihren neuen Sari, den sie eigens für die Hochzeit ihrer Tochter benötigte, kaufen? Auf einem der speziell dafür bestimmten Tische lagen bereits zwölf verschiedene Bahnen ausgebreitet. Die Verkäuferin gab sich alle Mühe, hatte immer wieder auf Wunsch der Kundin eine neue schwere Stoffrolle von den langen runden Stangen, auf denen diese befestigt waren, heruntergeholt, mehrere Meter abgerollt und sie dann sorgfältig quer über den Tisch gelegt. Dadurch hing der Anfang der Stoffbahn von circa einem Meter vom Tisch herunter, die folgenden anderthalb Meter lagen auf dem Tisch, bevor sich das große Rollenende anschloss. Zum Vergleich lagen nun diverse Stoffbahnen nebeneinander. Je nachdem, wie das Licht auf die einzelnen Stoffe fiel, erhielt jeder für sich einen anderen Glanz. Es kam eben ganz auf den Blickwinkel an, welche Farbnuance zum Vorschein kam.

Eigentlich hatte Frau Methri geglaubt, dadurch würde es ihr einfacher fallen, doch je länger sie auf die vielen, wunderschön schillernden Stoffe schaute, desto weniger konnte sie sich für oder gegen einen Stoff entscheiden. Keine Frage hingegen war, dass es unbedingt ein Seidensari sein musste, alles andere wäre unter ihrer Würde gewesen, aber das hatte sie gleich zu Anfang kundgetan, sodass die Verkäuferin bereits bei der Vorauswahl darauf geachtet hatte.

„Ach, wenn ich mich nur so schnell entscheiden könnte wie meine Tochter. Die weiß immer ganz genau, was sie will. Aber bei dieser herrlichen Auswahl fällt es mir umso schwerer. Zu was raten Sie mir?", fragte sie nun mit unschlüssigem Blick die Verkäuferin. Nachdem diese bereits seit fast zwei Stunden mit Frau Methri beschäftigt war und diese sich immer noch nicht entschieden hatte, kam ihr diese Frage gerade recht. So könnte sie Frau Methri, ohne sie zu sehr zu bedrängen, in eine Richtung lenken und ihr vielleicht in absehbarer Zeit eine Entscheidung abringen. Um ihr dennoch das Gefühl zu vermitteln, dass auf sie eingegangen wurde, gab die Verkäuferin zurück: „Tendenziell wäre für solch ein einmaliges Fest sicher eine dezente, aber dennoch sehr elegante Farbe ratsam. Ich würde ihnen daher zu einem der dunkleren Töne raten, wie diesem satten Grün hier, oder diesem Nachtblau. In diesen kommen auch die Goldbrokate wesentlich besser zur Geltung als bei den hellen Tönen."

Zur Bestärkung zeigte sie dabei mit ihrer rechten Hand auf die von ihr bevorzugten Stoffe, während sie mit der linken eine flüchtige und zugleich abweisende Handbewegung über die hellen Stoffe in leuchtendem Gelb, knalligem Rot oder Himmelblau vornahm. Nachdenklich, mit leicht gerunzelter Stirn, schmalen, zusammengepressten Lippen schweifte Frau Methris angestrengter Blick zum wiederholten Male über die ausgebreiteten Stoffe, bevor sie etwas zögerlich der Verkäuferin zustimmte: „Ja, ich glaube, Sie haben recht."

Schnell ergriff die Verkäuferin das Wort: „Fein, dann werde ich die nicht infrage kommenden am besten gleich wegräumen, damit sie nicht unnötig stören."

Während sie sich umgehend ans Aufräumen machte, bat sie eine weitere Verkäuferin, ihr zu helfen, die überflüssigen Stoffballen wegzuräumen. Gleichzeitig sprach sie mit Frau Methri, um diese bei der letzten Entscheidungsfindung zu unterstützen: „Haben Sie sich denn schon Gedanken gemacht, welchen Schmuck sie dazu tragen wollen? Eventuell ist es hilfreich zu überlegen, welcher der Stoffe am besten dazu passt. Möglicherweise verfügen Sie über ein Collier, das mit entsprechend farbigen Steinen besetzt ist. Bei Aquamarinen würde es sich anbieten, dann den nachtblauen Sari zu wählen."

Auf einmal fiel Frau Methri ein Stein vom Herzen. Warum war sie darauf nicht selber gekommen? Sie war so von den schönen Stoffen fasziniert gewesen, dass sie gar nicht weiterdachte.

Natürlich hatte sie jede Menge Schmuck zu Hause. Doch für diesen herrlichen Anlass würde sie ihre Ohrringe, ihre Halskette und natürlich auch den dazu passenden Ring mit den grünen Smaragden tragen. Die 750-er Goldfassungen passten hervorragend zu der Goldbrokat-Bordüre.

„Dass ich selbst nicht darauf gekommen bin. Na ja, es sind ja auch sonst allerlei Vorbereitungen für so eine Hochzeit zu treffen, da bleibt einem keine Zeit mehr für sich selber und so einfache Überlegungen. Ich nehme den Grünen hier, der passt ausgezeichnet zu meinem Schmuckensemble."

„Wunderbar, für die Choli würde ich Ihnen dann denselben Goldton wie in der Bordüre vorschlagen", gab nun die Verkäuferin zurück und wickelte bereits von der Stoffrolle, die sie vorher schon beim Aufräumen der anderen Ballen vorsorglich hervorgeholt hatte, einige Meter ab und zeigte diese Frau Methri. Diese nickte und stimmte somit lautlos dem Vorschlag zu.

„Darf ich Sie dann bitten, zum Maß nehmen hier herüberzukommen!" Sie machte eine ausholende Handbewegung und deutete zum Ende des Verkaufsraums. Dort war eine Abtrennung vorgenommen, sodass die Schneiderinnen, die normalerweise im angrenzenden Raum ihren Nähkünsten nachgingen, bei den Kunden und Kundinnen ungestört und unter Wahrung der Privatsphäre die erforderlichen Abmessungen vornehmen konnten. Für den Sari war keine sonderlich aufwendige Messung erforderlich, da dieser nur aus einer einzigen Stoffbahn, ein wenig breiter als einem Meter und zwischen fünf und neun Metern Länge, besteht und lediglich von Umfang und Größe der jeweiligen Frau abhängig ist.

Dieses unwahrscheinlich praktische Kleidungsstück wird ohne jegliche Hilfsmittel wie Knöpfe, Nadeln, Schlaufen oder Gürtel getragen, wird kunstvoll mit Falten um die Hüften drapiert, gewickelt und zum Schluss mit dem Ende als sogenannte Pallav über die Schulter geschwungen. Sie sieht dennoch ordentlich und reizend aus. In Verbindung mit der Choli, der sehr knapp geschneiderten kleinen Bluse mit großem Ausschnitt, die nicht nur kurze, eng anliegende Ärmel hat, sondern auch sonst sehr kurz ist, nämlich nur bis oberhalb des Bauchnabels, aber insgesamt unter dem Sari getragen wird, wirkt der Sari sehr attraktiv.

Aufgrund der Größe von Frau Methri waren fünf Meter für den Sari ausreichend. Eine Näherin nahm die Maße für die Choli in Bezug auf die erforderliche Länge, Oberweite und den Umfang der Oberarme. Dafür würde nochmals ungefähr ein Meter Stoff benötigt. Die Näherin notierte die Details auf ihrem Block und forderte Frau Methri auf: „So, nun sind wir fertig. Bis in drei Tagen haben wir alles genäht, und Sie können zur Anprobe kommen. Sie haben eine gute Wahl getroffen, Sie werden sicherlich umwerfend darin aussehen!"

Als Frau Methri sich zum Gehen wandte, verabschiedete die Verkäuferin sie freundlich, ohne zu vergessen, ihr zur guten Wahl zu gratulieren und sich für den Auftrag zu bedanken. Immerhin war sie, im Gegensatz zu den meisten der Kundinnen, auf ihren Arbeitsplatz angewiesen. Sie wusste, dass die anspruchsvolle Kundschaft nicht immer einfach war und oft mehr dazu gehörte, als sich nur bei den Stoffen auszukennen. Nun jedenfalls war sie sehr froh, dass sie Frau Methri endlich zu einem Abschluss gebracht hatte und sich in Kürze der nächsten potenziellen Kundin widmen konnte. Frau Methri ließ es sich dann auch nicht nehmen, beim Verlassen des Geschäfts mit überschwänglicher Freude und einem Lächeln im Gesicht noch kurz Tapan Khan für die außerordentlich gute und allumfassende Beratung durch seine Angestellten zu danken, die sein Geschäft so einmalig machte.

***

Es war gar nicht so einfach gewesen einen Flug nach Goa zu erhalten. Aufgrund der Unruhen in Bombay, was sich dort genau ereignete hatten sie bis jetzt immer noch nicht herausgefunden, waren praktisch sämtliche Inlandsflüge ausgebucht. Daher mussten sie sich noch bis zum frühen Nachmittag die Zeit hier vertreiben, denn der nächste freie Flug, den sie erhalten hatten, startete erst um 14 Uhr. Das Gebäude des nationalen Flughafens, welches viel kleiner war als das des internationalen, war mit Menschen übervölkert. Überall warteten die Leute samt ihrem Gepäck. Die Sitzplätze waren längst belegt und auch auf dem Boden und in den Gängen zwischen den Sitzreihen hatten es sich viele Menschen so bequem wie möglich gemacht. Einige lagen bereits, mit dem Gepäck als Kopfunterlage und machten ein Nickerchen. Noch hielten sich Ben und Marisa auf den Beinen. Aber es fiel ihnen immer schwerer. Die Müdigkeit überfiel sie immer wieder, deshalb hielten sie krampfhaft nach einem frei werdenden Platz Ausschau. Immerhin mussten sie auch noch auf ihr Gepäck aufpassen, das sie ja noch nicht aufgeben konnten. Inzwischen war es kurz nach 9 Uhr. Marisa erspähte einen frei werdenden Platz an der Wand des Ganges. Mit erhellender Miene rief sie zu Ben, der gerade seinen Blick durchs Fenster nach draußen warf, wo inzwischen die Sonne herrlich schien: „Ben, da drüben am Gang wird was frei. Ich sicher mir schnell den Platz, du kannst ja dann nachkommen."

Aus seinen Gedanken gerissen antwortete er nur: „Ja prima, ich komme gleich."

Zu mehr war er momentan nicht in der Lage. Wie in Trance packte er seinen Rucksack, den er neben sich abgestellt hatte und bahnte sich einen Weg durch die vielen Leute zu Marisa hinüber.

Sie stellten ihr Gepäck ab und Marisa setzte sich auf dem Boden dazu. Trotz der Müdigkeit überkam Ben auf einmal ein Hungergefühl, und er wandte sich an Marisa: „Hast du auch so einen Hunger? Wir haben doch noch belegte Brötchen dabei. Da werde ich jetzt gleich eins essen und mich nach einem Kaffee umsehen. Soll ich dir auch was zu trinken mitbringen?"

„Nein danke, ich trinke erst mal das Wasser, das wir noch haben. Vielleicht später. Ich warte hier."

Ben ging los, musste aber bald erkennen, dass er keinen Kaffee, wie er es gewohnt war, erhielt. Es gab nur löslichen Kaffee, der verhältnismäßig teuer war, oder Tee. Er entschied sich für das inländische Produkt, eine Tasse Schwarztee. Kaffee konnte er ja zu Hause wieder trinken. Inzwischen war bei Marisa noch ein Platz frei geworden und sie hatte sich gleich ausgebreitet, sodass sich Ben bei seiner Rückkehr ebenfalls hinsetzen konnte. Mit vollem Magen überrollte die Müdigkeit beide. Ben hatte seinen Arm um Marisa geschlungen und sie eng an sich gedrückt. Mit der anderen Hand hielt er die ihre, die Finger ineinander gekreuzt. Sie genoss die vertraute Wärme und den Halt, den Ben ihr vermittelte. So aneinandergelehnt und vom Gepäck umrahmt, schafften sie es, ein wenig zu dösen und sich von den Strapazen und Anstrengungen der zurückliegenden Stunden zumindest körperlich zu erholen. Denn gedanklich kreisten die vielen Eindrücke nach wie vor unaufhörlich in ihren Köpfen.

Der Flug hatte etwas Verspätung, doch diese hielt sich noch in Grenzen. Auf eine Stunde mehr oder weniger kam es jetzt auch nicht mehr an. Nachdem sich am späten Vormittag die Menschenmassen etwas gelichtet hatten, war es ihnen vergönnt gewesen, sich auf zwei Sitzplätzen auszuruhen, was wesentlich entspannter war als auf dem harten steinernen Fußboden. Die Flugzeit betrug nur eine knappe Stunde. Doch auch danach war wieder warten angesagt, denn auch hier am Flughafen von Dabolim dauerte es, bis das Gepäck endlich auf dem Förderband erschien. Inzwischen hatten beide das Gefühl, nichts anderes zu tun, als immer auf irgendetwas zu warten. Da sie nur untätig zusehen konnten und hilflos anderen Leuten ausgeliefert waren, erschien ihnen die Zeit umso länger. Sie mussten sich in Geduld üben und das fiel ihnen besonders schwer. Zu Hause kannten sie sich aus, sie konnten agieren, wenn etwas nicht so wie geplant verlief. Doch hier konnten sie nur reagieren, daran mussten sie sich beide gewöhnen.

Mit dem Gepäck auf dem Rücken und ihrem Handgepäck im Arm waren beide schon wieder zuversichtlicher. Nun müssten sie nur noch eine Unterkunft finden, was eigentlich nicht allzu schwer sein sollte, denn an Angeboten mangelte es nicht. Doch genau das stellte sich als nächste Hürde heraus. Bevor sie sich nach dem Verlassen des Gebäudes richtig orientieren konnten, wurden sie blitzartig von ungefähr fünfzehn bis zwanzig Personen umringt. Die Hitze schlug ihnen entgegen. Jeder redete auf sie ein und bot ein Taxi, das beste Hotel und verschiedene Ausflüge zu den angeblich absolut günstigsten Preisen an. Wie sollten sie da in Ruhe das richtige auswählen, schoss es Marisa durch den Kopf. Sie wollte erst noch mal in ihrem Reiseführer nachlesen, was da empfohlen wurde beziehungsweise auf was zu achten war. Doch dazu kam sie nicht mehr. Denn auf einmal stand eine Frau mittleren Alters, mit einem leichten, fast knöchellangen Rock und einer luftigen geblümten Bluse bekleidet sowie einem breitkrempigen beigen Hut auf dem Kopf, vor ihnen und sprach sie auf Deutsch an: „Sie suchen eine schöne, ruhige Unterkunft? Dann kann ich Ihnen helfen! Kommen Sie mit mir in unser kleines Hotel. Es liegt direkt am Strand. Mein Name ist übrigens Elisabeth Sen." Völlig perplex und kurzzeitig sprachlos schauten

Ben und Marisa sich an. Der fragende Blick von Marisa zeugte von Skepsis. Was sollten sie tun? Da war jemand, der ihre Sprache beherrschte und ihnen ein verlockendes Angebot machte. Konnten sie der Frau vertrauen oder nutzte diese lediglich ihre Sprachkenntnisse zu ihrem Vorteil aus, um sie zu überzeugen? Marisa fasste sich als Erste wieder und ergriff das Wort: „Wo ist denn Ihr Hotel, und was kostet eine Übernachtung?"

„Es liegt am Strand von Colva, das ist ungefähr eine Stunde Autofahrt südlich von hier. Sie können mit mir mitfahren und sich das Zimmer anschauen, es kostet fünfzehn US-Dollar pro Nacht, mit Dusche versteht sich. Wenn es Ihnen nicht gefällt, brauchen Sie es nicht zu nehmen. Allerdings kommt noch die Fahrt mit 20 US-Dollar, was sehr günstig ist, hinzu. Sie können sich gerne erkundigen", antwortete Frau Sen mit sicherer, fester Stimme und lächelte beide an. Marisa und Ben tauschten mehrere vielsagende Blicke aus. Ben verstand Marisa fast blind, die ihm mit den Augen zu verstehen gab, dass sie es versuchen sollten, auch wenn ihr das Ganze etwas suspekt erschien. Sie würde sich sehr darüber freuen, wenn sie nicht noch weitere Entscheidungen treffen müssten. Sie war, was nicht zu übersehen war, sehr müde, ihr Gesicht so fahl, dass man meinen könnte, sie wäre krank. Zwischen all den vielen Angeboten nur aufgrund von Berichten zu beurteilen, was das Richtige war, war sowieso schwer. Ben nickte ihr kurz zu. Zu Frau Sen gewandt meinte er: „In Ordnung, lassen Sie uns fahren."

„Fein, dann folgen Sie mir bitte!", forderte Frau Sen die beiden auf. Das Auto stand nur ein paar Meter weiter. Es war ein alter grauer Ford-Transit, der sicher schon fünfundzwanzig Jahre auf dem Buckel hatte und wirkte, als würde er nicht mehr durch den TÜV kommen. Zumindest in Deutschland. Vermutlich gab es so etwas in Indien gar nicht. Aber da sie nicht wussten, in welchem Zustand sich die anderen Autos oder Taxis befanden, und sie bereits zugesagt hatten, blieb ihnen sowieso nichts anderes übrig, als ihr Gepäck im Kofferraum zu verstauen und einzusteigen. Sie vertrauten darauf, sicher ans Ziel gebracht zu werden.

Während der Fahrt erzählte dann Frau Sen ein wenig über sich. „Ich bin schon vor über dreißig Jahren während einer Indien-Reise hier hängengeblieben, weil ich mich in meinen Mann verliebte. Nach unserer Heirat haben wir dann zusammen das Hotel übernommen. Inzwischen kann ich selbstverständlich sowohl die einheimische Sprache Gujarati als auch das ebenfalls weitverbreitete Englisch bestens verstehen und auch sprechen. Aufgrund der ehemaligen portugiesischen Enklave sprechen auch in Goa nach wie vor noch viele ältere Bewohner Portugiesisch. Wegen meiner deutschen Herkunft und meiner Heimatsprache habe ich mich aber darauf spezialisiert, einen Teil der deutschen Touristen am Flughafen zu werben. Viele fühlen sich anfangs von den vielen indischen Werbern überfordert und sind froh, eine ihnen gängige Sprache zu hören. Das bringt uns gewisse Vorteile." Marisa konnte das gut nachvollziehen. Obwohl sie sich genauso gut auf Englisch verständigen konnte, hatte sie den deutschen Worten von Frau Sen unweigerlich mehr Vertrauen geschenkt. Vielleicht lag es auch nur daran, dass sie schon so müde war und keine Lust mehr hatte, sich länger irgendwelchen Diskussionen oder Verhandlungen auszusetzen. Entscheidend war nur, dass sie auf dem Weg ins erste Hotel ihrer Reise waren und sich dann endlich hinlegen konnten. Nur das zählte.

Die Strecke führte sie an den herrlichsten grünen Plantagen vorbei. Zu ihrer Rechten fiel die Landschaft ungefähr fünf Meter ab und endete in saftig grasgrünen Reisterrassen. Diese waren meist halbkreisförmig nebeneinander angeordnet. Rings herum waren kleine aus Erdhäufen bestehende Abgrenzungen, die das Wasser in den Reisterrassen hielten und so für die nötige Feuchtigkeit sorgten. In dem weiter abfallenden Gelände passten sich die Felder durch eine entsprechende Höhenversetzung optimal der Landschaft an. Sofern die Bedingungen günstig waren, die Felder korrekt geerntet und neu bestellt wurden, konnten hier bis zu drei Ernten im Jahr erfolgen. Beim Blick nach links zogen wunderschöne, schätzungsweise sieben bis zehn Meter hohe Palmen an ihnen vorüber. Hier überwogen die dunklen, satten Grüntöne. Unterstützt wurde dies durch die vielen Schattierungen, die unweigerlich durch die extreme von Westen herrührende Sonneneinstrahlung unterstützt wurde. Diese verlieh zugleich einen einmaligen Glanz auf den großflächigen Palmblättern der unterschiedlichsten Arten. Es entstand die reinste grüne Farbenvielfalt. So etwas hatten Marisa und Ben bisher noch nicht gesehen. Völlig überwältigt konnten sie auf den ersten Blick trotz der breit gefächerten und enormen Artenvielfalt, dann auch nur Bananenstauden und Zierpalmen ausmachen.

Die Straße war keineswegs mit europäischen Verhältnissen zu vergleichen. Es handelte sich hier um einen der reichsten Bundesstaaten ganz Indiens, doch die Straßen ließen nicht darauf schließen. Auf dem Rücksitz bekamen die beiden immer wieder jedes Schlagloch, jede größere Unebenheit deutlich zu spüren. Die Federung im Auto war nicht mehr die beste. Sie würden beide froh sein, wenn sie das Auto unbeschadet verlassen konnten. Die weiteren Berichte von Frau Sen über die herrliche Landschaft, die einmaligen Teeplantagen, die sich wiederum in einem neuerlichen Grünton präsentierten und die so bekannt für Indien waren, die geschmacklich erstklassigen Cashewnüsse, die hier wuchsen, realisierte Marisa nicht mehr. Zu sehr holten sie die Ereignisse des zurückliegenden Tages und die Müdigkeit ein.

Marisa konnte es kaum mehr erwarten, endlich die erste Unterkunft zu beziehen. Die Ausführungen der letzten Viertelstunde bekam sie gar nicht mehr mit. Als sie am Hotel ankamen, war sie bereits eingeschlafen.

Ganz sacht streichelte Ben Marisa am Arm und weckte sie: „Marisa, aufwachen und aussteigen! Wir sind da!"

Völlig verdutzt und überrascht, riss sie die Augen weit auf, als wolle sie demonstrieren, dass er sich geirrt und sie gar nicht geschlafen hatte. Vor ihnen lag also das Hotel. Ein brauner zweistöckiger Gebäudekomplex mit Flachdach. Davor und seitlich noch einige kleinere Gebäudeteile, die schon etwas verfallen wirkten. Mehr nahm Marisa zunächst nicht wahr. Dann stieg sie, noch etwas benommen, zusammen mit Ben aus. Sie holten ihre Rucksäcke aus dem bereits von Frau Sen geöffneten Kofferraum heraus.

„Am besten ich zeige Ihnen gleich das Zimmer. Sicher sind Sie müde und wollen sich ausruhen."

Sie ging schnellen Schritts voraus, bevor Ben oder Marisa überhaupt antworten konnten. Sie machte einen kurzen Abstecher in das rechts, direkt gegenüber dem Hauptgebäude liegende kleine Haus, das etwas heruntergekommen aussah. Die Türe stand offen. Hinter einer provisorisch eingerichteten Theke waren mehrere Haken an der Wand befestigt, an der eine ganze Reihe Schlüssel hingen. Dort griff sie gezielt nach einem Schlüssel und marschierte auch schon wieder Richtung Ausgang, um den Weg zu zeigen. Das Hauptgebäude, in dem sich offensichtlich die Zimmer befanden, war ein langes, rechteckiges Gebäude. Vorne führte eine einfache, dunkel gestrichene Holztreppe zu den Zimmern im oberen Stock. Die nachfolgenden Zimmer im Obergeschoss erreichte man über einen kleinen Außenflur auf einer Holzkonstruktion. Unten führte ein schmaler Weg direkt an allen Zimmertüren vorbei. Die Zimmer lagen alle in dieselbe Richtung, nämlich zum Meer hin. Rechts davon blühten kleine, niedrig wachsende Pflanzen in den unterschiedlichsten Farben, trotz der ziemlich trocken aussehenden Erde. Vermutlich handelte es sich um sehr genügsame Gewächse.

Vor dem Zimmer angekommen, schloss Frau Sen die Türe auf und öffnete diese. „So", sagte sie, „da sind wir. Das ist das Reich, das ich Ihnen anbieten kann." Das Zimmer war total dunkel und sie musste erst das Licht anschalten, damit man überhaupt etwas erkennen konnte. Marisa fand das etwas seltsam, es kam ihr vor, als betrat sie ein seit Jahren nicht bewohntes Zimmer. Die Luft roch etwas stickig und abgestanden. Doch bevor sie etwas sagen konnte, öffnete Frau Sen beim Hineingehen gleich links eine weitere, schmälere Türe, und zeigte mit einer kurzen Handbewegung in den kleinen dunklen Raum.

„Das hier ist die Dusche." Sie ging weiter hinein ins Zimmer, öffnete den verschlossenen Vorhang und meinte mit einer ausschweifenden Handbewegung: „Hier haben Sie nicht nur das Meer direkt vor Augen, sondern auch direkten Zugang. Ist das nicht herrlich? Ich nehme an, Sie wollen sich erst mal erfrischen, die Kosten für die Fahrt können Sie mir später noch zahlen. Hier ist der Schlüssel."

Sie überreichte ihn Ben, der automatisch danach griff und sich bedankte. Marisa konnte ebenfalls nichts mehr erwidern. Schneller, als beide begriffen, war Frau Sen dann auch schon wieder weg. Sie stellten ihr Gepäck ab und ließen sich erst mal aufs Bett fallen.

„Irgendwie komisch war das jetzt schon, oder?", stellte Ben mehr fest, als dass er fragte.

„Ein wenig überrumpelt fühle ich mich auch, aber was soll's. Ehrlich gesagt hätte ich jetzt sowieso keine Lust mehr, nach was anderem zu schauen. Dazu bin ich schon viel zu müde. Lass uns lieber, solange es noch hell ist, zum Strand gehen." Marisa fühlte sich nach dem kurzen Schlaf zwar immer noch sehr müde, aber doch fit genug, sich ein wenig umzusehen. Denn ihre Neugier wurde selten übertroffen.

„Ja, ich freue mich schon riesig auf die Dusche und darauf, diese Klamotten loszuwerden. Die Jeanshose ist hier etwas fehl am Platz, viel zu warm."

Eilig suchten sie T-Shirts, leichte kurze Hosen, die einzigen eingepackten Sommerschuhe und den Waschbeutel aus ihren Rucksäcken. An eine eilige Dusche war jedoch nicht zu denken, denn der Wasserstrahl war ziemlich dürftig. Somit dauerte bereits die erste Dusche länger und war wesentlich mühseliger als geplant. Aber für eine Reinigung und eine Erfrischung reichte es allemal. Wie praktisch jetzt die kurzen Haare waren! Mit dem Handtuch gut durchgerubbelt, waren sie im Nu trocken. Auf einen Haartrockner konnte man bei der Hitze sowieso verzichten.

Nachdem sie sich angekleidet hatten, öffnete Marisa erst einmal die großen Glastüren, welche zum Meer hin führten und ließ frische Luft herein. Der Blick war wunderschön. Direkt vor ihrem Zimmer war ein breiter Garten, der mit schmalen einfachen Steinwegen durchzogen war, welche von kleinen buchsartigen Sträuchern gesäumt wurden. In regelmäßigen Abständen standen große Palmen und spendeten Schatten. Der Rest war überwiegend mit denselben kleinen den Boden bedeckenden Pflanzen bewachsen, wie sie sie schon auf der anderen Seite des Hauses gesehen hatten. Aber es war keine braune oder rote Erde, in der die Pflanzen wuchsen, sondern Sand. Die Anlage machte einen sehr einfachen, vor allem aber natürlichen Eindruck. Hier wurde nicht viel Aufhebens um die Pflege des Gartens gemacht. Er war praktisch und nicht übertrieben angelegt, so wie es oft in den teuren Luxushotels der Fall ist. Hier wurde sicher sparsam mit den vorhandenen Ressourcen umgegangen. Offensichtlich wurde nicht unnötig kostbares Wasser für die Gartenpflege eingesetzt. Ben und Marisa schlossen die Glastüren wieder und verließen das Zimmer durch die normale Eingangstüre. Die meisten Wertsachen trugen sie bei sich. Den Rest ließen sie im Zimmer zurück und schlossen ab. Sie liefen den Weg ein Stück Richtung Meer entlang, um sich dann das Gebäude aus einiger Entfernung anzusehen. Es wurde herrlich von der Abendsonne beschienen. Der hellbraune Anstrich glitzerte geradezu und ließ den etwas schlechten, teilweise bröckelnden Putz im besten Licht erscheinen. Es war kein historisches Gebäude und erinnerte bei genauem Hinsehen eher an einen billigen Bau der Sechzigerjahre, doch mit den schönen Rundbögen, welche oben spitz zuliefen, den warmen Farbtönen konnte man sogar ganz leicht den orientalischen Hauch darin finden.

„Komm, lass uns vor zum Meer, ich kann es kaum mehr erwarten", forderte Marisa Ben auf. Sie drehten sich wieder Richtung Meer und schlenderten direkt darauf zu. Unterwegs zog sie ihre Schuhe aus. Sie wollte unbedingt den Sand zwischen ihren Zehen spüren, wie er sich ganz sanft hindurchdrückte und durch das Einsinken beim Gehen sich seitlich über ihre Fußrücken legte, um dann wieder zurückzurieseln. Es waren nur ungefähr einhundert Meter, bis sie den zwanzig Meter breiten Strand erreichten. Marisa wurde auf einmal ganz still. Der Anblick überwältigte sie, ihre Müdigkeit war auf einmal wie weggeblasen. Der Strand erstreckte sich mit seinem hellen, fast weißen, ganz feinen Sand über mehrere Kilometer, ein Ende war weder in Richtung

Norden noch in Richtung Süden in Sicht. Im feinen Sand, der keinesfalls rein war, fanden sich zerbrochene kleine Muschelreste, Fasern von Kokosnussschalen, Teile von Palmblättern, Fischgräten, Seetang und viele weitere natürliche Sachen. Und dann der Blick auf das Meer. Das Wasser, das jetzt am Abend ganz ruhig lag, glitzerte regelrecht. Die letzten Sonnenstrahlen des Tages hüllten es in ein blaues Farbenspiel. Der Himmel darüber verfärbte sich langsam von einem ursprünglich klaren, hellen in ein immer dunkler werdendes Blau. Gleichzeitig bildete sich um die untergehende Sonne ein Abendrot in den tollsten Rot-Violett-Tönen. Es war einfach atemberaubend. Auch Ben überkam auf einmal ein Gefühl der Ruhe. Er spürte den warmen Sand unter sich, hier konnte er abschalten und den Stress der letzten Monate hinter sich lassen. Schon die letzten anstrengenden Stunden, die sie hinter sich gebracht hatten, waren auf einmal wie weggeblasen. Die Natürlichkeit der Landschaft hatte Marisa ebenfalls so fasziniert, dass sie kaum glauben konnte, erst vor gut 29 Stunden die Hektik verlassen zu haben. In diesem Moment kam es ihr vor, als sei sie bereits Monate hier. Nun hielt sie nichts mehr, sie hatte das dringende Bedürfnis, das Wasser zu spüren, und lief geradewegs, mit ihren Schuhen in der Hand, in Richtung Brandung. Das erfrischende Wasser umspülte ihre Füße. Sie lief so tief hinein, bis ihr das Wasser zu den Knien reichte.

„Ben, du musst unbedingt kommen, es ist einfach herrlich, dieses klare, erfrischende Wasser. Man fühlt sich gleich wie neugeboren."

Er folgte ihrer Aufforderung und griff nach ihrer Hand. So standen sie, Hand in Hand, den Blick über das Meer und gegen den Himmel mit der untergehenden Sonne gerichtet. Für beide gab es in diesem Moment nichts Schöneres.

***

Die letzten Monate waren insgesamt nicht so einträglich gewesen wie sonst. Raj machte sich Sorgen, wie es weitergehen sollte, wenn sich nicht bald etwas änderte. In der gleißenden Mittagshitze hatte er sich einen schattigen Platz für eine kleine Pause gesucht. Das Mittagessen, bestehend aus Reis und Chappati, das ihm Maryamma in die Blechdose eingepackt hatte, wollte ihm nicht recht schmecken. Zu viele Gedanken beschäftigten ihn. Obwohl er schon seit einigen Jahren bei den Mehras Rabatt auf die Waren erhielt, die er dort abnahm, und sich dadurch seine Gewinnspanne entsprechend erhöhte, blieb einfach zu wenig für ihn und seine Familie übrig. Noch mussten seine Kinder nicht arbeiten. Doch wenn sich die Situation nicht bald entschärfte, würden sich die Kinder ihrem Schicksal fügen müssen. Eine andere Möglichkeit wäre, Rajanand, seinen Ältesten, von der Schule zu nehmen. Das würde auch noch etwas Erleichterung bringen. Aber daran wollte er gar nicht denken. Denn dann kamen wieder die Erinnerungen an seine Kindheit auf, als er für den Unterhalt seiner Eltern und Geschwister verantwortlich war und mit seiner Mutter zusammen arbeiten musste. Wenn er sah, wie gerne Rajanand die Schule besuchte und wie stolz er darauf war, wurde ihm das Herz schwer. Auch seine anderen Kinder profitierten davon, denn auch ohne dass sie die Schule besuchten, lernten sie ein wenig vom Wissen Rajanands. Mittags kam er immer begeistert nach Hause und erzählte ausführlich, was sie alles gelernt hatten. Er vermittelte sein Wissen seinen Geschwistern bereitwillig, die ihm meistens aufmerksam lauschten und ihm so noch mehr Respekt entgegenbrachten. Sie hätten die Schule auch gerne besucht, wussten aber, dass ihre Eltern sich das nicht leisten konnten.

Momentan reichte das Einkommen mit knapper Not zum Überleben. Die Medikamente für seinen Vater verschlangen einen Großteil des Einkommens, sodass für die restlichen Familienmitglieder nicht mehr viel übrig blieb. Die Arztbesuche wurden auf ein Mindestmaß reduziert, da diese alleine schon so teuer waren, dass er davon jede Menge Medikamente hätte kaufen können. Sein Vater hatte auch schon einmal den Vorschlag gemacht, dass er auf die Arztbesuche und Medikamente verzichte, aber davon wollte Raj nichts wissen. Schließlich war es seine Pflicht, sich um seine Eltern zu kümmern. Er sah es aber nicht nur als seine Pflicht, er tat es auch gerne, denn er liebte seine Eltern. Sein Vater hatte jahrelang schwer gearbeitet und dafür, dass er nun krank war, konnte er nichts. Seine Lunge machte ihm Probleme und das Atmen wurde zunehmend schwerer. Er hoffte nur darauf, dass sowohl seine Mutter als auch seine Frau noch lange arbeiten konnten, um zusätzlich zum Lebensunterhalt beizutragen. Allerdings quälte ihn der Gedanke sehr, dass sie darauf angewiesen waren und er nicht alleine die Familie ernähren konnte. Er war froh Maryamma an seiner Seite zu haben. Sie beklagte sich nie, war immer für ihn da und kümmerte sich liebevoll um die Kinder. Auch mit seinen Eltern kam sie gut aus. Zumindest zeigte sie nie, dass es ihr schwerfiel, die Wünsche der Schwiegermutter zu respektieren und sich so gut es ging um ihre Schwiegereltern zu kümmern und unterzuordnen, so wie es die Tradition verlangte. Er hätte ihr gerne ein besseres Leben, von dem sie schon so oft zusammen geträumt hatten, geboten. Je länger er nachdachte, desto schwermütiger wurde er. Er packte seine Blechdose, die noch halb voll war, zusammen und hängte sie sich an dem daran befestigten Riemen über die Schulter. Je länger er überlegte, desto stärker packte ihn der Entschluss, sich nach einer weiteren oder vielleicht anderen Arbeit umzusehen, bei der ein höherer Verdienst zu erwarten war. Nur konnte er sich noch nicht recht vorstellen, welcher Art die Tätigkeit sein konnte, die nicht nur ihm das Leben erträglicher machte. Als Erstes würde er für heute den Standort wechseln. Hier am Bahnhof waren keine großartigen Geschäfte zu machen. Er hob seinen am Boden abgestellten Kasten, der im Gegensatz zu seiner ersten Ausfertigung, als er noch ein Kind war, weitaus größer und mit einer zweiten Lage für weitere Artikel ausgestattet war, auf und hängte ihn sich um. Er hatte einen langen Fußmarsch vor sich.

Quer durch die Stadt trugen ihn seine Füße. Sein Ziel für den Nachmittag war der Chamundi Hill. Vielleicht gab es dort heute einige Touristen, die ihm zumindest noch ein paar Postkarten abkauften. Wer sich eine Reise leisten konnte, kaufte sich auch sonst das eine oder andere Souvenir zur Erinnerung oder für die Lieben zu Hause. Wenn sich darunter Ausländer befanden, konnte er vielleicht noch ein paar Rupien mehr verlangen. Er würde sein Glück versuchen. Viel weniger als heute Morgen konnte es nicht werden. Nach fast einer Stunde Fußmarsch postierte er sich am Fußweg, der direkt nach oben führte. So konnten die Leute schon beim Hinaufgehen einen Blick auf sein Warenangebot werfen und wer sich nicht gleich entschied, machte dies vielleicht auf dem Rückweg. Dann waren die Leute oft in Eile, weil irgendwo ein Bus wartete, oder sie waren schon von der Besteigung mit den ungefähr tausend Stufen und der Besichtigung zu müde und eher bereit die genannten Preise ohne langwierige Verhandlungen zu akzeptieren. Er war froh nun erst einmal ein relativ stilles, schattiges Plätzchen gefunden zu haben, von dem er gleichzeitig einen sehr guten Ausblick auf alles, was ringsherum geschah, hatte.

Zunächst war es sehr ruhig. Vereinzelt kamen Leute vorbei, von denen aber nur wenige einige Snacks für die Wegstrecke kauften. Ansonsten war das Interesse ziemlich gering. Aber immerhin war es erst früher Nachmittag, es konnten noch einige Leute auf dem Rückweg vorbeikommen. Gegen 17 Uhr füllte sich dann der Platz am Fuße des Hügels, auch rings um den Aufstiegsweg mit den verschiedensten Gefährten. Taxis, Auto- und Fahrradrikschas bevölkerten die freien Parkmöglichkeiten entlang der Straße. Was wollen die alle hier, schoss es Raj durch den Kopf. Doch augenblicklich glaubte er zu wissen warum. Mit einem Schlag spannte sich sein gesamter Körper, der so hager, aber zäh war, dass sein helles, dünnes Hemd nicht mehr ganz so weit und groß wirkte.

Er machte sich auf das Geschäft des Tages gefasst. Wenn so viele Taxi- und Rikschafahrer hierherkamen, konnte das nur eines bedeuten: Sie erwarteten Kundschaft, und hier am Fuße des Chamundi Hill konnten das eigentlich nur Besucher sein, die vermutlich bald in Strömen die vielen Stufen herunterkommen würden. Ansonsten gab es hier ja nicht allzu viel, außer einigen kleineren Ständen und Garküchen. Die nächste Bushaltestelle lag nur ungefähr dreihundert Meter entfernt. Doch abends, nach den Anstrengungen des Tages, wurden die Busse so stark frequentiert, dass viele Leute gar nicht mitfahren konnten oder sehr lange auf den nächsten Bus warten mussten. Da gönnten sich viele den Luxus, mit einer Riksha oder einem Taxi den Weg nach Hause oder ins Hotel zurückzulegen. Und schließlich gab es mit den verschiedenen Angeboten für jeden Geldbeutel etwas.

Das luxuriöseste stellte natürlich das normale Auto-Taxi dar, welches im Regelfall mit einem Taxameter ausgestattet war. Ob dieses allerdings eingeschaltet wurde, hing von verschiedenen Kriterien ab. Denn teilweise waren diese sehr alt und gar nicht mehr funktionsfähig, manchmal waren sie zwar noch in Ordnung, doch die eingestellten Preise waren durch die sprunghafte

Inflation bereits total überholt. Die Autorikscha hingegen stellte die weitaus günstigere Variante dar, denn sie kostete gerade mal die Hälfte. Allerdings handelte es sich hier um ein dreirädriges Vehikel, welches durch seinen Zweitaktmotor extrem laut war. Es wurde vorn vom Fahrer gefahren und war mit zwei Sitzen für die Fahrgäste hinten ausgestattet, was aber nicht bedeutete, dass maximal zwei Passagiere darin Platz fanden. Denn in Indien ist es eher so, dass nicht die Anzahl der Sitze über die zu befördernde Personenzahl entscheidet, sondern die Leute entscheiden selber. So viel wie darin Platz finden, und dabei wird dem Ideenreichtum keine Grenze gesetzt, werden mitgenommen. Das billigste, aber natürlich auch langsamste Transportmittel für Fahrgäste stellte die Fahrradrikscha dar, da hier der persönliche körperliche Einsatz des Fahrers, auch Rikscha-Wallah genannt, zum Tragen kam. Denn bei der Fahrradrikscha handelte es sich um ein dreirädriges Fahrrad, welches ebenfalls zwei Fahrgastplätze hatte, die allerdings bedeutend schmäler als bei der Autorikscha waren.

Kaum eine halbe Stunde später erschienen bereits die ersten Besucher. Ein Großteil von ihnen liefen geradewegs Richtung Bushaltestelle, um noch einen freien Platz im nächsten Bus zu ergattern, doch einige steuerten direkt auf die wartenden Taxis und Rikschas zu. Raj traute seinen Augen nicht, denn es kam sogar so weit, dass sich die Leute schon um die letzten Taxis oder Rikschas stritten, die noch bereitstanden. Wieder andere hatten es nicht so eilig, sie ruhten sich zunächst nach dem anstrengenden Auf- und Abstieg aus, kauften sich an dem einen oder anderen Stand etwas zu essen oder zu trinken und suchten sich ein schattiges Plätzchen.

So kam es wie vermutet, dass auch Raj einige Kunden gewinnen konnte und sein Geschäft für diesen Tag noch zufriedenstellend verlief. Allerdings keimte ab diesem Tag eine neue Geschäftsidee in ihm. Nun musste er nur noch überlegen, wie er diese umsetzen konnte.

***

Die Dunkelheit brach rasend schnell herein. Innerhalb weniger Minuten war es stockfinster geworden. Aber nicht nur die Dunkelheit trieb sie zum Zimmer zurück, sondern auch der riesige Hunger, den sie mittlerweile verspürten. Nachdem sie die Ratschläge in Bezug auf die Malariavorsorge beherzigten, zogen sie sich rasch um. Marisa schlüpfte in eine grüne, leichte, lange Baumwollhose und eine luftige, geblümte, langärmelige Bluse. Auch die Strümpfe fehlten nicht. Ben streifte sich ein hellblaues, ebenfalls langärmeliges Hemd, eine lange Hose und Strümpfe über.

Draußen war es dunkel, die Wege nicht beleuchtet, ihre Augen mussten sich erst daran gewöhnen. Etwas unbeholfen und unsicher stapften sie den Weg entlang Richtung Zentrum. Immer wieder schauten sie sich um, aber sie sahen nicht viel. Eine Orientierung in dieser Finsternis war praktisch unmöglich. Die Gegend erschien recht einsam. Wo sie da wohl waren, ging es Marisa durch den Kopf. Sie hatte ja vor ihrer Ankunft geschlafen und von der direkten Umgebung nichts mitbekommen. Es war hier wohl sehr einsam, obwohl der Strand einer der bekanntesten und am besten besuchten in Indien sein sollte. Da hatte sie angenommen, dass es hier richtig turbulent zuging und sich ein Restaurant am anderen reihte. Doch davon war man hier weit entfernt. Keine Menschenseele, kein Haus weit und breit. Ein anderes Hotel war auch nicht in Sicht. In einiger Entfernung erspähten sie dann die ersten Lichter. Der Weg, auf dem sie liefen, war nicht befestigt, er bestand lediglich aus festgestampfter Erde. Wenn es hier regnet, weicht bestimmt alles auf und man versinkt im Dreck, ging es Marisa durch den Kopf. Kurz darauf erreichten sie dann die Lichter, die sich als spärliche Beleuchtung eines kleinen, sehr einfachen Restaurants herausstellten. Ansonsten gab es keine Alternativen in greifbarer Nähe. Da Marisa und Ben nicht mehr weiter im Dunkeln in fremder Umgebung suchen wollten, entschieden sie sich recht schnell hier zu essen. Sie traten näher heran. Das Restaurant war sehr einfach gebaut. Ein Rundbau, welcher sich aus einer Holzkonstruktion, Bambus und Palmblättern zusammensetzte. Die Bambusstangen bildeten die äußere Abgrenzung, wobei diese nur circa ein Meter hoch war. Nach oben war es bis zum Dach hin, welches aus den Palmblättern bestand, offen. Der Blick hinein zeigte sofort, dass es auch innen recht einfach ausgestattet war. Auf den ersten Blick erinnerte es ein wenig an ein Zirkuszelt. Zum Teil bestanden die Tische aus Holz, umringt von Baumstämmen, welche als Hocker dienten. Der Rest waren bunt zusammengewürfelte Tische und Stühle aus Plastik. Beim Betreten hatte Ben den Eindruck, dass es sich hier eher um eine Strandkneipe handelte, denn der Boden war ein Gemisch aus Erde und Sand. Er schaute zu Marisa. Sie sah recht zufrieden aus. Er wagte die Frage: „Wollen wir hier bleiben oder lieber nach etwas anderem suchen?"

„Lass uns hier etwas essen. Sieht doch eigentlich ganz gemütlich aus. Keine Spur von Massentourismus, und ein paar Einheimische sitzen auch hier. Das ist bestimmt ein gutes Zeichen."

Sie gingen hinein, grüßten auf Englisch und setzen sich an einen Tisch direkt am Rand, sodass sie hinausblicken konnten, obwohl es nicht viel zu sehen gab. Sie erhielten sogar eine englische Speisekarte, die allerdings recht übersichtlich war, und sie somit sehr schnell gewählt und bestellt hatten. Besonders Ben war schon auf das Essen gespannt, während Marisa Überraschungen eher genießen konnte.

Nachdem die Getränke recht lange auf sich warten ließen, wurden die Gerichte überraschend schnell in Metallbehältern, die einem Tablett ähnelten, serviert. Darin befanden sich Reis, Chappati und eine herrlich bunte Gemüsemischung, die nicht nur lecker duftete, sondern auch köstlich schmeckte. Das einzig Andersartige war, dass sie kein Besteck erhalten hatten.

„So, nun können wir gleich testen, wie gut wir das mit den Händen können", meinte Marisa nur zu Ben, denn zu Hause hatten sie in den verschiedenen Büchern bereits darüber gelesen und so war es ihr nicht unbekannt.

„Da bin ich aber mal gespannt, ob wir den ersten Test überstehen", konterte Ben etwas angespannt. Schließlich waren einige andere Leute anwesend, die sie sicher genau beobachteten und sich wahrscheinlich köstlich amüsierten, wenn es nicht so richtig klappte. Vorsichtig brachen sie zunächst ein Stück Chappati ab, um dieses zu probieren. Doch wie sollten sie nur den Reis und das Gemüse essen? Verstohlen blickten sie sich nach jemandem um, dem sie es nachmachen konnten. Aber es zeigten sich dann doch recht schnell Unterschiede zwischen Theorie und Praxis, denn das Einwickeln von Reis und Gemüse in das Chappati stellte sich schwieriger dar, als es aussah. Dazu kam, dass zum Essen nur die rechte Hand benutzt werden durfte, denn die linke war der Reinigung nach dem Toilettengang vorbehalten. Auch wenn es anfangs ziemlich mühsam war, hin und wieder das eine oder andere Stückchen herunterfiel, schafften es dennoch beide den Metallteller einigermaßen zu leeren.

„Ganz schön anstrengend", meinte Ben zu Marisa gewandt.

„Ja, aber dafür schmeckt es wirklich lecker! Dieser Geschmack ist einmalig, findest du nicht auch?", gab sie zurück.

„Mmh", erwiderte Ben zustimmend mit vollem Mund. Gleichzeitig war er bereits damit beschäftigt die letzten Bissen einzuwickeln. Sie bezahlten die Rechnung, die sehr günstig war, und machten sich wieder auf den Rückweg. Marisa hoffte, dass sie sich nicht verlaufen würden. Aber eigentlich war der Weg ja gar nicht so schwierig gewesen. Im Prinzip mussten sie nur geradeaus dem schmalen Trampelpfad folgen. Mit vollem Magen und fröhlich, dass sich nach den anstrengenden vorangegangenen Stunden nun doch alles zum Guten gewendet hatte, und mit der Aussicht auf ein frisches Bett waren alle Befürchtungen wie weggeblasen. Es war gerade erst 20 Uhr als sie im Hotel wieder ankamen. Ben und Marisa kam es schon viel später vor. In Windeseile zogen sie sich um und ließen sich beide völlig erschöpft in die Betten sinken.

„Ich bin todmüde, es war ganz schön anstrengend", sagte Ben, drehte sich zu ihr um und küsste sie auf die Lippen. „Schlaf gut!"

„Ja danke, du auch! Hoffentlich kann ich überhaupt schlafen, ich bin noch ganz aufgedreht!", kam es leise von Marisa.

Während Marisa die letzten Stunden seit ihrem Abflug nochmals Revue passieren ließ, dauerte es bei Ben keine fünf Minuten, bis er tief und fest schlief. Doch auch Marisa übermannte kurz darauf die Müdigkeit.

**

Vor dem etwas düsteren Hinterzimmer, das die Besucher nur nach Vorankündigung und Aufforderung des mächtigen Besitzers betreten durften, standen die Männer Schlange. Die meisten von ihnen hatten finstere Mienen und sahen ziemlich bedrückend aus. Jedem war klar, dass die anderen das gleiche oder ähnliche Schicksal wie sie selbst erwartete, wenn die Zahlen nicht stimmten. Auch wenn sie sich noch so abmühten und sich gegenseitig teilweise die Kunden streitig machten, war es doch meistens so, dass es am Ende der Woche nicht für alle reichte und einige auf der Strecke blieben. Aber sie waren alle in der ähnlichen Situation, die meisten hatten schwer zu kämpfen, dass sie und ihre Familien über die Runden kamen, da konnte man sich nicht auch noch um die Sorgen und Nöte der anderen kümmern.

Gleichwohl hatten sie auch tagsüber ihren Spaß, wenn sie sich gegenseitig die lustigsten Geschichten, die sie erlebten, erzählten oder sie sich gemeinsam eine Ruhepause unter einem schattigen Bäumchen gönnten. Diese Zeiten genossen sie, denn anders waren das harte Leben und die oft beklemmenden, schlechten Aussichten nicht zu ertragen.

Einer nach dem anderen wurde hineingerufen. Dort erhielten sie dann die Abrechnung, auf der aufgelistet war, was sie wöchentlich zu entrichten und wie viel die Provisionen eingebracht hatten. Allerdings brachte das einem Großteil gar nichts, weil sie teilweise nicht lesen oder schreiben konnten und andererseits nicht alle Informationen hatten, die sie benötigten. Sie vertrauten darauf, dass alles seine Ordnung hatte. Eine andere Möglichkeit blieb ihnen kaum. Aber aufgrund des Rufs hätte es keiner gewagt, seinem Arbeitgeber, dem ehrenwerten Tapan Khan, zu misstrauen, was unter anderem schnell dazu führen konnte, die Grundlage für ihre Geschäfte entzogen zu bekommen. Das wäre das Schlimmste überhaupt gewesen, was ihnen hätte passieren können. Wenn die Männer eine gute Woche gehabt hatten, konnten sie die kommende etwas entspannter angehen. Andererseits war der Anreiz, noch mehr Geschäfte zu machen, dann auch größer, denn am Ende eines Monats wurde ein guter Umsatz entsprechend belohnt.

***

Raj überlegte, wie er wohl seine neue Idee am besten umsetzen konnte. Doch es war gar nicht so einfach. Denn als Erstes war es notwendig, in Erfahrung zu bringen, wer Rikschas verlieh. Erst dann konnte er weitermachen. Aber wie sollte er das anstellen? Er kannte im Moment niemanden der selber eine Riksha fuhr und der ihm Auskunft hätte geben können. Also würde er sich wohl umhören müssen. Und wie die Rikschafahrer reagierten, ob sie ihm bereitwillig Auskunft gaben, wenn sie mitbekamen, dass ein weiterer Fahrer ihnen unter Umständen die Kunden streitig machte, war offen. Aber er musste es versuchen. Sein Gefühl sagte ihm, dass es an der Zeit für einen Neuanfang war. Wenn er jetzt nicht handelte, würde er sich ewig Vorwürfe machen und die Familie vielleicht weiter in den Ruin treiben. Er spürte es förmlich. Raj war trotz seiner miserablen Situation zuversichtlich. Er kannte ja nichts anderes, als von der Hand in den Mund zu leben. Aber in einem unterschied er sich zu vielen anderen seiner Mitmenschen, die in derselben Situation waren wie er. Sie hatten nur gelernt sich über den aktuellen Tag Gedanken zu machen. Er hatte die Gabe, mit Weitblick auch an das Morgen und was danach passieren könnte zu denken. Er wollte sein Schicksal in die Hand nehmen und nicht einfach alles akzeptieren, wie viele andere, und nur auf ein besseres nächstes Leben hoffen.

Als er wieder einmal mit seinem Bauchladen am Busbahnhof stand, bemerkte er erstmals, dass auch hier einige Rikschafahrer verkehrten, die sich meistens an einem bestimmten Ort versammelten. Das war die Gelegenheit. Er ging geradewegs auf sie zu und sprach sie mit einem zuversichtlichen Schimmer in den Augen an: „Braucht ihr nicht eine kleine Stärkung oder vielleicht eine meiner Schrauben oder Schnüre? Ihr müsst wissen, dass das die besten weit und breit sind und ich immer eine riesige Auswahl dabeihabe. Die Schnüre sind sehr vielseitig verwendbar und haben dem einen oder anderen schon sehr gute Dienste geleistet. Falls ihr mal an euren Rikschas was reparieren müsst, findet ihr bei mir Schrauben in allen Größen."

„Lass gut sein, wir brauchen gerade nichts. Auch wenn sie nicht gerade neu sind, werden wir die alten Kisten doch nicht noch unnötig auf unsere Kosten aufpäppeln, oder was meint ihr?", sprach einer der Rikschafahrer zu den anderen, während er gleichzeitig ein hämisches Grinsen im Gesicht hatte.

„Ja, das wäre ja noch mal schöner. Wir richten alles und wer profitiert? Nur der Chef. Der zahlt uns ja nichts für irgendwelche Schönheitsreparaturen.", lamentierte ein anderer.

„Wir können sehen, wo wir bleiben! Dem ist das doch egal, ob unsere Familien was zwischen die Zähne kriegen oder nicht. Der hat ja genug zum Essen!", kommentierte der Erste.

„Die Rikschas gehören gar nicht euch?", fragte Raj arglos, obwohl er sehr gut wusste, dass den wenigsten Rikschafahrern die Rikschas auch selber gehörten. Aber damit wollte er die Fahrer nur ein bisschen provozieren und mehr aus ihnen herausbekommen. So geschah es dann auch, denn einer konnte sich nun nicht mehr zurückhalten.

„Nein, die gehören besseren Herren! Das sind alles Halsabschneider, sag ich dir! Fahren die dicksten Autos, haben die größten Häuser, gehen in den besten Restaurants essen und kaufen in den teuersten Geschäften ein und uns halten sie immer an der kurzen Leine. Nur damit sie selber genug haben. Denen ist doch egal, wie es uns geht. Wir strampeln uns hier tagtäglich die Beine aus dem Leib und die feinen Herren lachen sich ins Fäustchen, weil sie am meisten profitieren und einen Großteil abbekommen."

„Aber wieso macht ihr das dann, wenn für euch fast nichts übrig bleibt?", wollte Raj wissen.

Ihm wurde ganz flau im Magen, und vor seinen Augen zerplatzte sein Traum von einem besseren Leben mit einem Schlag. Wie hatte er nur so naiv sein und wirklich glauben können, dass er mit einer Rikscha viel mehr verdiente. Nur weil er sich eine Rikschafahrt nicht leisten konnte, hieß das wohl noch lange nicht, dass die Fahrer so viel verdienten.

„Weil es für uns eben die einzige Möglichkeit ist, überhaupt etwas zu verdienen und unsere Familie über Wasser zu halten", konterte der Fahrer, den sie Mahmud nannten. Er machte eine kurze Pause bevor er fortfuhr: „Warum verkaufst du was mit deinem Bauchladen und hast nicht irgendwo selber einen richtigen Laden, statt durch die Straßen zu ziehen? Doch wohl auch nur, weil du Geld brauchst und es zu mehr nicht reicht, oder wirst du davon etwa reich?"

„Nein", antwortete er ziemlich deprimiert und kleinlaut, wollte aber doch noch wissen: „Was müsst ihr denn für eure Rikschas bezahlen?"

„Bei mir sind es jeden Monat 3.000 Rupien. Dafür muss ich viele Kilometer strampeln, bevor ich erst mal eine Rupie verdiene", gab der bereitwillige Fahrer Auskunft.

„Pffhh", pfiff Raj anerkennend und gleichzeitig voller Ehrfurcht durch seine schief sitzenden, aber dafür wunderbar weiß blitzenden Zähne, die in seinem dunklen Gesicht regelrecht hervorstachen. Sein Körper hatte sich angespannt und er wirkte gleich ein Stückchen größer. Seine dunklen, fast schwarzen Augen hatten einen traurigen Schimmer. Das waren Summen, die er sich nicht in seinen kühnsten Träumen vorgestellt hatte. Wie sollte er da sein Vorhaben je umsetzen können? Der Betrag entsprach praktisch schon beinahe seinem derzeitigen Monatseinkommen.

„Bist du jetzt sprachlos, oder was ist los?", hakte der Fahrer nach.

„Ich bin davon ausgegangen, dass es euch wesentlich besser geht als mir. Aber so, wie sich das anhört, ist das auch nicht unbedingt der Fall."

„Das kommt eben ganz darauf an, wie viel Kunden du fahren kannst, wie groß die Strecken sind, ob Touristen darunter sind und vor allem ob die Fahrgäste was kaufen."

„Ich denke, ihr fahrt die Kunden irgendwohin. Ihr verkauft doch nichts!", fragte Raj völlig verblüfft nach.

„Wir nicht, aber die feinen Herren. Die haben genügend Geschäfte, und wenn da einer von unseren Fahrgästen einkauft, fällt für uns auch was ab."

Nun wurde es wieder interessant. Etwas besser gestimmt und neugierig fragte Raj nach: „Was sind das denn für Geschäfte?"

„Ganz unterschiedliche. Bekleidungsgeschäfte, Stoffgeschäfte, Teppichknüpfereien, Autohäuser, je nachdem, was die feinen Herren eben vertreiben", klärte Mahmud, der Fahrer, Raj bereitwillig auf. „Aber Letzteres ist ziemlich schlecht für uns. Weil die Leute, die sich ein Auto leisten können, nicht mit uns fahren, die nehmen dann gleich das Taxi oder fahren mit dem eigenen Auto hin."

Das leuchtete Raj ein. Doch noch immer wusste er nicht, wer die feinen Herren waren. Da er seine neue Geschäftsidee, auch wenn sie sich nun gar nicht mehr so lukrativ anhörte, nicht gleich wieder verwerfen wollte, musste er nochmals nachfragen: „Darf man erfahren, wer die feinen Herren sind?"

„Hast du etwa vor umzusatteln? Du wirst schon sehen, dass das nicht so einfach ist. Du kannst es ja mal versuchen und deine eigenen Erfahrungen mit den Herren machen", gab der Fahrer kühn zurück und nannte ihm gleich ein paar Namen und Adressen, wohin er sich wenden konnte. Dabei stand ihm ein breites Lachen im Gesicht, sodass Raj nicht wusste, was er davon halten sollte.

Im Familienrat, der aus seiner Frau, seinen Eltern und natürlich ihm selber bestand, brachte Raj sein Anliegen vor. Er wollte einen Neuanfang wagen, da es derzeit mit dem Verkauf der Waren nicht so wirklich gut funktionierte. Allerdings hatte er keine Ahnung, wie er es anstellen sollte. Dazu kam, dass ein Neuanfang entweder doppelte Belastung für ihn bedeutete, da er dann beide Jobs mehr oder weniger parallel durchführen musste, um zumindest den bisherigen, sowieso schon sehr mageren Lebensstil sichern zu können. Oder es würde eine nicht absehbare Belastung für alle Familienmitglieder werden, da das Einkommen dann noch stärker in den Sternen stand.

„In letzter Zeit laufen die Geschäfte immer schleppender, daher habe ich mir überlegt, dass ich etwas unternehmen muss. Es dauert nicht mehr lange, dann kann Rajanand nicht mehr zur Schule, weil unser Geld nicht reicht. Das fände ich sehr bedauerlich, wo er doch so fleißig und gerne lernt. Wenigstens er soll es später einmal besser haben als wir. Außerdem ist er unsere Zukunft. Wenn es ihm gut geht, wird es uns auch besser gehen."

„Ja, aber wie stellst du dir das vor?", wollte sein Vater wissen.

„Ich will Rikschafahrer werden!", kam es prompt von Raj. Er ließ seine Worte erst einmal wirken, bevor er nicht nur seinem

Vater selbstbewusst antwortete: „Das Problem liegt darin, jemanden zu finden, der mir vertraut und mir eine seiner Rikschas überlässt. Natürlich habe ich keine Ahnung, was das tatsächlich kostet und wie schwer es sein wird, den Betrag zurückzuzahlen, geschweige denn wie viel dann überhaupt noch für uns übrig bleibt. Aber ich muss es versuchen. Ich werde gleich morgen in die Sayaji Rao Road gehen und vorsprechen. Irgendeiner der Herren wird mich schon anhören. Die sind doch auch an Fahrern interessiert, die ihnen Gewinn bringen."

„Aber das bist du doch überhaupt nicht gewohnt. Du kannst doch nicht den ganzen Tag Leute durch die Gegend fahren", gab Maryamma zu bedenken.

„Das kann man lernen. Wenn ich erst mal jeden Tag fahre, wird mir das bald nichts mehr ausmachen", meinte Raj mit einem Lächeln im Gesicht, und es hörte sich an, als sei es bereits sicher.

Als sie abends eng in dem schmalen Bett beieinanderlagen, zog Raj Maryamma zu sich heran. Er brauchte nun ihre Wärme und Zuneigung. Sie spürte, dass er ihre Bestätigung brauchte, auch wenn er die Entscheidung bereits getroffen hatte und sie noch nicht wirklich von seiner neuen Idee überzeugt war. Sie flüsterte ihm ins Ohr: „Du weißt, dass ich immer zu dir halte. Wir werden das gemeinsam schaffen."

„Es wird ein hartes Stück Arbeit und ein langer Weg!", hauchte er zurück und war bereits dabei, seinen Gefühlen freien Lauf zu lassen. Seine Hände glitten unter ihr Nachthemd und streichelten anfangs noch ganz zärtlich ihre Brüste. Dann wurde er immer wilder, seine Hände glitten ihren Körper hinunter, streiften kurz noch ein paar Mal die Innenseiten ihrer Oberschenkel, bis er ihre empfindlichste Stelle berührte. Er konnte sich nicht mehr länger zurückhalten und drang in sie ein.

Während sie die viel zu kurzen Liebkosungen genoss und ihn viel zu schnell mit ihr vereint spürte, antwortete sie ihm nur: „Ja, das ist genauso sicher, wie wir zusammengehören."

***

Am frühen Morgen wachte Marisa auf und war trotz des langen Schlafs wie gerädert. Die Anstrengungen saßen ihr immer noch in den Knochen. Wahrscheinlich hing das auch mit der Zeitumstellung zusammen. Ihre innere Uhr war noch nicht umgestellt. So schnell ging das nicht. Ben schlief noch. Marisa schaute sich durch das Moskitonetz im Zimmer um. Die Wände waren nur in einem hellen Braun gestrichen. Der Putz war nicht gleichmäßig, die Unebenheiten ließen sich deutlich erkennen. Das Bett und der Schrank waren massiv und sehr einfach und genauso dunkel gestrichen wie die äußeren Holzteile des Hauses. Es wirkte alles sehr rustikal und weniger orientalisch, so wie sich Marisa das vorgestellt hatte.

Es war erst 6.30 Uhr, doch draußen wurde es bereits hell. Sie hatten Glück gehabt, da sie sich gestern nur noch ins Bett legen brauchten. Über jedem Bett war schon ein Moskitonetz angebracht, sodass sie ihr eigenes gar nicht mehr hatten aufhängen müssen. Nachdem auch Ben kurz darauf wach war, beschlossen sie den Tag, der ja eigentlich ihr erster richtiger Urlaubstag war, am Meer zu verbringen. Sicher war es wichtig, den Körper erst einmal an die klimatischen Verhältnisse zu gewöhnen. Schließlich hatten sie innerhalb weniger Stunden mehr als 20 Grad Temperaturunterschied zu verkraften. Dazu kam die enorm hohe Luftfeuchtigkeit, die hier sogar außerhalb der Regenzeit herrschte. Ein wenig relaxen konnte auch dem Gemütszustand nur zuträglich sein. Ben hatte noch nicht richtig abgeschaltet. Ihn quälten immer noch die Gedanken um seinen Arbeitsplatz, und dass er etwas ändern musste. Er hoffte dennoch, dass es ihm gelingen würde, in der fremden Umgebung, weit weg von zu Hause bald den nötigen Abstand zu erreichen. Andererseits wollte er es mit Marisa besprechen, da er auf ihren Ideenreichtum setzte. Aber hierfür bedurfte es des richtigen Augenblicks.

Bereits das Frühstück war so herrlich, dass Marisa sich wie im Paradies fühlte. Sie saßen in einem kleinen Restaurant mit Blick auf Strand und Meer. Es war schon schön warm und noch sehr ruhig, der Strand leer, die Brandung deutlich hörbar. Nur ein paar Fischer waren bereits unterwegs.

„Komm, lass uns bezahlen und zu den Fischern laufen, ich möchte mal sehen, was die alles rausziehen", forderte Marisa Ben auf, der sofort ihrer Aufforderung folgte.

Es waren nur ungefähr dreihundert Meter, bis sie die Fischer erreichten. Gleich nebenan lag umgedreht im Sand ein altes, wahrscheinlich nicht mehr funktionsfähiges altes Boot. In sicherem Abstand, um nicht zu aufdringlich zu erscheinen, beobachteten sie die Fischer. Die Gruppe bestand überwiegend aus Männern sowie ein paar Frauen. Das Alter war bunt gemischt. Sicher waren die Älteren unter ihnen die Erfahrenen, von denen die Jüngeren lernten.

Sie hatten ein großes Netz ausgelegt, welches sie nun gemeinsam Stück für Stück an Land zogen, während sie sangen. Dabei hatten sie sich, so weit es ging, ins Wasser gestellt und bildeten um das Netz herum einen Kreis. Mit vereinten Kräften zogen sie das Netz Richtung Strand. Die Männer, deren Haut von der Sonne zerfurcht war und die vermutlich viel älter wirkten, als sie tatsächlich waren, brachten ihre ganze Kraft auf. Das war ein harter Knochenjob, nicht mit einem Bürojob vergleichbar. Hier wurde voller körperlicher Einsatz gefordert.

Aus den Netzteilen, die bereits am Strand lagen, nahmen zwei Männer, die sicher aufgrund ihres hohen Alters diese Aufgabe übernehmen durften, die gefangenen Fische heraus und sortierten sie je nach Sorte auf verschiedene Haufen. Teilweise zappelten die Fische noch kräftig, schnappten nach Luft und wanden sich, bis sie letztendlich der Tod ereilte. Marisa und Ben entdeckten unter den Fischen auch einen Kugelfisch, der sich durch die vermeintliche Atmung regelrecht aufblähte, bis auch ihn das unausweichliche Schicksal traf. Hier wurde nicht viel Aufhebens um ein paar Fische gemacht, die verendeten, obwohl sie keine Verwendung fanden.

Es dauerte eine ganze Weile, bis das Netz vollständig an Land gebracht war. Bis dahin lief alles sehr ruhig ab. Doch ab diesem Augenblick redeten die Männer miteinander, der Fang wurde betrachtet und es hatte den Anschein, als würde verhandelt, wer was bekommt. Manche schienen dabei keinen ganz so glücklichen Eindruck zu machen, vermutlich war es ihrer Meinung nach zu wenig. Aber so genau konnten Ben und Marisa das nicht einschätzen, denn die Männer unterhielten sich in einer der Landessprachen, die sie nicht verstanden. Sie konnten lediglich anhand der Gesichtsausdrücke und Gesten ableiten über was gesprochen wurde.

Nach der Aufteilung des Fangs durch die Männer kamen die Frauen in Aktion. Ihre Aufgabe bestand darin, die ihnen zugewiesenen Fische in ihre großen Sisalkörbe zu packen. Dabei sortierten die Frauen abermals einige nicht ganz so schöne Fische auf einen separaten Stapel, die vermutlich den Eigenbedarf deckten. Anschließend machten sie sich eiligst mit ihrem Tagesfang auf den Weg. Wahrscheinlich wurden die Fische direkt auf einem nahe gelegenen Markt verkauft und so der Lebensunterhalt gesichert.

Marisa faszinierte, in welchem Einklang das ganze ablief. Offensichtlich hatte jeder eine zugewiesene Aufgabe, die stillschweigend ausgeübt wurde, jeder Handgriff saß, das Zusammenspiel funktionierte praktisch blind. Sie waren aufeinander angewiesen, denn einer alleine hätte das niemals geschafft. Auch wenn es vielleicht gewisse Hierarchien gab, wurden diese dennoch von allen akzeptiert. Das war ein echtes Team, von dem in Deutschland viele Firmen nur träumen konnten. Während dort oft von einem Team gesprochen wurde, es sich aber tatsächlich nur um viele zusammengewürfelte Einzelkämpfer handelte, erlebte man hier die praktische Umsetzung.

„Hast du auch diese Harmonie gespürt, die zwischen den Menschen hier herrscht?", fragte Marisa zu Ben gewandt.

„Nenn es, wie du willst. Auf jeden Fall lief das alles sehr reibungslos ab. Bei uns hätte es bestimmt stundenlange Diskussionen gegeben, wer welche und vor allem wie viel Fische kriegt. In der Zwischenzeit wären die Fische wahrscheinlich schon durch die Hitze ungenießbar geworden und es wäre ein neuer Streit entbrannt."

Während die Frauen schon wieder verschwunden waren, legten die Fischer ihr Netz so gut es ging zusammen und hievten es in das am Strand bereitliegende Boot, welches wohl noch intakt war und nur darauf wartete, wieder zum Einsatz zu kommen. Vereinzelt aussortierte Fische fanden weder Beachtung noch wurden sie beiseitegeräumt. Vielleicht freuten sich die Vögel oder andere Tiere darüber, sodass nur noch ein paar Gräten übrig blieben, die im Laufe der Zeit unter dem Sand verschwanden.

Tagsüber genossen Ben und Marisa das herrliche Wasser, den Strand und die Sonne. Hier konnte man es aushalten. Ja, das war Urlaub! Sorgen und Hektik waren zu Hause, hier herrschte Ruhe und Frieden. Bei diesem Gedanken überkam sogar Ben gleich ein Glücksgefühl.

Das Licht war heute im Gegensatz zum Vortag, da sie erst abends angekommen waren, richtig grell. Die Sonne hatte eine solche Kraft, dass es ohne Sonnenbrille kaum auszuhalten war, so sehr wurden die Augen geblendet. Aber nicht nur die Sonne, auch das herrliche Farbspiel am Himmel, welches sich immer wieder abwechselte, wenn vereinzelte weiße Wolken sich vor die Sonne schoben, waren ein wahrer Genuss für die Augen und die Seele. Die wunderbaren gigantischen Kokospalmen mit ihren riesigen Kokosnüssen boten den notwendigen Schutz vor der Sonne. Allerdings war die Gefahr einer herunterfallenden Kokosnuss nicht zu unterschätzen. Deshalb schauten sie sich vorher genau um, bevor sie es sich unter den Palmen bequem machten. Immer wieder tauchten sie ein, in das warme, aber dennoch erfrischende Wasser. Marisa machte viele Schwimmübungen, um zumindest einen Teil ihrer Kondition wegen der für sie ausfallenden Spiele und Trainingseinheiten aufrechtzuerhalten. Allerdings fiel ihr das ziemlich schwer, denn die Bewegungsabläufe waren nun eben einmal andere als beim Volleyball. Außerdem machte es einen Unterschied, ob man nur mal ein paar Bahnen oder gleich eine größere Strecke schwimmen wollte. Aber wenn sie ein paar Tage Zeit hatte, würde sie sich daran gewöhnen, vielleicht ging es dann auch fast von alleine.

Ben beschäftigte sich bereits mit der Planung des nächsten Tages. Wenn sie alles alleine organisierten, musste man eben auch rechtzeitig überlegen, wie alles funktionieren sollte. So verbrachten sie die meiste Zeit am Strand. Auf dem weichen Sand unter Palmen liegend und in den blauen Himmel starrend, die Wolken vorbeiziehen zu sehen, war wunderbar.

„Ach, so könnte es immer sein", seufzte Marisa, drehte ihren Kopf und blickte sehnsüchtig zu Ben. „Ja, es ist herrlich. Aber denk daran, wir haben Urlaub. Ich glaube nicht, dass dir das auf Dauer gefallen würde. Das wäre dir vermutlich viel zu langweilig. Übrigens muss man hier ja auch seinen Lebensunterhalt verdienen", gab Ben zu bedenken. „Ganz so einfach, wie dir das jetzt vorkommt, ist es wahrscheinlich nicht."

Der nächste Tag war ein Montag. In ihrem Handgepäck verstauten sie die wichtigsten Unterlagen wie Reiseführer, Karte, Reiseapotheke, eine kleine Flasche Mineralwasser, die sie morgens in dem Restaurant beim Frühstücken mit bestellt hatten. Dann ging es zu Fuß zur nächsten Bushaltestelle in den Ort hinein. Dort warteten sie auf den nächsten Bus nach Panaji. Sie wollten sich dieses als eines der kleinsten und als schönstes bezeichneten Provinzhauptstädtchen mit portugiesischer Vergangenheit anschauen. Von dort beabsichtigten sie weiter nach Old Goa zu fahren, um größtenteils christliche Bauwerke zu besichtigen. Feste Fahrpläne gab es hier offensichtlich nicht, denn es dauerte ziemlich lange bis ein Bus kam, Auskunft konnte ihnen auch niemand geben. Im Bus fanden sie gleich zwei Plätze, was sehr gut war, denn die vor ihnen liegende Strecke war enorm. Es würde weitaus länger dauern als vor zwei Tagen, als sie mit Frau Sen im Privatwagen gekommen waren. Zum einen legte der Bus immer wieder Stopps ein, um die Leute ein- und aussteigen zu lassen, andererseits war die zurückzulegende Strecke noch länger, da beide Städte nördlich vom Flughafen lagen. Allerdings würde es wohl trotz der Sitzplätze nicht wirklich gemütlich sein, denn die Sitze waren genauso eng hintereinander angebracht wie bereits beim Flughafenbus in Bombay. Mit Schrecken stellten sie weiter fest, dass nicht nur zwei, sondern sogar drei Leute in den Sitzreihen Platz nahmen.

„O Gott, wo sollen meine Beine hin, wenn noch einer dazu sitzen will!", rief Marisa völlig empört, als sie sah, wie die Leute in den Bus drängten.

„Das ist wohl nicht für so große Leute ausgelegt, sieh dich doch um, oder siehst du sonst noch jemand, der so groß ist wie wir. Die meisten sind deutlich kleiner. Denen macht das nichts, außerdem sind sie das wohl auch gewohnt. Aber du wolltest ja unbedingt Land und Leute richtig kennenlernen. Nun hast du die beste Gelegenheit dazu", gab Ben lapidar zurück.

Auf der Fahrt stiegen immer wieder an verschiedenen Haltestationen, die für Fremde kaum als solche zu erkennen waren, Leute zu, andere stiegen wieder aus. Einige hatten sperriges Gepäck bei sich, was sich beim Durchkommen als teilweise ziemlich schwierig erwies. Denn nicht nur die Sitze, auch die sehr schmalen Gänge waren mit Leuten voll besetzt. Aber irgendwie fand sich immer noch ein Plätzchen. Die, die einen Sitzplatz hatten, nahmen freundlich den stehenden Fahrgästen die Gepäckstücke ab, sodass diese es etwas leichter hatten. Mittlerweile wurde es allerdings sehr stickig. Die Luft draußen war zum Schneiden. Die hohe Luftfeuchtigkeit und die zunehmende Hitze in Verbindung mit den Ausdünstungen der Menschen ließen die Temperaturen im Businneren ins Unermessliche steigen. Marisa rannen schon die Schweißperlen zwischen ihren Brüsten und auch auf dem Rücken zwischen den Schulterblättern herunter. Ihre Achseln waren bereits so nass, als hätte sie unter der Dusche gestanden. Dabei hatten sie es noch gut, da sie ja sitzen konnten. Sie musste sich eingestehen, dass es doch weitaus anstrengender war, als sie sich das von zu Hause aus vorgestellt hatte. Ben ging es wohl kaum anders. Denn auch sein Blick verriet, dass er froh war, wenn die Fahrt vorüber war und sie endlich aussteigen und ein wenig frischere Luft atmen konnten.

Nach ungefähr eineinhalb Stunden war das erste Ziel Panaji erreicht. Fast als Letzte, nachdem alle anderen Leute ausgestiegen waren, verließen sie den Bus. Mit der Orientierung war es ein bisschen schwierig, aber sie wussten, dass die Busstation östlich am Rande der Stadt lag. Sie beobachteten daher, wohin die meisten Menschen gingen und folgten ihnen, in der Hoffnung, dass diese sie in Richtung Zentrum führen würden. Sie hatten Glück, denn bereits kurz darauf gelangten sie an eine kleine, schmale Bogenbrücke, die in ihrer Art ein wenig an eine der vielen Brücken in Venedig erinnerte. Sie führte über einen Fluss. Ihren Unterlagen zufolge mussten das die Pato Bridge und der Duram River sein.

Sie schlenderten gemütlich in Richtung Stadtmitte. Dabei kamen sie durch viele wunderschöne, verwinkelte schmale Gassen, die von alten, meist zweistöckigen Häusern mit überhängenden Balkonen gesäumt wurden. Diese waren mit aufwendig verzierten Metallgeländern gesichert. Die Fassaden waren größtenteils schon ziemlich angegriffen, was vermutlich auch auf das Klima zurückzuführen war, der Putz rissig, manchmal bröckelten sogar schon Stücke ab. Eine Restaurierung hätte den meisten Häusern gutgetan. Die Fenster wurden häufig von ursprünglichen Fensterläden gesäumt, wie man sie in Deutschland nur noch selten fand. Die Türen bestanden aus massivem Holz, oft mit schönen Intarsien und fast immer mit einem Türknopf versehen. Die roten Ziegeldächer verliehen den typisch europäischen Charakter.

Die Straßen und Gassen wurden von zahlreichen Cafés und Bars gesäumt, die zum Verweilen einluden. Obwohl viele Menschen unterwegs waren, strahlte dennoch alles ringsherum Ruhe aus und es ging recht gemächlich zu. Das Wetter mit dem strahlend blauen Himmel trug ebenfalls zu einem sehr gemütlichen, entspannten Bummel in dem malerischen Städtchen bei, der sogar die zwischenzeitlich am Körper klebenden Kleider vergessen ließ.

Gegen 12 Uhr waren sie bereits wieder an der Busstation. Der nächste Bus Richtung Old Goa sollte um 12.20 Uhr fahren. Ben und Marisa nutzten die kurze Zeit, um sich noch einen kleinen Snack mit einem kühlen Getränk zu gönnen.

Der Bus war schon gut gefüllt als sie ankamen, sodass sie dieses Mal nur einen Stehplatz ergatterten. Aber die Fahrt sollte nur circa fünfundzwanzig Minuten dauern, was sich in Grenzen hielt. Mit etwas Verspätung fuhr der Bus dann los. Nun quetschte sich der Kassierer durch die Menschenmenge. Hier wurde nämlich erst im Bus, während der Fahrt abkassiert, was sich als ziemliches Unterfangen herausstellte. Ben hatte Schwierigkeiten, seinen Geldbeutel aus der Hosentasche zu ziehen, das Heraussuchen der Geldstücke wurde noch komplizierter, weil er sich völlig eingepfercht vorkam. Die Bewegungsfreiheit war gleich null. Er wollte sich erst gar nicht vorstellen, was passierte, wenn der Bus jetzt abrupt hielt und er womöglich auf die Leute fiel. Im Gegensatz zu Ben machten die Inder trotz des völlig überfüllten Busses einen entspannten Eindruck. Sie waren offensichtlich geübt darin und hatten überhaupt kein Problem damit.

Genauso wenig Aufhebens wurde gemacht, wenn sich die Leute zum Ausgang durchdrückten. Wenn alle ein- und ausgestiegen waren, gab der Kassierer dem Busfahrer durch mehrmaliges kräftiges Klopfen an den Bus das Zeichen zur Weiterfahrt. Denn mehrere Rückspiegel wie in Deutschland gab es hier nicht.

Und wenn, hätten sie wahrscheinlich auch nicht viel gebracht, da der Fahrer ohnehin nicht bis nach hinten sah.

Nach einer guten halben Stunde war es überstanden und Old Goa erreicht. Die Bushaltestelle lag genau an der Durchfahrtsstraße. Ben und Marisa waren die Einzigen, die hier, nachdem ihnen der Kassierer freundlicherweise das Zeichen gegeben hatte, ausstiegen. Dafür benötigten sie allerdings etwas mehr Zeit als die geübten Inder. Es sah hier etwas verlassen aus, weit und breit war niemand zu sehen, daher fragte Marisa verwundert: „Meinst du, dass wir hier überhaupt richtig sind?"

„Ein bisschen wenig los für einen Touristenort. Vielleicht hat uns der Kassierer ja auch falsch verstanden", überlegte Ben, während Marisa sich umsah.

„Aber schau mal, drüben auf der anderen Seite ist doch eine Kirche. Lass uns mal rübergehen und schauen, was das ist. Vielleicht ist da jemand, der uns weiterhelfen kann", stellte Marisa fest und packte Ben schon bei der Hand, um ihn gleich mitzuziehen, ohne seine Antwort abzuwarten.

Es war tatsächlich wie von Marisa vermutet. Allerdings hatten sie viel mehr Leute erwartet. Da dies aber nicht der Fall war, genossen sie es, nur hin und wieder ein paar anderen Touristen über den Weg zu laufen. In aller Ruhe besichtigten sie die verschiedenen Sehenswürdigkeiten wie die Kirche des heiligen Franziskus von Assisi, die eines der interessantesten Bauwerke von Old Goa war. Natürlich unterschieden sich diese heiligen christlichen Stätten in den Grundzügen nicht wesentlich von denen in Europa. Hier dienten sie mehr der Aufgabe, das Christentum zu verbreiten, was wohl seit dem 16. Jahrhundert erfolgreich umgesetzt werden konnte. Das Interessanteste daran war, diese imposanten christlichen Bauwerke sowie deren Geschichten in einer eigentlich völlig fremden Kultur zu entdecken.

Die Rückfahrt traten sie ziemlich kaputt und von den vielen Eindrücken überwältigt schon gegen 15.15 Uhr an. Auch dieses Mal war der Bus wieder gut gefüllt, im Inneren verbreiteten sich die unterschiedlichsten, teils undefinierbaren Düfte. Beim Umstieg in Panaji kam es aber noch besser. Der bereitstehende Bus musste wohl bereits längere Zeit in der Sonne gestanden haben, anders waren diese Temperaturen nicht zu erklären. Da half auch ein laues Lüftchen, welches durch die kleinen, geöffneten Schiebefenster drang, nicht wirklich etwas. Auch die Sitzgelegenheit, die sie nun wieder hatten, da es diesmal eine Endstation war und der Bus hier neu startete, heiterte Marisa nicht auf. „Ich weiß nicht, wie ich das die nächsten eineinhalb Stunden überleben soll. Mir platzt jetzt schon gleich der Kopf vor Hitze", äußerte sie ziemlich deprimiert. „So kenne ich dich ja gar nicht! Seit wann gibst du so schnell auf? Immer schön die Ruhe bewahren. Du wolltest doch Indien entdecken. Das gehört eben auch dazu!", konterte Ben leicht amüsiert, wobei es ihm selber viel zu heiß war und er sich sicherlich genauso sehr auf eine Dusche freute wie Marisa.

Das gleichmäßige Schütteln und das Motorengeräusch des Busses, die Hitze und die Ermüdung ließen Marisa recht schnell in einen Dämmerschlaf sinken. Sie bekam von der herrlichen Landschaft, bei der Ben wie schon vor zwei Tagen viel Neues entdeckte, nichts mit. Schade eigentlich, dachte er, während er Marisa anschaute, wie sie friedlich gegen die Scheibe gelehnt tief und fest schlief und die Welt um sich herum offensichtlich nicht mehr wahrnahm.

Gegen 17.30 Uhr waren sie wieder in Colva, wo sie einer freilaufenden, sehr abgemagerten Kuh begegneten. Sie stand mitten auf einer kleinen Verkehrsinsel und war nicht aus der Ruhe zu bringen. Ihre Bemühungen etwas Essbares zu finden, scheiterten aber kläglich, denn außer dem dürren Gras, welches auf der Verkehrsinsel wuchs, gab es nur noch Papiermüll, der herumlag. Allerdings sah es ganz so aus, dass die Kuh selbst damit zufrieden war, denn sie nahm beides auf und kaute kräftig. Marisa war perplex, wie konnten die Inder ihre heiligen Kühe so leben lassen! Keiner würde dem Tier etwas antun oder es gar schlachten. Andererseits kümmerte sich auch keiner darum, dass es dem Tier besser ging. Hier gab es keine Tierschutzorganisation, die sich der armen Tiere annahm. Es war einfach paradox!

***

Nun war es an Raj, sich so schnell wie möglich um alles Weitere zu kümmern. Er konnte es kaum mehr erwarten. Er war sich sehr sicher, dass er erfolgreich sein würde. Er war gleich früh morgens zur Sayaji Rao Road losgelaufen, um möglichst als Erster vorsprechen zu können. Doch er war viel zu früh, denn der erste feine Herr, wie ihn die Rikschafahrer bezeichneten, war noch gar nicht da. Dieser kam immer erst gegen 10 Uhr, hatte man ihm gesagt. Also war noch reichlich Zeit. Raj ärgerte sich, denn diese Zeit hätte er sinnvoll nutzen können. Warum hatte er nicht einfach seinen jüngsten Sohn mitgenommen, fuhr es ihm durch den Kopf. Nun musste er hier warten, denn der Weg nach Hause, wo er seinen Bauchladen hatte, war zu weit, das lohnte sich nicht. Bindi hätte während der Gespräche auf seine Kiste aufpassen können. Nun, es änderte jetzt nichts. Dann musste er eben heute Abend vielleicht noch an den Bahnhof, um die fehlenden Umsätze wettzumachen, grübelte er nach.

Er vertrieb sich die Zeit, indem er die Leute, die kamen und gingen, genauestens beobachtete. Raj besaß zwar keine Uhr, aber dafür ein relativ gutes Zeitgefühl. Das hatte er schon von klein auf gelernt. Im stetigen Rhythmus standen sie auf, wenn es hell wurde, der Tagesablauf wurde von der Sonne begleitet und danach ausgerichtet. Er wusste, dass es bis zu besagter Zeit nicht mehr allzu lange sein konnte, also begab er sich wieder in das Gebäude, in das bisher sonst noch niemand gegangen war. Offensichtlich herrschte hier keine große Nachfrage, oder aber die Leute kamen zu anderen Zeiten.

Äußerlich war das Geschäft recht unscheinbar. Zwar deuteten entsprechende Anzeigetafeln sogar in Leuchtbuchstaben auf die angebotenen Waren, doch innen waren die Werte der riesigen Teppiche, die an den Wänden hingen, sofort erkennbar. Raj packte auf einmal die Panik, er wollte schon wieder umdrehen, als die Verkäuferin, die ihm zuvor die Auskunft gegeben hatte, auf ihn zuging und bestätigte: „Der Herr des Hauses, Herr Ghandala, ist in der Zwischenzeit gekommen."

Wie konnte das sein, er hatte doch die ganze Zeit über vor dem Geschäft gestanden, gewartet und alle Leute ringsherum beobachtet. Niemand außer ihm hatte den Laden betreten. Vielleicht gab es ja einen Hintereingang, sodass der Herr gar nicht an ihm vorbeimusste. Sicher war es so, anders konnte er sich das nicht erklären. Er musste nun schnell handeln, denn so eine Chance bekam er vielleicht nie wieder. „Kann ich ihn bitte sprechen?", hörte er sich selber fragen, ohne zu wissen, wie ihm die Worte aus dem Mund gekommen waren.

„Können Sie mir bitte sagen, in welcher Angelegenheit Sie Herrn Ghandala sprechen möchten und wen ich melden darf?"

Total überrumpelt brachte Raj nun keinen Ton mehr heraus. Seine Hände klebten vom Angstschweiß, seine Augen suchten förmlich im ganzen Laden nach einer Antwort. Warum war alles so kompliziert? Welchen Grund sollte er nennen, damit er vorgelassen wurde? Mit einem Schlag fiel es ihm wie Schuppen von seinen dunklen, aber klaren Augen. Vor Selbstbewusstsein strotzend antwortete er, so als ob er das jeden Tag machen würde: „Mein Name ist Raj Singh, es geht um eine neue geschäftliche Beziehung."

„Vielen Dank. Ich werde Sie nun anmelden. Bitte gedulden Sie sich einen Moment." Im Nu war die freundliche Verkäuferin verschwunden. Aber bereits kurze Zeit später kam sie wieder. „Tut mir leid, aber Herr Ghandala sagt, er ist momentan sehr beschäftigt. Außerdem kennt er Sie nicht und ist ohne Empfehlungen derzeit nicht an weiteren neuen Geschäftsbeziehungen interessiert. Sie können ihm aber gerne schriftlich einige Unterlagen über Ihre Person und Ihre Ideen für eine Zusammenarbeit zukommen lassen. Er wird sich dann nach Prüfung und bestehendem Interesse seinerseits bei Ihnen melden."

Das saß. Mit so einer Abfuhr hatte er überhaupt nicht gerechnet. Nicht einmal nach dem eigentlichen, tiefer liegenden Grund wurde er gefragt, oder welcher Art die Geschäftsbeziehung sein sollte. Lag es vielleicht an seiner Aufmachung? Die Verkäuferin hatte sicherlich ihren Chef darüber informiert, dass es sich um einen einfachen Mann handelte, der ihn sprechen wollte. Das war unübersehbar. Aber andere Kleidung hatte er nicht und konnte sich auch keine andere für solche Zwecke leisten. Diese Erfahrung war so bitter, dass seine ganze Zuversicht auf einmal wie ausgelöscht war. Ihm blieb nichts anderes übrig, als den Rückzug anzutreten. Die nächsten Tage brachte Raj wieder damit zu, seine Waren mittels seines Bauchladens zu verkaufen. Zu tief saß immer noch die Erfahrung, als dass er hätte etwas Weiteres unternehmen können. Wie in Trance verbrachte er auch die Abende zu Hause. Er erzählte kaum etwas, sprach nur das Nötigste und nahm auch sonst am Familienleben kaum noch teil. Auf die Frage von Maryamma, wie es denn gewesen sei, hatte er nur eine ausweichende Antwort gegeben. Er wollte sich selber nicht eingestehen, dass er zu euphorisch war und nun mit der harten Realität konfrontiert wurde. Aber Maryamma war eine sehr sensible Frau, die spürte, dass Raj sich quälte, an den Selbstvorwürfen und -zweifeln zu zerbrechen drohte. Sie musste an die Familie denken. Wenn er nun aufgab, waren sie alle verloren. Sie waren auf ihn angewiesen. Alleine würde sie es nicht schaffen, da war sie sich sicher. Zu groß waren die Verpflichtungen, die sie hatten. Ihre Schwiegermutter wurde auch nicht jünger, und die Tage, an denen sie immer noch so lange aufs Feld konnte, würden unter Umständen auch sehr schnell vorbei sein. Ihre eigenen Dienste als Näherin waren auch nur begrenzt gefragt. Um Kinder und Schwiegervater musste sie sich auch kümmern. Sie musste unbedingt mit Raj sprechen.

Eines Abends, sie lagen schon im Bett, richtete sie sich auf und fing an, seinen Rücken zu massieren, so gut sie das eben im Dunkeln konnte. Sie wusste, dass er das immer gerne hatte und genoss. Die Kinder und Schwiegereltern, die ja im selben Raum schliefen, sollten auch nicht aufwachen. Ach, wie sehr wünschte sie sich einmal Zeit nur mit Raj. Immer diese Enge, es war manchmal beinahe nicht auszuhalten! Ständig wurde man beobachtet, immer war jemand um einen herum. Privatsphäre gab es praktisch nicht, da sie keinerlei Rückzugsmöglichkeiten hatten. Sie träumte oft davon, einmal wie die Leute höherer Kasten zu leben. Dabei würde ihr ein einfaches Häuschen mit eigenen Schlafräumen schon ausreichen. Dazu gehörte natürlich auch ein gesicherter Lebensunterhalt, der ein sorgenfreies Leben garantierte.

Während sie Raj massierte, wagte sie einen Vorstoß: „Raj, was bedrückt dich so sehr, dass du nicht einmal mit mir darüber sprechen willst? Ich mache mir große Sorgen um dich!"

„Oh, Maryamma, es ist so schwer! Ich fühle mich so gedemütigt", brach es auf einmal aus ihm heraus, aber seine Stimme war schwer und stockend.

„Aber warum? Was hat man dir getan?", fragte sie sehr besorgt, ohne mit der Massage aufzuhören.

„Wir erhalten keine Chance. Wir arbeiten Tag für Tag und manchmal nachts, um uns über Wasser zu halten. Wir verdienen unser Geld auf ehrliche Weise und lassen keine Möglichkeit unversucht, dass es uns besser geht. Aber es ändert nichts an der Tatsache, dass wir für viele Leute wie Luft sind und so behandelt werden. Ich würde euch so gerne die Ängste nehmen, die wir alle haben, aber ich kann es nicht. Ich weiß momentan selbst nicht mehr, wie es weitergehen soll", klagte er.

„Ich weiß, Raj. Warum machst du es dir selbst so schwer? Wir wissen alle, dass du alles versuchst. Es macht dir keiner Vorwürfe! Wir müssen unser Schicksal eben akzeptieren und an ein besseres nächstes Leben glauben. Ich bin überzeugt davon, dass uns das bei unserer guten Führung gelingen wird", versuchte Maryamma ihn zu beruhigen.

„Ja, du hast natürlich recht. Aber ich möchte weder unsere Kinder noch meine Eltern oder dich hungern sehen müssen. Und wenn sich nicht was ändert, wird es bald so weit sein. Die Kinder werden größer und brauchen mehr. Vater braucht immer mehr Medikamente, die Krankheit lässt sich nicht stoppen. Aber er soll nicht noch mehr leiden."

„Ja, und genau deshalb verstehe ich nicht, warum du dieses Mal so schnell aufgibst? Bis jetzt hat doch alles, was du angefangen hast, funktioniert. Such dir einen anderen aus, der Rikschas vermietet, und sprich bei ihm vor. Du musst wieder an dich glauben! Ich weiß, wenn es einer schafft, dann bist du das", bestärkte sie ihn, um ihm wieder Mut machen.

„Meinst du wirklich?", fragte er skeptisch.

„Ja, glaube mir, wenn ich nicht davon überzeugt wäre, würde ich es nicht sagen. Du bist unsere Hoffnung!"

Das tat gut und er fuhr zur Bestätigung Maryamma durch ihre Haare. Schade, dass er nun im Dunkeln ihr langes, dichtes, glänzendes, blauschwarzes Haar nicht sehen, sondern nur fühlen konnte.

Ihm wurde wieder einmal deutlich, wie sehr er Maryamma brauchte und auch liebte. Sie hatten das Glück, dass sie sich, trotz der durch ihre Eltern arrangierten Ehe, lieben und schätzen gelernt hatten. Er konnte sich ein Leben ohne Maryamma gar nicht mehr vorstellen.

Durch Maryammas Bestätigung bestärkt machte er sich in der folgenden Woche erneut auf, um einen der wohlhabenden Herren in der Sayaji Rao Road aufzusuchen. Dieses Mal führte ihn sein Weg direkt in das große Stoffgeschäft der Familie Khan, wo er sein Glück versuchen wollte. Zunächst überlegte er, ob er sich erst umsehen und dann um ein Gespräch bitten, oder ob er wieder den direkten Weg gehen und sofort nach dem Geschäftsinhaber fragen sollte. Zwiespältig entschied er sich für die erste Alternative, bevor er dann mit hoch erhobenem Kopf sehr zielstrebig das Gebäude betrat. Innen wurde er gleich von einer der vielen Damen willkommen geheißen. Auf die Frage, ob er etwas Bestimmtes suche, antwortete er nur, dass er sich erst umsehen wolle, was ihm dann auch gewährt wurde. Allerdings begleitete ihn die Verkäuferin ohne Unterlass und klärte ihn über die verschiedenen Stoffe auf.

Als die Verkäuferin mit ihren Ausführungen endete, bat Raj höflich um ein Gespräch mit dem Inhaber Herr Khan. Ähnlich wie die Woche zuvor wurde auch hier zunächst höflich nach dem Grund für das Gespräch gefragt, was er abermals beantwortete. Dabei merkte er, dass ihm dieses Mal die Sätze schon viel leichter über die Lippen kamen. Er konnte sich schon vorstellen, was auf ihn zukam und was ihn erwartete, der Überraschungseffekt war nicht mehr so groß.

Raj sollte belohnt werden. Herr Khan bat ihn einzutreten. Nun stand der sehr hagere und nicht übermäßig große Raj mit seiner recht einfachen Kleidung dem imposanten Herrn Khan gegenüber. So sah also einer der Herren aus, ging es Raj durch den Kopf. Tapan Khan trug zweifellos einen Maßanzug, der aus einem hellen Stoff geschneidert war, den er sicher selbst in seinem Laden anbot. Er war praktisch ein Aushängeschild für seine eigene angebotene Ware. Durch seine große Erscheinung und sein sehr gepflegtes Äußeres sowie sein sicheres Auftreten verschaffte er sich sofort den nötigen Respekt gegenüber seinen Gesprächspartnern.

Herr Khan brachte dann auch sofort das Thema auf den Punkt und fragte Raj, um was für geschäftliche Beziehungen es sich denn handele. Raj erklärte ihm ohne Umschweife, dass es nichts mit seinem hiesigen Unternehmen, welches Stoff verkaufe, zu tun habe. Er sei auf der Suche nach einer neuen Tätigkeit und dabei von einigen der für ihn tätigen Rikschafahrer sehr beeindruckt und inspiriert worden. Er könne sich dies für sich selbst auch sehr gut vorstellen und würde gerne für Herrn Khan fahren. Herr Khan hatte ihm aufmerksam zugehört, bevor er fragte: „Wissen Sie denn überhaupt, was da auf Sie zukommt? Hier meine ich natürlich nicht nur die finanziellen Verpflichtungen.

Kennen Sie sich in der Stadt überhaupt aus, wissen Sie, wo alle Straßen liegen? Finden Sie alle Orte, an die Sie die Kunden fahren sollen? Und sind Sie überhaupt der körperlichen Belastung gewachsen, jeden Tag mehrere Kilometer mit einer voll beladenen Rikscha zurückzulegen?"

Nun musste Raj erst einmal schlucken, so viele Fragen auf einmal, wie sollte er nur reagieren? Einerseits wollte er, wie er es gelernt hatte, ehrlich sein, andererseits stellte sich die Frage, ob er dann überhaupt noch eine Chance hatte. Sein Mund war bereits ganz trocken. Er war froh, dass er auf die ihm angebotene Tasse Tee zurückgreifen konnte. Er trank einen Schluck, bevor er antwortete: „Ich kenne mich ganz gut in der Stadt aus, bisher bin ich ja auch schon immer zu Fuß unterwegs gewesen. Aber alle Straßen kenne ich natürlich nicht. Sicher ist es nicht einfach, eine voll beladene Rikscha zu fahren, aber das kann ich bestimmt lernen, wenn ich erst mal die Gelegenheit dazu habe. Wie hoch wäre denn Ihre Miete für eine Fahrradrikscha?"

„Bei mir erhalten Sie eine voll funktionsfähige Fahrradrikscha, welche für die Fahrgäste mit einem abklappbaren Schutz mit Bespannung gegen Regen und Sonne ausgestattet ist. Der Preis hierfür beträgt wöchentlich 700 Rupien, fällig jeweils im Voraus. Reparaturen oder Instandhaltung sind auf Ihre eigenen Kosten vorzunehmen. Das gewährleistet mir, dass sorgfältiger mit den Rikschas umgegangen wird", klärte Herr Khan auf.

Das war ein harter Brocken, den Raj da erst mal zu schlucken hatte. Man konnte ihm ansehen, wie sich seine Gedanken geradezu überschlugen. Obwohl er schon einen Mietpreis von den Fahrern gehört hatte, wurde ihm nun doch der Betrag, der noch über dem ihm bekannten lag, nochmals richtig bewusst. Was ihn aber sehr beeindruckte, waren die Vorauszahlung und die erwähnten Reparaturen. Die Fahrer hatten seinerzeit zwar etwas

Derartiges erwähnt, aber wie hoch diese sein würden, oder wie oft da etwas erforderlich wurde, hatte er keine Ahnung. Das war ein nicht kalkulierbares Risiko. Wie konnte er überhaupt die erste Wochenmiete aufbringen? Sollte er sich darauf überhaupt einlassen oder nicht lieber gleich sein Vorhaben wieder fallen lassen? Andererseits war er nun schon so weit, dass er jetzt nicht einfach wieder gehen wollte. Wer wusste schon, wann er wieder einmal solch eine Chance bekam. Es blieb ihm nichts anderes, als zu handeln und zwar jetzt gleich, bevor es zu spät war. „Ab wann könnten Sie mir eine Ihrer Fahrradrikschas überlassen?"

„Das Problem ist nicht die Rikscha, die kann ich recht schnell bereitstellen. Wenn Sie für mich fahren wollen, müssen noch ein paar andere Dinge geklärt werden. Ich überlasse die Rikschas nur Fahrern, die damit umzugehen verstehen und sich in der Stadt auch auskennen. Davon überzeuge ich mich am liebsten selbst. Haben Sie selbst schon einmal eine Rikscha gefahren?", hakte der feine Herr Khan nach.

„Nein, aber das kann ich doch sicher recht schnell lernen!", brachte Raj ziemlich verdutzt und etwas niedergeschlagen über seine Lippen. Das wurde ja immer besser. Was hatte der Herr noch alles auf Lager? Raj wurde klar, dass es alles andere als einfach war, seine neue Idee umzusetzen. Wieso konnte er nicht einfach kommen, eine Rikscha mitnehmen, sich draufsetzen und losfahren und in der Woche drauf bezahlen? Warum war alles so kompliziert?

„Ganz so einfach ist es nicht. Aber ich sehe, Sie sind ein sehr zäher junger Mann mit viel Energie und einem Ziel vor Augen. Das ist sehr gut. Das brauchen Sie auch, wenn Sie für mich arbeiten wollen. Ich mache Ihnen einen Vorschlag. Sie kommen nächste Woche am Dienstag um 10 Uhr wieder hierher. Dann erhalten Sie Ihre Chance, danach entscheide ich, ob Sie für mich fahren oder nicht", gab Herr Khan zurück, verabschiedete sich und gab Raj unmissverständlich zu verstehen, dass damit das Gespräch beendet war.

***

Die Zeit verging rasend schnell. Inzwischen lag schon eine Woche hinter ihnen, als Ben und Marisa im Bus Richtung Süden saßen. Sie hatten wunderschöne Erlebnisse in Goa gemacht. Dazu gehörten auch die Freundlichkeit, die ihnen entgegengebracht wurde, die bezaubernden Landschaften und das glasklare Meer. Die Märkte mit ihrer Vielfalt der angebotenen Waren, die herrlichen Düfte der frischen Kräuter, Gewürze und exotischen Südfrüchte konnte Marisa jetzt noch vor ihren Augen sehen und förmlich riechen, obwohl es hier im Bus alles andere als angenehm roch. Dafür hatten sie auch erfahren müssen, dass Zeit hier eine andere Bedeutung hatte. Hektik kam hier so schnell nicht auf. Sie hatten ziemlich lange damit zugebracht, bis sie endlich das richtige Ticket in den Händen hielten. Die Leute am Schalter hatten sich nicht aus der Ruhe bringen lassen. Je mehr Druck man ausübte, desto weniger funktionierte etwas, da dann erst stundenlange Diskussionen folgten.

Als Ben den Bus gesehen hatte, in den sie einsteigen sollten, wurde ihm auf einmal mulmig. Erstens schien es sich hier nicht unbedingt um einen Deluxe-Bus zu handeln, den sie eigentlich gebucht hatten. Aber vermutlich waren die normalen Busse eher mit denen für die Kurzstrecken oder dem Flughafenbus zu vergleichen. Bei dem Gedanken, in solch einem Bus ungefähr vierzehn Stunden zu verbringen, lief ihm ein kalter Schauer über den Rücken. Angesichts der in der Deluxe-Klasse zumindest gut gepolsterten Sitze wirkte er gleich wieder etwas optimistischer.

Immerhin hatten sie sich für eine Nachtfahrt entschieden, in der Hoffnung, ein wenig schlafen zu können und so nicht wertvolle Zeit zu verlieren. Außerdem stellten sowohl Ben als auch Marisa es sich nicht gerade prickelnd vor, den ganzen Tag in brütender Hitze in einem völlig überhitzten Bus zu sitzen. Der einzige Nachteil würde wohl der sein, dass sie von der Landschaft nicht allzu viel zu sehen bekamen. Aber alles konnte man eben nicht haben. Dazu würde noch ausreichend Möglichkeit bestehen. So hofften sie zumindest.

Ein weiterer Vorteil war die Reservierung der Sitzplätze, was nur bei den großen Überlandfahrten üblich war. Insofern war zumindest eine Überfüllung ausgeschlossen. Das Gepäck wurde unten im ziemlich verstaubten Gepäckraum verstaut. Eine andere Möglichkeit gab es aber nicht.

Da es noch drei freie Plätze im Bus gab, verzögerte sich die Abfahrt. Lauthals priesen einige Ticketverkäufer der Busgesellschaft noch ihre offenen Plätze an. Jeder freie Platz bedeutete weniger Gewinn, was sich vielleicht auch auf den Lohn der Verkäufer auswirkte. Zumindest konnte man den Eindruck gewinnen. Sofern nach einem Provisionssystem bezahlt wurde, war das durchaus nachvollziehbar.

Nachdem auch die letzten freien Plätze gut an den Mann gebracht waren, ging es mit ungefähr einer halben Stunde Verspätung gegen 17.30 Uhr los. Außer den ausländischen Touristen, von denen außer ihnen selbst nicht allzu viele vorhanden waren, schien das keinen zu stören. Die Fahrt war ziemlich anstrengend, denn auch die Straßen waren alles andere als in gutem Zustand. Teilweise konnte sich Ben nicht dem Gefühl entziehen, als führen sie über eine Schotterpiste. Das Schlimmste an allem war aber der ständig auf voller Lautstärke eingeschaltete Videorekorder, der die ganze Nacht hindurch lief. An einen gemütlichen, erholsamen Schlaf war nicht einmal zu denken. Marisa schaffte es, hin und wieder ein wenig einzudösen, bis sie dann bei einem der nächsten Stopps wieder herausgerissen wurde. Diese kamen aber sehr gut an. Zum einen, um frische Luft zu schnappen, andererseits, um sich die Beine zu vertreten. Nicht zuletzt konnte dann auch den natürlichen Bedürfnissen nachgegangen und die Blase entleert werden.

Während die Männer es auch in Indien da recht einfach hatten und sich lediglich etwas abseits des Straßenrands stellten, war es für die Frauen ein wenig abenteuerlicher. Diese Erfahrung machte auch Marisa, als sie hinter einem einfachen Verkaufskiosk, der auch nachts geöffnet hatte, die befindliche Toilette aufsuchte. Da es außer im Kiosk keine Beleuchtung gab, war es stockfinster. Lediglich der Mond verlieh ab und zu einen leichten Lichtstrahl. Marisa ging, wie ihr erklärt worden war, links am Gebäude vorbei. Dort war nur ein schmaler ausgetretener Pfad zu spüren. Der Weg, der ziemlich glitschig war, führte ein ganzes Stück hinter das Holzhäuschen, bis sie vor einer Bretterwand stand. Sie tastete sich langsam vorwärts. Irgendwann spürte sie ein Loch, in das sie griff und drückte. Tatsächlich, es war eine Tür, die sich nach innen aufdrücken ließ. Sie stieß die Tür auf und trat ganz vorsichtig ein. Aber was sollte sie nur tun? Sie sah absolut gar nichts. Nun war auch noch das bisschen Helligkeit verschwunden, das durch den spärlichen Mondschein den Weg beleuchtet hatte. Vorsichtig tastete sich Marisa vor. Sie sah absolut nichts. Ihre Taschenlampe lag im Gepäck sicher verstaut, dort nützte sie ihr momentan gar nichts. Zu blöd aber auch! Wieso hatte sie nicht daran gedacht, dass sie die auf der Fahrt brauchen könnte, und ins Handgepäck gesteckt? Das würde ihr beim nächsten Mal nicht mehr passieren! Wo war die Toilette? Sie war sich absolut sicher, richtig zu sein, denn die Düfte, die sie wahrnahm, waren eindeutig und äußerst unangenehm.

Langsam setzte sie einen Fuß vor den anderen, bis sie auf einmal ein Loch unter sich spürte. Oh nein, dachte sie. Hoffentlich komm ich da wieder heil raus. Die Toilette war nur ein Plumpsklo, es gab noch nicht einmal eine Befestigung um das Loch, das sie wahrgenommen hatte. So gut sie konnte positionierte sie ihre Füße rechts und links vom Loch. Wie gut, dass sie ihre festen und nicht nur die leichten Sommerschuhe angezogen hatte. Puh, das war geschafft. Alles andere ging routinemäßig vonstatten. Zum Glück hatte sie Papiertaschentücher bei sich, denn Toilettenpapier gab es hier nicht. Ebenso wenig eine Toilettenspülung. Hätte sie sich typisch indisch verhalten, hätte sie zur Reinigung ihre linke Hand benutzt. Doch wo hätte sie die dann waschen sollen? Sie war heilfroh, als sie das Klohäuschen wieder verlassen konnte. Auf dem Weg zurück zum Bus kam es ihr auf einmal strahlend hell vor. Was selbst so ein geringer Mondschein doch bewirken konnte. Einfach herrlich. Da entdeckte sie auf einmal auch eine kleine Wasserleitung am Eck des Verkaufsstandes, die sie auf dem Hinweg total übersehen hatte. Somit war auch die Reinigung der Hände geklärt.

Bevor die Fahrt weiterging, erfolgte ein Fahrerwechsel. Das an sich ist ja nichts Ungewöhnliches. Allerdings der Ort, an dem der Ersatzfahrer verbrachte. Der bisherige, erste Fahrer öffnete neben dem Gepäckraum eine Luke. Dahinter verbarg sich ein Raum, der ungefähr je 70 Zentimeter breit und hoch und etwa 2 Meter lang war. Darin lagen auf dem Boden eine Luftmatratze und eine Zudecke. Ziemlich schockiert registrierte Marisa, dass der Fahrer in die Luke kroch, sich hineinlegte und es sich offenbar bequem machte. Sie rief schnell Ben zu sich, damit auch er es sehen konnte. Kurz darauf kam der zweite Fahrer und schloss nach kurzem Gespräch die Luke von außen. Das gab's doch gar nicht! Was sollte das nun bedeuten? Wurde hier noch eine längere Pause gemacht? Ganz im Gegenteil, denn kurz darauf setzte sich der Bus wieder in Richtung Mysore in Bewegung. Der erste Fahrer machte nun sein Schläfchen im unteren Teil des Busses. Dort hatte sich bisher wahrscheinlich der zweite Fahrer ausgeruht, denn den nahm Marisa erst jetzt richtig wahr.

Ben und Marisa konnten es kaum glauben. Welcher Gefahr setzten sich diese Menschen aus? War ihnen das überhaupt bewusst? Wenn man nur an einen Unfall dachte, war glasklar, dass der eingeschlossene Fahrer keine Chance hatte. Stark aufgewühlt durch die neuen Erkenntnisse, versuchte Marisa ein wenig abzuschalten. Allerdings wanderten ihre Gedanken immer wieder zu den Menschen, die sich offenbar der Risiken nicht bewusst waren oder diese gedankenlos in Kauf nahmen. Das Sicherheitsbewusstsein und -gefühl, das sie kannte, bekam auf einmal eine völlig andere Bedeutung.

Dass Menschen, meist in ärmeren Ländern, so leichtsinnig mit ihrem Leben umgehen konnten, hatte sie zwar immer wieder gehört und auch in den Nachrichten gesehen, doch meistens waren diese dann in bedrohlichen Lebenssituationen, sodass ihnen oft gar keine andere Möglichkeit übrig blieb, als entsprechend leichtfertig zu handeln. Das schien ihr hier aber nicht der Fall zu sein. Der Ersatzfahrer hätte genauso gut auf dem Beifahrersitz Platz nehmen können, allerdings mit der Folge, nur sitzend und nicht liegend den Schlaf zu verbringen.

Ziemlich erschöpft kamen sie vormittags gegen 10 Uhr in Hassan auf dem Busbahnhof an. Sie hatten extra eine Busgesellschaft gewählt, die hier kurzen Zwischenstopp machte, damit sie nicht bis nach Mysore fahren mussten. Das Gepäck wurde zügig aus dem Gepäckraum hervorgeholt, denn der Bus fuhr gleich darauf wieder los. Da standen sie nun und hatten keinerlei Orientierung. Allerdings stellte sich schnell heraus, dass die gar nicht unbedingt nötig war, denn Hassan war keine allzu große Stadt. Auf den ersten Blick sah es hier nicht besonders schön aus. Die Häuser waren alle recht einfach gebaut, vergleichbar vielleicht mit unseren Bauten der Sechziger- und Siebzigerjahre, nur eben auf indischem Niveau. Ältere sehenswürdigere Bauten konnten Ben und Marisa nicht erkennen. In den Häusern waren größtenteils Läden integriert. Das waren Lebensmittelläden, Nähereien, einfache kleine Restaurants, Friseure und vieles mehr. Eben einfach alles, was man für den täglichen Bedarf benötigte. Die Gehwege waren sehr hoch und oft mit großen Löchern versehen. Das Gehen darauf bedurfte somit aller Aufmerksamkeit, um sich keinen Fuß zu verstauchen oder gar zu brechen. Allerdings wurden die Straßen von Bäumen gesäumt und teilweise gab es sogar kleinere Grünstreifen, die ansonsten die etwas leblos wirkende Stadt gleich freundlicher erscheinen ließen.

Mit ihren Rucksäcken geschultert machten sie sich auf und suchten ein günstiges Hotel. Gleich um die Ecke, unweit des Busbahnhofs, bereits Richtung Ortsausgang, fiel ihnen ein Gebäude mit der Aufschrift „Hotel" auf. Es sah wie die vielen anderen Häuser auch aus. Unten befanden sich Läden, die mit allerlei Reklametafeln auf sich aufmerksam machten. Die beiden oberen Stockwerke hatten an der hell gestrichenen Vorderfront jeweils zwei Türen mit je einem Fenster sowohl zur rechten als auch zur linken Seite. Dazu kam der durchgängige Balkon. Den Abschluss bildete ein Flachdach mit entsprechender Umzäunung, der als Wäschetrockenplatz diente, was man schon von unten erkennen konnte. Auf der rechten Seite war ein nur zweistöckiges Haus angebaut. Links vom Hotel bestand noch eine Baulücke.

Marisa und Ben liefen zum Eingang und betraten das Hotel. Der circa vierzigjährige Mann begrüßte sie freundlich. Auf ihre Frage, ob er ein Zimmer für sie hätte, bejahte er dies, zog sofort einen Schlüssel aus der Schublade des schon etwas älteren, dafür jedoch sehr stabilen und bereits einige Gebrauchsspuren aufweisenden Holzschreibtisches. Marisa musste unweigerlich bei dem Anblick an ein längst überholtes Relikt aus vergangenen Tagen und einen großen Aktenberg denken. Solche Schreibtische kannte sie nur aus Archiven oder Bibliotheken.

Er forderte Ben und Marisa auf, ihm zu folgen, was sie sich nicht zweimal sagen ließen. Über eine Treppe, die nach oben führte, gelangten sie in den obersten Stock, direkt auf den Balkon. Bei den Türen handelte es sich also um den Zugang zu den Zimmern und nicht um Balkontüren. Allerdings führte der Vermieter sie zu einem nach hinten gelegenen Zimmer.

Der Mann schloss die Zimmertüre auf und sie betraten den Raum. Er war groß, aber sehr spartanisch eingerichtet. Wie schon im letzten Hotel waren auch hier die Möbel aus dunklem Holz gefertigt. Gleich rechts neben dem Eingang war an der langen Wandseite ein Fenster, an das sich ein einzelnes Bett anschloss. Wenn man den Blick weiter bis zur kurzen rechten Breitseite des Zimmers schweifen ließ, erkannte man sofort das andere einzelne Bett. Auch hier waren Moskitonetze über den Betten angebracht. An der linken kurzen Seite befanden sich ein Stuhl sowie ein Nachttischschränkchen mit einer Schublade und einer kleinen Schranktüre. Darauf stand eine schwarz-weiß gesprenkelte Emailleschüssel. Gegenüber dem Eingang stand nochmals ein Nachttischschränkchen, rechts davon befand sich eine schmälere weiß lackierte und irgendwie nicht dazu passende

Holztüre. Sie war der Eingang zum Bad, falls man das so nennen konnte. Denn außer einem Steh- oder Plumpsklo war nur ein ganz kleines Waschbecken vorhanden. Im Bad befanden sich noch eine in sehr geringer Höhe angebrachte Wasserleitung mit einem Wasserhahn, ein Eimer sowie ein Messbecher. Ein Fenster mit Blick in den Hinterhof war ebenfalls vorhanden.

„Nice room and very cheep, only 260 Rupees", meinte der Vermieter.

„Ja, billig ist es schon, aber auch sehr einfach. Was meinst du, Marisa?", fragte Ben sie nach ihrer Meinung.

„Komm, lass es uns nehmen. Es sind doch sowieso nur zwei oder drei Nächte. Außerdem können wir dann mal sehen, wie es wirklich ist, wenn man keine Dusche zur Verfügung hat. Ist doch auch ein bisschen abenteuerlich", gab sie gut gelaunt zurück. Sie hatte während der Fahrt im Gegensatz zu Ben etwas mehr geschlafen und war relativ entspannt, was sie wohl zu diesem schnellen Entschluss bewog.

„Okay! Wir nehmen es!", bestätigte Ben, natürlich auf Englisch.

Der Schlüssel wurde übergeben. Sie stellten ihr Gepäck ab und legten sich jeder erst mal in ein Bett und streckten alle viere von sich. Das tat gut!

Als Marisa nach gut zwei Stunden Schlaf wieder erwachte, traute sie ihren Augen nicht. Inzwischen war es schon fast 13 Uhr. Sie hatte gar nicht gemerkt, wie sie eingeschlafen war. Aber als sie den Blick zu Ben warf, der ebenfalls auf dem anderen Bett immer noch tief und fest vor sich hin schlummerte, war sie zufrieden. Er hatte die letzte Nacht weitaus weniger als sie geschlafen, sodass es ihm sicherlich guttat. Marisa wollte unbedingt duschen. Sie trug noch immer dieselbe Kleidung, die sie sich nun schnell abstreifte. Der Kulturbeutel und ein Handtuch lagen griffbereit oben im Rucksack. Sie nahm die Sachen heraus und ging ins Bad. Dort erwartete sie das nächste Abenteuer. Sie machte sich zunächst mit den etwas spärlichen Hilfsmitteln vertraut und griff dann zielstrebig zum Eimer. Diesen füllte sie mit Wasser. Allerdings nur mit eiskaltem, wie sie erschrocken feststellte. Wieso gab es hier kein warmes Wasser? Es war doch so heiß hier? Die Sonne schien den ganzen Tag, es wäre ein Leichtes gewesen, das Wasser zu erwärmen. Gab es hier keine Wassertanks auf den Dächern? Wohl nicht. Sie brauchte sich darüber nun auch nicht den Kopf zerbrechen. Es war eben so. Dann nahm sie den Messbecher zu Hilfe. Diesen aus dem Eimer gefüllt, nahm sie allen Mut zusammen und übergoss zunächst ihren Körper von oben bis unten mit Wasser. Das kostete ziemliche Überwindung. Im zweiten Schritt folgte dann der Kopf. Schließlich wollte sie auch ihre Haare waschen. Da blieb ihr nichts anderes übrig. Schnell shampoonierte sie diese und rieb ihren gesamten Körper mit Seife ein. Nun stand ihr der nächste kalte Schauer bevor. Um sich komplett abzuseifen, benötigte sie mehrere Messbecher mit Wasser. Doch sie gewöhnte sich erstaunlich schnell an das kalte Wasser und verspürte auf einmal eine völlige Frische, wie sie sie bisher noch selten gespürt hatte. Sie war völlig verblüfft von der Tatsache, dass ihr nur ein einziger Eimer Wasser gereicht hatte, um sich komplett zu reinigen, ohne dass sie das Gefühl hatte, noch schmutzig zu sein. Wie verschwenderisch ging sie dagegen daheim mit dem Wasser um. Sie nahm sich fest vor, nach ihrem Urlaub bewusster mit den zur Verfügung stehenden Ressourcen zu haushalten.

Den restlichen Tag verbrachten sie damit, sich von den Strapazen der Nacht zu erholen oder sich zu stärken. Auch das Programm für den nächsten Tag legten sie fest. Bei all den Aktivitäten entdeckten sie ständig interessante Dinge. Es gab so viele neue Eindrücke zu verarbeiten. Da waren die unendlichen Straßenstände mit den buntesten, herrlich duftenden Blumenkränzen. Frauen fädelten die einzelnen Blütenblätter fein säuberlich auf einen Faden, bis es eine große Kette war, die leicht über den Kopf gestreift werden konnte und fast bis zum Bauch hinunter reichte.

Andere Anbieter verkauften ihre lecker aussehenden, saftigen Gemüse- oder Obstwaren, von denen auch Marisa meist etwas kaufte. Sie liebte die besondere Frische und die unbeschreiblich intensiven, in Europa oft unbekannten Geschmacksrichtungen, die einzelne Sorten boten. Die Waren wurden liebe- und kunstvoll auf Decken, welche auf dem Boden ausgebreitet waren, präsentiert. Tomaten häuften sich pyramidenartig, Chilischoten waren an Schnüren aufgefädelt, Bananen nach Reifegrad, Kokosnüsse und Melonen nach Größen sortiert.

Wieder andere boten süßen Saft aus frisch gepresstem Zuckerrohr an. Die langen Zuckerrohrstangen wurden durch meist alte, von Hand betriebene Pressen gedrückt, indem eine Hand die Kurbel drehte und damit das Rad in Bewegung brachte. Die andere Hand schob die Zuckerrohrstange unter dem Rad hindurch. Der Druck des Rades auf die Zuckerrohrstange presste den Saft heraus. In Gläser abgefüllt konnte so der Durst gestillt werden. Einzig die Reinigung der Gläser erinnerte Marisa an die mangelnden, nicht zu unterschätzenden Hygienezustände und die damit verbundenen gesundheitlichen Gefahren.

Sie zogen durch die Straßen und hielten nach einem kleinen Restaurant Ausschau. Beide hatten inzwischen einen Riesenhunger und freuten sich auf ein leckeres Essen. Es gab allerlei Garküchen mit verschiedenen Gemüsespeisen und anderen Leckereien. Ben und Marisa bevorzugten aber dennoch lieber ein Restaurant, in dem sie sitzen konnten, denn die Müdigkeit gewann langsam, aber sicher die Oberhand. Immerhin hatten sie die letzte Nacht im Bus verbracht und nicht allzu viel geschlafen. Das bekamen sie nun beide deutlich zu spüren.

Im Zentrum fanden sie dann ein Restaurant, das ihnen schon von außen durch die großen Fensterscheiben zeigte, dass es gut besucht war und dennoch über freie Sitzplätze verfügte. Sie betraten es durch die breite Türe. Auf den ersten Blick glich es einem Schnellimbiss. In drei Reihen, welche je durch einen Gang voneinander getrennt wurden, standen jeweils zehn weiße Tische hintereinander. Um jeden Tisch waren vier orangefarbene Plastikstühle mit Stahlrohrgestell, die an die Siebzigerjahre erinnerten, aufgestellt. Am Ende schloss sich die Küche an. Ben und Marisa setzen sich an einen freien Tisch an der Wandreihe.

Sie saßen kaum, als sie bereits überschwänglich von einem Kellner begrüßt und nach den Wünschen gefragt wurden. Ben bat um eine Karte, falls es so etwas gab. Der Kellner, welcher ihn etwas erstaunt ansah, schüttelte in der – wie sie später noch öfters erleben sollten – ganz typisch indischen Art den Kopf. Es sah fast so aus wie bei einem der Wackelhunde, die sich noch vor zwanzig Jahren zahlreich in deutschen Autos auf der hinteren Ablage befanden und bei jeder kleinen Erschütterung den Kopf in alle Richtungen bewegten. War das nun ein Nicken oder eher ein Schütteln? Sollte das Ja oder Nein heißen? Ben und Marisa schauten sich völlig verblüfft an. Ziemlich ratlos fragte Ben nochmals nach: „Können Sie uns vielleicht sagen, was es alles gibt?"

Da er wohl kein Englisch verstand, aber ansonsten sehr aufgeweckt war, gab er Ben und Marisa zu verstehen, dass die Gerichte alle vorne oben an der Wand über der Küchentheke angeschrieben standen. In seiner heimischen Sprache, unterstützt durch wild gestikulierende Hände, forderte er sie auf, ihm zu folgen. Ben und Marisa befolgten seinen Wunsch. Er führte sie zunächst an der offenen Theke vorbei, direkt in die Küche. Ganz stolz präsentierte er die Küchencrew sowie die dort brutzelnden Speisen. Was Ben dort sah, schockierte ihn zunächst. „Schau dir das nur an! Da sind nicht nur die Wände schwarz! Wer weiß, wann die Pfannen, in denen das Essen zubereitet wird, das letzte Mal geputzt wurden."

„Ich darf gar nicht hinsehen, sonst vergeht mir der Appetit schon vorher", meinte Marisa nur.

„Aber das Essen muss gut sein, sonst wär's doch hier nicht so voll", folgerte Ben.

„Ja, vermutlich schon. Wahrscheinlich wäre es besser gewesen, er hätte es uns nicht gezeigt", lamentierte nun Marisa.

„Vermutlich ist das sogar ein gutes Zeichen. Wir müssen es wahrscheinlich anders sehen. Zu Hause würde es so etwas nicht geben, dass man in die Küche geführt wird. Wer weiß, wie es da immer zugeht. Wahrscheinlich sind sie hier sogar sehr stolz darauf. Er wollte bestimmt nur das Beste für uns. Vielleicht ist es sogar eine besondere Ehre, dass er uns hierher geführt hat", versuchte Ben nicht nur Marisa, sondern auch sich selbst etwas zu beruhigen.

Es war schwer, sich zu entscheiden. Schließlich wussten sie bei keinem der Essen, was es konkret war. Langsam begaben sie sich wieder in Richtung Tisch. Die Blicke von Ben und Marisa wanderten zu den Gerichten, die bereits an anderen Tischen verzehrt wurden. Da entdeckte Marisa etwas, was ihr Auge nicht mehr losließ. Auf einem der üblichen Metallteller war etwas zu einer Kegelform aufgetürmt. Marisa hatte ihre Wahl getroffen.

Ben schloss sich ihr recht schnell an. Sie zeigten darauf und dem Kellner war somit gleich klar, was sie wollten. Es gab keinerlei Verständigungsprobleme.

Während sie sich bereits an einer Cola, die wohl in jedem Land der Welt zu haben war, erfrischten, warteten sie geduldig auf ihre Speise. Aber es dauerte gar nicht lange, bis der Kellner mit den zwei Tabletts an ihren Tisch kam. Es sah so schön aus, dass es fast zu schade war anzubeißen. Bei genauem Hinsehen konnte Marisa erkennen, dass es eine Art Pfannkuchen war, der eingeschnitten und tatsächlich zu einem Kegel geformt war. Darunter verbarg sich wohl noch Weiteres, von dem sie sich gleich überraschen lassen würden.

„Und wie essen wir das jetzt?", fragte Marisa zu Ben blickend.

„So wie immer! Sieh dir doch die anderen Gäste an. Genau wie sonst auch. Wir müssen nur den Pfannkuchen, oder was immer es ist, wie das Chappati nutzen und die restlichen Speisen darin einwickeln", gab Ben völlig logisch zur Antwort.

„Na dann mal los. Guten Appetit", wünschte Marisa.

„Danke, dir auch."

Allerdings war es gar nicht so einfach, nur mit einer Hand die Stücke herunterzubrechen und das darunterliegende Essen aufzunehmen. Anfangs mühten sich beide noch ziemlich unbeholfen ab. Allerdings wurden sie rasch für die Mühen belohnt.

„Mmh, schmeckt das köstlich!", stellte Marisa erfreut fest.

„Ja, du hast eine gute Wahl getroffen, schmeckt richtig lecker. Kaum zu glauben, dass das aus der Küche kommt", frotzelte Ben ein wenig, schob aber anschließend gleich den nächsten Bissen genüsslich in den Mund.

„Schmeckt ein bisschen wie ein Bauernfrühstück, nur viel würziger. Das kommt sicherlich von den zahlreichen Gewürzen, die darin sind", stellte Marisa fest.

„Mmh. Kartoffeln, Zwiebeln und so eine Art Speck sind auf jeden Fall drin. Und der Rest?"

„Keine Ahnung, aber ich vermute, diese Kapseln müssten Kardamom sein", legte Marisa los, während sie auf besagtes Stück im Essen zeigte. „Nelken und Knoblauch sind bestimmt auch noch drin. Zumindest schmeckt es für mich so."

„Da kenne ich mich nicht so gut aus. Ich esse lieber, wie du weißt. Aber auf jeden Fall schmeckt es prima, und das ist die Hauptsache!", kommentierte Ben.

Anschließend erkundeten sie weiter die Stadt. Es gab auch einige Bettler, die aber ganz friedlich und nicht so aufdringlich wie bei uns, auf dem Boden saßen. Dabei beobachteten Ben und Marisa viele Inder, die im Vorbeigehen ohne große Aufforderung oder Aufhebens den Armen etwas spendeten und ihnen ein paar Rupien in die Hände oder ihre meistens kleine, leere metallene Reisschüssel legten. Dies war hier selbstverständlich. Die, die etwas hatten, gaben den anderen etwas ab. Wer mehr hatte und reich war, spendierte eben einen größeren Teil seines Einkommens. So etwas wie Arbeitslosengeld oder Sozialhilfe gab es hier nicht. Die sogenannte Umverteilung fand hier direkt zwischen den Bürgern statt. Ob jemand einem alten oder einem jungen kranken Menschen helfen wollte, blieb einem praktisch selbst überlassen. Die sogenannten unteren Kasten, zu denen auch die Aussätzigen, wie Leprakranke oder Ähnliche, gehörten, wurden hier dennoch mit dem nötigen Respekt behandelt.

Für Marisa war es anfangs ziemlich deprimierend, wenn sie auf Leprakranke, deren Gliedmaßen oder bereits Teile des Gesichts ziemlich verstümmelt waren, trafen. In diesen Fällen packte sie ein schlechtes Gewissen, und auf gewisse Weise machte es ihr auch ein bisschen Angst. Ersteres versuchte sie zu beruhigen, indem sie großzügig den Leuten etwas zukommen ließ.

Am Abend war es so finster, dass sie zunächst froh waren, ihre Taschenlampe mitgenommen zu haben, denn die Straßenbeleuchtung, sofern es eine gab, war ziemlich dürftig. Allerdings war außer ihnen niemand mit einer Taschenlampe unterwegs, alle anderen bahnten sich so sicher ihren Weg über die unebenen Straßen und löchrigen Gehsteige, dass sie sich etwas lächerlich vorkamen und lieber auf die helle Beleuchtung verzichteten. Dafür tappten sie dann im wahrsten Sinne im Dunkeln. Doch es war auch eine schöne Erfahrung, die sie dadurch machten, denn für sie war es selbstverständlich, die Wege gut sichtbar zu beschreiten. Stück für Stück tasteten sie sich langsam vorwärts, was ihnen ein ganz neues Gefühl vermittelte. Vor dem Schlafengehen prüften sie die bereits über den Betten montierten Moskitonetze. Mit Schrecken stellten sie fest, dass diese mehrere größere Löcher oder Risse aufwiesen und keinen sicheren Schutz boten. Daher packten sie ihr von zu Hause mitgebrachtes aus. Die Frage war nur, wie sie es befestigen sollten. „Was meinst du, sollen wir die Betten zusammenstellen, damit wir das Netz über beide Betten bekommen?", schlug Marisa vor.

„Wir können es versuchen, lass uns das hier rüber zum anderen schieben", meinte Ben, während er auf das Bett neben der Badtüre zeigte. Neben diesem hätte kein anderes mehr Platz gehabt, da dann die Badtüre verstellt gewesen wäre.

Sie schoben das schwere Bett hinüber. Es machte einen ziemlichen Lärm. Aber da noch anderweitig reges Treiben im Haus herrschte, machten sie sich nichts daraus. Ben stieg auf das direkt an der Wand stehende Bett und versuchte das befestigte Netz aus dem Haken an der Decke zu bekommen. Da er groß genug war, ging dies relativ problemlos, und er reichte es Marisa.

„So, hier, das kannst du erst mal zur Seite legen, nun reich mir bitte unseres herauf", bat Ben.

Marisa tat gleich, wozu Ben sie gebeten hatte. Er griff die große Öse und hängte sie in dem Deckenhaken ein. „Wunderbar, das wäre geschafft."

Ben stieg vom Bett herunter, damit sie gemeinsam das Netz über die zusammengestellten Betten fallen lassen konnten. Dann sollte es unter die Matratze geschoben werden, was auf jeder äußeren Längsseite der Betten funktionierte. Leider hatten sie nicht berücksichtigt, dass die Betten einen recht breiten Rahmen hatten, sodass an den Seiten, an denen die Betten zusammengestellt waren, das Moskitonetz nicht untergeschoben werden konnte. Es entstand eine Art Lücke. Genau die war die potenzielle Gefahr, denn das war das Schlupfloch für Moskitos.

„Am besten wir stellen das Bett wieder zurück. Dann können wir zumindest ein Bett richtig mit dem Netz sichern", schlug Ben vor.

„Oder wir schlafen eben beide in einem Bett, wäre doch auch nicht schlecht", meinte Marisa mit einem neckischen Grinsen im Gesicht und lächelte ihm zu.

„Keine schlechte Idee! Ist nur die Frage, ob wir das die ganze Nacht durchhalten. Groß bewegen dürfen wir uns wohl nicht, wenn das Netz was bringen soll und wir es nicht berühren dürfen. Wir könnten allerdings ein Spiel daraus machen. Der, der das Moskitonetz als Erster berührt, muss ins andere Bett."

„Hört sich ganz lustig an. Nur glaube ich, bin ich heute Abend nicht mehr für irgendwelche Spielchen zu haben, ich bin todmüde und brauche dringend meine Ruhe!", gab Marisa gespielt zurück.

„Das werden wir ja noch sehen!", meinte Ben, während er ihr zuzwinkerte.

Es kam dann ein wenig anders. Das Moskitonetz über dem wieder zurückgestellten Bett wurde dicht gemacht, indem Marisa die Löcher großzügig mit Wäscheklammern zuklemmte. Sie hoffte, dass dies ausreichen würde. Zumindest war nirgends mehr ein Loch oder Schlupfwinkel für die kleinen Tierchen erkennbar. Ihr Ideenreichtum hatte sie wieder einmal nicht im Stich gelassen. Auf andere Stiche konnte sie hier allerdings gut verzichten. Die, die sie sich trotz aller Vorsichtsmaßnahmen bisher in Goa zugezogen hatte, reichten ihr. Die lästigen Viecher schienen unsichtbar und trotzdem überall zu sein.

Dass alles so gut funktionierte und sie ein perfekt eingespieltes Team waren, machte beide sehr glücklich. Da konnte Marisa Bens sanften, aber immer stärker drängenden Aufforderungen sich ihm hinzugeben, nicht widerstehen. Er hatte die besondere Gabe, auch wenn sie noch so müde war, sie wieder zum Leben zu erwecken. Und für die kurze Zeit war ihre Müdigkeit tatsächlich wie weggeblasen.

Noch während sie in Bens Armen lag, übermannte sie erneut die Müdigkeit, die sie in einen tiefen Schlaf versetzte. Auch Ben, der sich kurz darauf in sein eigenes Bett legte, schlief kurz darauf ein.

***

Pünktlich zum vorgegebenen Termin war Raj eine Woche später wieder erschienen. Raj war schon über die vielen Auflagen von Herrn Khan überrascht gewesen, doch was nun kommen sollte, toppte jegliches Vorstellungsvermögen. Mit so vielen Hindernissen und Prüfungen hatte er in seinen kühnsten Träumen nicht gerechnet.

„So, nun können Sie zeigen, was Sie können. Je nachdem wie Sie die Ihnen auferlegten Prüfungen bestehen, kommen wir ins Geschäft oder eben auch nicht. Ich hoffe, Sie haben genügend Zeit mitgebracht", stellte Herr Khan mehr fest, als dass er fragte.

Ziemlich eingeschüchtert brachte Raj nicht mehr allzu viel heraus. Es hatte ihm fast die Stimme verschlagen und so kam seine Antwort ziemlich leise, dafür aber ohne Zögern: „Selbstverständlich. Ich habe mir den ganzen Tag freigenommen."

„Das ist gut so, das gefällt mir. Es scheint Ihnen ernst zu sein."

„Ja natürlich!"

„Zuerst wird Ihnen Suresh draußen im Hinterhof zeigen, wie man mit der Rikscha richtig fährt", erklärte Herr Khan, bevor er gleich darauf bestimmend fortfuhr. „Er wartet schon auf Sie. Gehen Sie schon und stehen Sie nicht wie angewurzelt herum. Es gibt einiges zu tun. Nun können Sie zeigen, was in Ihnen steckt. Frau Madri bringt Sie hinaus."

Frau Madri, eine Angestellte, die schon wartete, setzte die Aufforderung sofort um und schritt wortlos Richtung Ausgang. Ziemlich verlegen und etwas unwohl drehte Raj sich rasch zu Frau Madri, folgte ihr ohne zu zögern und ebenfalls ohne ein weiteres Wort. Im Hinterhof stand ein kleiner, etwas gedrungen wirkender Mann. Sicher musste er nicht täglich um sein Essen bangen, zumindest machte er nicht den Eindruck. Das musste Suresh sein, vermutete Raj, da er sonst niemanden sehen konnte. Frau Madri lief geradewegs auf ihn zu, murmelte etwas für Raj Unverständliches, bevor sie sofort wieder umkehrte und ihn einfach stehen ließ. Dann wandte sich der Mann an Raj und sagte: „Hallo, ich bin Suresh. Ich nehme an, du bist Raj. Der Chef hat mir schon berichtet, dass du ein neuer Kandidat bist."

„Ja, ich bin Raj und möchte unbedingt Rikschafahrer werden!", antwortete Raj wahrheitsgemäß.

Dabei merkte er, wie das Unwohlsein ein bisschen von ihm wich. Das lag vielleicht auch daran, dass in der Begrüßung von Suresh und der Art, wie er Raj ansprach, ein wenig Vertrauen geweckt wurde. Als er Suresh direkt gegenüberstand, musterte er ihn sehr genau. Das war ein Mann, der, obwohl er gut im Futter stand, an harte Arbeit gewöhnt war. Seine Augen standen ein wenig zu nah beieinander, die dichten, buschigen Augenbrauen und die bei Indern üblichen dunklen Augen ließen ihn etwas gefährlich aussehen. Er war sicherlich schon deutlich älter als Raj, der Suresh auf ungefähr fünfundvierzig Jahre schätzte.

„Am besten wir fangen gleich an, damit wir nicht zu viel Zeit verlieren", begann Suresh seinen nun folgenden Monolog, bevor Raj überhaupt noch eine andere Möglichkeit blieb, als den nun folgenden Aufforderungen nachzukommen. „Dort drüben steht die Rikscha, die vielleicht bald deine sein wird. Aber erst werde ich dir mal ein paar Einzelheiten dazu erklären, damit du überhaupt weißt, wie du damit umgehen musst. Im Prinzip ist alles ähnlich wie bei einem normalen Fahrrad. Aber ganz so einfach ist es natürlich nicht, sonst würde dich der Chef nicht extra antreten lassen. Insbesondere durch die Breite zwischen den hinteren Rädern ist immer genügend seitlicher Abstand zu den Gegenständen oder Ähnlichem zu wahren. Hier in diesem Hof dürfte dir das nicht allzu schwerfallen, denn hier ist genügend Platz. Schwierig wird es erst, wenn du draußen auf den Straßen fahren musst, wo viele andere Verkehrsteilnehmer um dich herum fahren und es jeder eilig hat. Einige andere Mitstreiter werden sich dann vielleicht gegen dich durchsetzen müssen oder wollen. Damit du erst einmal ein Gefühl dafür bekommst, fährst du als Erstes fünf große Runden um die vier gesetzten Hindernisse." Dabei zeigte er auf die vier Eimer, die in einem großen Viereck im Hof aufgestellt waren.

Nun wurde es Raj wieder mulmig. Kurze Zeit zögerte er und überlegte, ob er wirklich das Richtige tat und das ganze Vorhaben nicht doch eine Nummer zu groß für ihn war. Dann besann er sich auf die vor ihm liegende Aufgabe. Er würde es schaffen, er redete es sich geradezu ein. Geradewegs marschierte er mit sicherem Schritt auf die Rikscha zu. Davor angekommen blieb er kurzzeitig stehen, setzte sich dann aber umgehend darauf, um zu starten.

Der Start war allerdings nicht einfach, denn das Gewicht war doch deutlich größer als zunächst angenommen. Es sah zwar kinderleicht aus, war aber alles andere als das. Raj legte sein ganzes Gewicht in die Pedale. Er merkte recht schnell, dass er zunächst die Rikscha richtig in Fahrt bringen musste, was ihm nur aus dem Stand heraus gelang. Ans Hinsetzen war also zunächst nicht zu denken. Langsam, aber stetig bewegte sich die Rikscha vorwärts. Die gerade Strecke war dann auch gut zu bewältigen. Als er die Rikscha in Schwung gebracht hatte, setzte er sich auf den Sattel, um möglichst gleichmäßig weiterzutreten.

Nun kam die erste große Linkskurve, bei der Raj bereits zu spüren bekam, dass etwas mehr Geschick dazu gehörte als man das landläufig meinen konnte. Er wurde weit nach außen getragen. Ursache war aber weniger die Geschwindigkeit, sondern wohl eher der hinter sich mitgeführte Aufsatz, in dem er dann auch die Passagiere befördern musste. Er konnte die Kurve nicht so eng fahren, wie er sich vorgenommen hatte, was ihm nicht sonderlich gefiel, er nun aber auch nicht mehr ändern konnte. Er würde die nächste Kurve nicht zu eng anfahren, um schneller wieder auf der Ideallinie zu fahren.

Das gelang ihm noch nicht ganz, doch bereits in der dritten Runde hatte er den Dreh raus. Er merkte recht schnell, wie er mit der Rikscha umgehen musste. Sein Gesicht nahm erleichterte Gesichtszüge an, seine Mundwinkel ließen ein leichtes Lächeln erkennen, sein Körper wirkte nicht mehr so angespannt wie noch ein paar Minuten zuvor. Suresh ließ ihn noch die fünf Runden zu Ende fahren und beobachtete Raj genau. Für einen Anfänger stellte er sich ganz gut an. Allerdings bezweifelte er, ob er die nötige Kraft und Ausdauer für so eine Tätigkeit hatte. Der Kerl, der zu ihm gekommen war, um sein Glück zu versuchen, erschien ihm doch ziemlich hager und kraftlos. Suresh würde den Neuling wie von Herrn Khan befohlen auf Herz und Nieren prüfen. Der mochte es nämlich nicht, wenn sich irgendwelche dahergelaufenen Personen profilieren wollten oder sich nur durch reine Versprechen eine Stelle erhofften. Bei Herrn Khan mussten alle in der Praxis beweisen, was in ihnen steckte. Wer sich nicht darauf einließ, hatte gleich verloren. Da Suresh darauf bedacht war, auch seinen Job gut zu machen und nicht nur zu bekommen, sondern diesen dann möglichst lange zu behalten, tat er also alles, was sein vermeintlicher Arbeitgeber ihm auftrug. Am Ende der fünf Runden forderte Suresh Raj auf: „Gut gemacht fürs Erste. Nun kommt der zweite Teil."

Suresh sammelte geschwind die Eimer ein und steckte damit eine neue Strecke ab. Dieses Mal war es allerdings ein enger Straßenkanal, der rechts und links von den Eimern flankiert wurde. Raj ahnte nun schon, was ihm bevorstand. Dieses Mal war die Aufgabe, direkt durch die alles andere als gerade abgesteckte Strecke hindurchzufahren, ohne dabei einen Eimer zu berühren oder gar umzufahren. Die Schwierigkeit war dabei die schmale Fahrbahn, die nur etwas breiter als die Fahrradriksha war. Aber genau das sollte die Absicht sein. Durch eine breite Fahrbahn konnte jeder fahren. Herr Khan wollte nur ausgesucht gute Fahrer, die es verstanden, mit seinen Fahrzeugen umzugehen. „Ich geb dir einen Rat: Schau dir die Strecke und deine Riksha vorher gut an!", hörte Raj Suresh sagen. „Wenn du bereit bist, zeig, was du kannst!"

Raj atmete tief durch. Er musste sich konzentrieren. Er wollte keine leichten Fehler machen. Dafür war ihm das alles viel zu wichtig. Er schob die Riksha erst zum Start der Strecke. Er taxierte zuerst seine Riksha, dann die Strecke. Damit zeigte er Suresh, dass er seinen Rat zu Herzen nahm. Nachdem er sich die Strecke so gut es ging eingeprägt hatte, holte er noch einmal tief Luft. Er konzentrierte sich auf nichts anderes, sein Körper war vollkommen angespannt. Die Fahrt konnte beginnen.

Das Anfahren kostete ihn wieder einiges seiner Kraft, doch als die Riksha erst einmal rollte, ging es fast wie von selbst. Er strengte sich an, um nicht zu schnell zu fahren und ein gleichmäßiges Tempo beibehalten zu können. Dadurch musste er nicht ständig wieder abbremsen oder krafttraubende Starts hinlegen. Sein Blick war fest nach vorn, immer zur Mitte der Fahrbahn gerichtet. Ein einziges Mal spürte er jedoch, wie er in einer starken Kurve zu schnell eingeschlagen hatte. Dadurch hatte das hintere Rad, welches ja einen wesentlich breiteren Abstand zum Gestänge hatte, einen Eimer gestreift oder sogar umgeworfen. So genau konnte er das nicht ausmachen. Er traute sich nämlich nicht, den Blick zurückzuwerfen. Das hätte eventuell dazu geführt, dass er den Lenker herumgerissen oder nicht mehr mittig gehalten hätte. Diese Folgen wollte er sich erst gar nicht ausmalen. Daher fuhr er unbeirrt die Strecke bis zum Ende. Dort angekommen brachte er die Riksha schnell zum Stehen und stieg erleichtert, wenn auch nicht ganz sorgenfrei ab. Es überraschte ihn selbst, wie leicht er mit der Situation umgegangen war und wie gut er die Strecke gemeistert hatte.

„Für den Anfang nicht schlecht", kam es aus Sureshs Mund. „Nur einen Eimer hat's erwischt", brachte er leicht anerkennend hervor.

Noch bevor Raj sich über das kurze Lob des offensichtlich erfahrenen Mannes freuen konnte, beobachtete er Suresh, wie dieser die aufgestellten Eimer von Neuem einsammelte. Raj hatte zwar gehofft, aber nicht wirklich daran geglaubt, dass damit die Prüfung beendet war.

Suresh baute schon an einer neuen Strecke. Teil drei stand auf dem Plan. Dieses Mal wurde es ein eng gesteckter Slalomkurs, an dem Suresh sich wahrlich verausgabte. Welches Glück, dass der Hinterhof nicht allzu groß war, dachte Raj und stellte sich bereits auf die nächste Fahrt ein.

Doch dieses Mal war es nicht ganz so einfach. Die engen Kurven durften nicht zu dicht angefahren werden, weil er immer noch den rückwärtigen Teil zu beachten hatte. Dadurch musste er aber die Kurven viel stärker ausfahren, was es nicht gerade erleichterte. Die ständigen Rechts-Links-Wechsel forderten seine gesamte Konzentration. Obwohl es insgesamt nur einige Minuten dauerte, kam es Raj wie eine Ewigkeit vor. Diese Aufgabe konnte er nicht so problemlos absolvieren wie die vorhergehenden. Immerhin vier der fünfzehn Eimer hatte er verschoben oder gar umgefahren.

Mit gesenktem Kopf stieg er ab. Er wollte überhaupt nicht aufblicken, so peinlich war ihm die letzte Fahrt gewesen. Dabei hatte er sich nichts vorzuwerfen. Schließlich war er nicht gewohnt mit einer Rikscha zu fahren. Es bedurfte doch einiger Erfahrung, um mit so einem Gefährt umzugehen. Auch die körperliche Anstrengung spürte er deutlich. Die Schweißperlen rannen ihm nicht nur über das gesamte Gesicht, auch der Nacken und sein kompletter Oberkörper waren klatschnass. An seinem Hemd war keine trockene Stelle mehr zu entdecken. Doch nur Raj wusste, dass sich darunter auch jede Menge Angstschweiß befand.

Auch wenn er es nicht zeigte, so war Herr Khan mit diesen ersten Leistungen von Raj doch zufrieden. Anders konnte sich Raj seine Aufforderung, zu weiteren Tests zu erscheinen und auch diese zufriedenstellend zu bewältigen, nicht erklären. Das erfüllte Raj mit gewissem Stolz. So zeigte es ihm doch, dass er sich bis jetzt wacker geschlagen hatte und sein Ziel nach wie vor erreichbar war. Natürlich war ihm nach diesen sehr anstrengenden Stunden deutlich klar geworden, welch ungeheure Anstrengung ein Rikschafahrer jeden Tag auf sich nehmen musste. Heute hatte er zunächst einmal ein Gefühl dafür bekommen, wie schwierig so ein Gefährt zu fahren, insbesondere zu steuern war. Er würde dafür hart trainieren müssen. Die täglichen Wanderungen von einem zum anderen Verkaufspunkt in der Stadt würden ihn da nicht viel weiterbringen.

Völlig erschöpft, aber doch voller Hoffnung marschierte Raj nach Hause. Er hatte Maryamma, die sicher schon auf ihn wartete, viel zu erzählen. Sie hatte an ihn geglaubt und ihn ermutigt. Nun konnte er zumindest von einem kleinen Erfolg berichten. Sie durften weiter auf eine bessere Zukunft hoffen, auch wenn er nun den Ausfall der heutigen Einnahmen irgendwie wieder wettmachen musste. Aber darüber wollte er sich heute nicht mehr den Kopf zerbrechen, denn er war viel zu müde, und seine Freude über den erzielten Teilerfolg wäre dahin.

***

Bereits seit geraumer Zeit lag sie wach im Bett und konnte nicht mehr schlafen. Es war mitten in der Nacht. Die Zeitumstellung konnte es dieses Mal nicht sein. Sie schwitzte so stark, dass sie glaubte, gerade von einem vierstündigen Fußmarsch in praller Hitze zurückgekehrt zu sein. Marisa war auch völlig ausgetrocknet und stand mehrmals auf, um etwas zu trinken. Doch so, wie sie das Wasser zu sich nahm, kam es gerade wieder. Die Übelkeit, die Besitz von ihrem Körper ergriff, hörte nicht auf. Immer wieder kehrte sie ins Bett zurück und versuchte einzuschlafen. Doch vergeblich. Sie wälzte sich hin und her und fand keinen Schlaf. Sie hatte schon im Dunkeln, damit sie Ben nicht weckte, nach einem neuen T-Shirt und einem Schlüpfer gesucht, um zumindest die nassen Schlafkleider zu wechseln.

Was war nur los? So warm war es hier im Zimmer eigentlich nicht. Die geschlossenen Fensterläden hatten dafür gesorgt, dass die Sonne erst gar nicht zu stark ins Zimmer gedrungen war. Tagsüber hatten sie sich größtenteils im Schatten aufgehalten. Und wenn sie doch der Sonne ausgesetzt waren, hatte sie immer ihre Schildmütze getragen, um einem Sonnenstich vorzubeugen. Sie konnte sich beim besten Willen keinen Reim auf ihre Schweißausbrüche machen.

Ihre Gedanken wanderten zurück zu den Anfängen ihrer Planung, bis hin zum Beginn ihrer Reise. Auf einmal spulten sich noch einmal alle Erlebnisse der letzten Tage seit ihrer Ankunft ab. Diese hatten angefangen mit den Wirren in Bombay, gingen über die Elendsviertel, den traumhaften Strand mit dem glasklaren Wasser, die freundlichen lebensfrohen Menschen, bis hin zu den vielen wunderschönen Sehenswürdigkeiten.

Auf einmal traf es sie wie der Blitz aus heiterem Himmel: Sie hatte doch hoffentlich nicht die Malaria! Am Nachmittag hatte sie sich schon übergeben müssen. Sie hatte es auf das Essen, das sie wohl nicht vertragen hatte, geschoben. Doch nun erschien ihr alles in einem anderen Licht. Waren das nicht die Symptome eines entsprechenden Anfalls? Stiche hatte sie ja trotz aller Vorsichtsmaßnahmen abbekommen. Doch ob diese alle von Anophelesmücken herrührten, wusste sie nicht. Selbst wenn, stand ja noch lange nicht fest, ob diese überhaupt den Malaria-Erreger in sich hatten und somit übertragen konnten. Nein, daran wollte sie einfach nicht glauben. Es war absurd. Sie schob den Gedanken schnell beiseite. Besser gesagt, sie versuchte es. Denn auch wenn sie nicht daran glauben wollte, war sie doch ziemlich beunruhigt.

Sie beneidete Ben, der seelenruhig im anderen Bett tief und fest schlief. Er bekäme sicher nicht einmal mit, wenn das Haus einstürzen würde. Während sie noch überlegte, ob sie am nächsten Tag Ben alles erzählen und ihn dazu fragen sollte, schlief sie endlich wieder ein.

Ben wunderte sich, dass Marisa immer noch schlief. Das Licht wollte er immer noch nicht anmachen. Er war zwischenzeitlich schon eineinhalb Stunden wach und schmökerte im Reiseführer, so gut das eben ging bei dem schwachen Lichtstrahl, der durch das kleine Fenster im Bad drang. Die Türe zum Bad stand nämlich offen und das Fenster dort hatte glücklicherweise keinen Fensterladen. Aus Rücksichtnahme traute er sich noch nicht einmal ins Bad.

Es war schon kurz vor 9.30 Uhr! Nun war es aber höchste Zeit. Ben löste vorsichtig das Moskitonetz aus der Matratze von Marisas Bett, zwirbelte es gekonnt und schlang es zu einem großen Knoten, sodass es frei über dem Bett hing, und setzte sich auf den Bettrand. „Raus aus den Federn oder willst du den herrlichen Tag verschlafen?", fragte er sie, während er ihr gleichzeitig sanft über ihre Wange strich.

„Oh, hallo, guten Morgen!", kam es noch ziemlich verschlafen aus Marisas Mund. „Hast du gut geschlafen?"

„Und wie."

„Wunderbar, dann hast du mir einiges voraus. Wie spät ist es denn?", fragte sie.

„Gleich halb zehn. Wenn wir noch was unternehmen wollen, sollten wir vielleicht bald los. Oder hast du keine Lust?"

„Doch, natürlich. Ich war nur heute Nacht ziemlich lange wach und bin wohl heute früh nochmals richtig eingeschlafen. Ich werde mich beeilen, okay?", stellte sie mehr fest, als dass sie fragte. Von der Übelkeit, die sie nachts heimgesucht hatte, war zumindest momentan nichts mehr zu spüren. Sie fühlte sich lediglich ein wenig schlapp, was nach dieser Nacht kein Wunder war. Also gab es wohl doch keinen Grund zur Beunruhigung.

Am Busbahnhof, der ja in unmittelbarerer Nähe zum Hotel lag, suchten sie nach der Busverbindung nach Sravanabelagola. Heute stand die Besichtigung der großen Statue des Gomateshwara, welche das Pilgerzentrum der Jains, einer eigenständigen religiösen Gruppe, ist, auf dem Programm.

Der Zufall wollte es, dass sie noch rechtzeitig da waren und einen Sitzplatz ergatterten und dennoch nicht mehr allzu lange warten mussten bis der dann sehr gut gefüllte Bus abfuhr. Da sie schon recht spät dran waren, hatten sie auf das Frühstück verzichtet und sich nur eine Kleinigkeit für unterwegs mitgenommen. Sie könnten dann in Sravanabelagola etwas zu sich nehmen. So lange würden sie es beide noch aushalten.

Die Fahrt dauerte anderthalb Stunden, sodass sie kurz vor halb zwölf ankamen. Ben und Marisa waren froh, als sie aussteigen konnten, denn es war schon sehr heiß und die Luft im Bus ziemlich stickig.

Es war ein kleines, beschauliches Städtchen und wirkte sehr gemütlich. Kein Wunder, denn es zählte wohl auch nur knapp 4.000 Einwohner, was indischen Verhältnissen eher einem Dorf glich. Zur linken Seite reihten sich lauter kleine ein-, maximal zweistöckige Häuschen aneinander. In den unteren Geschossen befanden sich wie üblich die verschiedensten Läden. Rechts am Straßenrand hatten einige Bäuerinnen ihre Waren aufgebaut und verkauften die leckersten Obst- und Gemüsesorten. Da konnte Marisa natürlich nicht widerstehen und deckte sich reichlich mit Obst für den Weg ein. In einem kleinen Restaurant setzten sie sich, um das entgangene Frühstück nachzuholen. Für die vor ihnen liegende Besteigung sollten sie schließlich gut gestärkt sein. Der Platz draußen bot ihnen einen hervorragenden Blick auf den Berg, den Indragiri, auf dem die 17 Meter hohe Statue stand, die sie nachher noch besichtigen wollten. Sie wirkte gar nicht so riesig, gleichwohl war sie bereits von Weitem sichtbar gewesen. Vermutlich täuschte das, denn ohne konkreten Vergleich war eine Einschätzung recht schwierig. Der Indragiri bestand praktisch nur aus Felsen und lag steil aufragend nur einige Meter vom Restaurant entfernt. Der Himmel war strahlend blau. Die weißen, langsam vorbeiziehenden Wolken boten einen herrlichen Kontrast dazu.

Der Aufstieg stand bevor. An dem Eingang, welcher durch ein nettes Holzhäuschen geziert wurde, bezahlten sie den Eintritt. Die Schuhe stellten sie in dem eigens dafür bereitgestellten Regal ab. Der Berg durfte nämlich nur barfuß betreten werden. Viele Heiligtümer, so auch viele Tempel, durften nie mit Schuhen betreten werden, wohl um sie nicht zu beschmutzen. Ob allerdings die teilweise doch ziemlich streng riechenden Füße mit ihren Ausdünstungen besser waren, wagte Ben zu bezweifeln. Aber das gehörte hier dazu, also stand es ihnen auch nicht zu, dieses Ritual infrage zu stellen.

Nun ging es barfuß die in die Felsen gehauenen Stufen hinauf. In der Mitte der Stufen war ein Geländer angebracht, das sowohl den Aufsteigenden auf der rechten Seite als auch den Absteigenden zur linken diente. Die Stufen waren nicht gleichmäßig behauen. Sie waren so gut es ging dem natürlichen Neigungsgrad des Indragiri angepasst. Eine Stufe war schmal und niedrig, die andere wieder etwas tiefer und vielleicht auch höher. Sie waren auch nicht immer ganz eben und meistens schon sehr ausgetreten. Insofern unterschieden sie sich sehr. Der Aufstieg erschwerte sich dadurch, denn jeder Schritt musste wohlüberlegt sein. Es kam keine Monotonie auf. Am schlimmsten war aber die sengende Hitze. Die Steine, die sich bereits gut erhitzt hatten, glühten geradezu. Marisa hatte ab und zu ein Gefühl, als brenne es ihr die Haut von den Fußsohlen. Da sorgten auch die teilweise auf den Stufen ausgelegten Kokosmatten nicht für allzu viel Abkühlung. Es gab aber so gut wie kein Schattenplätzchen, auf das man hätte ausweichen können. Der Berg bestand nur aus Felsen. Hin und wieder waren kleine Grasreste in den Ritzen zwischen den einzelnen Felsbrocken zu erkennen. Doch diese reichten noch nicht einmal für eine Fußhälfte aus.

Nachdem sie ungefähr die Hälfte der 614 Stufen bereits hinter sich gelassen hatten, erreichten sie eine Art Plattform. Vor ihnen ragte der Berg fast senkrecht Richtung Himmel. Hier mussten sie erst einmal ein Stück über die blanken Felsformationen um den Berg herum laufen. Marisa machte Ben mit zusammengebissenen Zähnen einen Vorschlag: „Lass uns hier kurz hinsetzen. Meine Füße haben dringend eine Erholung nötig. Meine Fußsohlen sind bestimmt schon völlig mit Brandblasen übersät. Anders kann ich mir die Schmerzen nicht mehr vorstellen."

Ben stimmte zu. Sie suchten sich eine etwas ruhigere Stelle, die nicht so stark frequentiert wurde. Doch als sie sich hinsetzten, standen sie im Nu wieder. Die Hitze, die von den Steinen zurückgestrahlt wurde, war auch am Hinterteil kaum auszuhalten, zumal sie ja nur Hosen aus dünnem Stoff anhatten. Das war vermutlich auch der Grund, warum sonst niemand Platz genommen hatte. Oder gehörte sich das nicht? Darüber machte sich Marisa aber für den Moment nicht wirklich Gedanken. Denn in diesem Augenblick fiel ihr eine Möglichkeit ein, dennoch ihren Füßen ein wenig Erholung zu gönnen. Aus ihrem Handgepäck holte sie das Handtuch, das sie zusammen mit einer kleinen Seife immer für den Notfall bei sich trug, wenn sie mal dringend die Hände reinigen musste und keine entsprechenden Mittel zur Verfügung standen. Wasser hatte sie ja meistens, eigentlich gegen den Durst oder als Erfrischung, auch dabei. Doch nun erfüllte das Handtuch einen anderen Zweck. Sie breitete es auf dem heißen Felsen aus und ließ sich darauf nieder. So war es für ihr Gesäß zwar immer noch sehr warm, doch einigermaßen erträglich. Natürlich hätte sie sich das Handtuch auch unter die Füße legen können, doch so wurden sie zugleich entlastet.

„Du bist immer für eine Überraschung gut", sagte Ben voller Anerkennung, denn ihm wäre das wahrscheinlich nie in den Sinn gekommen.

„Du weißt doch, dass das mein Markenzeichen ist", gab sie schon wieder etwas aufgemuntert zurück. „Aber lieber wäre es mir gewesen, ich hätte das nicht gebraucht. Übrigens kannst du dich gerne auch setzen, ich rutsch ein Stück rüber, dann hast du auch noch Platz."

„Nein, lass nur. Wenn man erst mal auf einem Fleck stehen bleibt, kühlen die Füße geradezu aus", begann er zu frotzeln, während er sie mitfühlend ansah.

Marisa wollte Ben nicht zu lange warten lassen. Sie gab daher bereits nach kurzer Zeit das Zeichen zum weiteren Aufstieg. Sicher hätte sie die Pause noch ein wenig ausdehnen können, doch letzten Endes hätte dies auch nicht viel gebracht. Für einen wesentlich leichteren Aufstieg hätten sie schätzungsweise spätestens um 9 Uhr hier sein müssen.

Die zweite Hälfte war ebenso beschwerlich. Die Sonne stand im Zenit und stach unerbittlich herunter. Die Felsen hatten sich bereits stark erhitzt und strahlten die gesamte Wärme zurück. So kam es, dass nicht nur die Füße brannten, sondern die Schweißperlen über den gesamten Körper rannen. Glücklicherweise hatten beide ihre Mützen dabei und diese aufgesetzt. Denn die Gefahr eines Sonnenstichs oder Hitzschlags war hier unwillkürlich vorprogrammiert.

Nach gut einer Stunde erreichten sie den Gipfel. Die letzten Stufen führten wie durch eine tiefe Schlucht, welche links und rechts von hohem Gestein gesäumt wurde, direkt auf die riesige Statue zu, sodass man unmittelbar davor stand. Es war sehr beeindruckend. Aus dieser Perspektive war die 17 Meter hohe Statue des Gomateshwara gar nicht vollständig und richtig zu erkennen.

Auf Augenhöhe war zunächst die Abschrankung um die übergroßen, circa zwei Meter hohen Füße der Statue zu erblicken. Dahinter befanden sich allerlei Opfergaben, wie man sie in Indien häufig an heiligen Stätten findet. Als Opfergaben fand man hier Lebensmittel wie Bananen, Datteln, Mandeln, diverse

Gewürze, aber auch Kokosnussmilch, Joghurt oder Ghee. Darüber hinaus waren auch Rupien oder sogar Goldmünzen der heiligen Statue zu Füßen gelegt. Normalerweise wurden die Opfergaben über der Statue ausgegossen, was aufgrund der außerordentlichen Größe normal nicht möglich ist und nur im Rahmen einer speziellen Zeremonie in größeren Jahresabständen durch speziell aufgestellte Gerüste ermöglicht wurde.

Erst aus einiger Entfernung konnten Ben und Marisa die gesamten Ausmaße erkennen. Unglaublich, dass diese Skulptur aus nur einem einzigen Felsblock gehauen sein und der angeblich größte Monolith der Welt sein sollte. Wie winzig waren doch die Menschen im Vergleich dazu.

Stolz und erhaben präsentierte sich die Statue des Gomateshwara und ragte hoch in den Himmel. Man konnte sich nicht dem Eindruck verwehren, dass er weit über das ganze Tal hinwegsah und alles was passierte mit kritischen Augen erkennen konnte. Kein Wunder, dass die Menschen ihn als etwas besonderes erkannten, zu ihm aufblickten und ihm huldigten.

„Ist er nicht wunderschön?", fragte Marisa zu Ben gewandt.

„Ja, wirklich einmalig!", bestätigte Ben ernsthaft, bevor er mit einem leicht ironischen Unterton hinzufügte: „Ich hoffe aber, ich bin es für dich auch."

„Keine Sorge, tauschen wollte ich nicht! Der tägliche Anstieg wäre doch etwas zu beschwerlich", kam es Marisa leicht über die Lippen.

„Da habe ich aber Glück!"

Der Abstieg gestaltete sich trotz der vielen Menschen deutlich einfacher. Marisa kam es im Gegensatz zum Aufstieg fast so vor, als schwebte sie die Treppen hinunter. Im Nu waren die ganzen

Strapazen des anstrengenden, mit Schmerzen verbundenen Aufstiegs vergessen. Wie schnell das ging, einfach unglaublich!

Im Bus freuten sie sich nun auf eine entspannte Rückfahrt.

„War es heute nicht wieder ein herrlicher Tag?", fragte Marisa völlig unbekümmert und so, als ob wirklich tagsüber nichts gewesen wäre.

„Ja, einfach grandios. Eigentlich verrückt, was alles von unseren Vorfahren schon vor Jahrhunderten und Jahrtausenden errichtet wurde. Wenn man dann noch bedenkt, mit welch einfachen Hilfsmitteln und unter welchen zermürbenden Umständen dies geschah, kann man es eigentlich überhaupt nicht glauben."

„Weißt du, was mich mindestens genauso oder manchmal sogar noch mehr fasziniert, ist die Gelassenheit und Ruhe, mit der die Menschen hier die Dinge angehen. Hast du hier irgendwo mal Hektik erlebt? Wenn mal was nicht so klappt wie vorgenommen, wird das einfach so akzeptiert. Ändern kann man es in den meisten Fällen sowieso nicht", stellte Marisa fest.

„Du sprichst mir aus der Seele. Genau darüber habe ich die letzten Tage auch schon öfters nachgedacht. Warum lassen wir uns in Europa in ein Schema pressen, das uns teilweise absolut zuwider ist und uns kaputt macht? Die übertriebene Pünktlichkeit, der ständig steigende Druck im Geschäft, immer noch mehr Umsatz zu machen, immer noch mehr zu leisten als der andere, bis es irgendwann nicht mehr geht. Es ist zum Haare ausreißen. Und wenn dann einer am Burn-out-Syndrom erkrankt, gibt es kein Verständnis. Es heißt höchstens noch, dass die anderen nun eben noch ein bisschen mehr arbeiten müssen. Bis zum nächsten Ausfall, den sich niemand wirklich leisten kann. Aber die Ursachen will keiner hören."

„Ja, so gesehen, geht es hier etwas beschaulicher zu. Dafür leben viele Leute von der Hand in den Mund, weil es keine soziale

Absicherung wie bei uns gibt. Sie denken nur an heute und nicht an morgen", gab Marisa zu Bedenken.

„Aber ist es so, wie wir leben, wirklich lebenswert? Gestresst und gejagt von einem Termin, von einer Veranstaltung zur nächsten, von einer Veränderung zur anderen? Sollten wir nicht viel öfter die Dinge so akzeptieren, wie sie sind?", hinterfragte Ben kritisch.

„Keine Ahnung. Ich weiß nur, dass ich hier völlig relaxt bin und wirklich keine Sekunde an zu Hause denke. Also, eigentlich Urlaub pur", sprudelte Marisa heiter aus sich heraus.

„Dann hast du's diesmal besser, denn mir gelingt der Abstand einfach nicht richtig. Je länger wir hier sind, desto mehr Gedanken mache ich mir um unser Leben zu Hause. Welchen Sinn hat unser Leben, wenn wir uns ständig hetzen lassen und immer öfter zu Dingen bereit sind, die uns nicht guttun. Mir geht es ja schon eine ganze Weile so, dass ich diesen blöden Verkaufsdruck satthabe. Aber von irgendetwas muss ich ja auch leben. Eine echte Alternative ist mir bisher nicht eingefallen", sprudelte es geradezu aus Ben heraus und seine Miene verfinsterte sich.

„Ben, was ist denn auf einmal los?", Marisa war sichtlich erschüttert, ihre Stimme zitterte ein wenig. Wieso hatte sie nichts gemerkt? Sie war so mit sich selbst beschäftigt und im Glück, dass sie die Nöte von Ben, die ihn offensichtlich schon länger quälten, nicht erkannt hatte. „Dass dich das alles so mitnimmt, habe ich völlig ignoriert. Tut mir wirklich leid. Ich war wohl blind! Aber ich verspreche dir, dass wir eine Lösung finden werden. Wäre doch gelacht, wenn uns dazu nichts einfiele."

Das war die Marisa, die Ben kannte. Kaum hatte sie eine schlechte Nachricht erhalten, nahm sie das Schicksal in die Hand und wandte den Blick nach vorn. Zurückzuschauen gab es für sie so gut wie nicht. Sie war Optimistin durch und durch. So verhielt sie sich auch. Dazu kamen ihre ungeheure Willenskraft und ihre Hilfsbereitschaft, von der sich so mancher hätte eine Scheibe abschneiden können. Auch Ben!

Das Gespräch mit Ben über seine Arbeit, mit der er alles andere als zufrieden war, beschäftigte Marisa den ganzen Abend. Eigentlich hatte sie gehofft im Urlaub nicht solche anstrengenden Diskussionen führen und schwerwiegende Überlegungen anstellen zu müssen. Aber nun war es einmal so. Sie würde ihm, so gut es ging, zur Seite stehen und ihn unterstützen.

***

Die neuerlichen Tests der kommenden Wochen waren alles andere als ein Zuckerschlecken gewesen. Raj war jedes Mal von Neuem über den Einfallsreichtum von Suresh überrascht.

So waren einmal die Eimer unterschiedlich großen Steinen gewichen. Die Auswirkungen bei einem Fahrfehler waren hier bedeutender und teilweise nicht ohne Folgen geblieben. Die Eimer waren leicht und verschoben sich, wenn man sie touchierte, während die großen Steine wie fest zementiert liegen blieben und dafür sich eher die Rikscha irgendwohin bewegte, wo sie nicht hinsollte. Auch die aufgestellten schweren Fässer hatten ihre Tücken. Im schlimmsten Fall konnte die Rikscha dadurch auch umstürzen. Das wiederum wäre sowohl für die Rikscha als auch für den Fahrer sehr folgenreich. Diese Situation hatte Raj jedoch zum Glück nicht erleben müssen.

Ein anderes Mal wurde die Rikscha voll beladen, um so die unterschiedlichen Situationen zu demonstrieren. Dazu hatte Suresh verschiedene, schwer gefüllte Kisten auf die Sitzreihe gepackt. Das wirkte sich unwillkürlich sofort aus. Raj hatte alle

Mühe, die Rikscha in Gang zu bringen. Auch mit dem Lenken war das Ganze nun nicht mehr so einfach und Raj waren einige kleinere Fehler unterlaufen. Dennoch hatte er den größten Teil seiner Tests bis dahin gut gemeistert, was ihm von Suresh auch bestätigt wurde.

Obwohl sie sich in diesen Tagen ein wenig nähergekommen waren und auch mal das eine oder andere private Wort gewechselt hatten, wurde Sureshs Stellung in keiner Weise durch Raj infrage gestellt. Er wusste, dass er sich mit Suresh gut stellen musste, denn auch dieser war auf den Verdienst angewiesen und tat daher alles, um seine Anstellung zu behalten. Wenn Suresh Gutes über Raj berichtete, würde Herr Khan ihm sicher eine Rikscha überlassen.

Eines Tages, als Raj wieder einmal hatte kommen müssen, es war ein heißer, sehr schwüler Nachmittag, da es zuvor in Strömen gegossen hatte, kam Herr Khan und meinte: „Suresh hat mir berichtet, dass Sie die Tests größtenteils erfolgreich hinter sich gebracht haben. Ich habe zwar großes Vertrauen in Suresh, denn er arbeitet schon sehr lange für mich, er hat viel Erfahrung, und ich weiß seinen Rat sehr zu schätzen. Dennoch möchte ich mich gerne selbst davon überzeugen. Nun folgt die Premiere. Mal sehen, wie Sie sich im Verkehr anstellen. Fahren Sie mich in die Chamudeshwari Road!"

Mit allem hatte Raj gerechnet, nur nicht damit. Aber er sah darin einen Vertrauensbeweis. Wenn Herr Khan oder vermutlich schon Suresh es ihm nicht zugetraut hätte, wäre es sicher nie so weit gekommen, ging es ihm durch den Kopf. Vielleicht war das die letzte Probe, die er zu absolvieren hatte. Dann hätten sich die ganzen letzten vier Wochen gelohnt, in denen er zusätzlich in dem Hinterhof mit der schwer bepackten Rikscha immer wieder unzählige Runden um die verschiedensten Hindernisse gefahren war, um Kondition und Erfahrung zu bekommen, und in denen er zusätzlich abends mit seinem Bauchladen unterwegs war, um die Tagesausfälle wettzumachen.

„Gerne, bitte steigen Sie ein", gab Raj höflich zur Antwort. Die Chamudeshwari Road war ebenso wie die Sayaji Rao Road eine große, breite Straße mit viel Verkehr. Dafür führte aber der Weg geradewegs Richtung Süden, ohne große Umwege dorthin. Er musste lediglich vor der großen Kreuzung des New Statue Circle, die nördlich des Maharaja-Palastes lag in die Vinoba Road abbiegen. Bereits die zweite Straße war dann schon die Chamudeshwari Road. Er war sehr froh, dass er in den ganzen Jahren die Straßennamen aufmerksam gelesen hatte. Das würde ihm nun sicherlich weiterhelfen. Denn ohne Kenntnisse innerhalb der Stadt wäre ein Rikschafahrer hilflos. Sehr vorsichtig fuhr Raj, nachdem Herr Khan Platz genommen hatte, zum Hinterhof hinaus. Er wollte keinen Fehler machen. Der Verkehr war noch nicht so stark, sodass er recht zügig rechts in die Sayaji Rao Road abbiegen konnte. In gleichmäßigem Tempo, mit ausreichendem Abstand zu anderen Verkehrsteilnehmern fuhr er in Richtung des gewünschten Ziels. Nur einmal, beim Linksabbiegen in die Chamudeshwari Road, hatte er das entgegenkommende Fahrzeug etwas unterschätzt. Er musste kräftig in die Pedale treten, um noch vor dem herannahenden Pkw die Kurve zu kriegen. Dies war für Herrn Khan etwas unsanft, aber nicht dramatisch.

Nachdem er die genaue Zieladresse, die sie unterwegs geklärt hatten, erreichte, meinte Herr Khan nur: „Okay, dann fahren wir jetzt wieder zurück."

Im Zimmer von Herrn Khan wurde dann der bereits gefertigte Vertrag geschlossen. Er enthielt einige Bedingungen, die Raj nicht gefielen, aber er musste diese akzeptieren, da er ansonsten die Rikscha von Tapan Khan nicht hätte mieten können. Das waren einerseits die Reparaturen, was ihm bereits bekannt war, andererseits wurden Verzugszinsen bei nicht rechtzeitiger oder vollständiger Bezahlung in nicht unbeträchtlicher Summe fällig. Trotz alledem freute sich Raj riesig. Es war ein herrliches Gefühl, nun endlich am Ziel angekommen zu sein. Die Rikscha konnte er entweder gleich mitnehmen oder im Geschäft von Herrn Khan abstellen. Da er noch nicht recht wusste, wo er diese zu Hause sicher unterbringen konnte, entschied er sich, diese für den Anfang lieber hierzulassen, wo sie abgeschlossen und somit sicher war.

Raj lief ganz im Glück nach Hause. Seine Gedanken wanderten unweigerlich sofort zu seiner Familie. Er stellte sich deren Augen vor. Wahrscheinlich glaubten sie ihm gar nicht, wenn er erzählte, dass er ab morgen Rikscha fahren würde. Plötzlich wanderten seine Gedanken zu den Mehras. Was sollte er ihnen sagen? Sie hatten ihn immer unterstützt und zu ihm gehalten. Sie hatten ihm seinerzeit erst ermöglicht, dass er überhaupt seine erste Idee mit dem Bauchladen in die Tat umsetzen konnte und so von der ihm verhassten Feldarbeit wegkam. Sie waren ihm in all den Jahren sehr ans Herz gewachsen. Er glaubte auch, dass dies auf Gegenseitigkeit beruhte. Sie behandelten ihn wie einen eigenen Sohn, den sie ja nicht hatten. In all den zurückliegenden Jahren war er beinahe täglich dort gewesen, um sich mit Waren einzudecken. Sie hatten letztlich auch von seinen Verkäufen profitiert. Wie würden sie reagieren, wenn er ihnen eröffnete, dass er künftig keine oder zumindest nicht mehr so viele Waren abnehmen konnte? Auf einmal trübten sich seine Gedanken, und er konnte sich nicht mehr richtig über seinen zuvor erreichten Erfolg freuen.

Zu Hause angekommen, spannte er die Familienmitglieder erst einmal auf die Folter. Sie ahnten nicht, dass er es nun endlich geschafft hatte. Als er es ihnen dann aber mit strahlenden Augen, in denen endlich wieder ein Feuer brannte, erzählte, freuten sich alle mit ihm. Sie alle hegten dadurch den heimlichen Wunsch, dass es ihnen eines Tages besser ginge als heute. Maryamma freute sich am meisten mit ihm, da sie Raj endlich wieder glücklich sah. Sie hoffte wie Raj darauf, dass Rajanand weiter die Schule besuchen konnte und eines Tages vielleicht auch die beiden jüngeren Geschwister. Die Kinder freuten sich riesig, war es doch etwas Besonderes, dass ihr Papa künftig eine Rikscha fahren sollte, was hier im Viertel praktisch bisher keinem gelungen war. Doch die dadurch neu entstehenden Schwierigkeiten und Probleme konnten sie alle noch nicht erkennen.

***

Es war früher Abend, aber schon sehr dunkel. Die Nacht brach schnell herein. Tagsüber hatte es geregnet, auf den Straßen standen noch Pfützen, die noch nicht von der Sonne verdunstet waren. Sie lag auf dem Boden am Straßenrand nahe einer Wasserpfütze. Sie spürte den hohen Randstein auf ihrer linken Seite gegen den Körper drücken. Über ihr stand eine Meute von Menschen, die sie mit weit aufgerissenen, gierigen Blicken aus tiefen, dunklen Augenhöhlen anstarrten. Mit sämtlichen Händen wurden ihr rücksichtslos alle Habseligkeiten vom Leib gerissen. Jede Hand zog an einer anderen Stelle ihres Körpers, so lange, bis sie etwas ergattert hatte. Sie hatte Angst. „Lasst mich los, ich gebe euch alles, was ihr wollt, aber bitte lasst mich los!", schrie sie, doch es hörte sie keiner. Sie lachten sie nur aus. Unaufhörlich zog einer an einem Arm, ein weiterer am anderen, wieder ein anderer am Bein. Sie glaubte gleich in Stücke gerissen zu werden. Sie wehrte sich, so gut sie konnte, versuchte mit den Beinen zu treten, schlug wild mit ihren Armen um sich, damit sie sich den vielen nach ihr greifenden Händen entziehen konnte. Doch sie hatte keine Chance. Mittlerweile spürte sie den Schmutz der Straße und das seichte Wasser auf ihrer Haut. Sie mussten sie schon bis zur Pfütze gezerrt haben. Sie schrien sie an, aber sie verstand kein einziges Wort. Sie jaulten und grölten, wenn sie erfolgreich waren. Sie hielten ihre Beute, die nur aus wenig Geld und den inzwischen dreckigen und schon zerrissenen Kleidern bestand, wild gestikulierend und triumphierend in die Höhe. Inzwischen war ihr Gesicht dem Boden zugewandt, sie spürte den Schmutz auf ihrer Wange und das Wasser durch Mund und Nase eindringen. Sie hatte keine Kraft mehr sich zu wehren, panische Angst stieg in ihr auf. Sie wusste, dass es bald vorbei sein würde. Waren das überhaupt Menschen, die ihr so etwas Menschenunwürdiges antaten? Mehr konnte sie nicht mehr fühlen oder denken, denn mit ihrem letzten Aufschrei versank sie in eine tiefe Bewusstlosigkeit.

Es war vorbei! Mit einem Ruck saß Marisa aufrecht im Bett. Sie war völlig fertig. Als sie erkannte, dass alles nur ein Traum war, atmete sie erleichtert auf.

„Was ist los?", fragte Ben sie auf einmal durch die Dunkelheit. Er war von einem Schrei aufgewacht, konnte sich darauf aber keinen Reim machen. Erst als Marisa wie der Blitz aus heiterem Himmel aufgefahren war, wusste er, dass sie es gewesen sein musste.

„Ich habe geträumt!", sagte sie kaum hörbar und immer noch völlig benommen.

„Du hast mich ganz schön erschreckt", merkte Ben etwas vorwurfsvoll und schlaftrunken an.

„Sorry, aber es war so schrecklich, ich sehe jetzt noch die ganzen Bilder vor mir", entschuldigte sich Marisa.

„Es war nur ein Traum, leg dich wieder hin und versuche zu schlafen. Morgen früh ist die Nacht vorbei", damit war es für Ben erledigt. Er drehte sich um und schlief kurz darauf weiter. Marisa konnte jedoch nicht einmal für einen Augenblick abschalten. Immer wieder kreisten ihre Gedanken zu ihrem furchtbaren Traum zurück. Sie fragte sich, was es damit auf sich hatte. Vermutlich handelte es sich um eine Art Aufarbeitung. Schließlich hatten sie sich hier in eine völlig andere Welt begeben. Die riesigen sozialen Unterschiede wurden ihr dadurch wohl erst bewusst oder zumindest recht deutlich vor Augen geführt. Aber was sollte sie daran ändern? Hatte sie sich in irgendeiner Situation nicht richtig verhalten, sodass sie ein schlechtes Gewissen haben sollte? Sie konnte keine Antwort darauf finden. War es vielleicht falsch gewesen, in dieses eigenartige, faszinierende Land zu reisen? Sie hatte sich alles so wunderbar vorgestellt. Doch es gab auch Schattenseiten, wie überall. Mit der Armut richtig umzugehen, musste sie wohl erst noch lernen.

Wieder total gerädert, da sie nun schon die zweite Nacht in Folge nicht den nötigen Schlaf gefunden hatte, wachte Marisa nach Ben auf. Heute allerdings ein wenig früher. Sie würden sich auf den Weg nach Halebid und Belur machen, um die einmaligen Tempel zu besichtigen. Sie könnte die Zeit im Bus für ein Schläfchen nutzen. Dann würde ihr zwar die Landschaft entgehen, doch die konnte sie sich auf der Rückfahrt ansehen. Also alles in allem nicht so dramatisch.

Wieder das übliche Gedränge am Busbahnhof. Kaum zu glauben, wo die Menschen innerhalb kürzester Zeit immer herkamen. Der Bus stand zwar schon bereit, doch die Türen waren noch verschlossen. Also hieß es gleich beim Öffnen gut durchkämpfen, um einen der kostbaren Plätze zu ergattern. Doch das war weit gefehlt. Denn die Inder verschwendeten sicher nicht einen Gedanken ans Warten. Sie warfen bereits im Vorfeld Schals, Taschen oder andere Habseligkeiten durch die geöffneten Fenster. Häufig waren gar keine Scheiben mehr vorhanden, sodass von vornherein kein Hindernis bestand. Das war für Marisa und Ben eine neue Art der Platzreservierung. Aber viele der Fahrgäste setzten noch eins oben drauf und schwangen sich behände durch die Öffnungen hinterher. Somit war ihnen der Sitzplatz in jedem Fall sicher. Es konnte kein anderer mehr kommen und die Sachen zur Seite legen. Dies ging alles so schnell und sicher, als ob sie nichts anderes machen würden. Für Marisa und Ben war es ein richtiges Spektakel. Zirkusartisten konnten nicht gelenkiger sein. Was sich die Menschen doch alles einfallen ließen!

„Hast du gesehen, wie sich der Mann eben hochgezogen hat? In dieser Höhe und in einer affenartigen Geschwindigkeit, dass einem schwindlig wird", staunte Marisa.

„Ja, und weißt du, was mich hier ein bisschen traurig stimmt, ist die Tatsache, dass hier gar keine Rücksicht genommen wird. Es kümmert in diesem Fall wohl nicht, wer zuerst da war oder wer auf einen Sitzplatz angewiesen ist", bestätigte Ben.

Doch ganz so schlimm war es nicht. Denn wie sie später feststellten, war es in der Tat so, dass älteren oder gebrechlichen Menschen sehr wohl ein Platz angeboten wurde. Also eine gewisse Hilfsbereitschaft war in jedem Fall zu erkennen. Ob dies allerdings die Leute waren, die sich im Vorfeld einen Platz gesichert hatten, oder welche, die erst nach dem Öffnen der Bustüren Glück hatten, konnten weder Ben noch Marisa ausfindig machen. Beide mussten dieses Mal stehen, die Fahrt würde ungefähr eine Stunde dauern, was noch gut auszuhalten war. Doch auch ihnen wurde ein Platz angeboten. Vermutlich weil sie Ausländer waren, anders konnten sie es sich nicht erklären. Sie bedankten sich mehrfach, lehnten aber ab, da sie keine Sonderbehandlung wollten. Nach langem Gestikulieren und Diskutieren einigten sie sich, dass zumindest das kleine Handgepäck bei den Inderinnen auf dem Schoß abgestellt wurde.

Prachtvoll und majestätisch präsentierte sich der Tempel in Halebid. Die schön und liebevoll angelegten Grünanlagen bildeten einen Kontrast zu dem dunklen, grauen Steingebilde, welches im Zentrum der gesamten Anlage stand. Die Fläche ließ sich erst beim Rundgang erahnen, denn hinter jedem noch so kleinen Eckchen tat sich ein neues vor einem auf. Die Tempelanlage stand erhöht wie auf einer Art Plattform und konnte nur über einige Stufen erreicht werden. Sie zählte ebenso wie der Tempel in Belur wohl zu den prägnantesten hinduistischen Bauwerken und war bedeutend für die kulturelle Entwicklung.

Die einmaligen, unzähligen Skulpturen, die den Tempel rings um alle Seiten und von unten bis oben zierten, waren einfach fantastisch. Es gab praktisch keine Stelle, die nicht mit irgendwelchen Motiven wie Göttern, stilisierten Tieren, aber auch diversen Szenen aus dem Leben verziert war. Natürlich fehlten auch Bilder mit Jagd- und Kriegsszenen genauso wenig wie fröhliche Tanzdarstellungen. Das Phänomenale daran aber war, dass angeblich keine einzige Figur einer anderen glich und eine filigraner war als die andere. Berücksichtigte man die Größe des Tempels und die Vielzahl der Figuren, erschien dies fast unmöglich. Eine Kontrolle war allerdings wohl ausgeschlossen. Hier musste man sich auf die Fachliteratur verlassen. Die Tempelanlage war sehr gut besucht. Es waren kaum ausländische Touristen hier. Die meisten Inder reisten in Gruppen und wurden von einem Reiseführer durch die Anlage begleitet. Die Führungen erfolgten häufig, aber nicht ausschließlich, in der seit Langem festgelegten offiziellen Amtssprache Englisch. Ab und zu lauschten Ben und Marisa den Ausführungen des einen oder anderen Reiseführers. Doch es war für sie recht schwierig, alles zu verstehen. Das lag einerseits an den vielen Fachbegriffen, die den beiden nicht geläufig waren. Andererseits waren die Gruppen so groß, dass man von hinten den Reiseführer kaum verstand. Dazu kam die sonderbare Aussprache der Inder, sodass sich das Ganze immer ziemlich abgehackt und wenig flüssig anhörte und somit sowohl für Marisa als auch für Ben sehr schwer verständlich war. Daher entschieden sie sich, lieber alleine die herrliche imposante Anlage zu erkunden. So waren sie unabhängig und konnten auch an Orten, die ihnen wichtig waren oder die sie als reizvoll empfanden, länger verweilen, während sie andere zügiger hinter sich ließen. Dabei stießen sie auf den großen steinernen Nandi, der einen Bullen und Shivas (ein hinduistischer Gott) Gefährte darstellte. Dort trafen sie mehrere indische Touristen an, die alle eifrig damit beschäftigt waren, Bilder mit dem schönen und geschmückten Nandi zu machen. Vereinzelt kamen sie auch ins Gespräch und stellten fest, dass die Menschen ihnen alle sehr freundlich und interessiert begegneten. Sicher trug die Auffälligkeit, die sie beide durch ihre Größe und Marisa zusätzlich durch ihre blonden, kurzen Haare einzigartig machte, dazu bei. Denn unter lauter dunkelhäutigen, schwarz- und langhaarigen, dafür aber meist recht kleinen Frauen stach Marisa unweigerlich ins Auge. Schnell musste hier und da noch ein Schnappschuss gemacht werden, um alles festzuhalten. Dabei war es wohl für die Inder etwas Besonderes, sich mit Europäern ablichten zu lassen. Zumindest konnte vor allem Marisa sich kaum den vielen Anfragen nach einem gemeinsamen Foto, meistens mit Inderinnen, verwehren.

Den Nachmittag verbrachten sie dann noch in Belur, das eine halbe Busstunde von Halebid entfernt war. Auch hier besichtigten sie den wunderschönen Tempel, bei dem insbesondere die Säulen, Tür- und Fensterstürze Anlass zum Staunen gaben. Allerdings ist auch er, genauso wie der Tempel in Halebid, mehr in die Fläche und weniger in die Höhe gebaut. Dies ist einer der bedeutenden Unterschiede zu den meisten anderen Hindu-Tempeln. Eine weitere halbe Stunde Busfahrt und sie waren abends wieder heil in Hassan angekommen. Beide freuten sich schon auf ein leckeres Essen und natürlich auch auf eine erfrischende Handdusche. Erstaunlich, wie schnell man sich daran gewöhnen konnte und dabei den Luxus nicht einmal vermisste.

Beim gemütlichen Abendessen, sie wählten beide ein vegetarisches Gericht, brachte dieses Mal Marisa das Gespräch auf das Thema berufliche Veränderung.

„Ben, wenn dir dein Job keinen Spaß macht, was hast du denn dann für Vorstellungen, wie deine Arbeit sein sollte?", begann sie zaghaft.

„So genau habe ich mir darüber noch keine Gedanken gemacht. Allerdings weiß ich schon seit einigen Monaten, dass es so nicht mehr weitergehen kann. Und seit wir hier sind, habe ich das Gefühl, ganz dringend etwas ändern zu müssen, wenn wir nach Hause kommen", erklärte er.

„Ja aber warum denn?"

„Ich halte den ständigen Druck nach immer noch mehr Umsatz kaum mehr aus. Du kannst die Kunden oder besser gesagt potenziellen Kunden eigentlich nicht mehr wirklich richtig beraten. Dafür haben wir ja auch gar keine Zeit mehr. Es zählt nur noch der Abschluss. Wenn der erst in der Tasche ist, ist erst mal alles gelaufen. Die Leute wechseln nicht so schnell und dann gibt es auch noch Kündigungsfristen bzw. eine Vertragsbindung, die uns die Kunden sichern. Aber mir läuft das alles gegen den Strich. Damit gewinnt man doch keine dauerhaft zufriedenen Kunden", begründete er seinen Frust.

„Dann musst du dir eben was Neues suchen", kam es lapidar von Marisa.

„Haha, guter Scherz! Wenn das so einfach wäre, hätte ich das schon längst gemacht. Aber bei der Konkurrenz ist das wohl auch nicht besser, was man so hört", widersprach Ben. Gleichzeitig machte sich ein komisches Gefühl in seiner Magengegend breit. Hatte er sich wirklich schon so gut damit befasst, dass er so etwas behaupten konnte?

„Dann musst du eben nach einer anderen Alternative suchen. Wie wär's zum Beispiel, wenn du dir erst mal Gedanken machst, wie dein Job künftig aussehen sollte. Am besten wäre es wohl, wenn du erst mal eine Checkliste anlegst. In der sollten deine Wünsche und Fähigkeiten genauso drinstehen wie Dinge, die noch ausbaufähig sind oder die du vielleicht überhaupt nicht kannst oder machen willst. Ansonsten wird es meiner Meinung nach ziemlich schwierig mit der Suche nach der richtigen Stelle. Was hältst du davon?"

„Hört sich ziemlich vernünftig und vor allem realistisch an. Das Problem ist wohl nur, mal damit anzufangen. Du weißt ja, wie ich bin. Solange das alte irgendwie funktioniert, muss ich mich ja nicht unbedingt um was Neues kümmern!"

„Aber dann wirst du noch ewig dort arbeiten und dich jeden Tag aufs Neue ärgern und dich selber quälen. Es liegt an dir!"

„Ja, ich weiß, du hast recht. Die Entscheidung nimmt mir letzten Endes keiner ab. Die muss ich selber treffen", stellte er sachlich fest. Augenblicklich legte sich das Unwohlsein in der Magengegend. Er fühlte, dass er nur die Bestätigung und Unterstützung von Marisa benötigt hatte, um den ersten Schritt zu machen. Wie gut, dass er sie hatte.

***

III. Begegnungen

Die neue Arbeit war sehr anstrengend. Die Übergangsphase war alles andere als einfach gewesen. Doch sie hatten es geschafft. Alle zusammen. Das waren die Vorteile einer Familie, die sich gegenseitig unterstützte.

Anfangs hatte Raj ziemlich Mühe gehabt Kunden zu gewinnen. Die Standortwahl war sehr wichtig. Die ersten Wochen waren sehr anstrengend für ihn gewesen, seine Füße brannten abends wie Feuer von den vielen Touren. Dabei hatte er nicht annähernd so viele Kunden wie seine Konkurrenten. Denn die waren schon viel geschickter im Umgang mit der Rikscha. Sie mussten an engen schmalen Stellen nicht erst vorsichtig rangieren, um ungehindert hindurchzukommen. Sie kannten sich bereits bestens mit den unterschiedlichen Situationen aus, sodass sie entsprechend reagieren konnten. Dazu kam, dass Raj noch einiges an Kondition aufbauen musste, um an das Tempo der anderen heranzukommen. Denn nur wer schnell war, konnte auch rasch wieder neue Kundschaft zum nächsten Ziel fahren.

Die Mitteilung über seine berufliche Veränderung hatte die Eheleute Mehra zwar überrascht, doch sie hatten sich mit ihm gefreut. Frau Mehra hatte sich nur dahingehend geäußert, dass er seine Chance nutzen müsse und er sich wegen ihnen keine Gedanken zu machen brauche. Sie hatten ihr Auskommen auch so. Den fehlenden Umsatz von Raj würden sie zwar spüren, aber es war das Zubrot, ohne das sie auch zuvor ausgekommen waren. Herr Mehra hatte ihm viel Glück gewünscht und geäußert, dass er ja jederzeit seine bisherige verkäuferische Tätigkeit mit dem Bauchladen wieder aufnehmen könne, falls etwas dazwischenkomme. Er wäre jederzeit herzlich willkommen und würde die Waren wie bisher abholen können. Über dieses Vertrauen hatte sich Raj besonders gefreut. Zeigte es ihm doch, dass sie es ihm nicht persönlich übel nahmen und sehr genau zu unterscheiden wussten.

Als Frau Mehra ihm sein über viele Jahre mühsam gespartes Startkapital in die Hand drückte, erfüllte es ihn mit Stolz und Wehmut zugleich. Regelmäßig hatte er über die ganzen Jahre ein paar Rupien zurückgelegt und bei den Mehras aufbewahrt. Dieses Geld würde er nun für die Begleichung der ersten Miete für die Rikscha benötigen, anders hätte er diese nämlich nicht aufbringen können. Dass die Mehras seine Bitte respektierten, nichts zu ihrem lange gemeinsam gehegten Geheimnis gegenüber seinen Eltern oder Maryamma zu äußern, war er sich sicher. Es war all die Jahre nicht zu seiner Familie gedrungen. Nun würde er sich auch keine Sorgen mehr machen müssen.

Er schloss die beiden nun nur noch tiefer in sein Herz. Sie würden ihm fehlen, das hatte er sofort beim Verlassen des Ladens gespürt. Doch er nahm sich fest vor, sie regelmäßig zu besuchen. Für die Einkäufe konnte er künftig Maryamma in der Rikscha vorfahren und so den Kontakt aufrechterhalten. Ja, er glaubte, dass das auch Maryamma gefallen würde, wenn sie die schweren Sachen nicht mehr schleppen musste.

Die letzten Wochen waren geradezu verflogen. Maryamma war eine gute Näherin und hatte glücklicherweise aufgrund der guten Auftragslage hin und wieder zusätzlich noch ein paar Stunden arbeiten können, sodass sie zumindest einigermaßen über die Runden kamen. Die Kinder waren in dieser Zeit sich selbst überlassen, aber das war hier keine Seltenheit. Sie spielten zusammen oder streunten mit den vielen Nachbarskindern, um die sich niemand kümmerte, in der Gegend herum. Auch deren Eltern arbeiteten oder waren unterwegs, um sich irgendwo das Lebensnotwendigste zusammenzusuchen.

Das Einzige, worüber sich Raj nach wie vor sorgte, war der sich zusehends verschlechternde Gesundheitszustand seines Vaters. Er war kaum mehr in der Lage, einige Schritte zu gehen. Schon ein einziger Schritt fühlte sich für ihn an, als hätte er einen zehnminütigen strammen Fußmarsch hinter sich. Die Atemnot plagte ihn immer stärker.

Aus Sicherheitsgründen stellte Raj nach wie vor die Rikscha, die er liebevoll „Asha" nannte, was so viel wie Hoffnung bedeutete, im Hinterhof bei Herrn Khan ab. Er musste dann zwar morgens und abends quer durch die Stadt, doch das war es ihm wert. Schließlich musste er bei Beschädigungen oder Diebstahl selbst für die Reparaturen oder den Ersatz aufkommen. Das konnte er sich in der jetzigen Lage unter keinen Umständen leisten.

Bis er morgens anfangen konnte, war er bereits gut eingelaufen. Meistens begann er am Bahnhof oder an der Busstation. Dort kamen gewöhnlich die ersten Leute an und wollten irgendwohin gefahren werden. Am späten Vormittag postierte er sich meist rund um den Maharaja-Palast und nachmittags oder am frühen Abend fuhr er zum Chamundi Hill. Dort wo ihm erstmals auch der Gedanke mit der Fahrradriksha gekommen war. Wenn er Glück hatte und einen ganz guten Tag erwischte, brauchte er fast keine Leerfahrten machen. In solchen Fällen warteten meist an einem Zielort schon wieder die nächsten Fahrgäste, die er natürlich gerne aufnahm.

Was ihn am Anfang noch ziemlich plagte, waren seine Füße und Beine. Die Füße brannten, denn in den Badeschlappen war die Rikscha zu fahren alles andere als einfach. Er rutschte häufig ab, zog sich so hin und wieder auch eine Verletzung zu. Dabei handelte es sich jedoch meistens nur um leichte Blessuren wie

Schürfwunden oder kleine Kratzer. Natürlich blieben auch Knöchelverletzungen, die ihn dann mehrere Tage plagten, nicht aus.

Die Beine hingegen spürte er abends manchmal kaum mehr, so brannten sie von der Anstrengung, denn nur unter Aufbietung all seiner Kräfte hatte er die Tage überstehen können. Die ersten zwei Wochen waren die schlimmsten gewesen. In dieser Zeit hatte er morgens meistens das Gefühl, nicht mehr gehen zu können, geschweige denn zu treten. Doch seine Muskeln bauten sich recht schnell auf und die Schmerzen ließen allmählich nach.

Auch wenn die Schmerzen teilweise Ausmaße angenommen hatten, die er nicht mehr beschreiben konnte, was ihn sehr ärgerte, beklagte er sich nie. Immerhin hatte er sich aus freien Stücken für diese Arbeit entschieden.

Zunächst hatte er auch lernen müssen, für welche Strecken er wie viel verlangen konnte. Teilweise gab es für bekannte Abschnitte so etwas wie Festpreise. Unter die ging keiner der Fahrer, da sie sich sonst gegenseitig das Geschäft und natürlich auch die Preise auf Dauer kaputt machten. Manche Gäste fragten erst gar nicht nach dem Preis. Sie bezahlten dann am Ende den von Raj genannten Preis, der in den meisten Fällen auch in Ordnung war. Das waren Fahrgäste, die öfter fuhren und sich auskannten, im Gegensatz zu ihm selbst. Dann gab es noch die Sorte Menschen, die vorher nicht fragten und sich hinterher über angeblich zu hohe Preise beklagten und einfach nicht bereit waren den geforderten Betrag zu bezahlen. Die dritte Sorte Fahrgäste waren die, die schon im Vorfeld versuchten den Preis auf ein unerträgliches Maß herunterzuhandeln. Aus lauter Angst, gar nichts zu verdienen, hatte er sich anfangs öfters darauf eingelassen. Hinterher ärgerte er sich dann jedesmal, wenn er für einen Hungerlohn durch die halbe Stadt geradelt und am Ende seiner Kräfte war, sodass er eine längere Pause benötigte, in der er dann wieder nichts verdiente. Das war sein Lehrgeld gewesen, das er hatte bezahlen müssen.

Mittlerweile kam er sich schon wie ein alter Hase vor. Wenn ihm die Straßen, durch die er fahren sollte, zu unwägbar erschienen und er dadurch einen Umweg in Kauf nehmen musste, berücksichtigte er das im Voraus. Er wollte nämlich nach wie vor kein Risiko eingehen, was seine „Asha" betraf. Kunden, die nicht bereit waren, den von ihm geforderten Preis zu bezahlen, fuhr er nirgends hin.

Wirklich dramatisch waren die ersten Wochen gewesen, als er teilweise noch nicht einmal die Miete für die Rikscha einfahren konnte. Ohne Maryammas Arbeit und das Geld, das seine Mutter nach wie vor nach Hause brachte, wären sie buchstäblich verhungert. Doch auch in diesen Zeiten hatten alle zu ihm gestanden. Mit vereinten Kräften und seinen zusätzlichen Abendverkäufen mit dem Bauchladen war es ihnen dann aber gemeinsam doch geglückt. Darauf war Raj besonders stolz.

Sogar die Mehras hatten ihm angeboten, ihm ein wenig Geld zu leihen, bis die Anfangsschwierigkeiten überwunden wären. Doch er hatte dankend abgelehnt, das ließ sein Stolz nicht zu. Er wollte nicht auch noch von weiteren Dritten, die nicht zur Familie gehörten, abhängig sein.

***

Eigentlich hätte er zufrieden sein sollen. Er hatte alles, was man sich vorstellen konnte. Ein großes Haus am Rande der Stadt mit schönem Garten, ein Auto, das in die Reihe der Luxusklasse gehörte und ein alteingesessenes gutgehendes Geschäft in bester Lage des Zentrums. Dieses leitete er und hatte die Verantwortung für neun Mitarbeiter. Das war nicht allzu viel, doch er hatte noch einige andere, kleinere Geschäfte, die er aber ebenfalls sehr erfolgreich führte und mit denen er entsprechend Gewinn erzielte. Seine Eltern hatten ihm als ältestem Sohn die Führung schon vor drei Jahren übergeben und sich ein wenig zurückgezogen. Viele seiner Freunde beneideten ihn darum. In den meisten Fällen war es nämlich so, dass die Übergabe eines Geschäfts auf die nächste Generation sehr zögerlich, zuweilen sehr schleppend verlief. Das brachte dann des Öfteren einigen Unmut mit sich, der sich bei allen Beteiligten breitmachte. Doch darüber konnte sich Tapan Khan nicht beschweren.

Was ihm zu schaffen machte, war die Tatsache, dass seine Eltern ihn bereits vor Jahren, als er praktisch noch ein Kind war, seiner angehenden Frau Sita bzw. deren Eltern versprochen hatten. Die Eltern der betroffenen Kinder waren sich einig und hatten entsprechende Vorkehrungen getroffen. Der Vertrag war somit perfekt.

Er kannte dieses Mädchen zwar nicht besonders gut, doch er wusste, um wen es sich handelte. Sie kam, wie er selbst, aus gutem Hause. Alles andere wäre für seine Eltern nicht akzeptabel gewesen. Nach seiner Meinung hatte sie nichts Besonderes an sich. Obwohl sie adrett aussah, wirkte sie in seinen Augen recht unscheinbar und ziemlich langweilig. Dazu kam, dass er nichts für dieses Mädchen empfand. Tapan hatte sich über diese Tatsache ziemlich geärgert und seine Einwände gegenüber seinen Eltern geäußert. Doch diese blieben hart und nahmen ihre Entscheidung nicht zurück. Immerhin hatten sie den Eltern des Mädchens ihr Wort gegeben. Dieses würde von ihnen nicht gebrochen. Seine Eltern beteuerten ihm immer wieder, dass es bei ihnen selbst nicht anders gewesen war und sie heute sehr glücklich seien. Manche Dinge im Leben bräuchten eben etwas Zeit. Er würde nach und nach schon noch merken, dass sie die richtige

Wahl für ihn sei. Er dürfe sich nur nicht dagegen wehren. Im Laufe der Zeit würden sie sich besser kennen, schätzen und auch lieben lernen. Doch davon wollte Tapan nichts hören. Er glaubte nicht daran und er machte sich auch nicht die Mühe, daran etwas zu ändern.

Trotz allem Drängen sowohl seiner als auch Sitas Eltern hatte er sich bis jetzt erfolgreich gegen eine Hochzeit mit Sita gewehrt, doch versprochen war er ihr noch immer. Er dachte nicht daran, das Versprechen seiner Eltern einzulösen. Ihm schwebte eine Frau vor, für die er von Anfang an besondere Empfindungen spürte, die zu ihm passte. Er wollte nur eine Frau heiraten, die für ihn etwas Besonderes war. Auch wenn das weder seine Eltern noch seine Geschwister verstanden oder hören wollten, hielt er eisern an seinen Grundsätzen fest.

Diese Tatsache hatte dazu geführt, dass er immer verbitterter wurde und sich immer mehr in seine Geschäfte vertiefte. Damit vergaß er alles andere um sich herum. Er hatte sich entschieden, lieber nie zu heiraten als eine Frau, die er inzwischen schon wegen ihrer Unnachgiebigkeit beinahe hasste. Dabei konnte sie selbst ebenso wenig für diese Situation wie er selbst. Zumindest ging er davon aus. Natürlich konnte es sein, dass Sita sich inzwischen damit abgefunden und arrangiert hatte. Ebenso war es möglich, dass sie sich von Anfang an auf eine Hochzeit mit ihm freute, sich vielleicht sogar Kinder wünschte und glücklich über die Vereinbarungen ihrer Eltern war. Allerdings interessierte das Tapan nicht, denn es ging ihm zunächst einmal um sich selber. Er wollte sein eigenes Leben leben und nicht das, das ihm vorgegeben wurde. Er wollte nicht immer Rücksicht auf andere nehmen müssen oder nur das tun, was seine Eltern für ihn entschieden oder ganz einfach von ihm erwarten. Auch wenn es schon immer so war und die Tradition es verlangte, weigerte er sich, diese zu akzeptieren. Seine Meinung war, dass sich im Laufe der Jahre vieles verändert hatte, nicht nur die Menschen, und somit auch Traditionen gewissen Veränderungen unterlagen und angepasst werden sollten.

***

Die Unterkunft in Mysore war wesentlich luxuriöser als die in Hassan, dafür aber auch ein bisschen teurer. Mit fließendem warmem und kaltem Wasser und sogar einem Duschkopf ausgestattet erinnerte es, obwohl es dennoch sehr einfach war, fast an zu Hause. Das Hotel Maurya lag recht zentral. Es war nur ungefähr fünfhundert Meter vom Busbahnhof entfernt. Auch das Postamt, der Maharaja-Palast und eine große Einkaufsstraße lagen in unmittelbarer Nähe. Dadurch könnten sie viel zu Fuß erledigen und wären nicht auf irgendwelche Verkehrsmittel angewiesen.

Als Erstes standen einige Erledigungen auf dem Tagesprogramm. Es war dringend erforderlich, die Bank aufzusuchen, um einige Schecks einzutauschen. Auch hier zeigte sich die Wahl des Hotels als hervorragend. Denn praktisch nur einen Steinwurf vom Hotel entfernt, um die Ecke, befand sich die State Bank of Mysore. Hervorragend! Es konnte nicht besser sein.

Die Schecks, die sie einlösen wollten, griffbereit in der Hand, betraten sie die Bank durch eine breite, alte, aus massivem Holz bestehende Eingangstüre. Das Gebäude selbst sah außen ziemlich renovierungsbedürftig aus. Innen machte es ebenfalls den Eindruck als hätte es früher einmal bessere Zeiten gesehen. Ein herrlicher steinerner Fußboden mit schönen Mosaikmustern sowie schöne Säulen, welche die Decke stützten, wiesen darauf hin.

Gleich vom Eingang aus ging es links und rechts einen breiten Gang entlang. Dabei säumten die Wand einige ältere, aber noch relativ gut erhaltene Holzbänke. Gegenüber war ein Tresen, der fast über die gesamte Länge reichte. Dahinter standen mehrere Schreibtische aus Holz recht eng aneinander. Die kräftigen Gebrauchsspuren waren nicht zu übersehen. Auf den Tischen stapelten sich Papier und Aktenordner, sodass kaum ein freies Plätzchen zum Schreiben vorhanden war. Als Sitzgelegenheit für die Angestellten dienten normale Stühle, in ganz seltenen Fällen gab es auch einen alten Bürostuhl mit Rollen. Doch die bildeten wirklich die Ausnahme.

Ihr Ziel stach regelrecht ins Auge. Die Kasse befand sich hinter einer halbrunden Mauer, welche durch Gitterstäbe nach oben gesichert war. Es gab zwei Schalter, an denen sich jeweils ein Mitarbeiter befand. Davor hatte sich eine riesige Menschenmenge in einem wilden Durcheinander postiert. Alles Kunden, die vermutlich Geld abheben wollten. Marisa und Ben schauten sich zunächst schockiert an.

„Glaubst du wirklich, dass wir hier richtig sind?", fragte Ben und sah Marisa mit zweifelnden Blicken an.

„Na ja, ich vermute es. Wenn ich mir allerdings die Leute hier ansehe, komme ich mir eher wie im Schlussverkauf vor. Von Diskretion kann hier wohl keine Rede sein."

„Nicht wirklich!", bestätigte Ben. „Willst du die Schecks einlösen, oder soll nicht lieber doch ich welche eintauschen?"

„Lass nur, ich mach das schon. Vielleicht sind sie Ausländerinnen gegenüber ein wenig rücksichtsvoller", gab Marisa mit hoffnungsvoller Stimme zurück.

Doch es kam anders. Marisa stellte sich hinten an der Traube an, ihre beiden 50-Dollar Schecks fest in der Hand. Durch ihre Größe hatte sie den enormen Vorteil, dass sie über einen Großteil der Leute hinwegsehen und das Geschehen vor ihr somit verfolgen konnte. Wild streckten immer mehrere Leute ihre Hände in Richtung der Schalter. Es waren so viele, dass sie gar nicht mehr den einzelnen Leuten zuzuordnen waren. Da es keine Absperrung vor den Schaltern oder eine Art Trichter gab, durch den die Menschen nur einzeln an die Schalter herantreten konnten, herrschte dort ein heilloses Chaos. Je länger Marisa das Ganze beobachtete, desto mehr kam sie zu der Überzeugung, dass nur der bedient wurde, der sich am besten bis nach vorne drängeln und sich dort gegen die verbleibenden direkten Kontrahenten durchsetzen konnte. Hier zählte nicht die zeitliche Reihenfolge, seit wann jemand wartete, sondern nur das beste Durchsetzungsvermögen.

Ben hatte sich auf eine der vielen Bänke gesetzt und beobachtete das unfassbare Schauspiel. Von Rücksichtnahme gegenüber älteren oder gebrechlichen Menschen war hier nichts zu sehen. Nach ungefähr zehn Minuten sah er Marisa, wie sie sich kontinuierlich und sehr zielstrebig einen Weg durch die Menschen nach vorne bahnte. Er war froh, dass er nicht im Gedränge stand, sondern Marisa. Ihr machte es nicht so viel aus, sich in einer größeren Menschenmasse zu behaupten. Er selber hätte bestimmt immer wieder anderen den Vortritt gelassen. Es war nicht seine Art, sich irgendwo vorzudrängen.

Nach weiteren fünfzehn Minuten erreichte Marisa dann endlich inmitten all der anderen Menschen den Schalter. Ihre Geduld neigte sich langsam dem Ende. Völlig entnervt und durchgeschwitzt holte sie erst einmal tief Luft. Die Arme hatte sie nach oben gestreckt, um über die Menschen hinweg die Schecks dem Mitarbeiter hinter dem Schalter zu reichen.

Kurz und knapp sagte sie ihm, dass sie die beiden Schecks wechseln wolle. Mit dem typischen Kopfschütteln, oder war es eher ein Nicken, das an den Wackel-Dackel erinnerte, teilte er ihr wortlos mit, dass er verstanden hatte. Er prüfte zunächst die Schecks, um sie gleich darauf um die erforderliche zweite Unterschrift zu bitten. Er reichte ihr die Schecks wieder zurück. Wo sollte sie hier unterschreiben, in dem ganzen Gewimmel? Sie kam ja gar nicht richtig an den Schalter heran. Es half alles nichts. Also bat sie höflich, aber bestimmt die sie umringenden Leute, dass diese sie kurz näher ließen. Erst schauten diese sie etwas verwundert an. Doch einige folgten ihrer Aufforderung, sodass sie einen Schritt näher an den Kassenschalter treten und die erforderliche zweite Unterschrift vor den Augen des Mitarbeiters leisten konnte. Danach glich der Kassierer die Unterschriften ab und errechnete anhand des aktuellen Devisenkurses abzüglich der Bearbeitungsgebühr den Auszahlungswert. In aller Ruhe füllte er den erforderlichen Umtauschbeleg aus. Er begann die Scheine aus seiner Kasse heraus zu zählen. Marisa hatte das Gefühl, als ob er gar nicht mehr aufhören würde. Er zählte und zählte immer weiter. Nach einer halben Ewigkeit, so kam es Marisa vor, war das Werk vollbracht. Mit einem kleinen Gummi band er den Packen Geld zusammen, reichte ihn Marisa, nannte ihr noch den Betrag, bevor er ihr den Abrechnungsbeleg durch die kleine Öffnung schob. Der Fall war für ihn erledigt.

Marisa traute ihren Augen kaum. Doch damit war sie nicht allein, denn alle um sie herum starrten sie auf einmal an. So viel Geld hatten sie vermutlich noch nie auf einem Haufen gesehen. Einen ganzen Packen Geld! Das musste ein Vermögen sein. Plötzlich überkam Marisa ein seltsames Gefühl. Mit einem Schlag fühlte sie sich nicht nur von tausend Augenpaaren beobachtet, sondern auch unsicher. Nun wussten alle, dass sie ein Vermögen bei sich trug. Schnell suchte sie den Weg zu Ben, der das Ganze aus der Ferne beobachtet, aber die Details natürlich nicht gesehen hatte. Marisa kam ganz aufgeregt zu ihm und berichtete: „So was habe ich noch nicht erlebt. Schau mal, ein ganzes Päckchen voller Geldscheine. Ich konnte nicht mal nachzählen, ob das alles stimmt. Ich war total umzingelt von lauter Leuten. Lass uns erst mal prüfen, ob alles seine Ordnung hat. Dann sollten wir das Geld schnell aufteilen."

„Das willst du doch nicht hier machen?", fragte Ben ziemlich entrüstet.

„Wo denn sonst? Hast du eine bessere Idee? Etwa draußen auf der Straße, wo uns noch mehr Leute beobachten? Mir ist jetzt schon nicht mehr wohl."

„Glaubst du, dass es gefährlich ist mit so viel Geld herumzulaufen?", fragte Ben vorsichtig.

„Auf jeden Fall ist es besser, wenn das nicht noch mehr Leute mitkriegen. Mir hat das hier schon gereicht. Wer weiß", gab Marisa nur kurz zurück.

Währenddessen hatte sie schon angefangen, den Beleg zu prüfen. Der schien in Ordnung. Dann rollte sie das Gummiband vom Geldpäckchen und fing an zu zählen. Es war unglaublich. Die Scheine waren so dünn, häufig schon eingerissen, dass es gar nicht so leicht war und auch nicht so schnell ging. Die Unterscheidung der Scheine dem Wert nach war noch viel schwieriger. Obwohl sie nun schon fast zwei Wochen unterwegs waren, hatten beide immer noch Mühe, die einzelnen Scheine auseinanderzuhalten, was das Ganze nicht einfacher machte. Marisa wurde nun klar, warum das Päckchen so dick war. Es befanden sich keine Hunderter- und nur verhältnismäßig wenige Fünfzigerscheine darunter. Zum Großteil waren es Zwanziger- und Zehnerscheine. Sie wunderte sich ein wenig darüber, doch selbst wenn sie den Grund gekannt hätte, wäre dies nicht von Nutzen gewesen. Es dauerte eine kleine Ewigkeit, doch das Schlimmste stand ihnen nun noch bevor. Sie mussten das Geld irgendwie sicher verstauen. Auf keinen Fall konnten sie das gesamte Bargeld im Handgepäck oder ihren Brustbeuteln verstauen. Das war definitiv zu gefährlich. Daher hatte Marisa bereits zu Hause eigens Bauchtaschen dafür genäht, die sie unter den Hosen trugen und in denen weitere Wertsachen wie der Reisepass während der Reise Platz fanden. So waren diese unauffällig und sicher verstaut. Sollte ihnen der Geldbeutel, in dem sie immer nur kleinere Mengen Bargeld bei sich trugen, abhanden gekommen, wäre es nur ein geringer, gut zu verschmerzender Schaden.

Doch wie sollten sie das hier unter all den vielen Leuten machen? Marisa hatte den Betrag bereits in zwei Päckchen, welche jeweils ungefähr 50 Dollar wert waren, aufgeteilt. Aber selbst diese Päckchen waren noch so dick, dass sie nicht unauffällig in den Bauchtaschen Platz fanden. Allerdings gab es keine andere Möglichkeit, denn im Geldbeutel konnten sie die Scheine, die zusammen bestimmt 1,5 Zentimeter dick waren, noch weniger unterbringen.

Marisa füllte ihren Teil in ihre Bauchtasche, indem sie die Scheine etwas versetzt verteilte. Zur Wand gedreht, hob sie vorsichtig ihre lange Bluse ein wenig nach oben und band geschickt die Bauchtasche mit dem daran befestigten breiten Gummiband um ihre Taille und verschloss zügig den Knopf. Danach musste sie nur noch ein wenig ihren Bauch einziehen und die Bauchtasche unter ihre luftige Hose stecken.

Ben hatte etwas mehr Mühe damit. Doch auch er war bereits wenige Minuten später fertig. „So, nun hab's auch ich geschafft!", verkündete er stolz. Er war heil froh und dachte nur, dass das Geld hoffentlich eine Weile reichte, sodass ihnen diese erneute Prozedur möglichst lange erspart bliebe. Künftig würden sie wohl nicht mehr so viel Geld auf einmal wechseln. Warum es so voll und der Andrang an der Kasse so groß war, wussten sie nicht. Vielleicht hatten die Leute gerade ihren Zahltag, und viele waren da, um sich den Lohn auszahlen zu lassen.

Nach dieser ungewöhnlichen Aufregung gönnten sie sich erst einmal eine kleine Ruhepause in einem der unzähligen netten Restaurants. Anschließend zogen sie gemütlich durch die Straßen, um sich ein wenig umzusehen. Genau gegenüber der State Bank of Mysore befand sich der Devaraja-Markt. Das war nun genau das Richtige, danach stand Marisa nun der Sinn. Ein wenig Abwechslung im Markt konnte nicht schaden.

„Komm, lass uns in den Markt gehen!", stellte Marisa Ben vor vollendete Tatsachen. „Sicher gibt es einige Leckereien, denen ich nicht widerstehen kann, vielleicht ist für dich ja auch was Tolles dabei!"

„Wie du meinst. Ist bestimmt entspannter als der Trubel in der Bank gerade!", stimmte er ihr zu.

Auf dem Devaraja-Markt wurden nur Früchte und die verschiedensten Gemüsesorten angeboten. Doch die waren so reichhaltig und vielfältig, dass es Marisa und Ben beinahe die Sprache verschlug. Marisa erfreute sich insbesondere an der wunderbaren Farbenvielfalt, die eigentlich keinen Farbton ausschloss. Darüber hinaus gefielen ihr besonders die Früchte, die sie nicht kannte. Sie sahen schon so köstlich aus und rochen meistens auch noch wunderbar. Diese süßlichen, herben und würzigen Düfte waren einfach nicht zu übertreffen. Dazu kamen dann die wirklich exotischen Früchte mit ihren ausgefallenen Formen, die man in Europa, wenn überhaupt, nur in speziellen Früchtehäusern kaufen konnte. Marisa hätte so gerne über die eine oder andere Frucht mehr erfahren, doch leider trat hier das Verständigungsproblem zutage. Die meisten der Anbieter sprachen ihren heimischen Dialekt. Die wenigen, die englisch sprachen, verstand sie dann aber aufgrund der sehr gewöhnungsbedürftigen Aussprache so gut wie nicht. Konnte sie es dann glücklicherweise übersetzen, fehlten ihr wiederum für die entsprechend exotischen Früchte die englischen Wörter. Somit musste sie sich fast ausschließlich mit dem Anschauen begnügen.

Hin und wieder konnte sie natürlich ihren Gelüsten nicht widerstehen, probierte auch mal das eine oder andere angebotene Stückchen. Anschließend kaufte sie vereinzelte Früchte, um sie später im Hotel zu genießen. Angenehm empfand sie auch, dass die meisten Artikel ausgezeichnet waren und nicht um jede Rupie gefeilscht werden musste. Allerdings war trotzdem Vorsicht geboten. Denn allzu geschäftstüchtige Inder, die ja für ihren Einfallsreichtum bekannt waren, verkauften einem ein Kilo, wogen aber einfach für den vollen Preis weniger ab, ohne dass man es merkte. Allerdings passierte das nur in seltenen Fällen und konnte angesichts der Urlaubsstimmung gut verkraftet werden.

Ben war da ganz anders. Ihn faszinierte die Fülle natürlich ebenso. Aber ihm reichte es, alles mit seinen Augen aufzusaugen. Er wusste, dass er sich sowieso die einzelnen verschiedenen Namen nicht alle merken konnte. Ganz abgesehen davon, erging es ihm mit dem Verständnis nicht besser als Marisa, denn auch er kannte die wenigsten deutschen, geschweige denn die englischen Namen dieser exotischen Früchte. Daher unternahm er erst gar nicht den Versuch. So sparte er sich gleich von vornherein eine Enttäuschung.

Es war einfach einzigartig, wie die vielen verschiedenen Artikel dargeboten wurden. Mit viel Liebe mussten die Früchte in mühevoller Arbeit aufgetürmt worden sein. Wenn man hinsah, hatte man das Gefühl, bei der kleinsten Berührung oder Erschütterung würde der ganze Turm in sich zusammenstürzen. Mit genau dieser Vorstellung liefen Ben und Marisa sehr achtsam durch die Gänge, um nur ja bei keinem Stand versehentlich etwas herunterzuziehen.

Während Marisa immer noch voller Begeisterung über die gebotene Vielfalt des Marktes schwärmte, hatte Ben genug. Ihm schmerzten mittlerweile die Beine. Der Blick auf die Uhr zeigte ihm, dass sie nun schon eineinhalb Stunden herumschlenderten und immer noch nicht am Ende waren. Die Ausmaße des Marktes waren einfach riesig! Von den Gemüseständen hatten sie noch nicht allzu viel gesehen. Die mussten wohl alle auf der anderen Seite des Marktes untergebracht sein. „Komm, wir gehen was trinken. Außerdem könnten meine Beine eine kleine Pause vertragen", schlug er vor.

„Was, jetzt schon? Wir haben doch noch gar nicht alles gesehen!", gab Marisa entrüstet zurück und schaute ihn ein wenig beleidigt an.

„Du willst doch wohl nicht jeden Stand anschauen, da bist du morgen noch nicht fertig!"

„Nein, aber wir haben doch die Gemüsestände noch gar nicht gesehen. Außerdem findest du so was Tolles bei uns zu Hause nicht."

„Ja schon, aber ich brauche dringend eine Pause und etwas zu trinken. Von mir aus können wir ja danach gerne nochmals herkommen. Bloß tu mir einen Gefallen", lenkte Ben ein, wurde jedoch sofort, ohne dass er zu Ende gesprochen hatte, von Marisa unterbrochen: „Und der wäre?"

„Kaufe nicht an jedem Stand was. Denk dran, du kannst im Hotel das Gemüse nicht kochen. Wir sind nicht zu Hause!"

„Wenn das deine einzige Bedingung ist, na schön!", stimmte sie kleinlaut zu und freute sich schon, die wunderbare Gemüsepräsentation genießen zu können.

Abends genossen sie ein köstliches Thali mit allerlei leckeren Gemüsen. Das Geheimnis dieser tollen vegetarischen Gerichte lag in der Zubereitung mit vielen verschiedenen Gewürzen. Insbesondere die Currymischungen, die hier hauptsächlich verwendet wurden, und die jeder Koch nach seinem Belieben zusammenstellte, hatten es in sich. Denn Curry war nicht gleich Curry. Es gab so viele Varianten, dass selbst ein Nachkochen mit denselben Zutaten nach Anleitung nur gelingen konnte, wenn auch die Currymischung dieselbe war. Zwischenzeitlich hatten sie sich an das Essen mit den Fingern gewöhnt und es machte sogar richtig Spaß, etwas zu tun, was zu Hause absolut verpönt war. Hier war das normal. In jedem Restaurant gab es extra Waschbecken, um sich vor und nach dem Essen die Hände zu reinigen. Servietten gehörten nämlich in den einfachen Restaurants nicht zum Standard.

Ben nutzte die entspannte Gelegenheit sich nochmals mit Marisa über seine weitere berufliche Perspektive zu unterhalten. Ihm war klar geworden, dass er auf jeden Fall etwas unternehmen musste. Er bestätigte Marisa, dass ihre letzte Äußerung diesbezüglich bei ihm haften geblieben war und er nun wüsste, dass er gleich nach ihrer Rückkehr, alles Nötige unternehmen würde. Wie das allerdings konkret aussehen sollte und was er künftig wirklich machen wollte, war ihm zu diesem Zeitpunkt aber noch nicht klar. Vielleicht konnte er sich noch in der verbleibenden Urlaubszeit einige Gedanken dazu machen.

***

Bis zum frühen Nachmittag war es ein sehr guter Tag gewesen. Raj war mit sich zufrieden. Inzwischen liefen die Geschäfte schon deutlich besser. Neben den üblichen spontanen Kunden zählte er auch sogar schon einige Stammkunden, die er an gewissen Tagen zu bestimmten Zeiten abholen und irgendwohin fahren musste. Dies brachte ihm eine gewisse Sicherheit, da er zumindest ein paar feste Aufträge hatte. Allerdings reichten diese natürlich noch bei Weitem nicht einmal aus, um die Miete für die Rikscha hereinzufahren. Dennoch war er sehr glücklich und stolz darauf. Allein schon das Gefühl, wenn er sagen konnte, heute fahre ich wieder Frau Madri zum Markt oder ich hole Herrn Gandhala am Bahnhof ab, bestätigte ihn. Dazu kam ein gewisses Gefühl von Vertrautheit. Es war schön, wenn man seine Gäste, wenn auch wirklich nur sehr oberflächlich oder nur mit dem Namen kannte.

Nachdem er schon so viele Rupien eingefahren hatte, wollte er etwas früher nach Hause. Er hatte sich auch einmal eine freie Stunde verdient. Außerdem konnte er sich dann noch ein wenig in Ruhe um seinen Vater, dem es zusehends schlechter ging, kümmern und sich mit ihm unterhalten. Die vielen teuren Medikamente brachten ihm kaum noch Linderung. Die Atmung ging immer schwerer. Sogar das Aufstehen brachte er nur noch mit fremder Hilfe fertig. Da Maryamma und seine Frau nachmittags immer beide arbeiteten, und somit beide Frauen gleichzeitig außer Haus waren, blieb ihm nichts anderes übrig, als im Bett zu verweilen. Angesichts der einfachen Lebensumstände war das nicht gerade förderlich. Denn in der Hütte war es dunkel und alles wirkte düster, während draußen die Sonne schien und das Leben stattfand, was nicht zu überhören war. Seinem Vater wurde dies während der einsamen Stunden immer klarer. Was hatte das Leben ihm noch zu bieten? Da er aber an der Situation nichts ändern konnte, blieb ihm nichts anderes übrig, als sich seinem Schicksal zu ergeben. Er freute sich jedes Mal, wenn sich die Tür zur Behausung öffnete und er ein Gesicht zu sehen bekam, das noch voller Hoffnung sprühte. In Gedanken sah er sich dann selbst als jungen Mann, der voller Elan in die Zukunft geblickt und jeden einzelnen Tag genossen hatte. Er hatte sich täglich gequält und sich gleichzeitig auf ein besseres nächstes Leben gefreut, so wie nun sein Sohn Raj. Mitleid stieg in ihm auf und er wünschte seinen Kindern und Enkelkindern nichts sehnlicher als ein Leben, das besser als sein eigenes sein sollte.

Die letzte Fahrt stand an. Den nächsten Fahrgast vom Chamundi Hill wollte er noch mitnehmen, danach sollte es nach Hause gehen. Es dauerte auch nicht lange, bis eine vierköpfige Familie mit ihm verhandelte. Einerseits war es ihm nicht so recht, andererseits war das Ziel, der Bahnhof, nur unweit von der Sayaji Rao Road, was ihm gut gelegen kam. Das Problem war aber nicht, dass seine Rikscha eigentlich nur für zwei Fahrgäste ausgerichtet war, denn Platz fanden darin problemlos mehr. Da waren die Fahrgäste gefordert, ein wenig zusammenzurücken. Ihm ging es eher um das Gewicht. Auch wenn es nur zwei, allerdings gut beleibte Erwachsene und zwei noch jüngere Kinder waren, musste er doch das Gewicht von vier Personen vorwärtsbewegen, zuzüglich seinem eigenen und dem der Rikscha selbst. Da würde er sich ganz schön schinden müssen. Dafür hatte er momentan keine rechte Lust, doch das Ziel, so nah an seinem eigenen gelegen, brachte letztendlich den Ausschlag für seine Zustimmung.

Raj setzte seine Asha Richtung Harishchandra Road, die ins Zentrum führte, in Bewegung. Er dachte schon an den langen Abend, den er vor sich hatte. Maryamma würde sicher erfreut sein, wenn er schon so früh nach Hause kam. Obwohl es ein wenig weiter war, entschied er sich für den Weg über die Vaivilasa Road, die nach Westen führte. Hier war um die Uhrzeit bestimmt ein besseres Durchkommen als um den Maharaja-Palast, wo sich der Verkehr immer dicht drängte. Da die Fahrradrikschas die schwächsten Fahrzeuge waren, hatten sie dort im Normalfall das Nachsehen, es sei denn, der Fahrer ging ein hohes Risiko ein, welches Raj auf keinen Fall in Kauf nehmen wollte. Er strampelte lieber ein paar Meter mehr, als sich in der Rushhour einige Macken einzufahren, die ihn nachher teuer zu stehen kamen. Zeitlich würde sich das nicht großartig auswirken.

Auf der Zielgeraden in der Jhansi Lakshmi Bai Road, bereits den Bahnhof von Weitem im Blick, passierte es dann. Die Stange, die das Vorderteil, auf dem er saß, und den rückwärtigen Fahrgastraum seiner heiß geliebten Asha verband, brach entzwei. Raj stürzte vom Rad, das Vorderteil mit dem Lenker krachte direkt auf ihn. Das rückwärtige Teil kippte nach unten und kam gleich zum Stehen. Die Fahrgäste rutschten dadurch nach vorn, konnten sich aber alle noch festhalten, sodass ihnen nichts passierte.

Vorsichtig stiegen die Gäste aus. Raj lag noch immer unter dem Lenkgestänge. Die Kunden halfen ihm aus seiner misslichen Lage wieder auf die Beine. Die Autos machten einen Bogen um die in zwei Teile zerbrochene Riksha. Raj fing an zu fluchen, während er mit den Händen wild gestikulierend um sich schlug und auf seine defekte Riksha zeigte. Auf wen er böse war, wusste er selbst nicht, aber die Kunden hatten dafür wohl kein Verständnis. Sie hatten ihm geholfen, er sollte dankbar sein, statt aggressiv zu reagieren. Das alles stimmte Raj plötzlich traurig. Womit hatte er das nur verdient? Warum wurde er ausfällig, wo doch die Leute nichts dazu konnten. Er war doch selber schuld. Hätte er vielleicht die Rikscha nicht überladen, wäre das möglicherweise nicht passiert. Außerdem hatte er sich nur ein paar Schrammen zugezogen, schlimmer verletzt hatte er sich offensichtlich nicht. Insofern konnte er zumindest auch weiter seiner Arbeit nachkommen, die Frage war nur wann. Das Ärgerlichste daran war, dass er nun für die Reparatur aufkommen musste. Wie teuer ihn das zu stehen kam, konnte er nicht einschätzen. Aber sein heutiger guter Verdienst konnte ihn darüber nicht hinwegtrösten, denn der war damit auf jeden Fall dahin. Trotz allem konnte man es Glück im Unglück nennen, dass Raj noch einmal mit einem „blauen Auge" davongekommen war.

Statt nun früher als geplant nach Hause zu kommen, wurde es wesentlich später. Raj hatte alle Mühe, die Rikscha, die nun in zwei Teilen vor ihm auf dem Boden lag, von der Straße zu bringen. Eigentlich hätte er sie gerne in den nahen Hinterhof gestellt, doch dann wäre sein Unglück recht schnell bei Herrn Khan bekannt gewesen. Genau das wollte er unter allen Umständen vermeiden.

Er musste die Rikscha erst reparieren lassen, doch die Frage war wo. Im ersten Augenblick fiel ihm niemand aus der näheren Umgebung ein, der ihm hätte helfen können. Das war sehr ungünstig. Erst wenn er jemanden ausfindig gemacht hatte, wäre es sinnvoll, die Rikscha an Ort und Stelle zu transportieren. Noch während Raj überlegte, hatte sich schon eine Menschentraube um ihn und seine Rikscha gebildet, ohne dass er es richtig wahrnahm. Einige staunten nur, andere packten zu und halfen ihm.

Und wie aus heiterem Himmel meldete sich ein Herr, der ihm ein vorzügliches Angebot unterbreitete. Dieser Herr gab vor, jemanden in der Nähe zu kennen, der sich mit Reparaturen auskannte. Er würde ihm auch helfen, die Rikscha dorthin zu transportieren. Da Raj sich selbst nicht zu helfen wusste, kam ihm dieser Vorschlag sehr gelegen.

So kam es, dass er gemeinsam mit dem netten Herrn bei der Reparaturwerkstatt anlangte. Dort nahm der Besitzer die Rikscha erst einmal unter die Lupe. Sogleich erklärte er, dass das alles nicht so dramatisch sei, da nur etwas gebrochen war, was wieder geschweißt werden konnte.

Für Raj hingegen war es schon dramatisch. Einerseits befürchtete er, dass man das der Rikscha später ansah und Herr Khan eventuell weitere Forderungen stellen könnte, zum anderen würde es ein entsprechendes Loch in seinen Verdienst reißen. Da er aber keine Alternative sah, konnte er nur versuchen, durch geschicktes Handeln den genannten Preis deutlich zu reduzieren. Das war so üblich. Denn wenn sich einer in einer Notlage befand, hatte er zunächst einmal schlechte Karten. Die Preise für eine Dienstleistung oder Ware waren dann auf einmal astronomisch hoch. Der Betroffene hatte meistens nur die Möglichkeit, sich auf einen (Kuh-)Handel einzulassen und diesen möglichst gut für sich abzuschließen.

So war es auch in Rajs Fall. Erst hatte der Werkstattbesitzer angeboten, die Rikscha noch am selben Abend zu reparieren. Doch als um den Preis gefeilscht wurde, wollte er davon nichts mehr wissen. Er machte das Zugeständnis, sich gleich am nächsten Morgen darum zu kümmern. Die Nacht über könnte die Rikscha somit bei ihm bleiben. Auch wenn Raj ein seltsames Gefühl in der Magengegend überkam, konnte er nicht anders, als in den Handel einzuschlagen.

Als er nach Hause kam, war er ziemlich abgeschlagen, erzählte aber nichts von dem Unfall. Maryamma fragte ihn zwar: „Was hast du denn gemacht, du hast ja überall Schürfwunden?"

„Ach, mir ist einer in die Rikscha gelaufen, da wollte ich ausweichen und habe mich zu stark in die Kurve gelegt. Leider konnte ich mich nicht mehr halten und habe das Gleichgewicht verloren und bin heruntergestürzt. Ist nicht so schlimm", log er.

Doch für Raj war es nur eine Notlüge, da er weder Maryamma noch seine Eltern oder die Kinder beunruhigen wollte. Damit wollte er sie nicht auch noch belasten. Es reichte, wenn er sich darüber den Kopf zerbrach. Sie hatten genug andere Sorgen, um die sie sich täglich kümmern mussten. Außerdem gab er ungern zu, vielleicht einen Fehler gemacht zu haben, um sich dann noch irgendwelche Vorwürfe anhören zu müssen. Mit der Zuwendung, die er seinem Vater ursprünglich hatte zukommen lassen wollen, war nun auch nichts geworden. Er fühlte sich im Moment einfach nicht in der Lage, sich außer um sein eigenes auch noch um weitere Probleme zu kümmern.

Am nächsten Morgen verließ Raj wie immer zur gewohnt frühen Zeit die Hütte. Alles andere hätte Fragen aufgeworfen. Heimlich hatte er sich die Rupien für die Reparatur aus dem Ersparten mitgenommen, das eigentlich schon für die Miete zur Seite gelegt worden war. Er marschierte schnellen Schritts zur Werkstatt. Obwohl die Inder ein Volk sind, die sehr früh, praktisch mit den ersten Lichtstrahlen aufstehen, war die Werkstatt noch nicht einmal geöffnet. Vor dem Eingang ließ sich Raj nieder und wartete. Doch es dauerte. Er saß schon eine Stunde vor dem Eingang, als der Besitzer endlich erschien und sich gemächlich an die Arbeit machte. Hätte er sich doch nur auf den höheren Preis eingelassen, dann wäre die Rikscha gestern noch fertig gewesen, fuhr es Raj durch den Kopf. Dann wäre er jetzt schon unterwegs, um die ersten Kunden irgendwohin zu fahren. Doch er hätte gar nicht bezahlen können, da er nicht genügend Geld bei sich hatte. Die Tageseinnahmen waren nicht ausreichend. Insofern wäre ihm der Weg heute sowieso nicht erspart geblieben. Ob der Besitzer früher erschienen wäre, war ebenso fraglich.

Eine weitere Stunde dauerte es, bis die Rikscha wieder geschweißt war. Danach wurde alles fein säuberlich geschmirgelt und gefeilt, sodass die Rikscha wieder so aussah wie zuvor. Nur wer genau hinsah, konnte erkennen, dass hier Hand angelegt worden war. Er bezahlte und fuhr mit seiner Asha schleunigst davon, um die verlorene Zeit wieder wettzumachen.

***

Am Vormittag legten sie einige Wäschestücke für die Reinigung zurecht. Sie nutzten den hervorragenden Service, der so gut wie in jedem Hotel zu sehr günstigen Preisen angeboten wurde. Die Wäsche wurde morgens abgeholt und bereits am Abend, spätestens aber am nächsten Vormittag frisch gewaschen, gestärkt und gebügelt wieder gebracht. Das übernahmen die Dobi Wallahs. Hier handelte es sich aber nicht um hochtechnische Geräte wie Waschmaschinen und Trockner, sondern um Menschen, genauer gesagt Wäscher, die sich der Wäschestücke mit gewissem Herzblut annahmen. Denn hier wurde die Wäsche wirklich noch von Hand gesäubert. Dabei wurden als Erstes die Wäschestücke gekennzeichnet, sodass die richtigen Teile zu ihrem Eigentümer zurückfanden. Danach wanderten die zu waschenden Kleidungsstücke zum Dobi Ghat. Das ist der eigentliche Waschplatz. Hier trafen sich alle Dobi Wallahs und verrichteten ihre Tätigkeit. In Großstädten waren die Dobi Ghats teilweise so groß, dass Hunderte von Dobi Wallahs Platz fanden, um ihre Beschäftigung auszuüben.

Dann wurde, ähnlich wie auch bei einer Maschinenwäsche, schön nach Farben getrennt. Allerdings erfolgte hier eine feinere Sortierung, denn es wurde wirklich nach einzelnen Farben und nicht nur nach hell und dunkel sortiert. Dies war unabdingbar, da die zu reinigenden Kleidungsstücke dann für mehrere Stunden in Seifenlauge gelegt wurden. Nun wurde das überschüssige Wasser ausgewrungen. Anschließend wurden noch vorhandener Dreck und das verbliebene Wasser doch tatsächlich wie zu Urgroßmutters Zeiten auf großen Steinen herausgeschlagen. In unermüdlicher Handarbeit und kräftezehrendem Aufwand, ohne auch nur einen Blick abzuwenden, holten die Dobi Wallahs mit der Wäsche in den Händen aus und schleuderten diese gezielt auf die Steine. Das Wasser spritzte geradezu in alle Richtungen. Es war ein faszinierendes Schauspiel.

Nach diesem sehr reinigenden Vorgang, der vermutlich gegenüber den modernen Waschmaschinen nur in der nicht so schonenden Reinigung das Nachsehen hat, wurden die Teile auf meterlangen Wäscheleinen an der Sonne getrocknet. Diese tat ihr Übriges, um die letzten, vielleicht doch noch verbliebenen Flecken auszubleichen. Sobald alles gut getrocknet war, führte der Weg die Wäschestücke zu den „Heimbüglern". Diese pressten geradezu die heißen Eisen auf jedes Wäschestück, bis es absolut glatt war. Dabei spielte es keine Rolle, ob es sich um Rock, Hose, Hemd oder Unterwäsche handelte. Hier wurde alles gleich behandelt. Zu guter Letzt wurde die Wäsche jedes einzelnen Kunden wieder herausgezogen und bei diesen abgeliefert. Wie das genau funktionierte, ist wohl nur den Dobi Wallahs bekannt, denn eine Markierung ist für den Kunden weder vor noch nach der Reinigung ersichtlich. Einfach einzigartig!

Marisa und Ben konnten nur einmal Zeugen eines kleinen Teils dieses großartigen und einmaligen Schauspiels sein, als sie an einem Dobi Ghat vorbeikamen und die Dobi Wallahs beim Ausschlagen der Wäsche beobachten konnten.

Den heutigen Tag hatten sie am Vortag gemeinsam geplant. Das erste Highlight sollte der Maharaja-Palast sein. Diesen erreichten sie bequem zu Fuß. Auch wenn es in der Stadt manchmal ein wenig lauter zuging und schon in den frühen Morgenstunden reges Treiben herrschte, das einen entsprechend hohen Geräuschpegel verursachte, so war eine zentrale Lage in der Stadt doch sehr vorteilhaft.

Der Maharaja-Palast lag mitten im Zentrum, umgeben von einer circa zweieinhalb Meter hohen Mauer, die keinem fremden oder unerwünschten Besucher weder früher noch heute Zugang gewährte. Die schätzungsweise fast quadratische Fläche umfasste wohl knapp anterthalb Quadratkilometer. Ben und Marisa betraten das Anwesen durch das riesige steinerne Südtor mit Rundbogen in orientalischer Verzierung, welches den einzigen Eingang bildete. Zur rechten und linken Seite befanden sind jeweils zwei übereinanderliegende weitere Rundbögen, die bereits einen kleinen Einblick auf den Palast ermöglichten.

Ihr Blick fiel direkt auf den imposanten Palast. Mehrere Türme mit roten Kuppeldächern ragten vierstöckig in die Höhe. Diese waren alle miteinander durch niedere Gebäudeteile verbunden. Das ebenerdige Geschoss wurde von unzähligen, fein verzierten Säulen und Rundbögen flankiert. Um das Gebäude befanden sich gepflegte Grünanlagen, die von breiten, rötlich sandigen Kieswegen durchzogen wurden, die entweder direkt auf den Palast oder um diesen herumführten. Auch innen gab es einiges zu Bestaunen. Marisa war ganz aus dem Häuschen von all der Pracht. „Ben, hast du die schönen Fußböden gesehen?", rief sie erstaunt. „Und diese Farbenpracht!"

„So kann man es auch sehen! Andere würden es vielleicht eher kitschig nennen!", konterte Ben. „Ehrlich gesagt, ist es mir ein bisschen zu viel des Guten!"

„Ja, bei uns wäre das sicher nicht passend. Aber hier gehört es einfach wirklich dazu. Genau so stellt man sich ‚Tausendundeine Nacht' vor!" sprudelte es begeistert aus Marisa heraus.

„Du willst aber hoffentlich nicht gleich zu Hause unsere Wohnung neu dekorieren!", entfuhr es Ben. Schon einen Augenblick später sollte er es bereuen.

„Gar keine so schlechte Idee! Darüber muss ich wohl ernsthaft nachdenken. Ein bisschen mehr Romantik kann sicher nicht schaden!", frotzelte sie ein wenig.

„Ja, aber allzu viel des Guten ist bekanntlich ungesund. Also bitte alles in Maßen!", sagte er und zwinkerte ihr mit einem Auge zu, was so viel bedeutete wie: Du wirst schon sehen wie romantisch ich bin!

„Sollten wir nicht noch ein paar Postkarten nach Hause schreiben?", fragte Marisa plötzlich wie aus heiterem Himmel.

„Ja, es ist wahrscheinlich sowieso schon fraglich, ob die noch vor uns zu Hause ankommen. Aber unseren Eltern sollten wir auf jeden Fall schreiben. Nick und Lisa würden sich sicher auch freuen", bestätigte Ben.

„Ella habe ich versprochen, dass ich ihr eine besondere Karte sende. Sie wird vermutlich nie nach Indien kommen."

„Dann sollten wir uns aber mal schnell auf den Weg machen, um einige nette Postkarten auszusuchen. Schließlich müssen wir sie ja auch noch schreiben", merkte Ben an.

„Ja, aber erst müssen wir uns noch die restlichen Schönheiten hier ansehen", wandte Marisa ein.

Gesagt, getan! Sie besichtigten noch die restlichen freigegebenen Räume. Beim anschließenden Rundgang durch den immensen Garten stießen sie auf der Westseite, am Rande der Mauer auf einen Tempel, der in den Himmel ragte und durch seine herrlichen steinernen Verzierungen imponierte. Dann machten sie sich gleich auf den Weg zum Postkartenkauf.

Allerdings war es gar nicht so einfach. Die meisten Läden boten Postkarten an, bei denen man den Eindruck gewinnen konnte, als wären die Aufnahmen bereits zwanzig Jahre alt. Auch der Zustand ließ eher darauf schließen, als lägen die Postkarten schon mehrere Jahre in den Ständern und fänden keine Abnehmer.

In einer schmalen Seitenstraße, etwas abseits der großen Durchgangsstraßen, fanden sie dann erstaunlicherweise einen kleinen Laden, welcher bezaubernde Postkarten anbot, die weitaus attraktiver und aktueller aussahen als in den anderen Läden. Die waren zwar etwas teurer, dafür aber genau richtig, beschloss Marisa. Sie wählte sorgfältig zwölf Karten aus. Ben hielt nicht so viel darauf, ihm war es lediglich wichtig, dass er zwei Karten abbekam, die er schreiben konnte.

Anschließend suchten sie ein Restaurant auf. Mit einem prima vegetarischen Mahl stärkten sie sich. Danach wurden die ersten Postkarten geschrieben, die sie gleich zum Postamt brachten. Da sie in dem Laden keine Briefmarken bekommen hatten, mussten sie erst noch welche kaufen. Sie standen zunächst einmal an, denn es herrschte reger Betrieb. Nach circa zehn Minuten waren sie an der Reihe. Marisa bat um zwölf Briefmarken für den Versand nach Europa. Sie bezahlte und fragte den Mitarbeiter, wo sie die Postkarten abgeben konnte. Zwei Schalter weiter, bekam sie zur Antwort. Sie klebte auf die fünf geschriebenen

Karten die Briefmarken auf und ging geradewegs zum übernächsten Schalter, wo sie erneut anstehen musste. Sie beobachtete das Geschehen vor ihr. Als sie an der Reihe war, gab sie ihre frankierten Postkarten dem Angestellten hinter dem Tresen. Der nahm sie, stempelte sie und legte sie fein säuberlich auf die Seite und wandte sich schon dem nächsten Wartenden zu. Doch da hakte Marisa nach. Sie forderte ihn höflich auf, ihr die Karten nochmals zu zeigen. Sie hatte nur vier Mal den Stempel gehört. Dabei waren es doch fünf Karten, die sie abgegeben hatte. Er wandte sich ihr etwas zögerlich zu, nahm Marisas Postkarten und zeigte sie ihr flüchtig. Dabei entdeckte sie tatsächlich, dass eine Briefmarke nicht abgestempelt war. Sie wies ihn höflich, aber bestimmt darauf hin und bat ihn, auch diese Briefmarke zu stempeln, was er dann mit einem mürrischen Gesicht und offensichtlich verärgert tat. Er nahm die Postkarte und zeigte sie ihr demonstrativ. Im Anschluss nahm er alle Postkarten und warf sie in einen großen Behälter, der auch die Briefe der anderen Kunden enthielt.

Marisa ging auf Ben zu: „Hast du das mitgekriegt. Nur gut, dass ich aufgepasst habe. Es war doch tatsächlich wie in einem der Reiseführer beschrieben. Der Angestellte hatte eine Briefmarke nicht gestempelt und alle Postkarten zur Seite gelegt. Vermutlich, damit er später die eine Briefmarke hätte lösen und für sich behalten können. Hätte er die Postkarten alle in den großen Behälter gelegt, hätte er sie später in der Masse nicht mehr wiedergefunden!"

„Tja, du hast eben ein Auge dafür. Als Kommissarin Spürsinn muss dir das ja auffallen. Ich merke so etwas gar nicht", bestätigte Ben schmunzelnd und pfiff anerkennend durch die Zähne.

Das wiederum ärgerte Marisa, denn sie fühlte sich gleich wieder bei ihrem Gerechtigkeitsfimmel ertappt und startete zum

Gegenangriff. Das konnte sie unter keinen Umständen auf sich sitzen lassen. „Tja, in dem Fall wäre dann eben die Karte an deine Eltern nicht angekommen! Da hättest du dir bestimmt zu Hause einiges anhören müssen, warum du keine Karte geschrieben hast, während alle anderen eine erhalten haben."

„Aber davor hast du mich ja nun Gott sei Dank bewahrt, was für ein Glück!", bedankte er sich in ironischem Ton.

Es war schon ein seltsames Gefühl. Marisa kam sich irgendwie kleinlich vor. Sie wollte gar nicht so misstrauisch gegenüber den Einheimischen sein. Denn die meisten Inder und Inderinnen waren ihnen sehr freundlich und zuvorkommend, wenn auch mit einer gewissen Distanz und Zurückhaltung begegnet. Doch hin und wieder bestätigten sich die Warnungen oder Hinweise, die für verschiedene Situationen in den Reiseführern aufgeführt waren. So gesehen hatte sich die gute Vorbereitung sicher gelohnt. Denn wer dachte schon an Kleinigkeiten wie eine nicht abgestempelte Briefmarke? Natürlich wäre das rein finanziell für Marisa und Ben kein wirklicher Verlust gewesen. Hier ging es um den ideellen Wert, der dem Empfänger gegebenenfalls verloren ging. Für den Angestellten hingegen bedeutete eine Briefmarke, deren Erlös er dann für sich vereinnahmen könnte, einen reinen finanziellen Vorteil, der ihm das Überleben etwas einfacher machte.

War sie zu hart gewesen, überlegte sich Marisa. Sie hätten ja einfach nochmals ein paar Postkarten an dieselben Leute schreiben und versenden können. Jeweils eine davon wäre dann vermutlich schon bei den Empfängern angekommen. Es war recht unwahrscheinlich, dass keine der Karten an ein und dieselbe Person, vielleicht sogar bei verschiedenen Postämtern aufgegeben, sein Ziel erreichen würde.

Aber nun war es so, sie konnte ihre Entscheidung, nachgefragt zu haben, nicht mehr rückgängig machen. Sie hatte rein intuitiv gehandelt. Es ging ihr wie so oft um das Prinzip. Sie verabscheute Betrügereien im kleinen Stil genauso wie im großen. Dazu gehörten nach ihrer Meinung Diebstahl genauso wie Lügen. Sie konnte es überhaupt nicht leiden, wenn jemand versuchte, sich aus einer unangenehmen Situation herauszureden oder sich auf fremde Kosten zu bereichern. In dem Moment war ihr aber nicht bewusst, was für den Postangestellten eine Briefmarke bedeutete. Das konnte sie auch nicht, dazu waren die Lebensweisen der Einheimischen und ihre eigenen viel zu unterschiedlich. Und das konnte man keinem zum Vorwurf machen. Nun, im Nachhinein, überlegte sie, ob sie beim nächsten Mal in einer ähnlichen Situation ein Auge zudrücken und dadurch insgeheim das unkorrekte Verhalten unterstützen würde. Konnte sie das überhaupt? Vermutlich nicht. Sie war durch und durch die korrekte Person, immer auf Ehrlichkeit bedacht. Da passte so etwas überhaupt nicht zusammen. Eine Antwort darauf würde sie wohl erst erhalten, wenn es wieder eine ähnlich gelagerte Gelegenheit geben würde.

Eine andere Möglichkeit bestand dann aber darin, erst gar nicht nachzufragen und somit niemanden zu kompromittieren. Aber selbst da war Marisa gefordert, indem sie bereits im Vorfeld beide Augen zudrücken und sich schweren Herzens zurückhalten musste. Insgeheim hoffte sie, dass sie nicht mehr vor eine ähnliche Entscheidung gestellt würde.

Ben hatte es da ein bisschen besser. Er sah das Ganze weitaus lockerer. Ihn kümmerten solche Kleinigkeiten nicht. Er ärgerte sich vielleicht kurz darüber, aber ansonsten ließ er es dabei bewenden und gönnte in gewissem Sinn dem anderen sein kleines Glück. Auch wenn ihm bewusst war, dass dadurch ein entsprechendes Verhalten gefördert wurde, sagte er sich immer, dass es denjenigen nicht reich und vermutlich auch nicht wirklich glücklich machte. Solange er selber nicht dramatisch geschädigt wurde, konnte er gut damit leben. Er spielte hier nicht den geheimen Richter, wie er dann Marisa auch ab und zu provozierend nannte.

Der Nachmittag wurde mit Besichtigungen einiger Museen und den Planungen für den nächsten Tag abgeschlossen. Den Abend genossen die beiden in aller Eintracht, und Ben zeigte Marisa wieder einmal, wie romantisch er sein konnte, auch wenn die Rahmenbedingungen in der einfachen Unterkunft alles andere als gut waren. Doch gerade das stellte einen besonderen Reiz dar. Da zählten nicht die äußeren Einflüsse, sondern die, die Ben selbst zu bieten hatte. Und das waren eine Menge! Marisa staunte immer wieder, wie zärtlich und behutsam, aber dennoch gezielt er vorging. Er reizte sie so sehr, dass sie kaum genug bekommen konnte und gleichzeitig fast in ihrer Ekstase zu zerspringen drohte. Sie konnte sich in diesem Moment nichts Schöneres vorstellen.

***

Maryamma kam von der Arbeit, als sie ihren Schwiegervater in äußerst schlechtem Zustand vorfand. Sie fragte nach seinem Wohlergehen, wie sie es immer tat, wusste aber bereits, dass es ihm wesentlich schlechter ging. Das bestätigte sich auch recht bald, denn er antwortete nicht.

Bereits die letzten Tage hatte er kaum mehr gesprochen, wollte nicht mehr aufstehen, war zusehends dünner geworden. Sein Atem ging inzwischen schon so schwer, dass ihn jeder Atemzug stark schmerzte. Er vermied es daher, sich unnötig anzustrengen und zusätzliche beschwerliche Atemzüge zu tun. Es kostete ihn bereits so große Überwindung, sich aufzurichten, um seine Notdurft zu verrichten, dass er auch kaum mehr Flüssigkeit oder Nahrung zu sich nahm. Kein gutes Zureden, weder von seiner fürsorglichen Frau Floria noch seinem geliebten Sohn oder der hilfsbereiten Schwiegertochter, halfen.

Maryamma war schon ziemlich verzweifelt, denn auch dieses Mal reagierte er auf ihre Aufforderung hin gar nicht. Er lag nur still auf seinem Bett. Sie kochte wie jeden Abend Reis und ein wenig Gemüse, das ihn stärken sollte. Doch als sie ihm das Essen geben wollte, drehte er nur den Kopf ablehnend zur Seite. Er wollte nichts zu sich nehmen.

„Du musst aber etwas essen, damit du wieder zu Kräften kommst!", flehte Maryamma ihren Schwiegervater an. „Was wird nur Floria sagen, wenn sie heute von der Arbeit nach Hause kommt und du wieder nichts gegessen hast."

Er schlug nur die Augenlider kurz zu und wieder auf, so als wolle er sagen: Es ist richtig so, sie wird mich verstehen.

Maryamma wurde ganz schwer ums Herz. Wieso war sie nur allein. Die Kinder konnten ihr in dieser Situation nicht helfen. Sie war froh, dass sie sich alleine beschäftigten und sie sich nicht auch noch um sie kümmern musste. Allerdings besserte sich ihre Situation dadurch nicht, denn sie wusste nicht mehr, was sie tun sollte. Sie wünschte sich, dass Raj heute nicht so spät nach Hause kommen würde. Er sollte hier sein, wenn Floria kam. Sie brauchten ihn jetzt alle. Vielleicht würde Floria oder Raj eine Lösung einfallen, wie sein Vater seine Meinung ändern würde. Doch Maryamma sollte sich täuschen.

Wie durch ein Wunder kam Raj tatsächlich recht früh nach Hause. Er hatte einen guten Tag gehabt und freute sich darüber.

Diese Freude wurde allerdings schnell getrübt, als er den Zustand seines Vaters erblickte. Nachdem ihm Maryamma kurz erklärt hatte, wie es um ihn stand, wurde sein Herz schwer. All seine Bemühungen für die teuren Medikamente wurden nicht belohnt. Diese konnten seinem Vater wohl nur noch die anhaltenden Schmerzen lindern, die er erleiden musste, aber in keinem Fall mehr schmerzfrei stellen. Die Hoffnungen auf eine Besserung waren mit einem Schlag dahin, obwohl sie an eine gänzliche Genesung schon lange nicht mehr glauben durften.

Auch Rajs Mutter war sichtlich am Boden zerstört, als sie ihren Mann bei ihrer Rückkehr erblickte. Sie sprach zu ihrem Mann, doch als sie erkannte, dass ihm kein Wort über die Lippen kam, weil ihn jedes Wort so stark schmerzte und er ihr nur mit seinen Blicken zu verstehen gab, wie es ihm ging, wusste sie Bescheid. Sie hatten auch während ihrer langen Ehe nie viel miteinander geredet. Sie verstanden sich auch so. Jeder kannte seine Aufgaben. Auch in der Vergangenheit konnten sie ihre Nöte nur lindern, aber in den seltensten Fällen wirklich ausmerzen.

Auch den Kindern entging die getrübte Stimmung der Erwachsenen nicht. Es war ihnen schon seit Monaten nicht entgangen, dass es ihrem Großvater täglich schlechter ging. Obwohl sie sich auf jede Mahlzeit, sofern man das bisschen Reis und das wenige Gemüse so nennen konnte, freuten, konnten auch sie am Abend trotz der knurrenden Mägen wenig essen. Sie spürten genauso wie die Eltern und die Großmutter, was in der Luft lag, auch wenn ihnen das keiner sagte.

Floria saß am Bett ihres Mannes und hielt seine Hand. Sie wollte einfach nicht glauben, dass er aufgab, obwohl ihr gleichzeitig klar war, dass er sich bereits auf das nächste Leben vorbereitete. Es war ein Kreislauf, der zum Leben gehörte. Doch trotz dieses Bewusstseins sprach sie in fast flüsterndem Ton zu ihm, flehte ihn geradezu an, sie nicht zu verlassen.

Auch Raj trat an das Bett seines Vaters, sprach mit Tränen gefüllten Augen und einer schweren Stimme zu ihm. Er dankte ihm für all das Getane, die Unterstützung und Liebe die er ihm während der fünfundzwanzig Jahre hatte zuteilwerden lassen. Er bestätigte ihm, dass er sich keine Sorgen machen brauche, und versprach ihm, für seine Mutter zu sorgen. Da ergriff der Vater Rajs Hand, drückte sie fest und nickte ihm zu. Das war sein Dank für das gemachte Versprechen. Ihm war klar, dass sein Sohn sich daran halten würde. Er war sich nun sicher, dass er diese Welt getrost verlassen und auf ein besseres neues Leben blicken konnte.

Ein letztes Mal sammelte Rajs Vater seine ganze Kraft, öffnete die Augen, blickte alle Familienmitglieder der Reihe nach an, um danach die Augen für immer zu schließen.

Der Tod hatte alle Familienmitglieder tief erschüttert. Auch wenn sie schon seit längerer Zeit das Ende nahen sahen, hatte sich jeder davor gescheut, darüber zu sprechen. Nun war es unausweichlich geschehen. Die Beerdigungszeremonie musste besprochen und organisiert werden. Für den Vater war der Tod eine Erlösung und Erfüllung seines Lebens zugleich. Denn nur durch den Tod wurde das Leben vollendet.

Rajs Geschwister wurden informiert. Da sie alle praktisch nichts an Erspartem hatten, würde es eine ganz einfache Beerdigung geben. Es war sehr traurig, dass sie ihrem Vater keine würdigere Verbrennung ausrichten konnten, doch auch das gehörte zu ihrem Schicksal.

Raj hätte gerne einige Tage freigenommen und auf seine Touren mit der Rikscha verzichtet, um der üblichen dreitägigen Trauerzeit nachzukommen. Doch das konnte er sich leider nicht leisten. Jeder Tag war wichtig, um genügend Rupien für die Miete und den Unterhalt einzufahren. Das Leben ging unerbittlich weiter. Er musste an seine Frau, seine Kinder und nicht zuletzt an seine Mutter denken. Sie würde auch nicht mehr ewig arbeiten und zum Unterhalt beitragen können. Sein Vater hätte das daher sicher verstanden und unterstützt. Alle kehrten gezwungenermaßen recht schnell zu ihrem Alltag zurück. Raj fuhr seine üblichen Touren. Jetzt, da sein Vater nicht mehr lebte, benötigten sie keine teuren Medikamente mehr. Dafür mussten noch einige Schulden für die Beerdigung abgetragen werden. Dennoch sparten sie etwas, sodass sie sich hin und wieder ein kleines Festmahl gönnten, bei dem alle essen konnten, bis sie satt waren. Doch Raj, in seiner vorausschauenden Art, sorgte dafür, dass der Großteil der nun eingesparten Rupien der Vorsorge diente. Er wollte unbedingt den Schulbesuch seinem ältesten Sohn weiter ermöglichen und nach Möglichkeit auch den beiden jüngeren Kindern. Dafür legte er jede Woche einen Teil auf die Seite, der behütet wurde wie ein wahrer Schatz.

Seinen wöchentlichen Verpflichtungen kam er pflichtgemäß nach, sodass er Herrn Khan keinen Grund zu Beanstandungen lieferte. Im Gegenteil, er war sogar sehr zufrieden mit Raj und bot ihm ein weiteres Geschäft an, mit dem Raj noch mehr verdienen konnte. Raj hatte keine Ahnung, welche Auswirkung dies für ihn haben würde und wie er reagieren sollte. Eine Ablehnung gegenüber Herrn Khan wäre sicher nicht gut angekommen. Außerdem würde ihm eine zusätzliche Einnahmequelle nicht schaden. So ließ Raj sich auf den Vorschlag ein.

***

Der neue Tag begann wie die Vorangegangenen. Nach einem ausgiebigen Frühstück, natürlich nach indischer und nicht europäischer Art, machten sich Ben und Marisa zur nächsten Erkundungstour auf den Weg. Mit dem Bus fuhren sie zum Fuße des Chamundi Hill. Diesen wollten sie am frühen Morgen besteigen, solange die Hitze noch nicht allzu groß und der Platz noch nicht zu sehr von Touristen überfüllt war.

Zu Beginn der Fahrt war der Bus gut gefüllt, doch je weiter sie das Stadtzentrum verließen, desto leerer wurde er. Hier draußen ging es wesentlich ruhiger zu. Das rege Treiben fand momentan nur im Zentrum statt. Der Aufstieg gestaltete sich ziemlich anstrengend, obwohl der Weg nach oben von vielen Bäumen geziert wurde, welche reichlich Schatten spendeten. Trotzdem herrschte schon eine schwüle Hitze, welche beiden in Verbindung mit der körperlichen Anstrengung schwer zu schaffen machte. Immer wieder waren sie gezwungen, eine kleine Pause einzulegen. Glücklicherweise hatten sie genügend Wasser mitgenommen, um den großen Wasserverlust auszugleichen. Ben schwitzte schon nach der Hälfte des Aufstiegs so sehr, dass er glaubte an einem Marathonlauf teilgenommen zu haben. Bei jeder Rast achteten sie darauf, nicht der direkten Sonne ausgesetzt zu sein. Selbst unter den Bäumen hatte die Sonne eine wahnsinnige Kraft, sodass Marisa vorsichtshalber gleich noch einmal zu der Sonnencreme griff, um sich einzucremen und vor der Sonne zu schützen.

Außer den Bäumen wuchs kaum mehr etwas. Die Trockenheit ließ wohl nur ganz wenige, robuste Pflanzen überleben. Insofern war der Berg außer mit Bäumen überwiegend von Steinen, Felsbrocken und verdorrtem Gras bedeckt. Die Strecke führte über 1.000 Stufen hinauf auf den Berg. Sie waren wirklich froh, bereits am Morgen aufgebrochen zu sein. Viel später hätten sie den Weg nicht zurücklegen wollen, schon gar nicht zur Mittagszeit, wenn die Sonne senkrecht im Zenit stand und die Schattenplätze rar wurden.

Nach dem Großteil der Strecke kamen sie an einer fünf Meter hohen Statue, welche einen Bullen darstellte, vorbei. Auch er war aus einem einzigen Felsen gehauen. Er wurde Nandi genannt und stellte Shivas Gefährten dar. Durch seine dunkelgraue, fast schwarze Farbe wirkte er noch eindrucksvoller und ein wenig Furcht einflößend. Allein durch die vielen bunten, aus frischen Blumen bestehenden Girlanden, die ihn zierten und ihm von den verschiedensten Pilgern umgehängt wurden, wirkte er ein wenig freundlicher. Er war eine willkommene Abwechslung für eine kleine, für manche Pilger vielleicht auch längere Rast.

Oben angekommen freuten sich beide wie zwei kleine Kinder, dass sie ihr Ziel erreicht hatten. Ben holte tief Luft, so als wolle er sagen, so, nun wär's geschafft. Allerdings meinte er zu Marisa: „Hätte ich vorher gewusst, wie anstrengend das wirklich ist, wäre ich vermutlich unten geblieben."

„Ach komm, für einen Sportler wie dich ist das doch ein Klacks!", provozierte sie ihn.

„Ja, zu Hause vielleicht. Aber hier in dieser sengenden Hitze und bei dieser Luftfeuchtigkeit komme sogar ich ins Schwitzen und Schnaufen wie eine alte Dampflok!"

„Alt, aber dennoch voller Energie!", lobte Marisa ihn. „Aber wieso soll es dir besser ergehen als mir. Schau mich mal an! Mein T-Shirt sieht schon aus, als hätte ich gerade geduscht, so nass ist es."

„Dann sollten wir mal schnell unseren Wasserhaushalt wieder auffüllen. Hier trink mal was", meinte Ben und hielt ihr die Flasche, welche sie mit Mineralwasser gefüllt hatten und in ihrem Gepäck bei sich trugen, entgegen.

„Danke!", sagte Marisa und nahm mehrere Schlucke und reichte Ben die Flasche.

Ben tat es ihr gleich und trank ebenfalls.

Beide fühlten sich danach gleich besser. Sie besichtigten den riesigen Tempel, der mit einem gigantischen Turm, einem sogenannten Gopuram, und einer Höhe von vierzig Metern über dem Eingang ragte. Der mühevolle Aufstieg hatte sich gelohnt. Denn auch die Aussicht, die sich Ben und Marisa von hier bot, war einfach umwerfend.

„Sieh nur, wie groß die Stadt doch ist. Hier drüben erkennst du den Palast!", rief Marisa.

„Ja, und rings um die Stadt ist überall Ackerland. Die grünen Felder sind wohl alle Reisterrassen", stellte Ben fest.

„Schön, nicht wahr? Wenn man nur in der Stadt ist, sieht man das alles nicht", meinte Marisa mit einem Leuchten im Gesicht. Die Mühen des Aufstiegs waren auf einmal verflogen.

„Die Anstrengung hat sich in jedem Fall doch gelohnt!", bestätigte Ben zufrieden. Sie setzten sich in ein Café, bestellten sich zur Stärkung ein typisches Tellergericht und genossen den herrlichen Tag.

„Nun müssen wir nur wieder hinunter. Das dürfte uns hoffentlich nicht so schwer fallen!", stellte Ben fest.

„Eigentlich sollte es etwas leichter sein. Zumindest werden wir nicht mehr so schnell außer Atem kommen. Aber unsere Knie werden ganz schön weich werden!"

So war es dann auch. Das ständige Bergab war für die Kniegelenke noch schlimmer. Die kleinen Unterbrechungen, die sie immer wieder hinnehmen mussten, kamen ihnen sehr gelegen. Immer wieder mussten sie auf den schmalen Treppen zur Seite, um den nach oben strömenden Menschenmassen auszuweichen, von denen sie stets freundlich gegrüßt wurden. Teilweise hatten sie das Gefühl, dass der Menschenstrom gar nicht enden wollte. Beim Nandi war eine ganze Traube von Leuten versammelt. Sie hatten es offensichtlich auch nicht so eilig. Vermutlich ließen sie sich für solch einen Ausflug den ganzen Tag Zeit. Marisa war heilfroh, jetzt in der Mittagshitze nur die Strecke zurück bewältigen zu müssen. Sie wollte unter keinen Umständen mit den anderen tauschen, die noch den Weg nach oben vor sich hatten.

Unten angekommen, suchten sie sich zunächst noch einmal ein ruhiges schattiges Plätzchen zum Verweilen. Sie überlegten, was sie mit dem angefangenen Tag noch machen wollten. Für weitere größere Aktionen fehlte beiden der nötige Elan. Außerdem sollten sie für die meisten Unternehmungen einen ganzen Tag einplanen. Sie beratschlagten, ob sie gleich ins Hotel zurück oder lieber noch irgendwohin sollten. Marisa machte den Vorschlag, noch ins Zentrum zu einem Einkaufsbummel zu fahren. Sie wollte einfach ein bisschen durch die Läden schlendern und sehen, was es alles gab. Vielleicht würde sie auch das eine oder andere Souvenir entdecken, das sie als schöne Erinnerung mit nach Hause nehmen könnte. Immerhin würden sie so schnell nicht mehr hierherkommen. Bens Einwand, dass sie die Sachen bestimmt auch alle zu Hause kaufen konnte, ließ sie nicht gelten. Es war etwas anderes, ob man sich den Artikel selbst in dem Land aussuchte, in dem es hergestellt wurde, oder erst zu Hause, wo bereits von den Einkäufern eine Vorauswahl getroffen war. Hier war die Auswahl sicherlich viel breiter gefächert. Diesem Argument, welches Marisa in ihrer gewohnt sicheren Art vorbrachte, konnte Ben nichts entgegensetzen und fügte sich seinem Schicksal. Denn natürlich fand Marisa etwas. Es war praktisch und vor allem nicht groß und sehr leicht. Solche Lesezeichen, wie sie in Händen hielt, würde sie zu Hause bestimmt nicht finden. Diese waren aus Holz und ähnelten einer Art großen Büroklammer, mit einer Länge von circa fünf Zentimetern, die an die Buchseite gesteckt werden konnte. Das obere Ende, das aus dem Buch herausschaute, endete jeweils mit einem wunderschönen, sehr fein geschnitzten Elefanten. Davon musste sie unbedingt einige kaufen. Das konnte sie auch zu Hause einem Buchgeschenk für ihre Freundin beilegen und damit sicher eine besondere Freude machen.

Nun war nur noch die Frage des Rückwegs ins Zentrum zu klären. Ben meinte, dass die heutige Anstrengung ausreichend war und er nicht weiter seinen Körper irgendwelchen Torturen ausliefern wollte. Marisa stimmte zu.

Der Bus war allerdings kurz zuvor abgefahren. Also beschlossen sie eine Rikscha zu nehmen. Immerhin hatten sie diese Möglichkeit bisher noch nicht gewählt. Es würde also ein besonderes Erlebnis werden, das sie nicht ungenutzt lassen durften.

Ein Stück weiter am Straßenrand warteten bereits drei Fahrradrikschas und vier motorisierte Rikschas auf Gäste. Sie liefen geradewegs darauf zu. Die Fahrer, stets auf der Lauer nach Fahrgästen, erkannten die Chance sofort und riefen ihnen bereits von Weitem zu. Jeder wollte die Gäste für sich gewinnen. Da Ben und Marisa momentan noch die einzigen Touristen waren, stürzten sich praktisch alle auf sie. Vereinzelt liefen die Fahrer ihnen schon entgegen und offerierten Angebote. Ben und Marisa waren kurzzeitig völlig überfordert. Die Fahrer riefen wild durcheinander, einer lauter als der andere. Jeder behauptete der beste, günstigste und schnellste zu sein. Wie sollten sie sich da entscheiden? Sie wussten gar nicht mehr, was sie tun sollten. Doch dann kam Marisas Verhandlungsgeschick zutage. Sie sprach erst mit einem

Fahrer, nannte ihm ihr Ziel. Der antwortete nur: „Yes, no problem!" Doch bereits auf die Frage nach dem Preis wich er aus. Diesen wollte er, aus welchem Grund auch immer, nicht nennen. Vielleicht verstand er es nicht oder er konnte den Preis nicht in Englisch. Darauf ließ sich Marisa aber nicht ein.

Der nächste Fahrer lauerte bereits. Er war verhältnismäßig klein und wirkte ein wenig untersetzt, obwohl er nicht dicker war als alle anderen. Auch er sagte wieder, dass alles kein Problem sei, und nannte ihr einen Preis. Marisa zögerte. Er erschien ihr recht hoch. Sie überlegte, welcher Preis angemessen wäre, und machte ein deutlich niedrigeres Angebot. Sie wusste, dass dieser Preis unter dem liegen musste, den sie zu zahlen bereit war. Denn nur so konnte sie wirklich handeln. Wenn der Fahrer ihr ein geringeres Angebot als beim ersten Mal machte, konnte sie einen höheren Preis als ihren ersten bieten. Dies ging dann so lange, bis man sich einigte. Allerdings reagierte der Fahrer auf ihr zweites Angebot nicht mehr. Er tat etwas beleidigt und trat schimpfend den Rückzug an. Offensichtlich hatte Marisa doch zu wenig geboten. Sie musste eben erst Erfahrung sammeln. Die Preise für Rikschafahrten waren ihr eben nicht geläufig.

Nun kam der lachende Dritte ins Spiel. Ein hagerer, junger Inder, der sich bis dahin dezent zurückgehalten hatte, trat nun auf Marisa zu. Er fragte sie, wohin sie wolle. Nachdem sie ihm die Einkaufsstraße im Zentrum als Ziel genannt hatte, leuchteten seine fast schwarzen Augen auf. Er antwortete ihr, dass sie einsteigen sollten. Marisa war das nicht geheuer, und sie fragte zum wiederholten Male nach dem Preis. Der Rikschafahrer nannte ihr 25 Rupien. Das war also ein bisschen weniger, als das, was der Rikschafahrer zuvor verlangt hatte. Insofern war das dann wohl doch ein realistischer Preis. Sie wollte es nicht noch einmal darauf ankommen lassen und handelte erst gar nicht mehr. Immerhin würde dies eine besondere Fahrt für sie werden. Zu Hause erlebten sie so etwas nicht. Da war es dann egal, wenn sie unter Umständen ein wenig mehr als den üblichen Preis bezahlte.

„Komm!", rief Marisa Ben zu, der sich bis dahin stark zurückgehalten hatte, und winkte ihn heran.

„Da hast du mal wieder deine Künste walten lassen, was?", sagte er anerkennend, als er neben ihr stand.

Sie folgten dem Fahrer zu seiner Rikscha. Marisa stieg auf. Der erste Tritt war relativ hoch, sodass sogar sie sich trotz ihrer Größe anstrengen musste. Sie dachte an die meist wesentlich kleineren Inderinnen, denen das sicher nicht so leichtfiel. Sie setzte sich auf die Sitzbank und rutschte ganz durch, um Ben Platz zu machen. Ben stieg ebenfalls ein und machte es sich, so gut es ging, bequem.

Die Sitzbank war für sie beide gerade breit genug. Ben wunderte sich, wie hier manchmal vier Leute voll bepackt mitfahren konnten. Aber den Einheimischen machte das vermutlich nichts aus, weil sie es so gewöhnt waren. Außerdem war es wohl immer noch bequemer und bei mehreren Personen vielleicht auch billiger als in einem überfüllten Bus.

Der Fahrer stieg auf und trat in die Pedale. Er musste sich mächtig ins Zeug legen, um die Rikscha in Fahrt zu bringen. Zugegeben war Ben gegenüber den meisten sehr hageren Indern ein Schwergewicht, obwohl er für seine Größe nicht dick war, aber eben gut gebaut. Da kamen schon ein paar Kilo zusammen. Zum Ausgleich hatten sie dafür kaum Gepäck dabei, sodass sich die Gesamtsumme relativierte. Es ruckelte ziemlich heftig, jedes noch so kleine Loch im Asphalt über das der Fahrer fuhr, spürten sie deutlich. Ihre Rücken und die wertesten Hinterteile würden einiges aushalten müssen bis sie am Ziel ankommen würden. Eine Federung gab es hier nämlich nicht.

Da es noch nicht so spät war, hielt sich der Verkehr in Grenzen. Dennoch erschrak Marisa hin und wieder, wenn die Autos ziemlich knapp an ihnen vorbeifuhren oder wenn der Fahrer einem Hindernis ausweichen musste und die Kurve etwas enger nahm. Marisa lief es eiskalt den Rücken herunter. Sie konnte selbst nicht eingreifen, was ihr angesichts der Lage in dem wohl doch schwächsten Verkehrsmittel einige Magenschmerzen und Herzklopfen bereitete. Immer wieder hielt sie den Atem an, hielt sich krampfhaft an der Seite fest und drückte Ben hin und wieder fast den Arm ab. Es war schon ein besonderes Gefühl, das Marisa und Ben erlebten, so gefahrenvoll hatten sie sich das nicht vorgestellt.

Der Fahrer fragte nach, wo sie genau hinwollten. Doch Marisa hatte keine genaue Adresse und gab lediglich an, dass sie sich insbesondere für Textilien oder Stoffe interessiere. Da hatte er gleich geantwortet, dass er einen ausgezeichneten Laden mit feinen Stoffen für Saris und andere Kleidungsstücke kenne. Wenn sie wolle, könne er sie direkt dorthin fahren, der Preis wäre derselbe. Marisa stimmte zu. Es war ja egal, wo sie sich umsah, da sie sowieso keine Ahnung hatte, wo es die besten oder die günstigsten Stoffe gab.

Sie fuhren die große, lange, direkt ins Zentrum führende Harishchandra Road entlang. Am Ende bogen sie links und dann wieder rechts ab, um westlich des Maharaja-Palastes vorbeizufahren. Hier kamen sie auch an der am nordwestlichen Ende des Palastes liegenden Busstation vorbei, wo wie immer viel los war, bevor sie in die Haupteinkaufsstraße, der Sayaji Rao Road, einbogen. Immer wieder wunderte sich Ben, wie geschickt der Fahrer seine Rikscha durch und an den vielen Verkehrsteilnehmern vorbei lenkte. Auch die häufig überraschend, zwischen den am Straßenrand parkenden Autos auf die Fahrbahn springenden

Fußgänger, die sich einen Weg auf die andere Straßenseite bahnten, wurden geschickt umfahren. In diesem Verkehr wollte keiner der beiden selber fahren, weder Auto noch Rikscha. Sie waren froh sonst nur als Fußgänger unterwegs zu sein. Und bereits damit hatten sie teilweise alle Mühe, wenn sie eine breitere Straße, an der es keine Ampel gab, zu überqueren hatten. Marisa und Ben spürten förmlich, dass es sich hier um mehr als nur um Fahrradfahren mit Anhang handelte. Das musste gelernt sein! Geschickt lenkte der Fahrer seine Rikscha in eine glücklicherweise freie Lücke an der Seite, direkt vor das Gebäude des angekündigten Geschäfts. Marisa und Ben stiegen trotz ihrer sportlichen Fähigkeiten etwas ungeschickt ab, bezahlten den vereinbarten Preis und verabschiedeten sich. Doch der Fahrer begleitete sie bis zum Eingang. Er schien sehr besorgt und wollte offensichtlich sichergehen, dass sie auch den richtigen Laden betraten. Marisa bedankte sich und gab ihm zu verstehen, dass er gehen könne, sie würden schon alleine zurechtkommen. Doch entweder verstand er sie nicht oder er war zu besorgt, denn er begleitete sie sogar noch bis hinein. Dort wurden sie freundlich von einer Angestellten begrüßt. Erst danach verabschiedete sich der Fahrer und verließ den Laden.

***

Raj hatte am frühen Mittag wieder einmal Stellung vor dem Chamundi Hill bezogen und wartete auf Kundschaft. Er war nicht allein. Einige seiner Kollegen hatten wohl Gleiches im Sinn. Es war noch recht ruhig, doch er war sich sicher, dass es nicht mehr allzu lange dauern würde.

Nach einer halben Stunde kamen bereits die ersten Touristen. Die einheimischen Touristen liefen Richtung Busstation. Doch es befanden sich auch Europäer darunter, die sich zunächst einmal unter einem Baum im Schatten ausruhten. Doch kurz darauf suchten sie offensichtlich nach einer Fahrmöglichkeit, denn sie liefen direkt in Richtung der Rikschafahrer. Das war die Gelegenheit, auf die er wartete. Doch wie immer würde er sich nicht aufdrängen.

Gerade bei den ausländischen Touristen hatte er gelernt Geduld zu üben, da diese oft skeptisch waren. Es war oft besser, sich anfangs zurückzuhalten und erst später in Erscheinung zu treten. So hielt er es auch dieses Mal. Er beobachtete die Situation genau.

Die Rikscha-Wallahs stürmten geradezu auf das Touristenpaar zu und gestikulierten wild mit den Händen, während jeder von ihnen den Touristen auf seine Art ein Angebot unterbreitete. Raj hielt sich zwar im Hintergrund, war aber dennoch so weit an das Geschehen herangetreten, dass er den Dialog größtenteils verfolgen konnte. So hatte er auch gelernt, welche Preise für bestimmte Fahrten verlangt werden konnten. Natürlich gab es auch eine persönliche Schmerzgrenze, die je nach Tagesbefinden und bisheriger Einkünfte jeder Rikscha-Wallah nötigenfalls selbst festlegte.

Der erste Fahrer hatte den Fehler begangen und keinen Preis genannt, sondern nur, dass er die Gäste zum Ziel fahren könne. Das war den Gästen aber nicht ausreichend, sodass sie sich an den nächsten Fahrer wandten, der auf Anfrage einen Preis nannte. Raj hatte den Angebotspreis mitbekommen und empfand diesen als völlig übertreuert. Sicher hatte der Rikschah-Wallah bewusst einen hohen Preis angesetzt, in der Hoffnung, dass die ausländischen Touristen sich nicht auskannten und den Preis anstandslos akzeptierten. Doch offensichtlich ging die Rechnung nicht auf, denn die Frau machte ein eigenes Angebot. So ging das eine ganze Zeit hin und her, bis die Touristin keinen höheren Preis mehr zu zahlen bereit war. Der Rikscha-Wallah gab allerdings auch nicht nach, fluchte und schimpfte, da er es als Beleidigung empfand, so dass sie ebenfalls nicht ins Geschäft kamen.

Nun war es wieder einmal an der Zeit, dass Raj sich einschaltete. Langsam trat er der blonden Touristin entgegen und fragte sie, wo sie hinwollten. Nachdem sie ihm als Ziel lediglich die Einkaufsstraße im Zentrum genannt hatte, bat er sie, ihm zu folgen. Nun fragte sie noch nach dem Preis. Diesen hatte er für sich aufgrund der vorhergehenden Verhandlungen bereits festgelegt und nannte ihn ihr. Er war höher als das letzte Gebot, das die Touristin dem Fahrer zuvor gemacht hatte, aber nur unwesentlich geringer als das des Fahrers. Raj nutzte die Chance, denn es war ein reeller Preis. Wenn sie wirklich fahren wollte, würde sie nun vermutlich nicht mehr ablehnen. So kam es dann auch. Das Paar stieg in seine Rikscha ein und die Fahrt konnte beginnen.

Sicher chauffierte er die Gäste durch die Straßen Richtung Sayaji Rao Road. Es war noch früh am Nachmittag, sodass der Verkehr noch nicht allzu groß war. Da er keine konkrete Adresse genannt bekommen hatte, fragte er vorsichtig nach, wo sie genau hinwollten. Er bekam lediglich zur Antwort, dass sie sich speziell für Stoffe und Textilien interessiere, aber sie kannte keinen konkreten Laden.

Das war prima! Eine weitere Chance für Raj. Er machte sie höflich darauf aufmerksam, dass er einen hervorragenden Laden kannte, der exzellente Stoffe anbot. Er könnte sie gerne dorthin fahren, ohne weitere Kosten.

Die Fahrgäste stimmten zu. So kam es, dass er die Gäste vor dem Laden der Familie Khan absetzte und hineinbegleitete. Das war wichtig, denn nur wenn im Hause erkannt wurde, dass er die

Kunden vermittelt hatte, würde für ihn beim Kauf entsprechender Waren durch die Kunden eine Provision für ihn abfallen. Damit konnte er seinen Verdienst aufbessern. Allerdings war es eine ungewisse Sache, da er nie im Voraus wusste, ob etwas gekauft wurde oder nicht. Dies erfuhr er immer erst am Tag der Abrechnung. Denn die Angestellten des Herrn Khan waren angewiesen, genau Buch darüber zu führen, welcher Rikscha-Wallah welche Kunden brachte und was diese kauften.

In den letzten Wochen hatte er immer öfter versucht, Kundschaft direkt beim Familienunternehmen Khan abzuliefern und so seine Einkünfte zu verbessern. Doch auch das war einfacher gesagt als getan.

Je höher der Umsatz pro Rikscha-Wallah war, desto höher war auch sein Provisionssatz. Nun konnte er nur noch hoffen, dass die eben abgelieferten Gäste Gefallen an den angebotenen Waren fanden und kräftig einkauften.

***

Die Angestellte begleitete sie weiter in den etwas dunklen Verkaufsraum. Der von außen etwas unscheinbar wirkende Laden offenbarte sich jedoch innen als wahres Fundstück. Marisa blieb vor Staunen der Mund offen stehen. Diese Vielfalt und Pracht der angebotenen Stoffe ließen ihr bereits beim ersten Anblick das Herz höher schlagen. Nie hätte sie vermutet, dass sich hier solche wunderbaren Stoffe verbargen. Wie musste es sein, wenn sie all die vielen Stoffe direkt vor Augen sehen und dann auch noch fühlen konnte! Sie ließ ihrem überwältigenden Eindruck freien Lauf, indem sie zu Ben sprach: „Ist das nicht umwerfend? Hast du schon mal so eine Auswahl in einem Laden gesehen?"

„Nein, aber ich verkehre normalerweise, wie du weißt, nicht in Stoffläden! Ich kaufe meine Hosen und sonstigen Klamotten immer fertig. Und zwar von der Stange!", antwortete Ben.

Die Angestellte, die sie begleitet hatte, übergab sie an eine weitere Mitarbeiterin, die für den Verkauf zuständig war. Frau Vherus Name wurde dem Kunden auf dem angesteckten Namensschild verraten, ähnlich wie in Deutschland. Allerdings bestanden die Schilder hier nicht aus Plastik, sondern aus handgefertigten, wunderschönen Holzsteckern, in die noch eine Blume gearbeitet war. Sie fragte höflich: „Was darf ich Ihnen zeigen? Suchen Sie etwas Spezielles?"

„Nein, aber ich würde mir gerne einen Sari zulegen. Vielleicht können Sie mir hierfür einige passende Stoffe zeigen", antwortete Marisa ganz spontan und selber über ihre Antwort verblüfft, denn eigentlich war sie ohne konkrete Vorstellung in den Laden gekommen. Sie hatte sich eigentlich nur die Stoffe ansehen wollen. Insofern hatte sie sich noch keine Gedanken zu einem Sari gemacht. Das war ihr reflexartig über die Lippen gekommen.

„Dann kommen Sie bitte mit, die geeigneten Stoffe dafür führen wir weiter vorne", bat die Verkäuferin und ging bereits voraus.

Marisa und Ben folgten, während sie ihm einen Blick zuwarf und skeptisch fragte: „Meinst du, dass mir ein Sari überhaupt steht?"

„Du kannst anziehen, was du willst. Du wirst in allem bezaubernd aussehen. Das weißt du doch!", bestätigte Ben ihr Vorhaben und zwinkerte ihr mit einem Auge zu. Er wusste schließlich, dass er sie sowieso nicht mehr davon abbringen konnte. Vor dem entsprechenden Regal, welches vom Boden bis zur Decke mit den verschiedensten Stoffrollen gefüllt war, blieben sie stehen.

Frau Vheru fragte zunächst, ob sie auf eine bestimmte Qualität Wert lege. Marisa antwortete nur, dass sie gerne einen echten Seidensari hätte. Damit schieden die wesentlich günstigeren Baumwoll-Qualitäten von vornherein aus. Schließlich arbeitete sie selbst in diesem Bereich und schätzte edle Stoffe. Sie war immer darauf bedacht, eine gute Qualität für die Kollektionen ihrer Firma zu erwerben. Das war ihr weitaus wichtiger als eine günstigere, dafür aber entsprechend schlechtere Ware. Außerdem sollte die Qualität auch immer dem Anlass entsprechend gewählt werden. Und ein Sari war für sie etwas Besonderes. Den würde sie zu Hause zwar vermutlich nicht mehr tragen, aber sie würde ihn sicher als Andenken aufbewahren.

Die weitere Frage der Verkäuferin nach der Farbe konnte Marisa gar nicht beantworten. Schließlich war sie ohne festen Vorsatz hergekommen. Eigentlich wollte sie nur mal schauen, was alles angeboten wurde. Daher hatte sie sich auch keine Gedanken um nähere Details gemacht. Das machte sie unsicher, sie fühlte sich fast ein wenig überfordert. Gleichzeitig gestand sie sich aber auch ein, dass es toll war, sich nicht immer im Vorfeld festgelegt zu haben, um sich so nach und nach an eine Sache heranzutasten.

„Haben Sie eine Farbe, die sie bevorzugen?", hakte Frau Vheru nach.

„Ja, natürlich. Ich liebe jede Art von Rot- und kräftigen Grüntönen. Allerdings stehen mir auch die Blautöne meist recht gut", kam es nun schon wieder recht sicher von Marisa.

„Fein, da haben wir genügend Auswahlmöglichkeiten und werden sicher etwas Passendes für Sie finden!", freute sich die aufmerksame Verkäuferin.

Sie suchte zunächst nach den Rottönen, wählte gezielt drei Stoffballen mit unterschiedlichen Farbnuancen aus und legte diese nebeneinander auf den großen Tisch. Sie wickelte jeweils einige Meter Stoff ab und ließ diese über den Tisch hängen. Dasselbe machte sie mit vier weiteren Ballen, wobei sich ein herrliches Apfelgrün, ein Grasgrün, ein Ultramarinblau und ein Türkisblau darunter befanden. Die Stoffe hatten einen herausragenden Glanz, und die Farben waren von einmaliger Brillanz. Die Schattierungen, je nach Lichteinfall, waren einfach unglaublich. Marisa trat etwas näher an den Tisch, um die Stoffe näher zu betrachten. Sie nahm einen der Stoffe und ließ ihre Hände darüber gleiten. Sie griff nach ihm und begann, ihn regelrecht zwischen ihren Fingern zu reiben. Er fühlte sich wunderbar an, so weich und zart. Geradezu leicht. Sie musste die Stoffe einfach durch die Finger gleiten lassen, um sich vorzustellen, wie es sich auf der Haut anfühlen musste.

Auch die Verkäuferin war auf einmal ganz fasziniert. Ihr entging nicht, wie sehr Marisa sich in die Stoffe verliebt hatte, und glaubte sich bereits auf sicherem Terrain zu bewegen und bald einen Abschluss machen zu können. Doch so schnell ging es nicht. Die Verkäuferin nahm den burgunderroten Stoffballen vom Tisch, legte die abgewickelte Stoffbahn über den linken Arm, um direkt auf Marisa zuzugehen. Sie legte Marisa die Stoffbahn locker über deren Schulter. Zeitgleich deutete sie ihr an, dass sie sich zum Spiegel auf der gegenüberliegenden Seite drehen solle.

Marisa staunte. Es war einfach herrlich. Auf einmal war es gar nicht mehr so abwegig, dass sie selbst einen Sari tragen sollte. Sie konnte sich den Sari schon bildlich an sich selber vorstellen. Sicher hatte dieser auch gewisse Vorteile, die sie bisher noch nicht kannte. Sie würde es einfach ausprobieren, denn nur dann konnte sie sich selbst ein Urteil darüber erlauben!

Noch bevor sie weiter vor sich hin schwelgen konnte, zog Frau Vheru die Stoffbahn schon wieder beiseite und holte den nächsten Stoffballen. So machte sie einen nach dem anderen der Reihe nach durch. Je mehr sie sah, desto schwieriger fiel es Marisa. Nun konnte sie sich gar nicht mehr entscheiden zwischen all den herrlich glänzenden Farben und den einmalig eingearbeiteten Bordüren. Solche Stoffe gab es zu Hause praktisch gar nicht mehr, da sie weder in den Kollektionen der großen Modeschöpfer noch in denen der bekannten Hersteller vertreten waren.

„Wenn ich das sehe, würde ich am liebsten den ganzen Laden aufkaufen", wandte sie sich Hilfe suchend an Ben.

„Bitte nur das nicht!", wehrte Ben schnell ab. „Wer weiß, was dir dann noch alles einfällt. Denk daran, dass wir im Gepäck nicht mehr allzu viel Platz haben. Es wird schon schwierig werden, wenn du dich für einen entscheidest."

„Ben, dann hilf mir bitte zumindest, welchen ich nehmen soll!", forderte sie ihn auf.

„Wenn dir alle gefallen, ist es doch egal! Wähl irgendeinen aus", meinte Ben lapidar.

Doch im selben Moment bereute er seine Antwort. Er wusste, dass es sich nun noch länger hinziehen konnte, denn so würde Marisa garantiert keine Entscheidung treffen. Sie musste hundertprozentig davon überzeugt sein. Vorher würde sie nichts kaufen. So kam es auch, dass sie immer wieder den einen und darauf einen anderen Stoff um sich legte. Jeder hatte seine Vorzüge. Der eine schmeichelte ihr wegen ihrer Haarfarbe, der andere passte hervorragend zu ihren Augen, ein anderer spiegelte ihren euphorischen und geradezu lebensfrohen Charakter wieder. Es war alles andere als einfach. Mittlerweile hatte die Verkäuferin bereits Tee für beide bringen lassen und Ben höflich einen Platz in den eigens dafür bereitstehenden Sesseln angeboten. Sie hatte eine gute Beobachtungsgabe, denn Ben freute sich darüber und nahm das Angebot, ohne zu zögern, an. Im Sitzen ließ es sich besser warten, denn bekanntermaßen konnte das bei Marisa noch eine ganze Weile dauern.

***

Er hatte sie schon von Weitem einige Zeit beobachtet. Sie war ihm aufgrund ihrer Größe und ihrer blonden Haare geradezu ins Auge gestochen. Diese anmutigen, graziösen Bewegungen und die Art, wie sie sich mit den Stoffen auseinandersetzte, hatten ihn verblüfft. Normalerweise kümmerte er sich nicht um den Verkauf im Laden, das überließ er seinen Angestellten. Doch in diesem Fall wurde er geradezu magisch angezogen, sich dem Geschehen näher zu widmen.

Während Marisa immer noch zögerlich und unentschlossen, die apfelgrüne Stoffbahn um sich gehüllt, vor dem Spiegel stand, erschien ein schlanker, groß gewachsener Inder in einem maßgeschneiderten dunklen Anzug. Er schritt fast majestätisch geradewegs auf sie zu und sagte nur: „What a dream!"

Marisa sah ihn an, blickte ihm in seine dunklen, fast schwarzen, aber dennoch leuchtenden Augen. Ihr wurde ganz komisch im Bauch und dieses unsichere Gefühl keimte wieder in ihr auf, doch dieses Mal war es anders. So konnte sie nur noch fragen: „Meinen Sie wirklich?"

„Aber sicher. Wobei Sie alles tragen könnten. Es gäbe vermutlich nichts, was Ihnen nicht steht!", kam die spontane und ehrlich klingende Antwort des Herrn.

Marisa war hin und weg. Da kam ein wildfremder Mann, machte ihr Komplimente, und sie fühlte sich wie im siebten Himmel. Was war auf einmal los mit ihr?

„Siehst du, habe ich doch vorher auch schon gesagt", kam es nun von Ben, während er hoffte, dass das Marisa zu einem baldigen Entschluss bringen würde.

Doch weit gefehlt. Die Aussage des Inders ermunterte Marisa noch einmal alle vorgelegten Stoffe über ihren Körper zu schlingen und sich jeweils im Spiegel zu betrachten. Insgeheim war sie verblüfft und dachte: Ja, er hat recht. Sie stehen mir alle prima. Nun war es umso schwerer, sich zu entscheiden. Himmelhoch jauchzend und gleichzeitig am Boden zerstört wandte sie sich an Ben: „Es ist wohl kaum auszuhalten mit mir, stimmt's?"

„Geduld war schon immer eine meiner Stärken!", gab er nur kurz zurück.

„Ich glaube, ich kann mich heute noch nicht entscheiden. Ich muss wohl erst noch einmal darüber schlafen", sagte sie dann.

„Meinst du, das ändert wirklich was? Spann mich nicht zu sehr auf die Folter, irgendwann ist auch meine Geduld am Ende!"

Die Worte aus Bens Mund klangen eher locker und nicht ganz ernst gemeint. Doch Marisa griff diese auf und bestätigte, was sie zuvor schon angedeutet hatte: „Ich glaube es ist besser, wir gehen und ich komme morgen nochmals, wenn ich mich in aller Ruhe entschieden habe."

„Wie du meinst", stimmte Ben zu, um auch die Verkäuferin nicht noch länger hinzuhalten.

Marisa bedankte sich bei der Verkäuferin für ihre Geduld und entschuldigte sich für die Mühen, die sie bereitet hatte. Sie erklärte auch, dass sie am nächsten Tag noch einmal kommen wolle, wenn sie ihre Entscheidung gefällt hatte. Daran glaubte

Frau Vheru allerdings nicht, denn solche Situationen und vermeintlichen Ausreden hatte sie schon zu oft gehört.

Aufatmend verließen sie den Laden und gingen zu Fuß die Einkaufsstraße entlang Richtung Palast zurück. Dabei blickte Marisa immer wieder auf weitere Läden, die sich aneinanderreihten. Diese zogen sie geradezu magisch an. Doch nach dem Drama von eben traute sie sich nicht mehr, Ben noch einmal solch einer Belastung, die dieses ewige Warten für ihn bedeutete, auszusetzen. Er hatte das alles schon so geduldig ertragen und sie wollte seine Geduld nicht übermäßig strapazieren.

Marisa belohnte Ben den restlichen Tag mit einem entspannten Bummel durch den Markt, auf dem sie sich noch mit frischem Obst eindeckten. Es war ein ums andere Mal ein wahres Vergnügen, hier durchzulaufen. Diese leckeren Düfte stiegen einem schon von Weitem in die Nase. Marisa hielt es nicht länger aus, sie musste gleich draußen eine der leckeren Mangos mit dem Taschenmesser, welches sie immer im Handgepäck bei sich trug, aufschneiden und probieren. Der süßliche Geschmack und dieses herrliche Aroma waren einfach grandios. Schade, dass diese tollen Früchte zu Hause nicht in der gleichen Qualität zu bekommen waren. Selbst die aus dem besten Früchtehaus schmeckten nicht so köstlich wie diese hier. Aber das war sicher angesichts der langen Transportwege und der damit verbundenen viel zu frühen Erntezeit kein Wunder. Weder Reifeprozess im Container oder in einem wohltemperierten Lagerraum noch eine verkürzte Transportzeit dank Flugzeugen konnten den echten Geschmack nach einer Ernte direkt vor Ort am Baum ersetzen. Abends machten sie es sich in einem der unzähligen kleinen Restaurants gemütlich und genossen ein herrlich südindisches Thali, welches immer wieder mit seinen abwechslungsreichen

Speisen für einen Hochgenuss sorgte. Marisa brachte nochmals den Sari-Kauf zur Sprache. Sie würde sich bis zum nächsten Tag definitiv überlegen, welchen sie nehmen wollte. Ben lachte dabei nur, er kannte sie eben doch ziemlich gut. „Wenn du dir was in den Kopf gesetzt hast, dann ziehst du es auch durch! Das weiß ich ja schon."

Marisa musste wieder an den Nachmittag denken und mit einem Schlag war ihr wieder ganz komisch zumute. Warum nur? Sie versuchte sich auf Ben zu konzentrieren, doch es wollte ihr einfach nicht gelingen. Ihre Gedanken kreisten ständig um den anmutigen Inder, der sich auf eigenartige Weise eingeschaltet hatte und der ihr seit dem nicht mehr aus dem Kopf ging. Hatte sie sich intuitiv oder bewusst nicht sofort für einen Stoff entschieden, damit sie nochmals die Gelegenheit hatte, in den Laden zu fahren, schoss es ihr durch den Kopf.

„Du brauchst ja nicht mit und dich nochmals langweilen. Du kannst währenddessen ja auch im Café sitzen und dich erholen oder noch die restlichen Karten schreiben", sprudelte es auf einmal aus ihr heraus. „Außerdem muss ich mir ja auch noch zeigen lassen, wie der Sari gebunden wird, sonst kann ich ihn ja gar nicht tragen. Das wäre doch wirklich schade!"

„Da muss ich dir wohl ausnahmsweise recht geben", bestätigte Ben und versuchte erst gar nicht, sie davon abzubringen, da es sowieso ein hoffnungsloses Unterfangen geworden wäre.

Nachts schlief Marisa erneut ziemlich unruhig. Sie wachte in kurzen Zeitabständen immer wieder auf und erlebte ein ums andere Mal heftige Schweißausbrüche, die sie sich nicht erklären konnte. Wirklich nicht? Ihre Gedanken kreisten einige Tage zurück, als sie in Hassan nach einem wahren Alptraum schweißgebadet aufgewacht war. War es womöglich doch die Malaria, die sie nicht schlafen ließ? Die letzten Tage hatte sie keinerlei derartigen Anzeichen an sich beobachten können. Ben hatte sie deshalb bisher nicht eingeweiht, da sie es als nicht notwendig erachtete. Vermutlich wäre es übertriebene Panik gewesen und hätte den restlichen Urlaub nur unnötig belastet. Womöglich hätte Ben sie gleich zum nächsten Arzt geschleppt!

Je mehr sie sich auf sich selber konzentrierte, bekam sie ein schlechtes Gewissen. Waren es doch eher ihre Gefühle, die verrücktspielten? Wieso war sie beim Erscheinen dieses Mannes auf einmal so fasziniert und gleichzeitig so aufgeregt gewesen. Sie erinnerte sich an den Nachmittag zurück, rief sich sein Gesicht vor Augen und hörte wieder seine Worte. Es waren seine dunklen leuchtenden Augen, die sie mit einem besonderen Strahlen angesehen hatten, und seine sanfte Stimme gewesen, die sie aus dem Gleichgewicht gebracht hatten. Wieso nur?

Umso länger sie darüber nachdachte, umso weniger fand sie eine Antwort darauf. Sie hatte eigentlich alles, was man sich wünschen konnte. Eine interessante, erfüllende Arbeitsstelle, die ihr praktisch alle Freiräume ließ, die man nur haben konnte. Sie konnte größtenteils selbstständig agieren und nicht selten kam es vor, dass auch ihr Rat gefragt und befolgt wurde. Mit den meisten Kollegen kam sie gut zurecht. Sie hatte viele Freunde, mit denen sie jede Menge unternahm und auch oft unterwegs war. Es war immer etwas los. Sportlich gesehen hatte sie zwar nicht ganz das Highlight mit ihrer Mannschaft erreicht, das sie sich zum Beginn der Saison gesteckt hatten, aber der Tabellenplatz war für ihre gebotene Leistung angemessen. Sie würden sich alle auf die nächste Saison konzentrieren, um diese dann erfolgreicher abzuschließen. Mit ihren Eltern und ihren Geschwistern verstand sie sich prächtig. Natürlich gab es hin und wieder auch mal kleinere Meinungsverschiedenheiten, aber die wurden meistens schnell beseitigt. Diese sorgten zwischenzeitlich dafür, dass keine Langeweile aufkam. Sie war nicht der Typ, bei dem immer alles reibungslos und harmonisch verlaufen musste. Sie kämpfte gerne für ihre Ziele und ihre Ideale.

Bei Ben war das ein wenig anders. Er liebte das ruhigere, geregeltere Leben. Unannehmlichkeiten ging er gerne aus dem Weg. Aus Streitigkeiten hielt er sich am liebsten heraus oder zog sich notfalls in brenzligen Situationen aus Diskussionen zurück, um nicht den einen oder anderen durch seine eigenen Argumente zu bevorzugen. So konnte er niemanden verletzen oder ungerecht behandeln. Ihn aus der Fassung zu bringen, war beinahe unmöglich.

Dennoch war Ben inzwischen der wichtigste Mensch in ihrem Leben! Denn genau seine Eigenschaften fehlten ihr selbst und er gab ihr das Gefühl von Geborgenheit und Sicherheit. So zärtlich und rücksichtsvoll wie er war keiner ihrer vorherigen Partner gewesen. Sie wusste, dass er sie über alles liebte und ihr beinahe jeden Wunsch von den Augen ablas und versuchte, auch jeden Wunsch zu erfüllen. Er vertraute ihr, er unterstützte und ermutigte sie bei jedem ihrer Vorhaben, schien es auch noch so unmöglich.

Sie hatte also wirklich allen Grund, zufrieden zu sein. Warum hatte sie dann am Nachmittag aber plötzlich dieses eigenartige Kribbeln im Bauch gespürt? War es vielleicht nur der Reiz des Fremden, etwas, was sie bisher nicht kannte? Oder war es einfach die Art und Weise wie ihr dieser Herr begegnet war? Oder fehlte ihr einfach nur ein bisschen Abwechslung oder eine neue Art der Herausforderung?

Vielleicht schämte sie sich auch nur, weil sie so unschlüssig war und gerne alle Stoffe gehabt hätte. Ja, das musste es sein. Während sie sich beruflich klare Ziele setzte und täglich Entscheidungen traf, die ihr überhaupt nicht schwerfielen, hatte sie bei privaten, sie selbst betreffenden Wahlmöglichkeiten deutliche Probleme, eine Entscheidung zu treffen. Sie benahm sich leider allzu oft wie ein kleines Kind, das alles haben wollte und nicht bekommen konnte. Sie wollte oft zu viel. So war es ihr am Mittag auch gegangen. Sie wusste ganz genau, dass sie sich entscheiden musste, versuchte es aber zu ignorieren. Und dann hatte man sie auch noch dabei ertappt! Der Herr hatte ihr ein Kompliment gemacht, vielleicht nur, um sie zu bestärken und zu einem Entschluss zu bringen. Das war alles. Diesen letzten Gedanken vor Augen versuchte sie sich wieder zu beruhigen und die noch vor ihr liegenden Nachtstunden zu schlafen.

***

Wie schon tags zuvor besprochen hatte sich Ben in ein Café abgesetzt. Er würde die nächsten Stunden genießen, denn so wie er Marisa kannte, dauerte es trotz ihrer guten Vorsätze weitaus länger als geplant. Meistens kam irgendetwas Unvorhergesehenes dazwischen oder es fiel ihr wieder etwas Neues ein, das sie unbedingt umsetzen musste. Aber es war schließlich Urlaub und da sollte nicht auch noch Stress aufkommen, denn den hatten sie zu Hause schon genug.

Als Ben so saß und ein paar Zeilen an seine Freunde schrieb, fühlte er sich auf einmal richtig entspannt. All die vielen schönen, aber auch die sonderbaren Erlebnisse zogen an ihm vorüber. Er freute sich, dass er das alles erleben durfte, denn es war auf jeden Fall eine Bereicherung. Das hatte er Marisa zu verdanken, denn ohne ihren Ehrgeiz, mit dem sie ihre Ziele verfolgte, wäre er nie auf den Gedanken gekommen, hier seinen Urlaub zu verbringen. Natürlich gab es auch in Europa noch genügend Ziele, die sie hätten ansteuern können. Doch dort waren die Unterschiede wohl nicht so extrem wie hier.

Seit er mit Marisa über seine Arbeit gesprochen und sich ein festes Ziel gesetzt hatte, nach seiner Rückkehr sofort tätig zu werden, um etwas zu verändern, war er ganz ruhig und zuversichtlich geworden. Seit diesem Tag konnte er den Urlaub viel besser genießen. Das Beste daran war, dass die Gelassenheit und Ruhe, die die Inder an den Tag legten, auch wenn die Busse überfüllt und die Wartezeiten lang waren, sich auf ihn übertrugen. Es war schon sonderbar. Hier wie zu Hause lebten Menschen, und doch hatte jeder seine eigene Kultur, die sich völlig von der anderen unterschied.

Marisa betrat den Laden und wurde wie am Vortag gleich empfangen. Die Angestellte erkannte sie und führte sie dann auch gleich zur selben Verkäuferin, die sich glücklicherweise gerade nicht um weitere Kundschaft kümmern musste. Das war ein Service, dachte Marisa, davon könnten sich bei uns zu Hause einige eine Scheibe abschneiden! Aber vielleicht lag das einfach auch nur daran, weil sie Ausländerin war und unweigerlich auffiel. Ein markantes, aus den Massen herausstechendes Gesicht, wie es bei ihr zweifelsfrei der Fall war, konnte man sich gut merken. Das ging ihr selber bei anderen genauso. So gesehen konnte es auch von Vorteil sein, eben einfach anders zu sein als andere.

Die Verkäuferin Frau Vheru begrüßte Marisa freundlich, wohl wissend nicht nur wer, sondern auch was auf sie zukam. Sie hoffte nur, dass sich die vermeintliche Kundin heute entscheiden konnte und die ganze Arbeit nicht wieder umsonst war. Aber das gehörte eben auch zum Verkaufen. Sie fragte höflich, ob sie wegen der am Vortag bereits begutachteten Stoffe für einen Sari käme, oder ob sie ihr etwas anderes zeigen solle. Marisa gab ihr zu verstehen, dass sie wie versprochen wegen des Saris hier war. Die Verkäuferin lächelte Marisa freundlich an, während sie gleichzeitig erleichtert aufatmete. Zumindest musste sie nicht noch einmal von vorne anfangen.

Marisa hatte den Laden am Vortag mit der glaubhaften Zusage, am Folgetag, also heute, wiederzukommen, verlassen. Daher hatte die Verkäuferin sich die bereits gezeigten Stoffrollen notiert, um heute schneller die richtigen Waren griffbereit zu haben. Das stellte sich nun auch als Vorteil heraus. Marisa gab nämlich gleich zu verstehen, dass sie bereits eine Vorauswahl getroffen hatte. Von den ursprünglich sieben verschiedenen Stoffen hatten es nun zwei in die engere Wahl geschafft. Sie erklärte, dass sie ihr bitte nochmals die Stoffe in Apfelgrün und dem hellen, kräftigen roten Farbton zeigen solle. Der Aufforderung folgend, nahm die Verkäuferin kurz ihren Zettel, auf dem wohl Nummern oder eine andere Markierung zu den jeweiligen Stoffen vermerkt waren. Denn anschließend schritt die Verkäuferin gezielt zuerst zum einen, dann zum anderen Regal, um die Stoffballen herunterzuholen.

Erneut breitete sie diese auf dem Tisch aus, sodass der Glanz der Farben und die herrlichen Ornamente wunderbar zum Vorschein kamen. Noch einmal wickelte Frau Vheru einige Meter ab, um die Stoffbahn Marisa über die Schulter zu legen. Der rote Farbton stand ihr ausgezeichnet. Er bildete einen herrlichen Kontrast zu ihren blonden Haaren, wirkte aber dennoch nicht zu hart, da ihr Gesicht und ihre Arme bereits sonnengebräunt waren. Das Apfelgrün hingegen leuchtete geradezu und machte auf ihrem dunklen Teint einen sehr erfrischenden, prickelnden Eindruck. Genau so fühlte sie sich auch in diesem Augenblick.

Gerade als sie sich entschieden hatte, stand er wieder neben ihr. Wo kam er auf einmal her, dieser elegant gekleidete Herr mit seinen unglaublichen Augen und seiner Strahlkraft? Was war das für ein Zufall, ihn heute ebenfalls wieder hier anzutreffen! Ihr Herz schlug unweigerlich höher.

„Einfach bezaubernd!", hörte sie die englischen Worte mit seiner sanften, aber doch entschlossenen Stimme. Schön, Sie wieder hier zu sehen! Haben Sie etwas gefunden, oder ist die Auswahl zu gering?", fragte er.

„Danke, ich freue mich auch Sie wiederzusehen. Ja, ich habe mich entschieden, allerdings wäre mir das bei etwas weniger Auswahl einfacher gefallen", gab Marisa in ihrem gewohnt lässigen, aber doch charmanten Ton zurück.

„Welcher soll es denn sein?", fragte nun er wieder und blickte Marisa fortwährend an. Gleichzeitig hatte sich die Verkäuferin schon etwas zurückgezogen.

Marisa wunderte sich ein wenig darüber. Aus den Blicken und der Reaktion der Verkäuferin konnte sie nicht entnehmen, ob ihr das nun peinlich war oder sie sich innerlich vielleicht darüber ärgerte. War das hier so üblich? Wer war er überhaupt, dass er sich einfach so einmischen konnte? Mit einem Schlag wurde Marisa klar, dass er kein Kunde war, sondern hierher gehörte. Vermutlich war er ebenfalls ein angestellter Verkäufer und versuchte durch wilde Komplimente die Verkäuferinnen zu unterstützen und die Kundinnen schneller zu einer Kaufentscheidung zu bewegen. Trotz aller Bedenken hatte sie sich geschmeichelt gefühlt, irgendwie tat es gut, von einem Mann Komplimente zu erhalten.

Sie sah ihn an und blickte ihm in seine immer noch leuchtenden Augen, die einen aufrichtigen Eindruck machten und sie gleich wieder beflügelten.

„Dieser hier!", sagte sie und zeigte mit ihrer rechten Hand auf den apfelgrünen Stoffballen, der vor ihr auf dem großen Tisch lag. Marisa hatte sich für diesen entschieden, da er erstens ihrer derzeitigen Stimmungslage am Nächsten kam und zweitens es genau dieser war, der bereits gestern beim Erhalt des ersten Kompliments über ihrer Schulter gelegen hatte.

Tapan Khan konnte seinen Blick nicht von ihr wenden. Er war einfach nur fasziniert. Sie bewegte und gab sich so natürlich, dass sie trotz ihrer legeren Kleidung eine gewisse Eleganz ausstrahlte. Er verkehrte in den besten Kreisen, kannte viele Leute, doch oft wirkten diese übertrieben, arrogant und unnatürlich. Er dachte sich, dass er vermutlich selbst ebenso aufgesetzt wirkte und bedauerte dies sogleich. Sie hatte sich also für den Stoff entschieden, den sie umgelegt hatte, als er ihr das erste Kompliment hatte zukommen lassen. Bedeutete das etwas? Er hoffte es.

Nun kam die Verkäuferin wieder zum Vorschein. „Ich nehme an, Sie wollen auch eine Choli dazu. Soll diese aus derselben Farbe bestehen oder lieber aus einer anderen, die sich besser absetzt?", fragte sie ganz geschäftig.

„Ich würde vielleicht eine dunklere Farbe wählen, so wie dieser dunkle Grünton hier in dem Ornament des Saristoffes. Was halten Sie davon?", gab Marisa zurück und wies auf einen entsprechenden Teil im ausgesuchten Stoff.

„Das passt ausgezeichnet und wird die leuchtende Farbe des Saris noch besser zur Geltung bringen. Ich suche gleich danach", bemerkte sie zufrieden und machte sich bereitwillig an den vielen Stoffrollen an der Wand auf die Suche.

Es dauerte nur wenige Minuten, bis die Verkäuferin bereits fündig geworden war. Sie wickelte abermals zwei Meter ab und legte diesen neben den ausgesuchten Saristoff. Nun zeigte sich die Erfahrung der Verkäuferin, denn der Farbton passte hervorragend. Daher fragte sie Marisa nur noch, ob ihr dieser gefallen würde. Marisa bejahte, ohne zu überlegen. Doch schon auf die nächste Frage, ob die Choli genäht werden sollte, war Marisa nicht vorbereitet. So weit hatte sie nicht überlegt. Sie hatte noch nicht einmal gefragt, was der Stoff kostete. Nun sollte sie schon entscheiden, ob sie die Teile auch nähen lassen wollte. Normalerweise zierte sie sich nicht, doch nun war es ihr peinlich, nach dem Preis zu fragen. Andererseits hatte sie den Fehler begangen, sich nicht im Vorfeld zu informieren. Insofern hatte sie nicht die geringste Ahnung, in welcher Preiskategorie die Stoffe lagen. Sie sollte also nicht noch einen weiteren Fehler begehen, der sie dann teuer zu stehen kam. Entschlossen fasste sie ihren ganzen Mut zusammen und fragte mit leiser Stimme, fast ein wenig schüchtern, bei der Verkäuferin nach. Sie konnte kaum glauben, was sie hörte. Die Preise, die ihr da genannt wurden waren geradezu fantastisch. Sicher war das für indische Verhältnisse bereits die gehobene Preiskategorie, für europäische jedoch sehr günstig. Also sagte sie zu. Nun musste nur noch Maß genommen werden, damit die Choli gut passte.

Das geschah in dem eigens dafür abgetrennten Raum. Da Marisa nicht wusste, wie lange sie noch in Mysore bleiben würden, bat sie um Fertigstellung bis zum nächsten Abend. Da so etwas öfters vorkam und die Näherinnen flexibel sein mussten, war das kein Problem.

Als Frau Vheru Marisa mit dem typischen Dank, mit vor dem Gesicht gefalteten Händen und einer gleichzeitigen kleinen Verneigung, verabschiedete, stand er auf einmal wieder vor ihr und sah sie an. Sie traute ihren Augen nicht, nun tauchte er schon wieder wie aus dem Nichts auf. Langsam kam ihr das Ganze unheimlich vor. Er wandte sich an die Verkäuferin und sprach in Hindi, Tamil oder irgendeinem anderen Dialekt zu ihr.

Für Marisa war es unerheblich, denn sie verstand keine der vielen unterschiedlichen Sprachen, doch sie fühlte sich ein wenig ausgegrenzt. Doch das sollte sich bald ändern, denn die Verkäuferin verschwand und nun stand nur noch der groß gewachsene Inder vor ihr. Je länger sie ihn betrachtete, desto anziehender fand sie ihn. Oder besser gesagt seine Statur, denn die Proportionen seines Körpers waren optimal verteilt. Marisa fand, dass es das hier nicht so häufig gab. Zumindest waren die meisten indischen Männer, die sie gesehen hatte, kleiner und vor allem ziemlich dünn, um nicht zu sagen hager. Natürlich hatte sie auch einige andere, nämlich ziemlich gut beleibte gesehen. Doch sie hatten alle eines gemeinsam, dass die Relationen für ihren Geschmack nicht stimmten, weder bei den dünnen, noch bei den dickeren. Noch in Gedanken und zurückhaltend, was man von ihr sonst nicht kannte, stand sie also vor ihm.

„Entschuldigen Sie, ich habe mich noch nicht vorgestellt. Das möchte ich gerne nachholen. Mein Name ist Tapan Khan", sagte er und machte eine kleine Verbeugung. „Keine Ursache. Ich bin Marisa Mahler", hörte sie sich spontan und ohne weitere Überlegungen zu ihrer eigenen Überraschung.

„Ich habe mich sehr gefreut Ihre Bekanntschaft zu machen und würde mich freuen Sie noch einmal bei uns zu sehen. Ich hoffe Sie waren zufrieden." Bei diesen Worten blickte er ihr in ihre wunderschönen klaren, stechend blauen Augen.

„Ja, die Beratung war einmalig. Somit werde ich schon in Kürze wieder hier sein, denn wenn ich meinen Sari und meine Choli haben möchte, werde ich wohl noch einmal kommen müssen", entgegnete Marisa. Und als sie ihre Worte vernahm, merkte sie, wie sie zu sich selbst zurückfand. Die Worte kamen ihr nun wieder problemlos über die Lippen, aber sie war sich derer bewusst. „Außerdem sollte mir noch jemand erklären, wie ein Sari richtig gebunden und getragen wird. Ich hoffe, dass mir das eine ihrer freundlichen Damen morgen dann noch zeigt."

„Wenn Sie es wünschen, sehr gerne. Das ist doch selbstverständlich! Aber dann sollten Sie sich mir auch in Ihrem neuen Sari präsentieren", forderte er sie auf und wusste nicht, ob er nicht ein wenig zu viel des Guten verlangt hatte. Was würde sie nur von ihm denken, ging es ihm durch den Kopf. Egal, wenn er nicht gleich reagierte, wäre es zu spät und sie reiste ab, bevor er sie noch einmal sah. Das würde er sich nicht verzeihen.

„Dann bis morgen", verabschiedete sich Marisa, wobei sie ihm in die Augen blickte und ein wenig errötete, was sogar trotz ihrer bereits gut gebräunten Haut zu erkennen war. Ihr Herz pochte so sehr, dass sie glaubte, er könne es hören.

***

Es war schon 11.30 Uhr, als Raj vor dem Laden der Khans hielt, um Kundschaft abzusetzen. Gerade in dem Moment, als er die Gäste hineinbegleiten wollte, erkannte er aus dem Augenwinkel Marisa wieder, die er am Vortag genau hier abgesetzt hatte. Sie verließ soeben den Laden, allerdings ohne Ware. Schade, hab ich wohl wieder einmal Pech gehabt, dachte er bei sich. Aber vielleicht kauft ja die Dame von heute etwas.

Eilig schritt er neben der Dame Richtung Eingang, geradewegs an Marisa vorbei. Marisa erkannte ihn ebenfalls und sprach sofort zu ihm: „So ein Zufall, Sie heute hier wiederzusehen."

„Das ist kein Zufall, ich muss öfters mit meiner Rikscha hierher, das ist mein Beruf", gab er zurück.

„Entschuldigen Sie, aber dann könnten Sie mich doch morgen um 18 Uhr im Hotel Maurya abholen. Ich muss dann nämlich meine Bestellungen abholen", orderte Marisa gleich die Fahrt.

„Ja, kein Problem, also dann bis morgen 18 Uhr am Hotel Maurya", bestätigte Raj sichtlich erfreut über die zwar kleine, aber immerhin sichere Fahrt. Das war besser als nichts. Dann hatte sich die gestrige Fahrt doch richtig gelohnt. Er würde noch aus der Bestellung seine Provision erhalten. Mit diesen Worten hatte er sich dann auch gleichzeitig verabschiedet und widmete sich wieder seiner Kundin, die er eben abgesetzt hatte.

***

Durch die Begegnung mit Raj war Marisa ein wenig abgelenkt worden. Sie hatte sich etwas beruhigt und war nicht mehr so aufgewühlt wie noch kurz zuvor. Sie löste sich gedanklich von Tapan Khan und wandte sich wieder Ben zu, der wohl immer noch im Café saß und auf sie wartete. Sie schätzte seine unendliche Geduld, doch gleichzeitig bedauerte sie seine Unentschlossenheit. Bei ihm sollte möglichst viel planbar sein.

Sie spazierte durch die Sayaji Rao Road Richtung Café, das fast am Ende und somit in der Nähe des Maharaja-Palastes lag. Immer wieder blieb sie völlig fasziniert vor den vielen Schaufenstern stehen. Die Läden hier waren alle so ganz anders als in Deutschland. Während zu Hause die meisten Läden alle modernisiert und im neusten Trend ausgestattet ihre Waren präsentierten, um dem Konkurrenzdruck standzuhalten, versprühten die Läden hier geradezu einen gemütlichen, orientalischen Charme. Schon allein die Düfte, die aus den Läden drangen, verrieten, dass hier nicht jeder neueste Schnickschnack mitgemacht wurde, sondern dass altgewohnte Traditionen zählten. Marisa wäre zu gerne noch in das eine oder andere Geschäft, um sich eingehender umzusehen. Doch angesichts der Tatsache, dass sie bereits schon länger als angenommen gebraucht hatte, wollte sie Ben nicht länger warten lassen.

Wie Ben auf die Idee gekommen war, abends das Kino zu besuchen, wusste sie nicht mehr. Ob es ihrer zwiespältigen Stimmungslage zuzurechnen war, darüber konnte sie nur spekulieren. Aber nachdem Ben gemerkt hatte, dass sie irgendwie verändert und etwas abwesend wirkte, schrieb er dies eher der ganzen Anstrengung ihrer Reise zu. Die klimatische Umstellung und die veränderten, teilweise sehr schlechten Schlafmöglichkeiten in Verbindung mit den äußerst unangenehmen Nebenwirkungen der gesamten Malaria-Prophylaxe, führten wohl dazu, dass es doch etwas viel wurde. Es war zwischendurch dringend erforderlich, dass sie sich mehr Ruhe gönnten. Immerhin war der Urlaub zur Erholung da und nicht nur, um sich sowohl körperlich als auch geistig mit immer neuen Eindrücken vollzusaugen. Das konnte dann auch in eine Belastung ausarten. Er würde das vermeiden.

Ben hatte schon oft, auch vor ihrer Indien-Reise von den riesigen Bollywood-Filmen gehört. Indien war für seine zahlenmäßig gigantischen Filmproduktionen bekannt, die sogar die amerikanischen Hollywood-Filme in den Schatten stellten. Überwiegend wurden Liebesfilme gedreht, von denen inzwischen sogar immer wieder welche auch in Deutschland gezeigt wurden. Da sich Ben aus solchen Roman-Filmen nichts machte, hatte er bisher auch nie einen entsprechenden Film angesehen.

Die aktuelle Situation und die Tatsache, dass sie sich hier im Heimatland der Bollywood-Filme befanden, empfand er als recht passend. Es wäre doch auch ganz schön, einmal etwas völlig Normales, das heißt etwas Alltägliches zu tun, das eben Touristen üblicherweise nicht machten. Zusätzlich konnte ein romantischer Film Marisa vielleicht wieder ein wenig ins Lot bringen, denn sie schaute solche Filme hin und wieder auch zu Hause ganz gerne zur Entspannung. Dabei konnte sie recht gut abschalten.

Wo das nächste Kino war, hatte Ben im Hotel erfragt. Der Besitzer hatte ihn zunächst ein wenig komisch angeschaut und zweimal nachgefragt, ob er richtig verstanden hatte. Danach erklärte dieser Ben, dass ihn noch kein ausländischer Tourist nach einem Kino gefragt hätte und ob er wirklich sicher sei, dass er dort hinwollte. Ben hatte nur geschmunzelt und die Rückfrage mit „Ja" beantwortet.

Ben stellte seinen Vorschlag Marisa vor, ohne die wahren Gründe zu nennen. Er äußerte nur, dass es sicherlich ein besonderes Erlebnis sein würde und sich die Kinos, vielleicht ebenfalls wie auch die Geschäfte, von denen zu Hause unterschieden. Marisa weitete die Augen und vergewisserte sich, ob sie das, was sie da hörte, nicht nur träumte. Üblicherweise hielt Ben sich von solchen „schmalzigen" Filmen, wie er das nannte, fern. Dass er freiwillig solch einen Film besuchen wollte, war für Marisa völlig neu. Die Überraschung war gelungen! Darüber freuten sich dann beide ungemein.

So waren sie gleich nach dem Abendessen losgezogen, um noch Kinokarten für einen Film zu erstehen. Dabei war es Ben gleichgültig, für welche Art Film sie Karten bekamen. Schließlich ging es ihm nicht hauptsächlich um den Film, sondern um das ganze Drumherum und um die Abwechslung, die ihnen und Marisa im Besonderen dieses Vergnügen bereiten sollte.

Als sie vor dem Kino ankamen, waren sie ziemlich überrascht von den vielen Leuten, die alle Schlange vor den Kassen, welche noch geschlossen hatten, standen. Allerdings war es ein ziemliches Durcheinander, und es herrschte großes Gedränge. Solch einen Andrang gab es in Deutschland nicht einmal bei den Top-Filmen zum Bundesstart. Marisa hatte den Eindruck, dass die ganze Stadt unterwegs sein musste. Ben meinte nur: „Nun wissen wir auch, was in Indien Volkssport Nummer eins ist. So erklärt sich auch, warum die indische Filmindustrie größer ist als die amerikanische!"

„Sieh nur, wie viele Leute das sind. Wo die wohl alle herkommen?", sagte sie.

„Ich nehme an aus ihren Wohnungen oder Häusern, wie bei uns auch", gab er ein wenig ironisch zurück.

„So genau wollte ich es nicht wissen! Ich bin eben überrascht, wie viele Menschen das sind, die hier ins Kino gehen. Hast du so etwas bei uns schon einmal erlebt? Ich jedenfalls nicht. Nach so einem Ansturm sehnen sich die Kinobesitzer in Deutschland sicherlich. Die würden sich ihre Finger danach lecken und ihren Augen nicht trauen, wenn sie solche Besucherzahlen an den Kinokassen hätten!", stellte Marisa bewundernd fest.

„Ja, davon träumen die bei uns wahrscheinlich! Nun wissen wir auch, was die Inder und Inderinnen abends so machen. Sicher ist das eine ihrer Lieblingsbeschäftigungen, sonst wäre die indische Filmindustrie auch nicht so riesig!"

„Anders ist das wohl kaum zu erklären. Höchstens noch damit, dass hier vielleicht nicht so viele Haushalte selber über einen Fernseher verfügen und dafür dann das Kino aufsuchen", kam es Marisa in den Sinn. Sie konnten sich nicht so recht entscheiden, an welchem der Schalter sie sich anstellen sollten. Da Ben in solchen Sachen immer ein wenig Pech hatte und sich meistens für die Warteschlange entschied, bei der es am längsten dauerte, entschieden sie, sich aufzuteilen. Ben stellte sich in der linken

Reihe, Marisa in der mittleren Reihe an. So hatten sie sich auch immer im Blickfeld und konnten sich gleichzeitig unterhalten.

Sie standen ziemlich weit hinten und warteten bestimmt schon fünfzehn Minuten, als es Ben entfuhr: „Wenn das in dem Tempo hier weitergeht, stehen wir morgen noch."

„Ich hoffe nur, dass das Kino über ausreichend Plätze verfügt, damit wir überhaupt noch Karten bekommen, sonst war nämlich alles umsonst", stellte Marisa etwas skeptisch fest.

„Und dass das Kino erst dann beginnt, wenn auch die Leute alle drin sind, sonst sehen wir unter Umständen den Anfang nicht", gab Ben lapidar zurück.

Unvermittelt drehte sich ein junger Inder, der vor ihnen in der Reihe stand, zu Marisa um. Er vergewisserte sich, ob es wirklich eine Frau war, die er da gehört hatte. Ziemlich verwundert wandte er sich an sie und fragte: „Warum stellen Sie sich hier an?"

„Weil ich Kinokarten für einen Film, der heute Abend läuft, kaufen möchte", antwortete Marisa wahrheitsgetreu und wunderte sich über die Frage, da es für sie eindeutig war, weshalb die Leute hier anstanden.

„Aber dann sind Sie hier doch falsch. Sie müssen da drüben anstehen, an dem Schalter fünf da vorne!", gab der Mann zurück und zeigte mit einer Hand in Richtung des Schalters, vor dem weitaus weniger Leute und vor allem recht geordnet in einer Reihe anstanden.

Das brachte Marisa fast aus der Fassung. „Ben, hast du das gehört? Wir stehen anscheinend am falschen Schalter an. Der Herr vor mir behauptet, dass ich da vorne am anderen Schalter die Karten kaufen muss. Hoffentlich stimmt das."

„Am besten du gehst einfach dorthin und ich bleibe hier. Der, der als erster Karten hat, kommt dann zum anderen. Es kann uns höchstens passieren, dass wir nachher vier Karten haben. Aber das wäre sicher nicht das Schlimmste. Die können wir notfalls an jemand anderen weitergeben", versuchte Ben sie zu beruhigen und gleichzeitig eine Lösung zu haben, mit der sie noch die heutige Vorstellung besuchen konnten.

„Okay", bestätigte Marisa nur und steuerte zielstrebig auf den angegebenen Schalter zu. Hier gab es bei Weitem nicht so viele Wartende. Marisa stellte sich hinten an. Was sie verwunderte, war die Tatsache, dass hier nur Frauen anstanden. Sie war bereits im Begriff, eine der Wartenden vor ihr zu fragen, ob das auch die richtige Kasse für das Kino war. Doch so weit kam es nicht mehr. Inzwischen war der junge Mann, der zuvor in der Reihe vor ihr stand und ihr den Tipp mit dem anderen Schalter gegeben hatte, aufgetaucht und fragte, ob sie ihm vier Karten kaufen würde. Marisa schaute ihn nur fragend an. Nun verstand sie überhaupt nichts mehr. Sie hatte geglaubt, dass es an dem Schalter, an dem sie zuerst angestanden hatte, überhaupt keine Kinokarten für die taggleiche Vorstellung gab. Der fragende Blick und die Frage nach dem Grund veranlassten den Herrn zu einer Erklärung, die Marisa völlig verblüffte. Schalter fünf war ein Frauenschalter. Hier durften sich nur Frauen anstellen und es ging alles sehr geordnet zu. Marisa musste ihren Platz nicht ständig gegen andere Frauen verteidigen. Natürlich willigte sie ein, ihm Karten mitzubringen, schließlich hatte sie es ihm zu verdanken, dass sie sich nicht am anderen Schalter die Füße platt stehen musste. Zumindest schien es so, dass hier alles etwas schneller ging, was natürlich auch damit zusammenhing, dass lange nicht so viele Frauen anstanden. Wenn alles klappte, konnte sie dann auch Ben recht bald erlösen.

Nun war nur noch die Frage der Kategorie. Marisa war unsicher, da sie sich nicht auskannte und die Verständigung nicht so recht funktionierte. Das etwas abgehackt wirkende Englisch des Inders war sehr schwer zu verstehen. Das bereits mehrfach beobachtete eigenartige Kopfnicken oder -schütteln, das er praktisch als Antwort auf jede Frage von Marisa von sich gab, half ihr reichlich wenig. Sie konnte nicht einschätzen, ob er nun zustimmte oder eher ablehnte. Egal, dachte sie, wird schon klappen. Der junge Mann muss dann eben mit den Karten zufrieden sein, die ich ihm besorge. Immerhin muss er nicht mehr so lange warten und hat dann seine Karten sicher, was am anderen Schalter angesichts der vielen Leute eher unwahrscheinlich erschien.

So kam es, dass Marisa vier Karten derselben Kategorie, die alle nebeneinanderlagen, kaufte. Der junge Mann freute sich riesig darüber, dass sein Tipp an die Touristin nicht ganz uneigennützig gewesen und seine Rechnung aufgegangen war. Aber immerhin hatten beide einen Vorteil davon.

„Eigentlich eine tolle Einrichtung, dieser Frauenschalter! Das könnten die Kinobetreiber bei uns auch mal machen", tönte Marisa, als sie Ben am anderen Schalter abholte und ihm von weiteren Einzelheiten berichtete.

„Aber das geht wohl nur, weil hier die Männer dominieren und die Frauen in der Minderheit sind. Zumindest sieht es ganz danach aus. Ich glaube nicht, dass bei uns das Verhältnis der Kinobesucher so männerlastig ist wie hier", hatte Ben gleich eine Erklärung parat und grinste bis über beide Ohren.

„Vielleicht gibt es diesen Frauenschalter auch nur zum Schutz, weil die Männer zu rücksichtslos gegenüber den Frauen sind und diese sich nicht gegen die Männerüberzahl behaupten können", setzte Marisa Bens Argument entgegen. Dabei hatte sie ein scherzhaftes Lächeln im Gesicht.

„Das ist der lebende Beweis, wie gut es euch Frauen in Europa geht! Also künftig bitte keine Beschwerden mehr!", forderte

Ben. Er hatte das Gefühl, dass sie wieder ganz die Alte war und ihre Stimmung eindeutig besser war als noch vor zwei Stunden. Er freute sich schon und glaubte, dass allein die Abwechslung seines genialen Einfalls dafür gesorgt hatte, doch er wurde bald eines Besseren belehrt.

Sie betraten das Kinogebäude und wurden wahrhaftig überwältigt vom Anblick des riesigen rund angelegten Eingangsbereiches. Im Halbkreis führten breite Treppen rechts und links zu den oberen Sitzplätzen. Die Decke bestand aus wunderschönen Stuckdecken, die man niemals hinter der äußeren Fassade vermutete, welche total schlicht und einfach, ja beinahe sogar ein wenig verkommen wirkte.

Sie suchten ihre Plätze auf und konnten es erneut kaum fassen, welche Ausmaße dieses unscheinbare Kino hatte. Es übertraf alle Vorstellungen. Die Sitze waren zwar etwas älter, dafür aber recht groß, gut gepolstert und bequem. Die Menschen strömten herein und jeder suchte sich seinen Platz. Marisa konnte immer noch nicht glauben, dass alle Plätze restlos besetzt waren.

Mit ein wenig Verspätung, was für indische Verhältnisse immer noch unter pünktlich lief, erloschen die Lichter, und der Film begann. Eine richtige Liebesromanze, wie sie weder Ben noch Marisa in diesem unglaublichen Land vermutet hatten. Die Schauspieler waren, ebenso wie in Europa oder Hollywood, ausgesprochen attraktive, schlanke Menschen mit feinen Gesichtszügen und wohlgeformtem Körperbau. Das Ganze spielte in einem riesigen Garten, welcher mit kleinen Tempeln, Pavillons und allerlei Sträuchern und blühenden Blumen ausgestattet war. Der Unterschied bestand allerdings darin, dass sich die Hauptdarsteller hier hauptsächlich singend verständigten. Die Texte waren leider teilweise schwierig zu verstehen, sodass sich Marisa und Ben das meiste anhand der Handlung und der Gestik zusammenreimten.

Als Marisa den smarten indischen Hauptdarsteller sah, wanderten ihre Gedanken unweigerlich zu dem aus ihrer Sicht noch wesentlich attraktiveren Tapan Khan zurück. Sie zog gewisse Parallelen zwischen den beiden. Je mehr Vergleiche sie anstellte, desto mehr sah sie das Bild des Schauspielers vor sich verschwimmen und die Rolle im Film wurde von Tapan Khan gespielt. Marisa schwelgte in ihren Gedanken und folgte dem Film. Je länger der Film dauerte und sie ihm aufmerksam folgte, desto mehr schlüpfte sie gedanklich selbst in die weibliche Hauptdarstellerrolle. Es geschah nach und nach, dass sie sich einem Traum hingab. Es ging so weit, bis die Personen aus ihrer Sicht vollständig ausgetauscht waren und sie nur noch Tapan Khan und sich selbst sah. Sie identifizierte sich geradezu mit dem Geschehen auf der Leinwand so sehr, dass sie um sich herum nichts mehr wahrnahm.

Berauscht durch die für sie so ungewohnte, aber so herrlich klingende orientalische Musik spürte sie seine zärtliche Berührung auf ihrer Haut. Sie schwebte mit ihm durch den wunderbar blühenden Garten, verborgen vor allen anderen, die ihnen ihre Liebe nicht gönnten. Der Blütenzauber im riesigen Garten spiegelte ihre Liebe, die mindestens genauso stark war und so einzigartig blühte wie die Blumen rings um sie herum. Sie tauchte immer tiefer ein, bis sie nur noch das sah und spürte, was sie wollte. Zunächst streiften seine Lippen die ihren, doch dann küsste er sie so leidenschaftlich, dass sie hoffte, es würde nie aufhören.

Erst die forsche Anfrage Bens, ob sie den Film bis zu Ende sehen wolle, riss sie völlig unvermittelt aus ihrem schönen Traum, dem sie sich hingegeben hatte. Ben hielt es kaum mehr auf seinem Sitz, denn der Film war ihm mindestens eine Spur zu schmalzig. Marisa war so perplex und noch halb in Trance, als sie völlig empört antwortete: „Na klar, ich lasse mir doch nicht das Beste entgehen! Jetzt, wo es gerade so schön war und die beiden endlich ihr Glück finden, willst du doch wohl nicht gehen?"

„Eigentlich schon, denn ehrlich gesagt, ist ja jetzt schon klar, wie das ausgeht, meinst du nicht auch?", flüsterte Ben und versuchte seine Langeweile damit zum Ausdruck zu bringen.

„Nein, ganz und gar nicht", entgegnete sie.

Sein Ziel, Marisa ein wenig Abwechslung zu bieten und wieder auf andere Gedanken zu bringen, war ihm wirklich gelungen, wie er feststellen musste. Allerdings erschien sie ihm nun noch etwas seltsamer als sonst, denn normalerweise war Marisa nicht der Typ, der auf romantische Filme abfuhr, geschweige denn bis zu Ende anschaute.

Irgendwie war ihm seine ursprüngliche Absicht nicht gelungen. Er hatte mit seiner gut gemeinten Idee genau das Gegenteil erreicht. Sie entfernte sich immer mehr von ihm, weil sie sich zu Tapan Khan hingezogen fühlte, obwohl sie den Grund dafür nicht kannte. Diese Tatsache blieb Ben allerdings verborgen, denn er glaubte nach wie vor, dass einfach die letzten Wochen mit all den Anstrengungen zu sehr auf ihr lasteten und die Regeneration sicherlich in Kürze einsetzen würde.

***

Er konnte es sich selbst nicht erklären, doch sie zog ihn in ihren Bann. Daher beschloss Tapan Khan, keine Möglichkeit ungenutzt verstreichen zu lassen, Marisa noch einmal zu sehen. Die erste Gelegenheit würde der nächste Tag bringen, wenn sie ihren bestellten Sari abholen und sich alles erklären lassen würde. Dafür wies er die Verkäuferin Frau Vheru, die Marisa bedient hatte, an, ihm sofort zu melden, wenn die Kundin erschien.

Suresh erhielt die Anweisung, nach dem Rikschafahrer Raj Singh Ausschau zu halten und ihn nach Möglichkeit umgehend in sein Büro zu bringen. An der Art, wie Tapan Khan sich gegenüber seinen Mitarbeitern äußerte, war diesen die Wichtigkeit sofort klar. Sie mussten alles daran setzen, seine Aufträge zu seiner Zufriedenheit zu erfüllen. Andernfalls hätten sie selbst die schlechte Laune zu spüren bekommen. Darauf konnten sie alle verzichten. Mit ihm wollten sie sich lieber nicht anlegen. Er war der Herr über ihre Existenz, die niemand von ihnen, unter welchen Umständen auch immer, aufs Spiel setzte.

Glück konnte man es nennen, denn Raj lief Suresh praktisch direkt in die Arme. Als Raj seine Kundin der Empfangsdame übergeben hatte und im Begriff war zu gehen, hielt ihn ein Ruf Sureshs auf. Die Stimme war Raj nur allzu gut vertraut, hatte er sie sich doch während seiner vielen Prüfungen, die er zu bewältigen hatte, gut eingeprägt. Raj wunderte sich und drehte sich zu Suresh um. Dieser teilte ihm mit, dass der Chef des Hauses ihn sprechen wollte und zwar sofort!

Grundlos und ohne sich einer Schuld bewusst zu sein, wurde es Raj ganz mulmig. Was konnte so wichtig sein, dass er mitten in der Woche um die Mittagszeit zum Chef musste. Er hatte doch nichts Verbotenes getan, dass er sich den Unmut zugezogen hatte, grübelte er. Sein Blick verfinsterte sich, die dichten Augenbrauen zogen sich eng zusammen, sodass sie sich beinahe über der Nasenwurzel trafen. Er befürchtete das Schlimmste, vergewisserte sich aber dennoch bei Suresh: „Worum geht es denn?"

„Das weiß ich nicht. Hat er nicht gesagt und ich hab nicht nachgefragt", gab Suresh ehrlich zurück, der sich selber ein wenig gewundert hatte. Bisher war ihm nichts zu Ohren gekommen, dass Raj sich hätte etwas zuschulden kommen lassen oder dass es sonst in irgendeiner Art Probleme gab. Meistens sprach sich so etwas schnell herum und die anderen Fahrer wurden dann oft hektisch oder diskutierten laut, sodass jeder informiert war. Dieses Mal war nichts durchgedrungen.

„Dann lass uns gehen", sagte Raj in der Hoffnung, möglichst schnell das Ganze hinter sich zu bringen, um wieder fahren zu können. Begleitet von Suresh gingen sie in Richtung Tapan Khans Büro, vor dem sie stehenblieben und auf das Zeichen zum Eintreten von der Sekretärin warteten.

Tapan Khan dankte Suresh, der darüber völlig verblüfft, sich schnell wieder an seine Arbeit machte. Er hatte seine Aufgabe zur Zufriedenheit erledigt und konnte getrost weiterarbeiten. Bei Raj war er sich da nicht so sicher.

Doch Raj wurde wider Erwarten überschwänglich von Tapan Khan begrüßt. Zunächst gratulierte er ihm zu dem Auftrag, den die Kundin, die er gestern vorgefahren hatte, erteilt hatte. Es war nur ein kleiner Auftrag, aber immerhin ein Erfolg. Raj wunderte sich noch immer. Das konnte doch nicht der eigentliche Grund für das wichtige Treffen sein, weshalb er sogar extra gesucht worden war. Dass Herr Khan ihm auch noch angeboten hatte, Platz zu nehmen, grenzte geradezu an ein Wunder. Das hatte er noch nie erlebt. Auch die sonst so forsche und manchmal kalt klingende Stimme wirkte heute viel ruhiger und sanfter. Raj kam es so vor, als stünde ein ausgewechselter Herr Khan vor ihm.

Ohne weitere Umschweife fragte Tapan Khan dann aber Raj: „Wie sind Sie denn an die Kundin gekommen? Wissen Sie vielleicht, wo sie wohnt?"

„Ich habe gestern, wie so oft, am Chamundi Hill gestanden und auf Kundschaft gewartet. Wo sie wohnt, weiß ich nicht, aber ich soll sie morgen um 18 Uhr am Hotel Maurya abholen und hierherfahren, damit sie ihre Bestellung abholen kann", antwortete Raj wahrheitsgemäß.

„Stimmt das auch wirklich oder ist das jetzt nur so eine Ausrede?", fragte Tapan Khan etwas ungläubig, weil er das Gefühl hatte, dass Raj alles ein bisschen zu gut über die Lippen kam. Andererseits wäre das leicht nachprüfbar und damit musste Raj bei ihm eigentlich immer rechnen. Ziemlich entrüstet wehrte sich Raj: „Aber sicher stimmt es. Ich lüge nicht!" Das war noch besser, als von Tapan Khan erhofft. Sein Fahrer hatte vermutlich nicht nur das Hotel, in dem sie übernachtete, sondern auch noch einen erneuten Treffpunkt, um sie in seinen eigenen Laden zu fahren. Das war geradezu genial. Dass es sich um eine Touristin handelte, das hatte Tapan Khan bereits aufgrund ihres teilweise zögerlichen Verhaltens selber vermutet. Er bedankte sich noch einmal auf seine eigene Art bei Raj für die guten Dienste und wünschte ihm auch weiterhin viel Glück. Dann gab er ihm noch eine letzte Anweisung mit auf den Weg: „Kommen Sie morgen um 17.15 Uhr mit Ihrer Riksha zu mir. Den Rest klären wir morgen." Raj traute sich nicht zu widersprechen und verließ den Raum.

***

Nachdem sie den vorigen Tag recht gemütlich gestaltet hatten, galt es heute wieder etwas zu unternehmen. Der Morgen begann schon recht früh, um 5 Uhr, da die Besichtigung des Wildparks Bandipur auf dem Programm stand. Ben, der sich gezwungenermaßen und selbst verschuldet noch den Schluss des Filmes im Kino hatte ansehen sollen, war währenddessen irgendwann eingedöst und völlig erleichtert, als Marisa ihn für den Rückweg zum Hotel geweckt hatte. Dementsprechend problemlos kam er heute aus dem Bett. Marisa hatte zwar trotz der ganzen Aufregung und ihrer etwas verrücktspielenden Gefühle gut geschlafen und konnte den Tag somit gut ausgeruht beginnen. Auch diesmal führte der Weg zum Busbahnhof, der praktisch gleich um die Ecke lag. Hier herrschte wie immer reges Treiben, und es waren schon jede Menge Leute unterwegs. Marisa erkundigte sich nach dem Bus, welcher zum Wildpark Bandipur beziehungsweise Richtung Ooty fahren sollte. Da es sich hier um einen in Indien bekannten Wildpark handelte, glaubte Marisa, dass dies keine Schwierigkeiten bereiten dürfte. Doch sie wurde wieder einmal eines Besseren belehrt. Der Fahrer schüttelte in der bereits bekannten eigentümlichen Art den Kopf und gab ihr zu verstehen, dass von hier kein Bus an das gewünschte Ziel fuhr. Allerdings konnte sie ihm auch nicht entlocken, wo sie dann hinsollten. Deshalb zog sie ihre Karte, die die Region rund um Mysore zeigte, aus ihrem Rucksack und zeigte auf das Gebiet, wo sie hinwollten. Der Kartenverkäufer am Ticketschalter nahm die Karte und warf einen Blick darauf, schüttelte aber gleich den Kopf. Oder war es eher ein Nicken? Marisa wurde daraus einfach nicht schlau. Sie waren nun schon zweieinhalb Wochen hier und sie hatte noch immer nicht gelernt, wie dieses eigenartige und unnachahmliche Kopfschütteln zu deuten war. Doch als sie erkannte, dass der Herr die Karte verkehrt herum hielt, wurde ihr schlagartig klar, dass er wohl gar keine Karte lesen konnte, vielleicht sogar noch nie eine Landkarte gesehen oder in Händen gehalten hatte. Insofern war sie nutzlos. Eine brauchbare Auskunft würde sie von ihm nicht erhalten. Draußen bei den Bussen würde sich sicher jemand finden, der ihr helfen konnte. Sie ging geradewegs auf eine Frau mittleren Alters zu und erkundigte sich nun von Neuem nach einer Busmöglichkeit. Prompt erhielt sie die Antwort, die sie haben wollte. Nämlich die, dass sie hier richtig sei und gerade mal vier Bahnsteige weiterlaufen müsse, bis sie beim Bus mit der Nummer 637, der Richtung Ooty fuhr, wäre. Glücklicherweise hatte sie sich nicht auf den Verkäufer am Ticketschalter verlassen. Sonst wären sie geradewegs wieder zurückgegangen. Nun war ja alles nochmals gut gegangen und sie hatten nicht unnötig Zeit mit suchen oder warten verbracht.

Die Fahrt nach Bandipur gestaltete sich wie die vielen bereits erlebten Fahrten, es war eng und überfüllt. Teilweise brachten die Leute auch noch ihre Tiere, die sie auf irgendwelchen Märkten verkauften, in Kartons oder Käfigen mit. Das machte die Busfahrt zwar interessanter und auch abwechslungsreicher, allerdings erhöhte sich dadurch auch der Geräuschpegel enorm. Das Federvieh war teils so aufgebracht, dass außer Geschnatter und Gegacker nichts mehr zu hören war. Aber immerhin war es ein Erlebnis, das sie so nicht kannten. Denn zu Hause besaß nahezu jeder ein Auto, in dem er seine Waren, die es zu verkaufen galt, transportierte.

Sie erreichten ziemlich erleichtert ihr Ziel gegen 8.30 Uhr. Der Park war jedoch weder für Ben noch für Marisa ersichtlich. Die Gegend schien ziemlich abgeschieden. Die vielen Bäume ringsherum wirkten zwar sehr natürlich, aber nach einem Park sah das für die beiden nicht aus. Sie konnten auch keine Zäune oder ähnliche Begrenzungen, die auf einen Park hindeuteten, erkennen. Marisa sah Ben mit großen, weit aufgerissenen Augen fragend an: „Und nun?"

„Keine Ahnung. Ich kenne mich hier auch nicht aus", gab er achselzuckend und ziemlich hilflos zurück. Sie gingen die Straße, welche von den vielen Bäumen und Pflanzen gesäumt wurde, ein Stück entlang. Kurz darauf erkannten sie schon aus der Ferne ein flaches, rechteckiges, aus Beton und vielen Fenstern bestehendes Häuschen mit der Aufschrift „Bandipur". Das war wohl der Eingang. Der Eindruck war nicht gerade umwerfend. Marisa hatte sich etwas Passenderes zu einem Natur- oder Wildpark vorgestellt. Eine Holzkonstruktion wäre ihrer Meinung nach angebrachter gewesen und hätte durchaus natürlicher gewirkt.

„Hoffentlich kommt bald jemand, damit wir starten können und nicht unnötig kostbare Zeit verlieren", sagte Marisa. Doch kaum hatte sie es ausgesprochen, wurde ihr bewusst, wie europäisch sie schon wieder dachte. War doch eigentlich egal, ob sie nun eine halbe Stunde früher oder später wieder zurück wären. Sie hatten Urlaub, und da sollte sie jede Minute genießen.

„Bist ja schon wieder voll in deinem Element!", bemerkte Ben.

„Ja, ich weiß, ich hab einen Fehler gemacht. Aber ich fände es blöd, wenn ich hier herumsitze und andererseits was Tolles erleben könnte. Ich sollte die Zeit wohl besser zum Ausruhen nutzen, denn eigentlich bin ich schon wieder müde", gab sie zu. Auch Ben merkte inzwischen, dass er trotz des guten Schlafs der letzten Nacht, aber durch das frühe Aufstehen am Morgen noch ein wenig müde war.

Die Geduld und Ausdauer wurden kurz darauf belohnt. Knapp fünfzehn Minuten später erschien ein weißer Jeep mit zwei Männern. Sie parkten direkt neben dem Haus und stiegen aus und verschwanden im Haus. Die Tür wurde jedoch wieder verschlossen, sodass Marisa und Ben nichts anderes übrig blieb, als erneut zu warten. Weitere zehn Minuten später öffnete sich die Tür. Sie traten ein und fragten nach der nächsten freien Tour. Sie konnten gleich mit dem ersten Jeep, der in Kürze startete, mitfahren, da es noch ein paar freie Plätze gab. Die anderen Touristen hatten im Voraus gebucht und wurden noch erwartet.

Neun Leute sowie der Fahrer und der Parkführer hatten im Jeep Platz. Hinten gab es nur einfache Bänke, sodass man wirklich jede Unebenheit spürte. Die Straßen, die durch den Park führten, waren nicht geteert, sondern bestanden aus dem natürlichen, allerdings schon ziemlich festgefahrenen Boden. Sie fuhren ein Stück in den Park hinein. Obwohl die Regenzeit bereits vorbei war und das Gras der Lichtungen bereits recht ausgetrocknet war, wurde der restliche Teil von einer herrlichen Vegetation in den unterschiedlichsten Grüntönen umgeben. Vereinzelt konnte man sogar blühende Pflanzen erkennen. Auf einmal rief der Parkführer: „Monkeys!", und zeigte mit der Hand in die Richtung, in der er die Affen gesehen hatte. Tatsächlich fand sich auf einer kleinen Lichtung eine ganze Affenfamilie. Sie störten sich offenbar nicht an den Gästen, denn sie machten keinerlei Anstalten zu verschwinden. Der Fahrer hatte zwischenzeitlich angehalten und alle Touristen darauf hingewiesen, dass sie auch aussteigen könnten. Vereinzelt seien die Affen sogar sehr zutraulich, sodass sie recht nah herankommen könnten. Allerdings sollte man hektische oder schnelle Bewegungen vermeiden. Dieser Aufforderung folgte Ben umgehend. Auch Marisa fand es herrlich, sich direkt unter die Affen zu mischen. Obwohl es sich hier nicht gerade um seltene Tiere handelte, war es für beide ein besonderes Erlebnis, diese in freier Wildbahn, sofern man hier davon sprechen konnte, hautnah zu beobachten. Mit dem Zoo, wo die Tiere hinter Gittern lebten und nur eine eingeschränkte Bewegungsfreiheit hatten und nichts anderes kannten, war dies in keinem Fall zu vergleichen. Auf der weiteren Fahrt rief der Parkführer immer wieder bestimmte Laute und versuchte dadurch andere Tierarten ausfindig zu machen. Doch man musste sowohl ein hervorragendes Gehör als auch ein geschultes Auge haben, um die Tiere in den dichten Wäldern zu entdecken.

Auf einmal kam wieder ein Ruf, er habe einen Elefanten entdeckt. Doch obwohl Marisa immer ihr Fernglas bereithielt, konnte sie den Elefanten nur ganz spärlich erkennen. Er hatte offenbar Angst, denn er rannte, so schnell er konnte, tiefer in den Wald hinein und entfernte sich damit noch weiter. Dazu gab er die für Elefanten typischen Warnrufe an die restlichen Mitglieder der Herde ab. Ben blieb nur noch, dem Elefanten ohne Fernglas und aus sicherer Reichweite hinterherzuschauen.

Noch etwas weiter kamen sie am Arbeitslager vorbei. Hier wurden die Elefanten zur Arbeit herangezogen. Die gewaltige Kraft wurde genutzt, um Bäume auszureißen oder unterschiedliche Materialien an bestimmte Orte zu bringen. Da die Elefanten nicht wie im Zirkus dressiert waren, hatten sie entsprechende Fußfesseln, an denen sie befestigt wurden. Aus dicken Metallringen bestehende Ketten reichten von der Fußfessel bis zu einem ebenfalls aus Metall gefertigten Bolzen, der tief in die Erde gerammt war und der von den Elefanten nicht herausgerissen werden konnte.

Mit einem schockierten Blick wandte sich Marisa an Ben: „Ich dachte, das hier ist ein freier Wildpark, in dem die Tiere artgerecht leben und vor dem Aussterben bewahrt werden sollen. Aber hier findet ja auch eine Art Ausbeutung statt!"

„Vielleicht sollten wir einfach mal nachfragen, was es mit den Arbeitselefanten auf sich hat" schlug Ben vor und fragte dann auch gleich, ohne eine Antwort von Marisa abzuwarten, beim Parkführer nach.

Dieser erklärte ihnen, dass der Großteil der Tiere sehr wohl in freier Wildbahn lebe. Aber ein paar Elefanten müssten eben als Arbeitstiere fungieren. Die Elefanten seien bereits vor vielen Hundert Jahren als Arbeitstiere zum Wohl der Menschen eingesetzt worden. Und nun würden sie eben auch noch anderen Tieren helfen. Es wären viele Arbeiten für die Tiere im Park notwendig, die man nur mithilfe der Elefanten bewältigen könne. Ansonsten müssten Maschinen eingesetzt werden, die aber in die abgelegenen Gebiete nicht oder nur zu Lasten der Natur transportiert werden könnten. Letzteres wolle man mit Rücksicht auf die Tiere vermeiden. Das leuchtete dann auch Marisa ein. Zumindest war es ein plausibles Argument, das sie nicht prüfen oder widerlegen konnte. Sie sahen noch viele weitere wild lebende Kleintiere sowie eine Vielzahl an Vogelarten, die es in Europa nicht gab. Immer wieder meinte der Parkführer etwas gehört oder gesehen zu haben und deutete mit der Hand in die jeweilige Richtung, während er gleichzeitig mit auf die Lippen gelegtem Zeigefinger darauf hinwies, ruhig zu bleiben. Die Ausschau nach den im Revier lebenden Tigern blieb leider erfolglos. Allerdings waren die Chancen, einen der seltenen Tiger zu sehen, sehr gering, denn es gab nicht allzu viele und der Park umfasste mehr als 870 Quadratkilometer. Insofern brauchte man mehr als ein bisschen Glück, um eine Begegnung erleben zu dürfen.

Leider hatten sie einen Bus knapp verpasst, sodass sie auf den nächsten noch ziemlich lange warten mussten. Doch angesichts der mittäglichen Hitze und der sonst nicht allzu viel bietenden Umgebung, machten sie es sich im Schatten unter den vielen Bäumen bequem. Es gab ein improvisiertes Picknick mit den mitgebrachten Lebensmitteln. Völlig entspannt genossen sie ihre Speisen, welche hauptsächlich aus Obst bestanden, und die Ruhe um sie herum. Auf der Rückfahrt mussten sie ungefähr eine halbe Stunde stehen, bevor sie einen Sitzplatz ergatterten und es sich dann so gut es bei den beengten Verhältnissen ging bequem machten. Zum Glück hatten sie nur ein kleines und inzwischen fast leeres Handgepäck, sodass dies nicht zusätzlichen Ballast bedeutete. Die Hitze im Bus verschaffte beiden recht schnell die restliche Müdigkeit, die sie umgehend in einen leichten Schlummerschlaf versetzte und die Zeit schnell vergehen ließ.

Nach der Rückkehr hatten beide keine große Unternehmungslust mehr. Sie ruhten sich aus und erfrischten sich mit einem landestypischen Glas Lassi, einer Art Joghurtgetränk, das es entweder gesalzen oder gezuckert gab. Es wirkte geradezu durstlöschend und belebend zugleich. Marisa spürte bereits nach wenigen Schlucken, wie die Energie wieder in ihren Körper zurückkehrte. Sie bestellte sich gleich noch ein Glas. Marisa dachte schon mit Freude daran, dass sie abends noch ihren Sari abholen konnte. Schon allein der Gedanke, dass sie Tapan Khan begegnen würde, ließ wieder diese seltsamen, unbeschreiblichen Gefühle in ihr aufkeimen. Einerseits wollte sie gar nicht daran denken, denn sie hatte alles, was man zum Leben brauchte, und war mit Ben glücklich. Doch andererseits musste es einen Grund für ihre Empfindungen geben, warum sonst konnten überhaupt solche Gefühle entstehen? Brauchte sie einfach mal wieder mehr Aufmerksamkeit? Oder war es vielleicht doch eher die Überraschung, die sie reizte, wenn sie sich auf etwas Neues, Unbekanntes einließ? Konnte sie dies überhaupt, ohne Ben zu verletzen? Wohl eher nicht. Sie wollte ihm nichts verheimlichen, doch zum jetzigen Zeitpunkt konnte sie ihm auch noch nichts berichten.

Bis jetzt existierte bei ihr nur ein unwahrscheinlich schönes, fast unbeschreibliches Gefühl. Mehr nicht.

Der Abend rückte näher, Marisa wurde zusehends aufgeregter. Ben spürte zwar, dass sie etwas nervös wirkte, doch er konnte es sich nicht erklären. Wie ein eingesperrtes Tier lief sie immer wieder im Zimmer des Hotels auf und ab. Nach einer prickelnden Dusche überlegte sie sich, was sie anziehen sollte. Es sollte nicht nur irgendeine Hose und ein Shirt sein. Sie wollte etwas Besonderes anziehen. Leider war die Auswahl nicht allzu groß, schließlich hatten sie nur praktische Sachen für unterwegs und nicht für besondere Anlässe eingepackt. Außerdem wäre es auch zu auffällig gewesen, wenn sie zum Einkaufen etwas Besonderes getragen hätte. Die Frage der Kleidung war dann doch recht schnell gelöst. Sie wählte ihre weiße leichte Hose, die nach unten weit geschnitten war. Der Bund konnte mit zwei Bändern geschnürt werden. Als Oberteil wählte sie kein T-Shirt, sondern eine luftige Bluse in kräftigem Türkis. Diese Kombination wirkte sehr grazil, erfrischend und dennoch leger. Die Bluse bildete einen herrlichen Kontrast zu ihren blonden Haaren, der weißen Hose und ließ ihre strahlenden blauen Augen noch stärker leuchten. Als sie aus dem Bad trat und Ben sie sah, pfiff er bewundernd durch die Zähne. „Haben wir heute noch was vor?", fragte er nur. Marisa stieg die Röte ins Gesicht. Es war ihm also nicht entgangen, dass sie sich besonders attraktiv gekleidet hatte. Ob er etwas ahnte? „Bis jetzt ist mir nichts bekannt. Aber ich hole gleich meinen Sari ab. Vielleicht können wir dann ja noch etwas essen gehen", unterbreitete sie einen Vorschlag. „Sicher hast du nach dem heutigen Tag und dem etwas dürftigen Essen von heute Mittag einen Bärenhunger!"

„Das ist eine ganz prima Idee. Sicher verzauberst du nicht nur mich, wenn ich dich in deinem neuen Sari ausführen darf."

Darauf war Marisa überhaupt nicht gefasst. „Ich wollte den Sari doch eigentlich mehr als Andenken für zu Hause oder für besondere Anlässe", gab sie etwas zögerlich zurück.

„Aber es spricht doch nichts dagegen, ihn schon hier zu tragen. Hier wo der Sari beheimatet ist, ist es doch geradezu deine Pflicht, ihn einzuweihen. Wann sonst wirst du so schnell wieder die Gelegenheit haben? Zu Hause sicherlich nicht! Dort hängt er dann vermutlich eher im Schrank."

So ganz unrecht hatte Ben nicht. Es wäre schon sehr gewagt, wenn sie in einem Sari ein Fest besuchen würde. Ob sie den Mut dazu tatsächlich hatte, konnte sie selbst nicht sagen, obwohl sie sonst nicht so erschrocken war und sich auch nicht unbedingt von anderer Leute Meinung beeinflussen ließ. Doch in diesem Fall war es etwas anderes.

„Mal sehen, ich überlege es mir noch. Wenn ich zurückkomme, weiß ich mehr und lass es dich wissen", gab sie noch ziemlich unentschlossen zurück. „Nun muss ich aber los, ich hab doch den Rikschafahrer bestellt. Sonst ist der womöglich wieder weg und ich muss laufen oder mich nach einem anderen umsehen. Dazu hätte ich nach dem heutigen Tag wirklich keine Lust mehr. Also bis später. Entspann dich, bis ich wiederkomme", gab sie ihm den gutgemeinten Ratschlag, während sie sich verabschiedete und zum Gehen wandte.

***

Der Tag war hervorragend gelaufen. Bereits am frühen Morgen hatte Raj am Bahnhof die ersten Kunden aufgenommen. Er hatte nur wenige Leerzeiten gehabt. Kaum war die eine Fahrt vorbei, der Kunde an seinem Ziel, schloss sich die nächste Fahrt nahezu nahtlos an. Da er teilweise große Strecken zurückzulegen hatte, war das zwar sehr kräftezehrend, dafür aber auch sehr einträglich. Er hatte es lieber, wenn er den ganzen Tag unterwegs war, so hatte er gar keine Zeit, sich Gedanken über die Zukunft zu machen. Er vergaß dann alle Nöte und freute sich, dass der Tag erfolgreich war und er mit genügend Geld nach Hause kam. An solchen Tagen gönnte er sich sogar den Luxus, hin und wieder Maryamma mit ein paar besonderen Lebensmitteln, die sie sonst nie kaufte, zu überraschen. Die konnte sie dann für alle zu einem köstlichen Mahl zubereiten oder es gab einfach Früchte, die sie sonst nie kauften, weil sie zu teuer waren. Darüber freuten sich auch die Kinder, denn die Früchte ersetzten die Süßigkeiten, die sie ebenfalls nur in ganz seltenen Fällen oder zu Festtagen genießen konnten.

Bereits am frühen Nachmittag war Raj klar, dass für ihn heute ein solcher Festtag sein würde. Er hatte schon mehrfach die Stadt durchquert und überlegte sich, ob er überhaupt noch zum Chamundi Hill fahren sollte. Doch diese Chance wollte er sich nicht entgehen lassen. Dort warteten fast immer Leute, weil die Busse gegen später alle völlig überfüllt waren, und die Leute schnell nach Hause oder ins Hotel zurückwollten. Er könnte sicher noch den einen oder anderen Fahrgast gewinnen und seinen Profit erhöhen. Es war bis jetzt alles gut gelaufen. Er wusste auch schon, dass er seine letzte Fahrt um 18 Uhr machen und damit den krönenden Abschluss auf seinen erfolgreichen Tag setzen würde. Damit wäre der Tag perfekt!

Raj sollte sich nicht täuschen und hatte den Erfolg auf seiner Seite. Es lief optimal für ihn. Heute schienen die Leute sich geradezu um die Rikschas zu reißen. Dabei war ein ganz normaler Wochentag. An einem Wochenende war das schon gewöhnlicher, doch unter der Woche arbeiteten die meisten und somit waren die Touristen nicht so zahlreich vorhanden. Es konnte ihm nur recht sein, hatte er sich doch damit ein kleines Polster für den nächsten Tag verschafft. Wer wusste schon, was morgen war? Darüber zerbrach er sich deshalb besser nicht den Kopf. Die letzten Fahrgäste, die er am Chamundi Hill aufnahm, sollte er zum Bahnhof fahren. Das kam ihm sehr entgegen, denn es lag genau in seiner Richtung. Somit würde er keinen allzu großen Umweg mehr fahren müssen und konnte es noch rechtzeitig zum Termin bei Herrn Khan schaffen. Das war besonders wichtig, denn der kannte wohl keine Gnade, wenn seinen Anweisungen nicht Folge geleistet wurde. Raj selbst hatte es zwar noch nie darauf ankommen lassen und glücklicherweise war er auch bisher noch nie unverschuldet in eine solche Situation geraten, doch die anderen Fahrer hatten bereits mehrfach darüber berichtet. Darauf konnte er verzichten, und er würde auch heute alles daran setzen, seinen ihm vorgegebenen Termin einzuhalten.

Rechtzeitig traf er vor dem Laden der Familie Khan ein, meldete sich wie immer korrekt an und wurde überraschend schnell vorgelassen. Tapan Khan kam ohne großartige Begrüßung recht schnell zur Sache und erklärte Raj nur: „Los, lassen Sie uns fahren." Noch bevor Raj etwas erwidern konnte, wurde er schon von Tapan Khan vor sich hergeschoben. Allmählich fand er seine Sprache wieder und fragte vorsichtig: „Aber wo wollen Sie denn hin?"

„Das werden Sie bald sehen", entgegnete Herr Khan gleichgültig.

„Aber ich habe um 18 Uhr noch eine Fahrt", gab Raj ganz vorsichtig und ziemlich leise von sich. Er traute sich kaum etwas zu sagen, doch er hatte eine Vereinbarung, die er in jedem Fall erfüllen wollte. „Ja, ich weiß. Keine Sorge, die werden Sie auch sicher einhalten, wenn Sie nun alles tun, was ich Ihnen sage."

***

Marisa trat aus dem Eingang des Hotels und blickte sich suchend um. Da erkannte sie die Rikscha mit dem hochgeklappten dunkelblauen Dach und den Rikschafahrer, der bereits einige Schritte davon entfernt auf sie wartete. Prima, dachte sie, es gibt also auch hier Leute, auf die Verlass ist. Sie schritt auf ihn zu und begrüßte ihn. Raj erwiderte den Gruß und bat sie einzusteigen.

Seiner Aufforderung folgend und schon gedanklich den Sari um die Hüften und Schultern legend, trat sie an die Rikscha heran. Sie konzentrierte sich auf die erste und höchste Stufe, hielt sich gut fest und zog sich geschickt nach oben. Der zweite Tritt war dagegen ein Kinderspiel. Bereits im Begriff sich zu setzen, traf ihr Blick den seinen, der sie geradezu erstarren ließ. Das konnte nicht sein. Sie musste träumen! Er hatte es geschafft sie zu überraschen. Sein Schachzug war aufgegangen. Marisa konnte noch immer nichts sagen, dafür ergriff dann Tapan Khan das Wort: „Guten Abend, Frau Mahler. Setzen Sie sich doch."

Marisa überlegte kurz, ob sie den Rückzug antreten und die Rikscha wieder verlassen sollte. Was hatte das zu bedeuten? Doch nur eine kurze Bedenkzeit war erforderlich, bis ihr klar war, was sie tun wollte. Sie wirkte auf einmal ganz beherrscht. Mit ein wenig gemischten Gefühlen setzte sie sich neben Tapan Khan auf die Sitzbank. „Entschuldigen Sie, aber ich hatte die Rikscha bestellt, weil ich noch meinen Sari bei Ihrer Kollegin abholen möchte. Wieso sitzen Sie jetzt hier? Müssen Sie nicht arbeiten?"

„Weil ich Sie unbedingt sehen musste. Dafür habe ich mir extra freigenommen. Ich hoffe, meine Überraschung ist gelungen!"

„Allerdings", gab Marisa immer noch völlig durcheinander zurück. „Woher wussten Sie überhaupt, dass ich die Rikscha bestellt hatte und wo ich wohne?", hakte sie neugierig und verblüfft zugleich nach.

„Das ist mein Geheimnis. Aber keine Sorge, ich bringe Sie sicher zum Geschäft. Dafür verbürge ich mich. Sie können Raj, den Fahrer, fragen", erklärte er.

„Aha, er ist wohl Ihr Verbündeter!", stellte Marisa fest und war heilfroh, dass sie auch geschäftlich öfters Englisch sprechen musste und sie über einen umfangreichen Wortschatz verfügte, um sich entsprechend auszudrücken. Dabei kam ihr schon ein leichtes Lächeln über ihr Gesicht und auf ihren Wangen bildeten sich kleine Grübchen.

„Sozusagen!", bestätigte Tapan Khan. „Aber ich glaube, Sie sollten nun wirklich Platz nehmen, damit Raj losfahren kann", wies er Marisa vorsichtig an.

„Es bleibt mir wohl nichts anderes übrig, oder?", stellte Marisa mehr fest, als dass sie fragte, und setzte sich, so gut es ging, mit gebührendem Abstand neben ihn auf die Bank.

„Nein, nicht wirklich. Ich würde Sie nämlich überall hin verfolgen, um Sie zu sehen. Außerdem möchte ich Sie unbedingt in Ihrem neuen Sari sehen", gab er zu und sah sie mit einem durchdringenden Blick an, dem Marisa kaum standhalten konnte. An Raj gewandt sagte er in geschäftsmäßigem Ton: „Raj, fahren Sie los, bevor wir noch mehr Zeit verlieren."

Die Röte stieg ihr ins Gesicht, was ihr unangenehm war. Marisa wurde es langsam unheimlich. Wie konnte er nur so reden. Was war seine Absicht? Er hatte doch sicherlich gesehen, dass sie am Vortag in männlicher Begleitung und nicht alleine war. Was beabsichtigte er damit? Wollte sie es überhaupt wissen, oder sollte sie es nicht einfach genießen, mit ein paar Komplimenten ein wenig umworben zu werden? In Kürze würde sich sowieso alles erledigen, wenn sie zu Ben ins Hotel zurückkehre. Zumindest redete sie sich das ein. „Aber Sie kennen mich doch gar nicht", wandte Marisa sich an Tapan Khan.

„Aber das macht doch nichts. Das kann man nachholen. Außerdem liegt doch darin auch ein Reiz. Hin und wieder kann auch das Unbekannte oder eine Überraschung sehr anziehend wirken. Sie werden es schon in Kürze selber erleben!" Es wurde immer besser. Sie hatte keine Ahnung, wie sie diese Bemerkung deuten, geschweige denn beantworten sollte. Dass sie einmal um eine Antwort verlegen sein würde, hatte sie schon seit langer Zeit nicht mehr erlebt. Er übte eine gewisse Faszination auf sie aus, die sie nicht einschätzen konnte. Seine Worte kamen so leicht über seine Lippen, sodass es schwer war, zu beurteilen, ob die Worte ehrlich gemeint oder nur routiniert waren. Eine beklemmende Stille trat ein und Marisa wünschte sich beinahe, er würde irgendetwas sagen, auch wenn es sich noch so übertrieben anhörte oder nicht ehrlich gemeint war. Aber dann hätte sie diese Fahrt, bei der seine Augen fest auf ihr hafteten, vielleicht besser überstanden. Nervosität machte sich bei Marisa breit. Einerseits dachte sie an Ben, der im Hotel geblieben war und auf sie zum gemeinsamen Abendessen wartete. Andererseits sah sie den außergewöhnlich attraktiven Mann neben sich. Auf einmal hatte sie ein schlechtes Gewissen.

Sein Plan war aufgegangen. Trotzdem war Tapan Khan sehr angespannt, was Marisa ihm nicht anmerkte. Der Überraschungseffekt, als sie ihn gesehen hatte, lag auf seiner Seite. Damit hatte sie nicht gerechnet. Unsicherheit kam bei ihr auf, was seinen Plan unterstützte. Er spürte es, denn es lag ein leichtes, kaum wahrnehmbares Zittern in ihrer Stimme. Das war eigentlich nicht seine Absicht gewesen. Er hatte sie nur überraschen und ihr in ihre blauen Augen, die so klar wie Wasser waren und herrlich strahlten, sehen wollen. Er hoffte, dass sie sich nicht zu sehr bedrängt fühlte. Er konnte sich nicht erinnern, schon einmal solch einen strahlenden Blick und solch ein herrliches Lachen wie bei ihr gesehen zu haben.

Obwohl die Fahrt recht kurz war, schließlich waren es nur wenige Hundert Meter, die Marisa auch gut zu Fuß hätte gehen können, kam es ihr wie eine Ewigkeit vor. Erleichtert atmete sie auf, als sie vor dem Stoffgeschäft ankamen. Sie fragte Raj, was es kostete, doch der sagte nur: „Nichts, es ist bereits bezahlt." Sie wusste nicht recht, wie sie reagieren sollte, entschied dann aber, sich bei Raj zu bedanken, und gab ihm noch ein paar Rupien Trinkgeld. Immerhin hatte sie ihn bestellt. Also sollte er auch von ihr zumindest eine Anerkennung bekommen. Was Raj und Herr Khan miteinander vereinbart hatten ging sie nichts an. Rajs Augen weiteten sich, als er das reichliche Trinkgeld sah. Es war fast so viel, wie die Fahrt gekostet hätte. Insofern hatte er ein gutes Geschäft gemacht. Tapan Khan hatte ihn bereits für die guten Informationen und die Fahrt zum Hotel Maurya und zurück fürstlich belohnt. Sie musste schon etwas Besonderes sein, dachte er bei sich, ansonsten hätte Herr Khan niemals solch einen Aufwand betrieben. Seine Gründe dafür kannte er allerdings nicht. Das störte Raj aber wenig, denn immerhin bescherte ihm dies ein gutes Einkommen. Das war das Einzige, was für ihn zählte. Wenn sie den Laden erst verlassen würde, wäre die nächste Provision gesichert. Das freute ihn noch mehr. Es sah ganz so aus, als hätte er mit der blonden Touristin einen guten Fang gemacht. Sie stiegen aus. Tapan Khan voran, Marisa hinterher. Er reichte ihr seine Hand und half ihr die Stufen herunter. Ohne zu überlegen, ergriff sie seine Hand und hielt sich daran fest. Es tat gut. Sie fühlte sich wie im siebten Himmel. Seine Hand war wohlig warm. Ihre hingegen fühlte sich feucht an. Schuld daran war wohl der Angstschweiß, der sich überall auf ihrem Körper ausbreitete. Sie konnte nichts dagegen tun. Wovor hatte sie Angst? Sie kannte die Antwort nicht.

Gemeinsam betraten sie das Geschäft. Doch dieses Mal wurde sie nicht an die Mitarbeiterin übergeben. Tapan Khan selbst begleitete sie bis zum speziell separierten Ankleideraum, in dem der Sari schon zur Anprobe bereitgelegt war. Dort erwartete sie die Verkäuferin Frau Vheru, die sie schon die letzten beiden Tage beraten hatte. Ihr Auftrag war klar. Tapan Khan hatte sie in seiner besonderen Art eindringlich auf alles Notwendige hingewiesen. Er wusste, dass er sich auf seine langjährige Mitarbeiterin verlassen konnte.

Sie begrüßte Marisa überschwänglich und bat sie hinter die Abtrennung. Dort befand sich eine weitere als Umkleide ausgewiesene Kabine, sodass die Kundinnen nicht in ihrer Privatsphäre gestört wurden. Frau Vheru reichte Marisa die bereits zurechtgelegte Choli und forderte sie auf, diese in der Umkleidekabine anzuziehen. Marisa folgte der Aufforderung. Sie entledigte sich gleich ihrer roten Bluse und schlüpfte in das aus dunklem Grün gefertigte Oberteil. Es passte wie angegossen. Die Näherinnen hatten augenscheinlich gute Arbeit geleistet. Dazu war sowohl ein korrektes Abmessen als auch eine hervorragende Umsetzung und Verarbeitung erforderlich. Marisa blickte an sich hinunter und hatte ein erstes gutes Gefühl, denn sie spürte auch, dass die Choli einwandfrei saß. Sie trat vor die Umkleidekabine und blickte zuerst einmal in den wenige Meter entfernten Spiegel. Was sie erblickte, gefiel ihr gut. Der kräftige Grünton wurde durch ihre blonden Haare noch stärker betont. Frau Vheru stand bereits parat und musterte sie. Sie ging einmal um Marisa herum und betrachtete mit kritischen Augen, ob alles korrekt passte.

Nur hinten fand sie eine kleine Stelle, an der der linke Ärmel eingesetzt war, der ihr offensichtlich nicht recht gefiel. Sie nahm eine Nadel und steckte eine kleine überstehende Falte ab. Ansonsten machte sie einen zufriedenen Eindruck. Doch nun stand wohl noch der für Marisa weitaus schwierigere Teil bevor. Frau Vheru nahm das große Stück Stoff, das Marisa für den Sari ausgesucht hatte. Es war bereits so geschickt zusammengelegt, dass es nun beim Abwickeln und Anlegen keine Schwierigkeiten bereitete. Mit routinierten Händen nahm Frau Vheru den Stoff zwischen ihre Hände, wickelte einen Teil davon ab und legte es im Ziehharmonika-Verfahren in mehrere übereinanderliegende Falten. Dabei erklärte sie Marisa jeden einzelnen Schritt in unendlicher Ruhe. Man konnte den Eindruck gewinnen, als ob sie nichts anderes machte. „Das ist auch deshalb wichtig, damit sie nachher problemlos laufen können. Denn je mehr Falten Sie legen oder je größer diese sind, desto weiter wird der Sari nach unten hin und bietet beim Gehen genügend Freiraum für Ihre Beine", erläuterte Frau Vheru. Das leuchtete Marisa ein. Sie schaute genau zu, wie Frau Vheru das machte. Schließlich kannte sie sich damit überhaupt nicht aus. Zu Hause konnte sie niemanden mehr fragen. Gelassen fuhr Frau Vheru mit ihren Handlungen und Erklärungen fort. Der erste große und wichtige Teil war geschafft! Nun legte sie Marisa diesen Anfang an die Taille und klappte ihn nach innen um. Sie gab Marisa zu verstehen, dass sie ihn in die Hose stecken solle. Durch den Hosenbund wurde der Sari praktisch festgehalten. Marisa folgte der Aufforderung und fragte vorsichtig nach: „Ist es so richtig?" Mit dem typischen Kopfschütteln, welches in Deutschland bzw. Europa ein klares Nein bedeutete, bestätigte Frau Vheru die Handlungsweise Marisas. Sie atmete erleichtert auf. Es fühlte sich eigenartig an. Sie kam sich irgendwie plump vor, dabei hatte sie noch nicht einmal alles umgelegt. Wahrscheinlich lag das an dem vielen Stoff, den sie nun wie einen aufgeblähten Bauch vor sich trug. Nun wickelte Frau Vheru den restlichen Stoff sorgfältig Stück für Stück ab und legte ihn sorgsam und mit akribischer Geduld ganz vorsichtig um Marisas Körper. Zunächst wurde die Stoffbahn einmal komplett um die Taille gewickelt, festgebunden und in Falten gelegt, sodass nun der untere Teil des Saris fertig war. Danach wurde der verbleibende Stoff von vorne unterhalb des linken Armes über den Rücken, dann unterhalb des rechten Arms hindurch geführt. Zum Schluss legte Frau Vheru das letzte Stück Stoff über die Brust und die linke Schulter. Somit hing noch circa ein Meter den Rücken hinunter. Dieses Stück nannte man auch Pallav. Mit abermals prüfendem Blick musterte die Verkäuferin Marisa. Ihr sonst sehr angestrengt und ernst wirkender Gesichtsausdruck lockerte sich zum ersten Mal an diesem Tag. Das schien ein gutes Zeichen zu sein. Marisa blickte in den Spiegel und war einfach nur fasziniert.

Genial, wie so ein Stück Stoff, welches praktisch ohne Hilfsmittel wirklich fein und praktisch zu einem anmutig und elegant wirkenden Kleidungsstück umfunktioniert wurde. Dafür waren keine aufwendigen Nähkünste oder Abmessungen erforderlich, wanderten Marisas Gedanken zu ihrer beruflichen Tätigkeit. So etwas „Einfaches" und gleichzeitig Praktisches müsste man auch für die Europäer haben. Das wäre in der Herstellung recht einfach und würde viele Probleme, wie sie sie immer erlebte, vermeiden. Dadurch könnten auch eine Menge Herstellungskosten gespart werden. Andererseits war sie sich nicht sicher, ob sich so etwas auch gut verkaufen ließ. Denn immerhin war ja auch eine gewisse Exklusivität und Extravaganz gefragt, welche im Prinzip nur durch komplizierte Näharbeiten umgesetzt werden konnte. Sie hatte wieder einmal die Erfahrung gemacht, dass hier vieles anders war als zu Hause. Nicht alles musste mit Pomp aufgemacht sein, um klasse zu wirken. Hier war alles den natürlichen Gegebenheiten angepasst. Das fing schon bei den Läden an, die nicht im Überfluss der Leuchtreklame standen, sondern eher schlichter präsentiert wurden.

Marisa strahlte die Verkäuferin Frau Vheru an, sodass sich diese sichtlich erleichtert entspannte. „Sehr schön!", meinte Marisa nur knapp.

„Ja, es steht Ihnen ausgezeichnet. Allerdings ist noch an der Choli ein kleines Stück hier hinten am Ärmel zu ändern. Dann sitzt es perfekt", gab Frau Vheru zurück. „Wenn Sie es bitte noch einmal ausziehen würden, damit unsere Näherin dies ändern kann. Es dauert sicher nicht lange. Ich helfe Ihnen noch, vorher den Sari abzunehmen."

„Aber sicher, danke!", bestätigte Marisa und wartete bis Frau Vheru den Sari wieder abgewickelt hatte. Dann ging sie in die Umkleidekabine, um die Choli auszuziehen. Sie streifte schnell wieder ihre Bluse über, trat heraus und übergab die Choli an die Verkäuferin. Diese bot Marisa einen Platz an, welchen sie dankbar annahm. Nur wenige Sekunden später wurde ihr eine Tasse Tee gereicht. Der Service war herrlich. Hier war der Kunde noch König, zumindest hatte sie das Gefühl, wirklich zuvorkommend behandelt zu werden. Sie konnte sich nicht erinnern, wann sie das letzte Mal zu Hause so zuvorkommend und freundlich bedient worden war.

Tapan Khan saß ziemlich nervös und gereizt in seinem Büro. Seit dem Zeitpunkt, als er Marisa Frau Vheru überlassen hatte, gab es für ihn keine ruhige Minute mehr. Er konnte an nichts anderes mehr denken als an Marisa, wie sie in ihrem Sari aussehen würde. Keiner der restlichen Mitarbeiter durfte ihn mehr stören. Er wartete nur noch auf das Zeichen von Frau Vheru. So lange würde er sich nichts anderem widmen, um den Zeitpunkt sicher nicht mit irgendwelchen unwichtigen Geschäften zu verpassen, was er später sicher bitterlich bereut hätte. Die Minuten vergingen viel zu langsam. Immer wieder blickte er auf seine teure Armbanduhr, doch der Zeiger bewegte sich unendlich langsam voran. Es kam ihm wie eine Ewigkeit vor. Zwischendurch stand er auf und schritt in seinem zwar nicht allzu großen, doch immerhin genügend Platz bietenden Büro auf und ab. Verschiedene Gedanken kreisten in seinem Kopf, und er hatte viel Mühe, alle zu ordnen. Die letzten beiden Tage war er wie von der Außenwelt abgeschnitten gewesen. Alles was um ihn herum passiert war, hatte er praktisch nicht mehr registriert. Es sei denn, es hatte sich um Marisa gehandelt. Er wunderte sich selbst, denn er hatte schon viele schöne Frauen gesehen. Doch die meisten von ihnen waren aus sehr gutem Hause und bestachen eher durch übertriebene, manchmal vielleicht auch etwas aufgesetzte Höflichkeit und Etikette. Marisas Charme und Verhalten hingegen wirkten so natürlich, lebensfroh, erfrischend und dennoch anmutig. Mit dieser Gabe waren nicht allzu viele Leute gesegnet. Dazu kam, dass sie sich offensichtlich über die exklusiven Stoffe ehrlich freute. Das hatte er schon beobachtet, als sie bei ihrem ersten Besuch die Stoffe ganz sacht und liebevoll durch ihre Finger gleiten ließ und gleichzeitig ihre Augen unendlich zum Leuchten brachte. Das ließ ihn vermuten, dass ihr diese Stoffe viel mehr bedeuteten als einer anderen Kundin und sie sich ehrlich dafür interessierte.

Während Frau Vheru der Näherin die kleine vorzunehmende Änderung erklärte und diese dann umgesetzt wurde, genoss Marisa entspannt ihre Tasse Tee und beobachtete das Geschehen um sie herum. Insgesamt arbeiteten drei Näherinnen in dem Raum. Jede saß an einer Nähmaschine und verrichtete konzentriert ihre Arbeit. Ein weiterer Arbeitsplatz stand zur Verfügung, war aber derzeit nicht besetzt. Zusätzlich gab es noch einen großen, langen Tisch, welcher vermutlich als Schneidetisch fungierte und an dem sicher zwei Leute problemlos arbeiten konnten. Frau Vheru war damit beschäftigt, den wunderbar apfelgrünen Saristoff mühevoll im üblichen Ziehharmonika-Verfahren in einer Breite von circa einem Meter zusammenzulegen.

Es dauerte tatsächlich nur wenige Minuten, bis bereits die erneute Aufforderung von Frau Vheru kam, die Choli noch einmal anzuziehen. Marisa stellte ihre Tasse, die noch nicht ganz leer war, auf dem kleinen vorhandenen Tisch ab und folgte abermals der Aufforderung. In Windeseile kam sie wieder heraus und zeigte sich den kritischen Blicken von Frau Vheru. Diese schien nun sichtlich zufrieden, denn sie schüttelte wieder in dieser eigenartigen und unnachahmlichen Weise ihren Kopf, was Marisa inzwischen als Zustimmung deutete. Frau Vheru griff erneut zu dem Saristoff. Marisa hatte geglaubt, dass Frau Vheru bereits im Begriff war alles einzupacken und sie wieder ihre eigene Bluse überstreifen sollte. Daher wandte sie sich schnell an die Verkäuferin: „Entschuldigen Sie bitte, aber ich würde gerne versuchen den Sari selbst anzulegen. Könnten Sie mir freundlicherweise noch einmal dabei helfen? Ich vermute nämlich, dass mir das nicht so leicht gelingt."

„Natürlich gerne!", antwortete Frau Vheru und reichte Marisa gleich den Sari.

Doch ein wenig überrascht griff sie danach. Er war ziemlich schwer, obwohl es reine Seide und somit ein verhältnismäßig leichter Stoff war. Immerhin handelte es sich um ungefähr acht Meter Material, das sie in Händen hielt. Sie wickelte nun selbst, wie vormals Frau Vheru, den Stoff um ihren Körper, verknotete ihn, um anschließend breite Falten zu legen. Das ging noch relativ einfach. Doch je mehr es wurden, desto mehr Mühe hatte Marisa, dass ihr der Stoff nicht aus den Händen glitt, sondern sie ihn gut festhielt. Den restlichen größten Teil hatte sie sich über den linken Arm gelegt, um so beide Hände frei zu haben. Bei der Demonstration durch Frau Vheru hatte alles spielend leicht ausgesehen, doch ohne Übung war es ziemlich schwierig, wie Marisa etwas bedrückt feststellen musste. Bereits das Anlegen an die Taille machte ihr so große Schwierigkeiten, weil ihr der mühevoll in Falten gelegte Stoff beinahe aus den Händen rutschte. Frau Vheru bemerkte dies und kam ihr schnell zu Hilfe. Marisa lächelte die Verkäuferin an und bedankte sich. Mit der Unterstützung gelang es Marisa dann, die drapierten Falten vorsichtig umzuschlagen und vorne im Bund zu befestigen. Das weitere Umschlingen um den Körper ging dann relativ problemlos, wobei Marisa trotzdem erleichtert war, Frau Vheru an ihrer Seite zu wissen. Als sie den letzten Handgriff anlegte und die Pallav, ebenfalls in Falten gelegt, über die Schulter schwang machte sich ein wenig Stolz und Erleichterung bei Marisa breit. Sie hatte es geschafft. Sie schritt vor den Spiegel, drehte und beäugte sich selbst mit skeptischem Blick. Die Choli saß zwar nun perfekt, doch der Sari saß nicht so schön wie zuvor, als Frau Vheru ihn ihr umgebunden hatte. Es fehlte ihr eben doch noch an Geschick, damit alles rundum gut saß. Aber das konnte sie üben, davon war sie überzeugt. „Sieht schon sehr gut aus. Wenn Sie es wünschen, kann ich ihnen aber den Sari gerne nochmals neu umlegen und es ihnen noch einmal zeigen", bot Frau Vheru an.

„Ja bitte, besten Dank", sagte Marisa und freute sich, dass sie noch einmal in den Genuss kommen würde alles genau zu beobachten. Frau Vheru schien etwas nervös, entschuldigte sich kurz und verschwand für wenige Minuten, bevor sie immer noch ziemlich angespannt wieder erschien.

Mit geschickten, flinken Händen machte Frau Vheru sich daran, erst wieder alles abzunehmen, zusammenzulegen, um erneut den Sari anzulegen. Dabei gab sie Marisa noch den einen oder anderen Tipp. Zum Beispiel wie sie am besten den jeweils verbleibenden Stoffteil halten sollte. Marisa war es bereits vom vielen An- und Ausziehen und von der damit verbundenen Konzentration so warm, dass sie glaubte zu zerfließen. Auch die riesigen Ventilatoren an den Decken brachten ihr dabei nicht wirklich Abkühlung. Ihre Wangen waren bereits gut durchblutet, was aufgrund ihres braunen Teints nicht ganz so stark auffiel. Ihre Frisur hatte auch schon etwas gelitten, was an den Haaren, die nicht mehr die Fülle aufwiesen, ersichtlich war. Aber sie hatte sich selbst dazu entschlossen und würde nun so kurz vor Schluss nicht aufgeben. Das entsprach nicht ihrer Art. Allerdings freute sie sich schon, wenn sie sich allem entledigen konnte, um draußen frische Luft zu schnappen.

„Fertig!", vernahm Marisa auf einmal. Was in den letzen Augenblicken passiert war, hatte sie nicht mitbekommen, da sie ihre eigenen Gedanken so stark beschäftigt hatten. „Treten Sie doch nach hier vorne und betrachten sich im großen Spiegel", forderte Frau Vheru Marisa auf. Marisa tat wie ihr aufgetragen und schritt sehr vorsichtig, da sie sich erst daran gewöhnen musste, in den vorderen Teil des Raumes, in dem sie vor zwei Tagen die Stoffe ausgewählt hatte.

Völlig ahnungslos ging sie vor den großen Vorhang, der als Abtrennung diente, Richtung Spiegel. Sie konzentrierte ihren Blick auf den großen Spiegel, welcher von einem wunderschönen Metallrahmen geziert wurde. Darin konnte sie sich nun erstmals in voller Größe in ihrer neuen Aufmachung, die dank Frau

Vheru perfekt saß, so richtig bestaunen. Doch dazu kam es nicht. Plötzlich wandte sie ihren Blick zur Seite. Was sie sah, konnte sie kaum glauben. Sie erkannte ihn, wie er in nur geringem Abstand neben ihr stand. Ihr Blick traf den seinen und ihr wurde erneut ganz warm. Tapan Khan verschlug es beinahe die Sprache. Sein Herz pochte so laut, dass er glaubte sie könne es hören. Sie stand fast vor ihm. Das leuchtende Grün des Saris brachte nicht nur ihre traumhafte Figur bestens zur Geltung, sondern betonte auch sowohl ihre blonden Haare als auch ihre feinen, aber dennoch ausdrucksstarken Gesichtszüge. Tapan konnte seinen Blick nicht mehr von ihr wenden. Sein Blick haftete geradezu auf ihr. Er konnte sich nicht erinnern, je so starke Gefühle für eine Frau empfunden zu haben. Er hatte meist die Gefühle für eine Frau unterdrückt, da er eigentlich von seinen Eltern schon lange einer Frau versprochen worden war. Das passierte in Indien noch recht häufig, unabhängig von der Kaste oder der Gesellschaftsschicht. Schließlich wurden die Mitgift und alle dazu gehörenden Bedingungen in der Regel zwischen den Brauteltern ausgehandelt. Die Betroffenen wurden hiervon lediglich in Kenntnis gesetzt, hatten aber kein Mitspracherecht. Doch damit hatte er sich nicht abfinden können und sich bisher erfolgreich gegen eine Hochzeit gewehrt. Marisa hatte es mit ihrer erfrischenden natürlichen Art geschafft, diese bislang verdrängten Gefühle, zum Leben zu erwecken. Sie selbst hatte keine Ahnung, was sie bei Tapan Khan ausgelöst hatte. Schließlich lebte sie in einer anderen Welt, in der es solche Restriktionen nicht gab. Insofern konnte sie sich auch nicht im Geringsten die Situation von Tapan vorstellen. Sie traf ihre Entscheidungen, für die sie dann auch selbst verantwortlich war, alle selbst. Etwas anderes kam ihr erst gar nicht in den Sinn.

Tapan suchte nach Worten, doch es fiel ihm recht schwer. Er hatte Angst etwas Falsches zu sagen und Marisa damit vielleicht zu überrumpeln oder gar zu enttäuschen. Dann wählte er einfache, aber doch wirkungsvolle Worte, in der Hoffnung, die richtige Wahl getroffen zu haben: „Sie sehen einfach bezaubernd aus!"

„Danke!", kam es ein wenig verlegen über Marisas Lippen und sie wusste selbst nicht warum und fügte verlegen hinzu: „Mir gefällt der Sari ebenfalls ausgesprochen gut."

„Ja, mir auch, aber ich meinte da mehr Sie. Sie können tragen, was Sie wollen, Sie werden in allem einmalig gut aussehen", äußerte Tapan Khan ehrlich.

Marisa errötete. Sie stand ein wenig verlegen da, was bei ihr nicht allzu oft vorkam. Doch ihre Gefühle und Gedanken waren in diesem Moment ein reines Wirrwarr. Sie hatte keines von beidem mehr unter Kontrolle. Dazu kam wieder diese undefinierbare beklemmende Angst, die langsam in ihr aufstieg. So etwas hatte sie noch nie erlebt. Was war es nur, was sie so unsicher machte? Was sollte sie sagen? Musste sie überhaupt etwas sagen? Sie empfand tiefe Zuneigung für diesen Mann, der da unmittelbar vor ihr stand und den sie nicht im Geringsten kannte. Konnte das Liebe sein, obwohl sie überhaupt nichts über ihn wusste? Sie genoss seine Komplimente und vergaß für diesen kurzen Augenblick die Welt um sich herum völlig. Sollte sie sich Ben anvertrauen und ihm von der Begegnung und den eigenartigen Gefühlen berichten? Er würde es wahrscheinlich als Urlaubsgefühl deuten und sich noch einen Spaß daraus machen. Aber das war es für sie nicht, es war mehr. Sie glaubte auch, dass Tapan Khan mehr für sie empfand. Doch sie war sich selbst nicht im Klaren. Gleichzeitig wollte sie aber Ben auf keinen Fall belügen, denn das hasste sie. Allerdings musste sie sich sehr gut überlegen, was sie zu tun gedachte, und dann ihre weiteren Schritte abwägen, um notfalls Ben sehr behutsam darüber zu informieren. „Ich werde mich nun wohl gleich wieder umziehen!", sagte sie nur und versuchte sich damit aus ihrer misslichen, unbeholfenen Lage zu befreien. Doch er ließ es nicht zu, denn er forderte sie gleich heraus: „Wieso denn, lassen Sie den Sari doch an, wäre doch zu schade, wenn Sie das herrliche Stück gleich wieder ablegen. Der Sari leuchtet wie Sie selbst und unterstreicht Ihre einmalige Schönheit geradezu. Er passt ausgezeichnet zu Ihnen."

„Meinen Sie wirklich?", kam zögerlich die Nachfrage von Marisa.

„Aber natürlich. Und wo sonst können Sie als Europäerin so gut einen Sari tragen wie in unserem Land?"

„Vermutlich nirgends, da haben Sie wohl recht", gab Marisa kleinlaut zu. Außerdem passte es nicht nur zu Indien, sondern auch zu ihrem derzeitigen Gemütszustand, der etwas Neues forderte. Da kam ihr die Aufforderung gerade recht. Sie wandte sich an Frau Vheru: „Können Sie dann bitte meine Bluse statt des Saris einpacken?"

„Selbstverständlich!", bestätigte Frau Vheru, die sich die ganze Zeit über still verhalten und nicht geäußert hatte. Sofort machte sie sich daran, alles zu erledigen. Kurz darauf kam sie mit einer Tüte, in der sich die Bluse von Marisa befand und reichte sie ihr. Marisa nahm sie dankend entgegen und bat die Rechnung zu bezahlen. Daraufhin schmunzelte Frau Vheru und teilte ihr mit, dass es nichts mehr zu begleichen gebe, da die Rechnung bereits bezahlt sei. Dabei blickte sie Richtung Tapan Khan, ohne ein weiteres Wort zu erwähnen. Marisa verstand sofort, dass er es gewesen war, der dafür gesorgt hatte. Er hatte wohl alles sorgfältig geplant. Also musste es ihm doch ernster sein, als sie es sich überhaupt vorstellen konnte. Um die reine Kundenzufriedenheit oder einen schnellen Geschäftsabschluss, wie sie es anfangs vermutete, ging es hier nicht mehr. Wo konnte man ein Geschäft, geschweige denn einen Gewinn erzielen, wenn man die Waren verschenkte? Nein, das war sicher auch nicht richtig, denn bestimmt hatte Tapan Khan den Sari mit der Choli aus eigener Tasche bezahlt. Er konnte ja nicht einfach über die Waren verfügen, ging es Marisa durch den Kopf. „Vielen Dank, aber das kann ich nicht annehmen. Ich werde selbstverständlich bezahlen!", beharrte Marisa an die Verkäuferin gewandt auf einer Rechnung.

„Tut mir leid, Frau Mahler, aber Herr Khan hat ausdrücklich darauf bestanden, dass Sie Ihren Sari als Geschenk erhalten sollen. Über die Anweisungen von Herrn Khan kann ich mich nicht hinwegsetzen", erwiderte Frau Vheru mit strahlendem Gesicht. So erleichtert hatte Marisa sie die ganze Zeit nicht gesehen. In diesem Moment ging ihr ein Licht auf. Tapan Khan war nicht irgendein Angestellter, wie sie die ganze Zeit angenommen hatte, sondern der Vorgesetzte. Zumindest hatte er die Entscheidungsgewalt. Das war ihr soeben klar geworden. Dass es sich sogar um den Firmeninhaber handelte, wurde ihr erst kurz darauf bewusst. Da der Name Khan nirgends in der Geschäftsbezeichnung auftauchte, war sie bisher auf diese Möglichkeit gar nicht gekommen. „Bitte schlagen Sie mir das nicht aus! Ich wäre untröstlich darüber!", bettelte Tapan Khan.

„Aber Sie können mir doch nicht einfach etwas schenken, Sie kennen mich doch gar nicht!", beharrte nun Marisa wieder, wobei sie sich insgeheim darüber sehr freute.

„Aber natürlich kann ich das und noch viel mehr. Suchen Sie sich von den vorhandenen Stoffen aus, was Sie wollen, meine Mitarbeiter werden Ihnen alles zeigen. Ich werde Ihnen jeden Wunsch erfüllen. Muss man jemanden wirklich kennen, um ihm etwas zu schenken?", fragte er skeptisch, so als ob er so etwas zum ersten Mal hörte.

Darauf konnte Marisa nun wirklich nichts einwenden. Warum sollte sie das Geschenk nicht annehmen? Im Grunde hatte er recht. Dass ihr so etwas passierte, konnte sie noch immer nicht recht glauben, fing aber langsam an, das Unglaubliche zu genießen. Mit einem Mal fühlte sie sich wunderbar, von diesem Mann umworben zu werden und präsentierte sich stolz in ihrer neuen Aufmachung. Blitzartig fiel ihr Ben ein und sie sagte zu Tapan Khan gewandt: „Ich muss aber nun zurück, ich werde sicher bereits erwartet."

„Sicher, darf ich Sie ins Hotel bringen? Es ist mir eine große Ehre!", bot er ihr an.

„Wenn Sie meinen", bestätigte Marisa das Angebot und verließ mit ihm den Laden. Er begleitete sie zu seinem luxuriösen Auto im Hinterhof. Marisa war es nun zwar etwas mulmig, aber großspurig wie sie zugesagt hatte, konnte sie nun keinen Rückzieher mehr machen. Wer weiß, auf was sie sich da eingelassen hatte.

***

Für Raj war es nun tatsächlich die letzte Fahrt gewesen, wenn auch anders als geplant. Er konnte getrost nach Hause. Maryamma würde stolz auf ihn sein, dass er einen so erfolgreichen Tag souverän mit einem krönenden Abschluss hinter sich gebracht hatte. Er beschloss auf dem Nachhauseweg noch etwas ganz Spezielles zu kaufen. Er entschied sich für Schokolade, denn die aß Maryamma besonders gerne. Vielleicht weil sie nie welche kaufen konnte, da diese einfach zu teuer war.

Maryamma staunte nicht schlecht, als Raj ihr die Überraschung überreichte. Es musste heute etwas Besonderes passiert sein, sonst hätte Raj ihr, den Kindern und natürlich auch seiner

Mutter solch eine für sie absolut seltene Leckerei nicht mitgebracht. Als sie ihn danach fragte, tat er zuerst ein wenig geheimnisvoll, um sie noch neugieriger zu machen und ein wenig auf die Folter zu spannen. Doch dann konnte er es selbst kaum mehr erwarten, ihr alles bis ins Detail zu erzählen, so unglaublich fand er es immer noch selbst. Inzwischen hatte er schon so viel berichtet, dass er sich allmählich dem Ende näherte: „So hab ich ihn noch nie erlebt. Stell dir nur vor, er glaubte mir erst gar nicht, dass ich wusste, wo sie am nächsten Tag erreichbar war. Ich hatte nämlich bereits einen neuen Fahrtermin mit der Touristin vereinbart und sollte sie am Hotel Maurya abholen und dann in das Geschäft von Herrn Khan fahren, wo sie ihren bestellten Sari abholen wollte. Für den werde ich natürlich sowieso noch meine übliche Provision erhalten. Erst als ich ihm glaubhaft versichern konnte, dass es wahr war, konnte ich eine mildere Stimmung bei ihm erkennen. Er war auf einmal wie ausgewechselt. Ich glaube, er hat sich total in die Frau verliebt, sonst macht einer wie Herr Khan so etwas doch nicht, oder was meinst du?"

„Keine Ahnung, ich verkehre nicht in solchen Kreisen, wie dir nicht entgangen sein dürfte. Da weiß ich auch nicht, wie sich solche Herren oder Damen verhalten", meinte Maryamma ein wenig zurückhaltend. Raj erzählte schnell weiter: „Egal. Wie dem auch sei, es kam noch besser. Er hat sich von mir zum vereinbarten Hotel fahren lassen und die Frau selbst abgeholt. Die war vielleicht überrascht, als sie ihn gesehen hat! Aber sie ist dann sogar doch mitgefahren."

„Und dann?", hakte Maryamma nach.

„… wollte sie bezahlen, als wir angekommen waren, doch das hatte Herr Khan schon erledigt. Er hatte mir ausdrückliche Anweisung gegeben, dass ich kein Geld von ihr für die Fahrt nehmen dürfte. Daran habe ich mich gehalten." Raj legte eine kleine

Pause ein, um dann fortzufahren und seine Listigkeit zu unterstreichen: „Aber er hat nichts von Trinkgeld gesagt. Damit hat sie nämlich nicht gespart und das habe ich nicht zurückgewiesen. Diese Frau hat mir seit der ersten Fahrt Glück gebracht, wenn das kein gutes Zeichen ist!"

„Es bedeutet sicher etwas Gutes. Vielleicht wendet sich das Blatt nun auch einmal zu unseren Gunsten. Ich wünsche es dir und uns allen so sehr!", sagte Maryamma und schmiegte sich an Raj. Es tat ihr gut, ihn endlich wieder einmal richtig fröhlich und ausgelassen zu sehen. Auch wenn es vielleicht nur für kurze Zeit war, so zählte nur dieser Augenblick! Die Kinder genossen ihre Schokoladestückchen, und auch sie spürten, dass ihr Vater an diesem Abend viel gelöster war als sonst. Seine dunklen braunen, in letzter Zeit oft schwarz wirkenden Augen hatten in diesen Stunden ein helles, herrliches Leuchten wie von einem Bernstein in sich.

***

IV. Entscheidung

Er hatte ihr die Autotüre geöffnet. Solch einen Wagen hatte sie zwar schon öfters in Filmen oder auf Ausstellungen gesehen, doch selber war es ihr noch nicht vergönnt gewesen, in einem Auto mit dieser Ausstattung zu sitzen, geschweige denn mitzufahren. Ledersitze, die Armaturen aus Holz, jeder erdenkliche Komfort, diese Kategorie war eindeutig Managern vorbehalten. Sie selbst hätte sich so ein Auto nie leisten können. Obwohl sie darauf auch keinen besonderen Wert legte, genoss sie die Fahrt. Es war etwas Besonderes, ja Einmaliges. Nicht nur das Auto, sondern die gesamten Umstände, die sie in diese Situation gebracht hatten.

„Seit ich Sie das erste Mal gesehen habe, kann ich nur noch an Sie denken! Ich komme fast um den Verstand! Erzählen Sie mir von Ihnen, ich muss einfach alles über Sie erfahren!", brach es aus Tapan Khan heraus.

„Mir geht es ähnlich. Doch ich kenne Sie ebenfalls nicht. Mein Freund erwartet mich im Hotel und wir wollen morgen schon weiter Richtung Südspitze reisen. Ich bin hier nur als Touristin. In wenigen Tagen endet mein Aufenthalt in Indien und ich muss nach Deutschland zurück."

Er erschrak. Nein, das konnte nicht sein. Nun, da er sie so mühsam und mit viel Glück ausfindig machen konnte und er erst am Anfang stand, sie kennenzulernen, sollte schon wieder alles zu Ende sein. Er hatte immer davon geträumt, einmal einer Frau zu begegnen, die wie sie war. Bei der er gleich spürte, dass er sie liebte, und die etwas Einmaliges für ihn war. Es durfte nicht vorbei sein.

„Nein, das ist unmöglich. Sie dürfen noch nicht abreisen! Ich habe Ihnen so viel zu erzählen und zu erklären, was ich für Sie empfinde. Ich kann Sie unmöglich gehen lassen. Sie müssen noch einige Tage in der Stadt bleiben."

„Aber das geht nicht!", erwiderte Marisa halbherzig. Sie haderte mit sich selbst und stand im Zwiespalt ihrer Gefühle, die sie wie in einem Sog immer weiter von der Realität zu entfernen drohten.

„Sie dürfen nicht gehen, geben Sie mir zumindest noch einen Tag Zeit, um alles zu erklären. Wir könnten morgen gemeinsam zu Mittag essen. Ich hole Sie ab", drängte Tapan Khan sie zu einer Entscheidung. Er machte es ihr nicht einfach. Marisa konnte sich weder für noch gegen seine Einladung entscheiden. Obwohl sie selbst nicht davon überzeugt war, entschied sie sich für eine diplomatische Antwort: „Das hängt nicht nur von mir ab. Ich werde aber mein Möglichstes tun, um unsere Abreise zu verschieben."

„Ich bin auf jeden Fall morgen Mittag um 12 Uhr am Hotel Maurya, um Sie abzuholen. Ich werde warten."

Mit diesen Worten und einem eleganten Handkuss verabschiedete er sich von ihr. Die Fahrt war rasend schnell vergangen. Marisa hatte nichts um sich herum wahrgenommen, weil sie so auf ihn fixiert war. Als er ihr die Wagentüre zum Aussteigen aufhielt, trafen sich ihre Blicke. War es ein Abschied für immer? Während in Marisas Augen Wehmut zu erkennen war, leuchteten Tapans Augen voller Hoffnung.

Der Gang ins Hotel war alles andere als einfach. So viele Fragen schossen Marisa durch den Kopf. Wie sollte sie Ben nur alles erklären? Es war einfach unmöglich, ihm das Unglaubliche begreiflich zu machen. Was wäre, wenn Ben ihr keine Zeit mehr ließ, um Tapan noch einmal zu treffen. Sie konnte und wollte es sich gar nicht vorstellen. Vielleicht war es doch besser, nichts von

Tapan zu erzählen und lieber auf eine Notlüge zurückzugreifen. Doch das war nicht ihr Stil. Es passte nicht zu ihrem Charakter. Das hatte sie bisher immer rigoros ausgeschlossen und auch bei anderen vehement kritisiert. So wollte sie nun auch jetzt nicht in ein Schema verfallen, das nicht ihrem entsprach. Sie hätte sich damit nur ein weiteres unkontrollierbar schlechtes Gefühl aufgebaut, mit dem sie nicht umzugehen wusste und aus dem sie vermutlich nie wieder heil herauskommen würde. Das war es nicht wert! Zudem wollte sie Bens Gefühle nicht verletzen. Sie konnte sich jetzt noch nicht vorstellen, wie er reagieren und was die neue Situation in ihm auslösen würde. Er hatte ihr die ganze Zeit über vertraut und ihr alle Freiheiten zugestanden. Ihm gegenüber wäre solch ein Verhalten absolut nicht fair. Sie schritt durch die kleine Eingangshalle des Hotels, geradewegs auf die Treppen zu. Auf den Stufen nach oben bis zum dritten Stock konnte sie noch einmal all ihre Gedanken sammeln, bevor sie Ben gegenübertrat. Vor dem Zimmer hielt sie kurz inne und atmete tief durch. Anschließend öffnete sie vorsichtig die Türe. „Hallo, das ist ja eine tolle Überraschung. Einfach genial, steht dir wirklich blendend!", hörte Marisa Ben freudig sagen, während er vom Bett aufsprang und auf sie zustürmte. „Wurde aber auch langsam Zeit. Ich hab schon einen Bärenhunger! Nimmst du mich in meinen Klamotten überhaupt mit? Ich hätte mir wohl besser auch gleich einen Anzug anschaffen sollen." Marisa war so perplex über die euphorische Begrüßung, dass sie es nicht fertigbrachte, ihn gleich mit ihrem Anliegen zu bombardieren. Er war völlig ahnungslos. Sie beschloss, die Angelegenheit bis zum Essen zu verschieben.

Für den besonderen Anlass hatte auch Ben seine beste Hose und ein weißes Hemd ausgesucht. Allzu viel Auswahl gab seine Reiseausstattung ja nicht her. Immerhin hatten sie sich entschlossen, heute ein etwas nobleres Restaurant aufzusuchen. Marisa schwankte ein wenig angesichts dieser Entscheidung, doch nun war es so und sie würde alles Weitere auf sich zukommen lassen. Die Tische waren herrlich gedeckt und natürlich gab es auch Besteck, was Marisa gleich kundtat und zusätzlich in Augenschein nahm: „Was für ein Luxus!"

„Tja, hoffen wir mal, dass wir es noch nicht verlernt haben."

„Manche Sachen verlernt man glücklicherweise nicht!"

„Was hättest du denn heute gerne?", fragte Ben, während er immer noch in der Speisekarte unschlüssig nach einem Gericht suchte.

„Ich nehme ein Thali und lasse mich überraschen, was hier serviert wird", verkündete Marisa entschlossen. „Wie steht's mit dir?"

„Ich glaube, ich werde mich mal wieder für was Fleischiges entscheiden. Das Hühnchen hört sich verlockend an!", antwortete Ben.

Nachdem sie ihre Bestellung aufgegeben hatten und auf das Essen warteten, fragte Ben: „Wie fühlst du dich denn in deinem neuen Sari?" Nun war der Moment gekommen, den Marisa nutzen musste, obwohl sie die ganze Zeit gehofft hatte, dass sie ihn umgehen könnte. Doch dann wäre das Problem nur aufgeschoben gewesen, das war ihr klar. Also packte sie die Gelegenheit beim Schopfe und antwortete etwas zögerlich: „Ziemlich eigenartig und nicht besonders gut!" Völlig verblüfft schaute Ben über den Tisch zu Marisa. Sie war inzwischen etwas fahl im Gesicht, was er trotz ihres sommerlichen Teints erkennen konnte. „Ist dir nicht gut? Hast du vielleicht wieder Fieber oder letzte Nacht schlecht geträumt?", fragte Ben nun ziemlich besorgt.

„Weder das eine noch das andere", kam es langsam aus Marisas Mund.

„Aber dann ist doch eigentlich alles in Ordnung. Wahrscheinlich fühlst du dich nur wegen des neuen Saris, der dir wirklich ausgezeichnet steht, ein wenig unwohl. Ist sicher auch nicht einfach mit so einem langen Gewand und viel Stoff zu laufen. Das muss doch sehr schwer sein", mutmaßte nun Ben und versuchte damit ihre Stimmung ein wenig anzuheben. Doch wie es schien, hatte er keinen Erfolg, denn Marisa versank immer mehr in ihrem Stuhl. Es war ihr sichtlich unwohl, doch sie musste es ihm erklären: „Es liegt nicht am Sari. Es gibt da etwas, was ich dir unbedingt sagen muss, auch wenn du mich gleich für verrückt erklärst."

„Du weißt ganz genau, dass ich das nie machen würde! Sag mir lieber, was dich bedrückt", forderte Ben sie nun auf.

„Versprichst du mir, dass du ruhig bleibst?"

„Ja, verspreche ich. Spann mich jetzt bitte nicht länger auf die Folter!", Bens Worte klangen ungeduldig. Er rutschte schon nervös auf dem Stuhl hin und her.

„Ich glaub, ich habe mich verliebt! Allerdings ...", weiter kam Marisa nicht, denn sie wurde von Ben unterbrochen.

„Wie bitte? Hab ich recht gehört, du hast dich verliebt? Wie kannst du dann mit mir in den Urlaub fahren und so tun, als wäre alles in Ordnung? War das nur die Notlösung, weil der andere nicht wollte oder schon alles geplant war?" Ben sagte das alles zwar in normaler Lautstärke, musste sich aber sichtlich zusammenreißen, um nicht zu schreien. Er sackte in sich zusammen und wirkte auf einmal trotz seiner immensen Größe viel kleiner.

„Nein, Ben, es ist erst hier passiert. Um genau zu sein, bin ich ihm erst vor zwei Tagen begegnet", stellte Marisa fest.

„Vor zwei Tagen? Da kennst du den Kerl doch gar nicht. Wie kannst du da sagen, dass du ihn liebst?", fragte Ben entrüstet.

„Hab ich ja auch nicht. Ich habe gesagt, dass ich mich verliebt habe. Ob ich ihn wirklich liebe, denn dazu gehört weitaus mehr, wie du weißt, kann ich nicht sagen. Bis jetzt war ich mir sicher, dich zu lieben. Doch er hat alles verändert, Ben. Ich weiß auch nicht genau warum!" Marisa legte eine Pause ein. Doch bevor sie in ihren Erklärungen weiterfahren konnte, hakte Ben nach: „Dann war alles umsonst?"

„Nichts war umsonst. Doch ich fühle mich ganz stark zu diesem Mann hingezogen und habe das Gefühl, ohne ihn nicht mehr leben zu können. Kennst du das?", fragte Marisa.

„Ja, nur zu gut. Marisa, ich kann ohne dich nicht leben! Ich liebe dich! Du bist mein Leben, weißt du das nicht?"

„Ja, und für mich warst du das bis vor Kurzem auch, aber nun hat sich das geändert."

„Wer ist dieser Mann, der dir so den Kopf verdreht hat?"

Die Bedienung servierte die Essen. Marisa war erleichtert, da sie so einige Minuten Bedenkzeit hatte, um die nächsten Worte gut zu überlegen. Allerdings konnte sie wohl keinen Bissen mehr essen, so wie sie sich nun fühlte. Schade um das zumindest lecker aussehende Essen. „Du hast ihn selbst gesehen. Es ist der Inder aus dem Laden, in dem ich mir den Sari gekauft habe."

„Dieser große, aufgeblasene Schnösel in seinem affigen Anzug, der dir ein Kompliment gemacht hat?"

„Wenn du ihn so bezeichnen willst, ja. Ich finde ihn aber nicht aufgeblasen", wandte Marisa ruhig ein. Sie wusste, dass sie Ruhe bewahren musste, wenn sie die Angelegenheit einigermaßen anständig überstehen wollte.

„Hab ich dir zu wenige Komplimente gemacht, dass du auf ihn abfährst, oder ist es eher das exotische Aussehen, was dich reizt?"

„Ben, es sind sicher nicht die Komplimente. Davon hast du mir immer viele gemacht und ich weiß das sehr zu schätzen. Alleine das exotische Aussehen, wie du es nennst, ist es ebenfalls nicht. Es ist die Art, wie er mich ansieht. Ich sehe in seinen Augen so viel, das ich dir nicht beschreiben kann."

Ben hatte zwar sein Hühnchen angeschnitten und auch den ersten Bissen probiert, doch es schmeckte ihm nicht wirklich, was ihn angesichts seiner Verfassung auch nicht wunderte. Denn am Essen lag es nicht. Er stocherte mehr darin herum, als dass er aß. Marisa beobachtete ihn und fragte sich, ob sie richtig gehandelt hatte. Ihr war klar gewesen, dass es ihn schwer treffen würde. Er wirkte verzweifelt und hilflos. Und auch damit hatte sie rechnen müssen. Schließlich kannte sie ihn schon gut genug.

„Wie stellst du dir das nun vor? Wir wollen doch morgen weiter über die wunderbaren Backwaters Richtung Süden. Hast du das vergessen? Wahrscheinlich hast du nun ein neues, interessanteres Abenteuer gefunden als das Land, das du bisher angeblich so faszinierend fandest, zu erkunden. Nun ist es ein Mann, der dich fasziniert."

„Ich finde das Land immer noch faszinierend. Aber dazu gehören auch die Menschen! Ben, ich weiß doch selbst nicht, wie das passieren konnte. Es ist eben passiert und ich fand es wichtig, es dir zu erklären. Ich habe die letzten beiden Tage im Wechselbad der Gefühle gelebt und weiß nicht, was richtig oder falsch ist. Du weißt, dass ich Lügen verabscheue. Ich will, dass du das verstehst."

„Da verlangst du aber verdammt viel!"

„Ja, aber ich habe keine Ahnung, wie es weitergehen soll. Unser Urlaub geht irgendwann zu Ende, dann bin ich in Deutschland und weit weg von hier. Ich weiß nicht, ob ich ihn einfach vergessen kann und wie sich meine Gefühle entwickeln. Es könnte sein, dass ich glaube, etwas versäumt oder eine Chance ungenutzt gelassen zu haben. Das würde ich mir ewig vorwerfen. Darunter würde unsere Beziehung sicher auch leiden. Wäre das dir gegenüber fair?", fragte sie ihn und versuchte dadurch mehr Verständnis bei ihm zu wecken.

„Nein, natürlich nicht! Du hast ja recht. Aber ich kann eben nicht so rational denken wie du und meine Gefühle und die letzten Jahre mit dir einfach auf die Seite schieben!" Ben hörte sich dabei schon wieder etwas entspannter an. Doch er war immer noch sehr aufgewühlt. „Und was willst du nun machen?"

„Können wir unsere Abreise vielleicht um einen Tag verschieben?"

„Glaubst du, ein Tag mehr bringt dir Gewissheit? Nach einem weiteren Tag kennst du ihn doch immer noch nicht besser. Aber dieser eine Tag wird dich noch weiter von mir entfernen!", sprach Ben seine Bedenken aus. Marisa merkte, wie sie Ben insgeheim zustimmte. Ja, er hatte vermutlich recht. Was würde es bringen, sich noch einmal mit ihm zu treffen? Sie würde genauso schwankend zwischen ihren aufgewühlten Emotionen stehen wie jetzt. Sie konnte nicht einfach die letzten Jahre über Bord werfen und so tun, als sei Ben nur eine flüchtige Beziehung gewesen. Andererseits wollte sie die Chance, sowohl ihre eigenen neuen Gefühle zu Tapan als auch seine Gefühle ihr gegenüber zu verstehen, nicht verstreichen lassen. Es war so gekommen, wie sie es befürchtet hatte. Ben blieb zwar ruhig, lenkte aber nicht ein. Sie selbst wusste nicht, was sie tun sollte.

„Nein, aber ich könnte zumindest mit ihm reden, so wie mit dir auch. Ich hatte doch bisher kaum Gelegenheit dazu", wandte Marisa ein.

„Reden! Als ob das alles wäre. Da steckt doch mehr dahinter. Glaubst du, ich bin wirklich so naiv. Dann müssen wir wohl getrennte Wege gehen. Ich werde morgen unsere geplante Reise fortsetzen", gab Ben stur von sich. Aus lauter Verzweiflung stocherte er in seinem Essen. Das Hähnchen, das eigentlich geschmacklich hervorragend, aber sehr scharf war, schmeckte ihm nun gar nicht mehr. Marisa hatte ihr Essen noch nicht einmal angerührt. Das Gespräch hatte beiden auf den Magen geschlagen, was nicht verwunderlich war.

„Ben, es wäre nur ein Tag! So glaub mir doch. Ich verspreche dir, dass wir übermorgen weiterreisen. Kannst du dir nicht einen Ruck geben, mir zuliebe?"

„Nein, kann ich nicht. Weil ich keinen Sinn dahinter sehe, und außerdem sind meine Gefühle nämlich auch durcheinander, falls du das verstehst. Nun muss ich mich auch erst mal mit der neuen Situation vertraut machen. Das kann ich in dieser Stadt ganz sicher nicht. Ich bleibe hier nicht länger als nötig", beharrte er auf seiner Entscheidung. Dabei klang seine Stimme verletzt und trotzig zugleich.

Marisa versuchte auch Bens Argumente nachzuvollziehen. Sie gestand sich ein, dass er doch ziemlich gekränkt und aufgewühlt wirkte und gab sich einen Ruck. „Wie du meinst. Aber wir haben diese Reise gemeinsam begonnen und wir werden sie gemeinsam beenden." Damit war das fürs Erste geregelt. Nun aber wanderten ihre Gedanken wieder zu Tapan, was würde er denken, wenn sie morgen nicht auf ihn wartete. Sie musste handeln.

Die Bedienung war ziemlich aufgebracht, als sie die vollen Teller wieder abräumen sollte. Auch als Ben und Marisa ihr zusicherten, dass es nicht am Essen lag, weshalb sie kaum etwas angerührt hatten, konnte sie sich nicht beruhigen. Mehrmals fragte sie nach, ob sie etwas anderes servieren dürfe, das nach ihrem Geschmack wäre. Doch Ben bat um die Rechnung, denn sie wollten beide zurück ins Hotel.

Tapan Khan konnte es immer noch nicht fassen. Er hatte tatsächlich die Frau seines Lebens gefunden. Er war sich ganz sicher und das stimmte ihn sehr freudig. Doch die Tatsache, dass sie Touristin war und in Kürze schon wieder abreiste, machte ihn traurig. Er hatte das Gefühl, dass er sie nicht wiedersehen würde. Immer noch saß er in seinem Büro, obwohl es schon später Abend war und überlegte krampfhaft, was er tun sollte. Vielleicht könnte er sich vor dem Hotel positionieren und sie abpassen, bevor sie abreiste. Doch das wäre sehr aufdringlich gewesen und würde ihr wahrscheinlich missfallen. Immerhin war sie eine Frau, die offensichtlich selber ihre Entscheidungen traf. Mit einer direkten Konfrontation hätte er sie vermutlich zu sehr bedrängt. Das könnte sich unter Umständen gegenteilig auswirken. Dieses Risiko war ihm zu groß. Außerdem hatte er ihr ja gesagt, dass er um 12 Uhr auf sie warten würde. Wenn sie ihn tatsächlich noch einmal sehen wollte, könnte sie diese Gelegenheit wahrnehmen. Das einzige Hindernis dabei war wohl ihr Begleiter. Diesen musste sie nämlich davon überzeugen, die Abfahrt um mindestens einen Tag zu verschieben. Doch er war sich sicher, dass sie dies schaffte, wenn sie es wirklich wollte. Hier müsste sie nur ihre Zielstrebigkeit, oder sollte man es besser Hartnäckigkeit nennen, einsetzen, die er bei ihr gleich erkannt hatte.

Der Abend war entsetzlich. Ben sprach praktisch nur noch das Nötigste. Er war damit beschäftigt, vor sich hin zu grübeln und sich immer wieder Marisa mit diesem indischen Geschäftsmann vorzustellen. Die Überlegung, ob er sie doch noch davon überzeugen konnte, dass sie sich das alles nur einbildete, verwarf er schnell. Denn er wusste, dass dies gefährlich sein konnte. Marisa hasste nicht nur Lügen, sondern auch, nicht ernst genommen zu werden. Angesichts der aktuellen Lage würde er sie nicht provozieren und seinem Kontrahenten geradewegs in die Hände spielen wollen.

Auch für Marisa war es alles andere als normal, obwohl sie immer wieder versuchte mit Ben das Gespräch zu suchen, um nochmals die anstehenden Vorbereitungen für die Weiterreise zu besprechen. Doch er reagierte kaum. Sie vernahm höchstens mal ein „Ja, hab ich schon gemacht" oder „Nein, noch nicht". Nachdem sie für den nächsten Morgen alles gepackt hatte, entledigte sie sich ihres Saris. Nun keimten wieder die Erinnerungen an die kurzen Momente mit Tapan in ihr auf. Sie hatte sich für den apfelgrünen Sari entschieden, weil das die Farbe war, als er sie zum ersten Mal sah oder zumindest sie dies so wahrgenommen hatte. Als sie diesen Stoff über sich gelegt hatte, waren auch seine ersten Worte zu ihr gedrungen. Sie legte ihn sorgfältig zusammen und verstaute ihn im oberen Gepäckfach des Rucksacks.

Als sie sich beide in ihre Betten legten, war es sowohl für Ben als auch Marisa ein sehr eigenartiges Gefühl. Sie lagen nebeneinander und waren doch meilenweit voneinander entfernt. Beide hätten gerne dem anderen Trost und Zuversicht gespendet, doch keiner traute sich den ersten Schritt zu tun. So lagen sie noch lange Zeit wach, bevor Ben dann endlich spät nachts in einen unruhigen Schlaf versank. Marisa war froh, dass sie durchgehalten hatte und nicht vor Ben eingeschlafen war. Sie begann, ihren Plan, den sie sich bereits zurechtgelegt hatte, in die Tat umzusetzen und den ersten Teil davon auszuführen.

Die Nacht war alles andere als erholsam gewesen. Ben hatte schlecht, Marisa vor allem viel zu kurz geschlafen, was Ben natürlich nicht wusste. Entsprechend gerädert und noch von den vielen unglaublichen Ereignissen und dem gemeinsamen Gespräch vom Vorabend aufgewühlt, begannen sie ihre restlichen Sachen nach der Morgentoilette zu packen. Das war, wie Marisa feststellte, viel zu schnell erledigt. Auch wenn sie sich sehr viel Zeit ließ, die einzelnen Sachen zurechtzulegen oder zu prüfen, ob sie wirklich alles gut verstaut hatte, gab es innerhalb von zehn Minuten nichts mehr, was sie noch hätte tun können.

Die Zeit des endgültigen Abschieds, von dieser für Marisa nun einmalig gewordenen Stadt, stand an. Sie erinnerte sich nochmals an die Stunden, in denen sie sich vom pulsierenden Leben und der Freundlichkeit der Menschen geradezu hatte treiben lassen. Es hatte etwas Ansteckendes gehabt. Sie hatte sich die letzten Wochen frei gefühlt, völlig ohne Zwänge. Das war ein wahrlich tolles Erlebnis gewesen, an das sie sich gerne erinnerte. Am liebsten hätte sie es eingefroren und mitgenommen. Doch nun hatte sie sich selbst einen neuen Zwang auferlegt, der sie abermals die ungeahnten Höhen und Tiefen in einem Wechselbad der Gefühle erleben ließ.

Ben beobachtete Marisa recht aufmerksam, sodass ihm ihre neuerliche Stimmungslage nicht entging. Er hatte sich gekränkt gefühlt, als er am Vortag von den Ereignissen erfuhr. Entsprechend hatte er reagiert, was sicherlich ganz normal war. Doch je länger er über die verfahrene Situation nachdachte und darüber, was und wie Marisa es ihm gesagt hatte, wurde ihm klar, dass sie selber litt. Er hatte ihr Unrecht getan, denn sie war bis zu diesem Zusammentreffen wirklich glücklich mit ihm gewesen. Auch ihr Entschluss, ihn nach wie vor zu begleiten und die Reise gemeinsam zu beenden, zeigte, dass sie sich auch um ihn sorgte und ihr nach wie vor an ihm etwas lag. Marisa handelte nicht unüberlegt, und so hatte sie auch sicher lange mit sich gekämpft, bevor sie sich für die ihm unterbreitete Variante entschieden hatte. Ihr Ideenreichtum übertraf bekanntlich nicht nur sein Vorstellungsvermögen um Längen, insofern gab es für sie sicherlich auch andere Möglichkeiten. Vielleicht musste er sich auch nur in Geduld üben, um das Problem zu seinen Gunsten zu entscheiden. Immerhin war das eine seiner Stärken. Die nächsten Tage würden zeigen, in welche Richtung Marisa ging.

Das Zimmer wurde bezahlt, der Weg zum Busbahnhof angetreten. Still gingen sie nebeneinander her. Dort erkundigten sie sich nach dem richtigen Bus, der sie durch die als einmalig beschriebene Landschaft, die Backwaters, bringen sollte. Diese waren ein weit verzweigtes Labyrinth aus dichtem Regenwald und Flüssen, an denen viele Inder in ihren Holzhäusern lebten. Dort wurden auch Touren auf originellen Hausbooten angeboten, so dass die Strecke auch auf sehr eindrucksvolle Weise zurückgelegt werden konnte. Ob Ben auf eine Fahrt in extrem beengenden Verhältnissen angesichts der aktuellen Lage überhaupt noch Lust hatte, bezweifelte Marisa. Sie wollte sich aber dieses wohl einzigartige Erlebnis trotz allem nicht entgehen lassen und blickte optimistisch auf die nächsten Tage.

Wieder hatten sie Glück, denn der Bus war noch recht leer, was angesichts der Abfahrtszeit auch nicht verwunderte. Immerhin hatten sie noch eine gute halbe Stunde Zeit. Doch wenn sie den Bus verließen, konnten sie davon ausgehen, dass die Plätze in Kürze besetzt waren. Das ging manchmal rasend schnell. So musste zumindest einer die Stellung halten. Das kam Marisa entgegen, denn sie hatte noch etwas zu erledigen. Unter dem Vorwand, noch einiges für die Fahrt besorgen zu wollen, stieg sie aus und ließ Ben im Bus zurück.

Für Ben zog sich das Warten ewig in die Länge. Ihm kamen die Minuten bald wie Stunden vor. Hinzu kam, dass die Sonne vom strahlend blauen Himmel, an dem kein Wölkchen zu sehen war, stach und die Hitze im Bus unerträglich machte. Ben wurde unruhig, da Marisa immer noch nicht wieder aufgetaucht war.

War ihr womöglich etwas zugestoßen, oder hatte sie sich gar still und heimlich abgesetzt? Doch das hätte nicht zu ihr gepasst. Über solch einen eingreifenden Schritt hätte sie ihn ganz bestimmt informiert. Zumal sie noch am Vorabend wert darauf gelegt hatte, dass die Reise gemeinsam fortgesetzt und auch beendet wurde. Doch auch wenn er Marisa schon sehr gut kannte, konnte man sich nie über die Empfindungen oder Gedanken eines anderen Menschen sicher sein. Somit konnte er seine letzten Zweifel nicht ausschließen, auch wenn sie das Gepäck bei ihm zurückgelassen hatte. Unruhig rutschte er auf der Sitzbank hin und her.

Kurz vor der geplanten Abfahrt um 10 Uhr kam Marisa, voll beladen mit einer Tüte Obst und Getränken für die Fahrt. Sie hatte wieder einmal die Zeit sinnvoll genutzt. Sie wussten nämlich nicht, wie lange die Fahrt dauern würde oder ob sie unterwegs anhalten würden. Ben atmete erleichtert auf. Sie hatte ihn doch nicht getäuscht. Sein Herz klopfte so laut, dass er glaubte, Marisa könne es hören.

„Na endlich! Ich dachte schon, du kommst nicht mehr", sagte er und machte ihr Platz zum sitzen.

„Da muss ich dich leider enttäuschen, so schnell wirst du mich auch wieder nicht los!", gab sie mit einem Lächeln auf den Lippen zurück.

„Will ich auch gar nicht. Ich hab mir Sorgen um dich gemacht, nicht um mich."

„Jetzt bin ich ja da. Jetzt könnten wir eigentlich losfahren", sprach Marisa mit unbeschwert sicherer und leicht klingender Stimme.

Doch daraus wurde nichts. Ben und Marisa wurden auf die Probe gestellt. Auch eine halbe Stunde nach dem ursprünglichen Abfahrtstermin saßen sie immer noch im Bus, ohne dass der

Fahrer den Eindruck machte, in Kürze zu starten. Einige Leute stiegen wieder aus, andere ein. Es herrschte ein völliges Durcheinander. Ben erkundigte sich, ob das tatsächlich der richtige Bus war, was ihm bestätigt wurde. Ein Großteil der Fahrgäste saß stoisch auf seinem mühsam erlangten Platz und gab diesen nicht mehr frei. Hin und wieder kam ein Verkäufer mit einem Bauchladen und bot diverse Sachen an, um anschließend schnell wieder zu verschwinden. Nachdem sich auch nach über einer Stunde seit der ursprünglich angegebenen Abfahrtszeit nichts tat, sich aber keiner der Fahrgäste regte, wurde Marisa aktiv. Sie hielt es kaum mehr aus und wollte nun endlich weg von hier. Wenn sie schon nicht Tapan treffen konnte, wollte sie zumindest nicht unnütz hier im Bus, nur unweit von ihrem vereinbarten Treffpunkt tatenlos herumsitzen. Nach verschiedenen Befragungen konnte sie in Erfahrung bringen, dass wohl der Streikzustand herrschte. Die Busfahrer kämpften für bessere Löhne. Doch das sorgte hier nicht für Unmut bei den Fahrgästen. Es war wohl nichts Neues, denn sie blieben auch weiterhin ruhig und warteten geduldig auf die Abfahrt.

Mittlerweile war es schon kurz nach 11 Uhr. Marisa platzte beinahe, als sie erfuhr, dass kein Ende des Streiks in Sicht war und es durchaus sein konnte, dass es noch mehrere Stunden dauern konnte, bis die Busfahrer ihre Arbeit wieder aufnahmen. Vielleicht würde heute überhaupt kein Bus mehr fahren. Aber außer Ben und Marisa regte sich niemand darüber auf. Das gehörte zum Leben, und es wurde ohne großes Aufhebens so von den Menschen hier akzeptiert. Marisa konnte darüber nur staunen und beneidete diese Leute darum auch ein wenig, denn zu gerne hätte sie ein kleines Stück dieser Gelassenheit für sich beansprucht.

„Wollen wir hier noch weiter mit den anderen warten, um dann vielleicht morgen noch kein Stück weiter zu sein als heute. Oder sollten wir uns nicht lieber nach einer anderen Alternative für die Weiterfahrt erkundigen?", fragte Marisa Ben, denn sie konnte unmöglich weiter untätig herumsitzen.

„Viel länger halte ich das hier nicht aus! Lass uns lieber fragen, ob ein Zug fährt", nahm Ben ihr die Entscheidung ab.

***

Tapan fuhr hoch, als ihm Raj angekündigt wurde. Völlig außer Atem überbrachte er Tapan Khan einen Brief. Tapan nahm ihn entgegen und las den Absender. Auf Aufforderung berichtete Raj ausführlich, dass er rein zufällig zum Boten und Überbringer dieses Briefes geworden war, da er am Busbahnhof auf Kundschaft gewartet hatte. Als er die blonde Touristin sah, habe er sich bemerkbar gemacht, um ihre Aufmerksamkeit auf sich zu lenken. Natürlich nicht ganz uneigennützig, was er hier allerdings verschwieg. Er hatte auf eine erneute Fahrt gehofft. Doch es war dann etwas anders gekommen. Sie hatte ihn lediglich gebeten, diesen Brief unverzüglich an Herrn Tapan Khan persönlich zu überbringen. Auf die Dringlichkeit hatte sie ihn mehrfach hingewiesen und ihm dafür einen ordentlichen Preis bezahlt. Raj hatte versichert, dass er den Brief unverzüglich zustellen würde. Aufgrund eines großen Unfalls, in den er glücklicherweise nicht verwickelt worden war, steckte er dann aber fest, weshalb er wesentlich später als angenommen angekommen war. Tapan stand wie erstarrt vor Raj. Er überreichte ihm dann ein Trinkgeld, das Raj zunächst zurückwies, auf Drängen Tapans dann aber einsteckte, sich bedankte und schnell verschwand. Nun war Tapan allein. Er setzte sich erst, denn er hatte Angst.

Angst vor dem, was er gleich lesen würde. Er hatte fest an ein Treffen mit Marisa geglaubt. Doch allein der Brief deutete darauf hin, dass es dazu nicht kommen würde. Mit zittrigen Händen und rasendem Puls öffnete er den Brief und las:

„Lieber Tapan Khan,

wenn Sie diesen Brief in Händen halten, bin ich bereits auf dem Weg Richtung Trivandrum. Es tut mir so leid, dass ich Ihrem angebotenen Treffen nicht nachkommen kann. Doch meine Entscheidung ist mir nicht leichtgefallen, denn seit ich Sie das erste Mal gesehen habe, muss ich an Sie denken. Sie haben mich verzaubert, geradezu in einen Traum versetzt. Seit unserer letzten Fahrt kann ich nicht mehr klar denken und ich hätte gerne mehr über Sie erfahren, um mir über meine Gefühle zu Ihnen und mir selbst klarer zu werden.

Doch ich habe auch eine Verantwortung gegenüber meinem Lebensgefährten. Ich habe ihm von Ihnen und meinen Gefühlen berichtet. Er ist sehr sensibel und leidet sehr darunter, denn er liebt mich. Es wäre nicht fair, ihn nun alleine zu lassen. Zudem geht mein Urlaub bereits in einer Woche zu Ende und ich fliege nach Deutschland zurück.

Ich kenne Sie kaum, mein Lebensmittelpunkt ist Deutschland, während Sie in einem für mich fremden Land leben. Wie könnten wir das miteinander vereinbaren? Vielleicht kann ich zu Hause mit etwas Abstand wieder einen klaren Gedanken fassen.

Wenn unser Schicksal es will, werden wir uns noch einmal begegnen und eine neue Chance erhalten. Wenn Sie dann noch möchten, werden Sie die Möglichkeit erhalten, mich aus meiner Traumwelt zu befreien.

Bitte verzeihen Sie mir, dass ich mich auf diese Weise von Ihnen verabschieden muss, doch ich hatte keine andere Wahl.

Ihre
Marisa Mahler"

Natürlich wollte er sie überzeugen und sie befreien. Er wollte nicht glauben, dass sie Mysore und damit ihn verlassen hatte. Er musste sich selbst davon überzeugen. Es war erst kurz nach 11 Uhr und bis zum vereinbarten Termin noch etwas Zeit. Doch wenn es stimmte, was sie geschrieben hatte, brauchte er auch nicht bis 12 Uhr warten. Deshalb setzte er sich in seinen Wagen und fuhr in Windeseile zum Busbahnhof.

Er stellte seinen Wagen ab, ohne darauf zu achten, ob das Auto ordnungsgemäß geparkt war. Er stieg aus und durchquerte den gesamten Busbahnhof. Hier herrschte ein heilloses Chaos, da Streik angesagt war. Doch seine Mitmenschen ließen sich davon nicht beirren und harrten der Dinge, die da kommen mögen. Aber er gab so schnell nicht auf. Besonders den Bussteig, an dem die Busse Richtung Trivandrum fuhren, nahm er in Augenschein. Doch er konnte Marisa und auch ihren Freund nirgends erkennen. Er befragte mehrere Fahrgäste, ob sie Marisa gesehen hätten. Eine ältere Frau bejahte ihm die Frage und erklärte, dass sie lange Zeit im Bus gewartet hatten und erst vor einigen Minuten, nachdem immer noch nicht klar war, wann der Streik beendet sein würde, wieder ausgestiegen seien. Tapan hatte sie also unglücklicherweise nur um wenige Minuten verfehlt. Doch das bestärkte ihn, und sein Tatendrang wurde von Neuem entfacht.

Erneut setzte er sich ins Auto und fuhr dieses Mal Richtung Bahnhof. Dort angekommen, erkundigte er sich erst einmal, wann am selben Tag die Züge Richtung Trivandrum fuhren. Einer war vor einer halben Stunde abgefahren. Wenn sie den genommen hatte, war er zu spät. Doch wenn die Auskunft der älteren Frau stimmte, dass Marisa erst einige Minuten vor ihm den Busbahnhof verlassen hatte, war es recht unwahrscheinlich. Es gab noch weitere Züge, die erst um die Mittags- beziehungsweise Abendzeit abfuhren. Er konnte also noch hoffen, denn wenn sie die Tickets nicht im Vorfeld gekauft hatten, konnte er davon ausgehen, dass sie für die erste Fahrt keine Karten mehr bekommen hatten. Tapan ging zum Schalter und fragte nach, ob ein europäisches Touristenpaar heute Morgen Tickets nach Trivandrum gekauft hatte. Dabei beschrieb er Marisa, so gut er konnte. Er ging davon aus, dass sie dem Ticketverkäufer aufgrund ihrer markanten äußerlichen Erscheinung sicher aufgefallen und in Erinnerung geblieben wäre. Doch der verneinte nur. Heute wären bisher nur Einheimische bei ihm gewesen. Das machte das Ganze nicht leichter. Tapan zog seine Visitenkarte und beschwor den Ticketverkäufer, indem er ihm einige Rupien-Scheine als Trinkgeld zusteckte, ihn unverzüglich anzurufen, falls ihm das beschriebene Paar noch im Laufe des Tages auffiel oder sie sogar bei ihm Fahrkarten kauften. Es wäre außerordentlich dringend, da er etwas Persönliches mitzuteilen hätte. Unter keinen Umständen solle er die Touristen davon in Kenntnis setzen. Natürlich vergaß Tapan Khan nicht, bei entsprechendem Erfolg eine Belohnung in Aussicht zu stellen, das half meistens recht gut.

Da er nichts unversucht lassen wollte, durchschritt er die gesamte Bahnhofshalle, in der es bereits sehr voll war. Da Verspätungen an der Tagesordnung, die Sitzgelegenheiten aber ziemlich knapp waren, machten es sich die Leute überall, so gut es ging, bequem. Die einen saßen auf dem Fußboden, die anderen auf ihren teils riesigen Gepäckstücken. Manche waren so groß, dass man meinen könnte, der gesamte Haushalt wäre darin verpackt. Häufig waren sogar noch außen an den Koffern diverse Gegenstände mit dicken Schnüren oder Seilen befestigt. Tapans Augen wanderten sorgsam über alle Menschen, während er sich gleichzeitig vom einen zum anderen Gleis bewegte, um Marisa nicht zu übersehen. Doch er wurde nicht fündig, sodass er zu seinem Auto zurückkehrte. Mit Schrecken stellte Tapan fest, dass die Zeit rasend schnell vergangen und es bereits kurz vor 12 Uhr war. Zeit für seine Verabredung. Er hoffte auf einen Zufall. Wenn alle Züge ausgebucht waren und die Busse nicht fuhren, war sie vielleicht wieder ins Hotel zurückgekehrt. Vielleicht meinte das Schicksal es gut mit ihm.

Dort bekam er allerdings zur Antwort, dass Frau Mahler und ihr Begleiter bereits morgens abgereist waren. Es stimmte also doch! Tapan überlegte, was er tun sollte, doch er konnte keinen klaren Gedanken fassen. Immer wieder sah er ihr Gesicht mit einem schüchternen und doch herzlich offenen Lächeln vor seinen Augen. Wenn er nur wüsste, mit welchem Verkehrsmittel und wann sie nach Trivandrum fahren wollte, hätte er es ein wenig einfacher gehabt. Er wartete noch fast eine Stunde, in der Hoffnung, dass sie vielleicht doch noch auftauchen würde. Doch vergeblich. Marisa erschien nicht. Dieser andere Mann musste ihr doch sehr viel bedeuten. Vielleicht hatte er sich in ihr ja auch getäuscht und er war für sie bedeutungslos, ihre Blicke und Worte nicht ehrlich gemeint gewesen. Obwohl er davon nicht überzeugt war, redete er es sich immer wieder ein. Doch dann erinnerte er sich wieder an ihren Brief. Konnte jemand solche Zeilen schreiben, wenn er sie nicht ernst meinte, überlegte er. Je länger er darüber nachdachte, desto unschlüssiger wurde er. Allerdings konnte er nicht gleich in sein Büro zurück. Er verbrachte zunächst noch über eine Stunde in der kleinen Empfangshalle des Hotels in der Hoffnung, sie könnte doch noch erscheinen. Erst dann setzte er sich in sein Auto und fuhr davon. Seine Emotionen waren so stark, dass er im Nachhinein nicht mehr sagen konnte, wo er überall gewesen war. Doch als er sich auf dem Weg zurück in sein Büro befand, hatte er begriffen, dass er sich seinem Schicksal fügen musste.

Leider gab es erst für den Zug am späten Nachmittag noch freie Plätze. Das teilte ihnen zumindest der sehr freundliche Herr am Bahnhof mit. Sie buchten die Plätze dann aber umgehend, um nicht noch mehr Zeit zu verlieren, obwohl sie dann die Backwaters aus einer anderen, vermutlich nicht ganz so reizvollen Sicht sehen und auch nicht auf einem Hausboot erleben konnten. Doch das spielte im Moment keine Rolle. Wichtig war, diesen Ort so schnell wie möglich zu verlassen. Denn auch eine Busfahrt am nächsten Tag war nach wie vor ungewiss. Wie man ihnen mitgeteilt hatte, dauerten die Streiks manchmal mehrere Tage, und dann würden auch die derzeit noch verbleibenden freien Zugplätze restlos ausgebucht und die Züge überfüllt sein, sodass sie zwangsläufig in Mysore festsaßen. Allein die Vorstellung brachte Ben fast um den Verstand.

***

Die Touristen verließen, nachdem sie sich noch nach dem Abfahrtsgleis erkundigt hatten, den Bahnhof und verschwanden außer Sichtweite. Sofort griff der Herr, der die Tickets verkauft hatte, zum Hörer und wählte die Nummer auf der Visitenkarte von Tapan Khan. Erst als er genauer hinsah, erkannte er, dass darauf die Adresse des allseits bekannten, alteingesessenen Familienunternehmens Khan in der Sayaji Rao Road angegeben war. Leise pfiff er durch die Lippen. Vielleicht hatte das Paar einen Auftrag für die Hochzeitskleidung erteilt und nun war etwas schiefgegangen. Das wäre für das Ansehen der Familie nicht besonders schön und musste selbstverständlich schnell und unbürokratisch geregelt werden. Am Telefon sagte man ihm, dass Herr Khan nicht im Haus sei und niemand wüsste, wann er erwartet würde. Er solle bitte eine Nachricht hinterlassen. Diese würde Herrn Khan umgehend nach seinem Eintreffen übermittelt. Zunächst war ihm das nicht so recht, doch wenn er sich seine Belohnung sichern wollte, durfte er nicht zögern. Denn unter Umständen wäre es sonst zu spät. Also hinterließ er die Nachricht, die gesuchten Personen gefunden und ihnen Tickets für den Zug um 16.13 Uhr verkauft zu haben. Er beschwor die Dame am Telefon, die Nachricht sofort bei Erscheinen an Herrn Khan zu überbringen, da es ihm sehr wichtig gewesen sei.

***

Nachdem der Vormittag durch die Warterei ziemlich öde war, machte Ben den Vorschlag, zumindest ein ordentliches Essen zu sich zu nehmen, um für die bevorstehende Fahrt gut gerüstet zu sein. Für größere Unternehmungen hatten beide angesichts des mitgeführten Gepäcks und der getrübten Stimmung beide keine Lust. Während Marisa etwas abwesend dem Vorschlag zustimmte, haderte sie mit ihrer Entscheidung. Sie hatte das Treffen mit Tapan abgesagt, Ben zuliebe. Und nun saß sie nur ein paar hundert Meter vom ursprünglich vereinbarten Treffpunkt entfernt und wartete auf den nächsten Zug. Dabei hätte sie die Zeit viel sinnvoller verbringen, bei einem Gespräch mit Tapan mehr über ihn erfahren können. Doch dieser Zug war nun für sie abgefahren. Vermutlich hatte er ihren Brief schon erhalten und bereits gelesen. Sie stellte sich vor, wie er darauf reagiert hatte. Mit Enttäuschung, Wut oder vielleicht sogar Trauer? Sie würde es wohl nie erfahren. Vielleicht hatte er den Brief ja auch genommen und gleich in den Müll gesteckt, weil sie ihm doch gar nicht so wichtig war, wie sie hoffte. Zumindest versuchte sie sich das einzureden um die nächsten drei Stunden, die sie noch warten musste, zu überstehen, bevor sie mit dem Zug endlich die Stadt verlassen konnte.

Die Stunden verstrichen langsam und für Marisa wurde es beinahe unerträglich. Endlich war es an der Zeit, den Weg zum Bahnhof anzutreten. Die Fahrkarten griffbereit im Handgepäck, suchten sie das Gleis, wo der Zug bereits wartete, um sie zu ihrem nächsten Ziel zu bringen. Auch hier herrschte buntes, reges Treiben. Offensichtlich dauerten die Busstreiks noch an, sodass sich viele Leute für eine Zugfahrt entschieden. Zumindest sah es ganz danach aus. Marisa und Ben bahnten sich einen Weg durch die Menschenmassen. Reservierte Sitzplätze hatten sie nicht. Das gab es wohl nur in der ersten Klasse. Da sie aber Tickets für die zweite Klasse hatten, mussten sie sich in der Menge behaupten und irgendwo einen der wenigen freien Plätze ergattern. Mit ihren Rucksäcken bepackt quälten sie sich durch die engen Gänge, immer einen Blick in die Zugabteile. Doch die waren alle schon überbesetzt. Die Leute kamen immer frühzeitig, um bestimmt einen Platz zu erhalten. Überall bot sich ihnen derselbe Zustand. Sie liefen von einem Wagon zum anderen. Es war keine Veränderung zu erkennen.

„Meinst du, wir finden noch einen Sitzplatz?", fragte Marisa etwas deprimiert.

„Sieht nicht so aus, aber wir sind ja noch nicht ganz durch", meinte Ben. Doch auch bei ihm klang es nicht wirklich optimistisch.

Beim Betreten des nächsten Waggons kam ihnen ein Zugbegleiter entgegen. Sie taten ihm wohl leid, denn ohne großes Aufsehen öffnete er das erste Zugabteil und bat die Leute etwas zusammenzurücken, um noch Platz für Marisa und Ben zu schaffen. Etwas beengt, aber überglücklich, setzten sie sich und legten ihre Rucksäcke auf die obere Liege. Es handelte sich eigentlich um einen Schlafwagen, doch Platz zum Hinlegen gab es praktisch keinen. Auf den beiden unteren, gegenüberliegenden Sitzbänken saßen bereits insgesamt zehn Leute und somit schon weitaus mehr, als normalerweise überhaupt für ein Abteil vorgesehen waren.

„Ein bisschen eingepfercht fühle ich mich hier schon", klagte Ben nun, der zwar nicht gerade unter Klaustrophobie litt, aber so beengende Verhältnisse nach Möglichkeit mied.

„Na ja, allein bei dem Gedanken, wie wir hier im Falle eines Unglücks bei diesen vergitterten Fenstern herauskommen sollen, ist mir auch nicht wohl. Aber nun ist es so. Eine echte Alternative gibt es derzeit nicht. Hoffen wir das Beste!" Mit diesen Worten versuchte Marisa ihren üblichen Optimismus zu verbreiten und die Stimmung ein wenig zu heben. Ungeduldig warteten sie auf die Abfahrt.

***

Die Nachricht wurde ihm umgehend nach dem Eintreffen in seinem Büro übermittelt. Er freute sich, dass seine Bemühungen, Marisa zu finden, doch noch erfolgreich enden konnten und auf seine Mitarbeiter Verlass war. Er schrieb die letzten Stunden ausgesprochenem Pech zu, dass er sie bisher nicht ausfindig machen konnte. Doch die nächste Möglichkeit würde er sich nicht entgehen lassen. Eilig benachrichtigte er eine Mitarbeiterin und verschwand so schnell, wie er gekommen war, Richtung Bahnhof, denn er hatte zu viel Zeit verloren. Dort lief er zielstrebig zu dem Gleis, auf dem er den Zug schon von Weitem stehen sah. Hier gestaltete sich die Suche allerdings recht schwierig, da die Masse von Leuten ein Durchkommen fast unmöglich machten. Er blickte durch die vergitterten Fenster, um irgendwo einen blonden Haarschopf zu erkennen. Sie musste ihm mit ihrem Äußeren doch ins Auge stechen, ging es ihm durch den Kopf.

Noch während er seinen Gedanken nachhing, stiegen die letzten Fahrgäste ein, andere verabschiedeten sich, der Schaffner pfiff zur Fahrt, die Türen schlossen sich und der Zug setzte sich langsam in Bewegung. Tapan wollte es nicht glauben. Er hatte sie nicht aus ihrer Traumwelt befreit, die letzte Möglichkeit, sie noch einmal zu sehen und ihr zu erklären, dass es kein Traum war, ungenutzt verstreichen lassen. Sein Herz wurde schwer. Er stand am Gleis, und seine Augen füllten sich mit Tränen. Er konnte sich nicht erinnern, wann ihm dies das letzte Mal passiert war.

Der Zug setzte sich langsam in Bewegung. Ben fühlte sich auf einmal viel besser, während Marisa mit sturem Blick zum Fenster hinaussah. Auf dem Bahnsteig warteten noch immer eine Menge Menschen auf die nächsten Züge. Sie war froh, im Zug einen sicheren Platz zu haben und das Getümmel hinter sich zu lassen. Plötzlich erkannte Marisa aus einem Augenwinkel heraus einen großen schlanken Mann. Das war doch …

„Tapan!", rief sie intuitiv, ohne daran zu denken, dass er sie nicht hören konnte. Sie sprang auf, ging zum geöffneten Fenster, rief und winkte ihm mehrfach zu, in der Hoffnung, dass er sie hören konnte. Er hatte also ihren Brief erhalten und sie gesucht, aber leider nicht gefunden. Oder war es nur Zufall, und er war gar nicht wegen ihr hier? Nein, sie verbannte diesen Gedanken sofort. Sicher hatte Raj den Brief übermittelt und Tapan hatte alles in die Wege geleitet, um sie zu finden und sie aus ihrer Traumwelt zu befreien. Doch leider hatte er nun wieder keine Möglichkeit dazu erhalten. Es sollte wohl so sein.

Auf einmal drehte er seinen Kopf in ihre Richtung. Sie sah ihn nur noch mit rot umrandeten Augen und blitzartig hinter dem Zug herlaufen, während der Zug sich immer weiter entfernte. Mit einem Schlag war ihr klar, dass er nur wegen ihr hier war. Doch er erreichte sie nicht mehr. Traurigkeit machte sich in ihr breit.

Er hatte seinen Namen vernommen, erst einmal, dann noch ein paar weitere Male. Er drehte sich um und sah mit verschwommenem Blick Marisa zu dem geöffneten, aber vergitterten Fenster herausschauen und ihm zurufen und zuwinken. Sie wirkte genauso verzweifelt wie er. Außerdem hatte er den Eindruck, als wäre sie für immer gefangen, gefangen in einer Welt, aus der er sie hatte befreien wollen, und was auch nur ihm zustand. Aber es war ihm nicht gelungen. Deprimiert und völlig hilflos winkte er ihr nach, bis der Zug nicht mehr zu sehen war.

***

Während der Zugfahrt mussten Marisa und Ben noch feststellen, dass sich die Situation im Zug weiter verschlechterte. An solche Situationen würden sich weder Ben noch Marisa gewöhnen können. Insofern war es gut, dass sie nur ihren Urlaub hier verbrachten.

In ihrem Abteil hatten zwischenzeitlich noch mehrere Menschen Platz gefunden, bis der Zugbegleiter die Anweisung gegeben hatte, die Türen von innen zu schließen. Darüber freuten sich alle Fahrgäste des Abteils und folgten dem Vorschlag umgehend. Marisa war auf die obere Schlafmöglichkeit, auf der sich das gesamte Gepäck türmte, ausgewichen. Dort hatte sie sich breitgemacht und versuchte ein wenig Ruhe zu finden. Hier würde sie, einigermaßen, alleine sein, mit niemandem den ohnehin schon engen Platz teilen müssen. Doch in dem ständigen Lärm war das schwer möglich. Ben saß unten zwischen all den vielen anderen Fahrgästen. Er hatte versucht, sie zu trösten, doch sie hatte ihn zurückgewiesen. Sie ärgerte sich nun über sich selbst, denn sie hatte ihn nicht verletzen wollen.

Die herrliche Landschaft mit ihrer unermesslichen Vegetation, den vielen Wasserstraßen und einmaligen Sumpfgebieten, die draußen an ihnen vorbeizog, beachtete sie kaum. Noch vor ein paar Tagen hatte sie sich riesig darauf gefreut, doch nun konnte sie keine Freude daran finden. Wieso war nur alles so gekommen? Immer wieder trübten sich ihre Gedanken und sie fand keine Antworten auf ihre vielen Fragen.

***

Die Unterkunft in Kovalam lag wunderschön an dem leicht ansteigenden Hügel, der in den Ort führte. Vom Balkon aus hatten sie sogar direkten Blick auf das Meer, welches nun am Abend spiegelglatt vor ihnen lag. Die letzten Sonnenstrahlen schienen über das klare, aber tiefblaue Wasser und verliehen ihm einen eigenartigen Glanz. Marisa atmete den herrlichen Duft der salzigen Luft ein. Die Luftfeuchtigkeit war enorm, was angesichts der heißen Temperaturen und der am Vortag heftigen Regenschauer nicht verwunderlich war. Die Badetücher trockneten trotz der Hitze nicht. Trotzdem fühlte sie sich ganz leicht. Die letzten Tage hatte sie, bestmöglich, mit Ben verbracht und dabei noch einige Ausflüge unternommen. Der letzte führte sie am gestrigen Tag bis zur Südspitze nach Cape Comorin. Die restlichen Tage versuchten sie sich von den chaotischen Verhältnissen zu distanzieren und zu entspannen, um neue Kraft für die vor ihnen liegenden Aufgaben zu tanken. Zu Hause würden beide wieder voll gefordert. Dazu kam, dass Weihnachten kurz vor der Tür stand. Je länger sie daran dachte, desto klarer wurde ihr, dass sie nicht mehr lange Zeit hatte, um ihren Träumereien nachzuhängen.

Der einmalig schöne Strand mit seinen zwei glasklaren Buchten und den sich manchmal leicht und dann wieder stärker am Riff brechenden Wellen lenkte sie ab. Ben hatte seit der Abfahrt aus Mysore Tapan nicht mehr erwähnt. Er glaubte, es sei besser für sie beide. Allerdings spürte er, dass Marisa ihn noch nicht vergessen konnte, auch wenn sie es wirklich versuchte, davon war er überzeugt. Daher hatte er sich etwas einfallen lassen. Er wollte sie auf andere Gedanken bringen und mit ihr die letzten zwei Tage wie am Anfang verbringen, sofern das überhaupt möglich war.

Zum Abendessen hatte er sich heute das kleine Sea Rock Restaurant & Lodge direkt am Strand ausgesucht. Hier hätte er gerne auch übernachtet, doch die Zimmer waren leider bei ihrer Ankunft bereits alle belegt gewesen, sodass sie auf ein anderes Hotel ausweichen mussten. Er hatte sich heute für dieses kleine Restaurant nicht wegen des exzellenten Essens, sondern wegen der hier besonders reizvollen Atmosphäre entschieden. Die Tische standen direkt am Strand, waren nett gedeckt und das Rauschen des Meeres wirkte beruhigend. Die Beleuchtung war etwas zu spärlich, doch der Mondschein war so hell, dass eine wunderbar romantische Stimmung aufkommen konnte. Die Speisekarte bot nicht allzu viel Auswahl, doch das brauchten sie beide nicht. Es gab überwiegend vegetarische und frische Fischgerichte, die hier wirklich wunderbar zubereitet wurden. Davon hatten sie sich bereits an einem Mittag überzeugt. Ben wählte dieses Mal Muscheln, während Marisa sich für ein Fischgericht entschied. Zu Hause bereitete sie selbst kaum Fisch zu, und auch im Restaurant aß sie es eher selten. Sie waren beide davon überzeugt, dass Fisch nur dort richtig gut schmeckte, wo er herkam. Dazu kam die einmalig köstliche Zubereitung durch die vielen verschiedenen Gewürze. Ein Nachkochen wurde dadurch praktisch unmöglich.

Das Essen wurde bereits kurze Zeit darauf serviert. Ben kostete von seinen Muscheln. „Mmh. Sind die lecker."

„Sehen wirklich köstlich aus, darf ich auch mal eine probieren?"

„Aber sicher!", bestätigte er und schob ihr gleich drei Stück auf ihren Teller neben den Fisch. „Ist es hier nicht wunderbar?", fragte Ben und blickte Marisa direkt in die Augen.

„Ja, einfach einmalig", antwortete Marisa.

„Und das bist du auch!"

„Du meintest wohl, einfach unmöglich!", konterte sie. „Wie hältst du es denn mit mir aus?"

„Eigentlich prima, wenn dir nicht gerade ein anderer Mann den Kopf verdreht." Damit wollte er ihre Stimmung ein wenig heben und ihr zeigen, dass er schon ganz gut damit zurechtkam und ihr verziehen hatte.

„Ben, ich verstehe dich manchmal wirklich nicht. Wenn es um deine eigenen Angelegenheiten geht, haderst du ewig und wagst keinen Schritt nach vorn, und wenn es um mich geht, bist du immer optimistisch. Wieso machst du das, nach allem, was ich dir angetan habe?"

Ben legte seinen rechten Arm auf den Tisch und griff mit seiner Hand nach ihrer Linken. „Weil ich dich liebe, Marisa, und zwar genauso, wie du bist. Ohne dich ist mein Leben langweilig. Ich kann und ich will ohne dich nicht leben. Bitte heirate mich!"

Nun war es raus. Er hatte seinen ganzen Mut aufbringen müssen, um sein Vorhaben umzusetzen und nicht kurz vorher wieder den Rückzug anzutreten. Doch er sah es als einzige Chance, Marisa wieder ganz für sich zurückzugewinnen. Zu Hause hatte er sich zwar schon mit dem Gedanken getragen, ihr im Urlaub einen Antrag zu machen, doch damals war die Ausgangslage eine andere. Er hatte sich das Ganze auch etwas romantischer und vor allem harmonischer vorgestellt. Nun hatte er aus der Not heraus, aber trotzdem voller Überzeugung gehandelt.

Marisa war so perplex, dass ihr beinahe die Gabel, die es hier im Restaurant gab, aus der Hand fiel. Sie hatte mit vielem gerechnet, aber nicht damit.

„Erwartest du jetzt etwa gleich eine Antwort?", hakte sie vorsichtig nach.

„Nein, natürlich nicht. Du sollst es dir in Ruhe überlegen. Ich werde deine Entscheidung respektieren, egal wie sie ausfällt. Inzwischen habe ich gelernt, dass es nichts bringt, dich zu etwas zu überreden, wenn du nicht selbst davon überzeugt bist. Du wirst es dir nicht leicht machen, das weiß ich. Und genau dafür liebe ich dich umso mehr. Außerdem würde es mir nichts nützen, wenn du eine schnelle, aber für dich und letztendlich auch für mich vielleicht unglückliche Entscheidung triffst", endete Ben und hoffte insgeheim, Marisa mit seinen Worten und Argumenten von seiner Liebe zu ihr überzeugt und damit die letzten Zweifel bei ihr ausgeräumt zu haben. Doch bis er das erfuhr, würden noch einige Tage ins Land ziehen, auch dessen war er sich bewusst.

„Danke", sagte sie nur.

„Für was?"

„Dafür, dass du mir trotz allem weiter vertraust, mich nicht im Stich lässt und mir deine Liebe beweist. Du hast mehr Mut, als ich dir je zugetraut hätte." Sie stand auf, ging um den Tisch und küsste ihn. Es tat unwahrscheinlich gut. So lange hatte sie darauf verzichtet, weil sie an sich selbst zweifelte. Doch in diesem Augenblick wollte sie es wirklich. Es war ein aufrichtiger Kuss, sie brauchte kein schlechtes Gewissen zu haben. Ben war so positiv gestimmt, dass er ihren Kuss sofort erwiderte. Für ihn gab es in diesem Moment nur Marisa und sich selbst, so als hätte es die letzten Tage nicht gegeben.

„Das hast du mir beigebracht. Aber nun sollten wir wohl weiteressen, bevor alles kalt ist, oder ist dir nun der Appetit vergangen?", fragte er vorsichtig.

„Nein, ganz und gar nicht", sagte sie noch etwas nachdenklich, aber mit froher Stimme. Sie hatte sich über das von Ben indirekt gemachte Kompliment gefreut. Wie schnell sich die Stimmung doch ändern konnte. Sie war über sich selbst überrascht.

Nun musste sie unbedingt diese Muscheln probieren. Sie nahm die erste, biss leicht darauf und kaute sie genüsslich. Sie konnte nicht sagen, wann sie jemals eine so leckere Muschel gegessen hatte. Sie war überzeugt, dass das nicht nur mit ihrer aktuelle Lage zu tun hatte, sondern dass hierfür der Koch verantwortlich war. Nun kam die zweite Muschel dran. Sie biss abermals zu. Doch dieses Mal glaubte sie auf Stein zu beißen. Ihre Zähne taten höllisch weh, es fühlte sich an, als ob ein Stück Zahn abgebrochen wäre. Nein, bitte nur das nicht, flehte sie insgeheim vor sich hin. Als sie das harte Stück vorsichtig zwischen den restlichen essbaren Teilen aus ihrem Mund herausfilterte, staunte sie nicht schlecht. Was sie zwischen Ihren Fingern hielt, war nicht ein Stück des Zahns, sondern eine kleine schwarze Perle.

„Ben, sieh nur! Das gibt es doch gar nicht. Ist die nicht schön? Einfach einzigartig!", rief sie ihm ganz aufgeregt über den Tisch zu.

„Ja, einzigartig wie du. Das ist der beste Beweis! So ein Zufall gibt es wahrscheinlich nie mehr wieder. Wenn das kein gutes Omen ist!"

„Vermutlich hast du recht." Mehr konnte sie nach diesem ereignisreichen Abend nicht mehr sagen. Es war auch nicht nötig, denn sie fragte sich selbst, ob dieser Zufall ein Zeichen setzte.

Die herrlich klare Luft und das erfrischende Wasser am frühen Morgen nutzte sie noch einmal, um zur Besinnung zu kommen und ihre Gedanken zu ordnen. Ben lag noch im Bett und schlief. Der Abend zuvor hatte sie einerseits zwar wieder etwas auf den Boden der Tatsachen zurückgeholt und auch gerührt, doch andererseits konnte sie nach wie vor Tapan nicht vergessen, auch wenn sie sich noch so sehr bemühte. Sie hatte seinen letzten traurigen Blick, mit dem er ihr nachsah, immer noch vor Augen.

Mit dem Bikini bekleidet und dem Badetuch unter dem Arm marschierte sie los, um das letzte Mal vor ihrer Abreise im Meer zu schwimmen. Mittags würden sie nach Bombay fliegen, um dort noch einen Tag zu verbringen und anschließend den Heimflug nach diesem sehr aufregenden Urlaub anzutreten. Der Strand war noch menschenleer. Im Gegensatz zu Goa fand sie hier auch keine Fischer. Die legten hier vermutlich an anderen

Stellen an. Sie schwamm an der ersten Bucht weit hinaus. Warum sie ausgerechnet heute erstmals hier schwamm, konnte sie nicht erklären, vielleicht weil es der nächste Weg vom Hotel war.

Sie hatte nicht vorgehabt ihre Kräfte zu messen, denn in den letzten Wochen hatte ihre körperliche Kondition stark nachgelassen. Diese musste sie erst langsam, aber stetig wieder aufbauen. Deshalb beschloss sie, nicht noch weiter hinauszuschwimmen, sondern drehte um. Sie schwamm und schwamm. Immer wieder blickte sie zum Strand, der noch weit entfernt lag. Ihre Gedanken kreisten um die beiden Männer, die ihrem Leben einen Wendepunkt verliehen hatten.

Mit einem Mal spürte Marisa, dass sie nicht mehr vorwärts kam. Sie schwamm mit genau denselben kräftigen Arm- und Beinschlägen wie zuvor, doch sie wurde immer wieder zurückgezogen. Sie versuchte noch mehr Kraft in den Beinschlag zu legen, doch das Resultat war dasselbe. Sie kam nicht von der Stelle. Panik stieg in ihr auf. Sie hatte nicht berücksichtigt, dass es hier Strömungen gab. Sie war sich zu sicher und vor allem zu leichtfertig gewesen. Es war allseits bekannt, dass man nie in unbekanntem Gewässer schwimmen sollte, und schon gar nicht alleine. Sie erinnerte sich vage, dass sie von gefährlichen Strömungen, die jährlich mehrere Menschenleben forderten, im Reiseführer gelesen hatte. Doch welchen Strand das betraf, wusste sie nicht mehr. Was sollte sie nur tun? Sie spürte regelrecht, wie ihre Beine in die Tiefe gezogen wurden. Panik, die sich in Todesangst verwandelte, ergriff Besitz von ihr. Sie war nicht abergläubisch. Doch der Gedanke, dass dies eine Art Rache war, welche sie nicht beeinflussen konnte, kam ihr kurzzeitig in den Sinn. Doch sich darüber den Kopf zu zerbrechen, dafür hatte sie nun keine Zeit. Sie wollte nicht sterben und musste etwas unternehmen. Sie versuchte einen klaren Gedanken zu fassen. Sie hatte nur eine

Chance, wenn sie so kräftig schwamm, wie sie nur konnte. Und das Wichtigste dabei war, an nichts anderes außer an ihr Leben zu denken. Sie verschwendete keine Gedanken mehr an die beiden Männer und die letzten Tage, sondern konzentrierte sich nur noch auf ihre Schwimmzüge. Sie wollte an Land, sie wollte leben!

Marisa brauchte noch sehr lange, ehe sie die gefährliche Strömung verlassen hatte und sich wieder in sicherem Gewässer befand. Das verdankte sie sicherlich nur ihrer eisernen Willensstärke und ihrer guten körperlichen Verfassung, die trotz des Abbaus in den letzten Wochen immer noch hervorragend war. Doch die Angst, erneut in eine gefährliche Strömung zu schwimmen, saß tief und sie versuchte mit ihren Kräften zu haushalten. Total erschöpft und völlig außer Atem erreichte sie das Ufer.

***

Alle Bedenken, die sie während ihrer Reise gehegt hatte, waren verflogen. Die kleinen aufgetretenen Probleme während der Reise waren auf einmal nichtig. Was zählte nun noch eine vergangene Übelkeit oder eine anstrengende Busfahrt? Auch die chaotischen Verhältnisse beim Geldwechsel waren auf einmal wie weggeblasen. Sie hatte um ihr Leben gekämpft und gewonnen. Sie besann sich noch einmal auf die vielen Erlebnisse, die sie gemeinsam mit Ben in den letzten Wochen hatte erleben dürfen. Diese grenzenlose Freiheit, aber auch die Gemeinsamkeiten, die sie hatten. Wie toll es war, sich geradezu von neuen Ereignissen treiben zu lassen. Doch der Blick zurück auf die wunderschönen Erkenntnisse verblasste auf einmal angesichts der vor ihr liegenden schweren Entscheidung, welche ihre Zukunft bestimmen würde.

Dieses Gefühl, das sie für Tapan empfand, hatte sie bei Ben so stark nie empfunden. War es die Freiheit, die Ben ihr gewährte, die sie so schätzte und nun nutzte und nicht mehr wusste, was sie wirklich wollte? Konnte sie diese Freiheit bei einem Mann wie Tapan ebenso bewahren? Sie wusste es nicht. Ben war nie eifersüchtig gewesen, wenn sie alleine ausging. Er fragte nicht ständig, wo sie war oder mit wem sie ausging. Er vertraute ihr. Und sie? Missbrauchte sie nun sein Vertrauen? Sie hatte keine Ahnung, wie Tapan wirklich fühlte, wer er war, was er konkret machte. Außerdem lebte er in einer anderen Welt. Hätten sie da überhaupt eine Chance? Sollte sie auf ihr Herz hören und sich davon leiten lassen oder doch lieber ihren sonst so rationalen Verstand einsetzen und eine vernünftige Entscheidung treffen?

Ben hängte seinen eigenen Gedanken nach. Hätte er nie dieser Reise zugestimmt, wäre es erst gar nicht so weit gekommen. Am meisten ärgerte ihn seine eigene, seinerzeit im Stoffladen gemachte Bemerkung, dass Marisa alles tragen könne. Dadurch hatte er vielleicht unbewusst die Situation heraufbeschworen, indem er Marisa Anlass gegeben hatte, die Entscheidung für die Stoffauswahl hinauszuzögern. Er schwelgte in Selbstvorwürfen. Doch inzwischen hatte auch er gelernt, dass er die Zeit nicht zurückdrehen konnte. Er hatte sich bereits entschieden. Zuversichtlich blickte er nach vorne, während seine Augen auf Marisa hafteten. Wie friedlich und schön sie aussah. Ben hoffte auf eine positive Antwort.

Durch den Aufruf zum Anschnallen wurde sie aus ihren Gedanken hochgeschreckt. Sie öffnete langsam die Augen. Einen Moment lang war sie wie benommen. Hatte sie das eben alles nur geträumt? Nein, das konnte nicht sein. Jedes einzelne faszinierende Geschehnis der vergangenen vier Wochen entsprach der Realität. So hatte sie sich ihren Indienurlaub in ihren kühnsten Träumen nicht vorgestellt. Es würde weitere Wochen, wenn nicht gar Monate dauern, bis sie alle Erlebnisse in ihren Details begriffen und verarbeitet hatte. Doch das war ihr zum jetzigen Zeitpunkt so gar nicht bewusst, konnte es auch gar nicht. Es gab so viel, über das sie sich selbst erst im Klaren werden musste. Würde Ben auch noch zu seinem Heiratsantrag stehen, wenn sie sich erst in einigen Wochen für Ben entschied? Die Zukunft war genauso wie die letzten Wochen faszinierend und angsterfüllend zugleich. Sie hatte mit ihrer ursprünglichen Einschätzung, einen schönen aufregenden Urlaub zu erleben, in jedem Fall recht behalten. Doch auch Bens Skepsis war bestätigt worden, denn es war nicht immer einfach gewesen, sich auf die einzelnen Situationen einzustellen. Doch das Schlimmste war, dass in ihr Gefühle für einen anderen Mann aufgekeimt waren, gegen die sie sich nicht wehren konnte. Doch sie hatte sich noch für keinen der beiden Männer entschieden, was Bens Geduld auf eine harte Probe stellte.

Sie musste sich entscheiden, denn sie schwankte zwischen ihren eigenen Gefühlen. Sie wusste nicht, was richtig war, konnte sich daher weder für noch gegen Ben entscheiden. Auch wenn Ben ihr noch eine gewisse Bedenkzeit zugestanden hatte und sie sich erst wieder zu Hause, wenn der Alltag wieder eingekehrt war und sie mehr Abstand zu ihrer Urlaubsreise gewonnen hatte, entscheiden sollte, musste sie sich über alle Konsequenzen im Klaren werden. Sie hatte in den letzten Wochen gelernt, dass es wichtig war, sich Zeit zu nehmen und die Augenblicke zu genießen, da keiner von beiden wusste, was die Zukunft brachte. Während Ben beschlossen hatte, sich beruflich neu zu orientieren, würde sie sich ebenfalls für einen Weg, der allerdings noch offen war und der ihr Leben einschneidend verändern konnte, entscheiden müssen. Doch egal für wen sie sich entschied, es würde für Ben und sie eine Zukunft mit Perspektive geben, dessen war sie sich ganz sicher.

Dank

Mein besonderer Dank gilt zunächst meiner Familie, die mich während der gesamten Zeit in unterschiedlicher Weise geduldig unterstützt und ermuntert hat. Ebenso danke ich meinen Freundinnen, die sich der ersten Entwürfe angenommen haben. Sie alle haben großen Anteil daran, dass dieses Werk überhaupt veröffentlicht wurde. Zuletzt möchte ich allen Lesern danken, die durch ihre Entscheidung, dieses Buch zu lesen, mich darin bestärken, dass ich mit der Veröffentlichung die richtige Entscheidung getroffen habe. Ich wünsche Ihnen, dass Sie sich in die eine oder andere Schilderung selbst hineinversetzt fühlen und vielleicht auch in einer eigenen schwierigen Situation optimistisch und zufrieden in die Zukunft blicken können. Das Wichtigste ist aber, dass Sie, liebe Leser, genauso viel Freude beim Lesen haben wie ich beim Schreiben.

Hinweis:

Sämtliche in diesem Roman erwähnten Personen, Namen und Handlungen sind frei erfunden. Übereinstimmungen mit tatsächlich existierenden Personen oder wahren Begebenheiten sind daher rein zufällig. Die örtlichen Gegebenheiten können sich zwischenzeitlich verändert haben und erheben keinen Anspruch auf Vollständigkeit oder Richtigkeit. Grundsätzlich ist zu berücksichtigen, dass alle Schilderungen rein persönliche Empfindungen beinhalten.